名家散文典藏

彩插版

贾平凹散文精选

贾平凹 著

长江出版传媒 | 长江文艺出版社

图书在版编目（CIP）数据

贾平凹散文精选 / 贾平凹著. -- 武汉 ：长江文艺出版社， 2017.12(2025.11 重印)
（名家散文典藏 ：彩插版）
ISBN 978-7-5354-9901-1

Ⅰ. ①贾… Ⅱ. ①贾… Ⅲ. ①散文集一中国一当代
Ⅳ. ①I267

中国版本图书馆 CIP 数据核字(2017)第 191311 号

特约策划：穆　涛　　　　选　　编：贾浅浅
责任编辑：刘兰青　　　　责任校对：程华清
封面设计：龙　梅　　　　责任印制：邱　莉　胡丽平

出版：長江出版傳媒 | 长江文艺出版社
地址：武汉市雄楚大街 268 号　　邮编：430070
发行：长江文艺出版社
http://www.cjlap.com
印刷：湖北新华印务有限公司

开本：640 毫米×970 毫米　1/16　印张：21.25　插页：5 页
版次：2017 年 12 月第 1 版　　2025 年 11 月第 8 次印刷
字数：255 千字

定价：36.00 元

版权所有，盗版必究（举报电话：027—87679308　87679310）
（图书出现印装问题，本社负责调换）

目录

名家散文典藏 贾平凹散文精选

◆ ◆

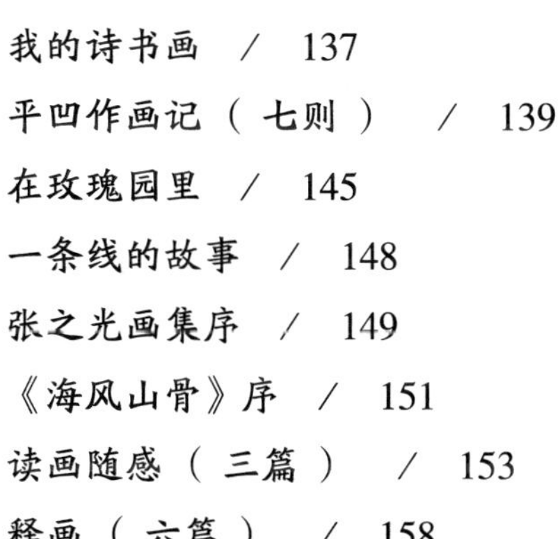

◆ ◆

◆ ◆

◆ ◆

◆ ◆

静虚村记

如今，找热闹的地方容易，寻清静的地方难；找繁华的地方容易，寻拙朴的地方难，尤其在大城市的附近，就更其为难的了。

前年初，租赁了农家民房借以栖身。

村子南九里是城北门楼，西五里是火车西站，东七里是火车东站，北去二十里地，又是一片工厂，素称城外之郭。奇怪台风中心反倒平静一样，现代建筑之间，偏就空出这块乡里农舍来。

常有友人来家吃茶，一来就要住下，一住下就要发一通讨论，或者说这里是一首古老的民歌，或者说这里是一口出了鲜水的枯井，或者说这里是一件出土的文物，如宋代的青瓷，质朴、浑拙、典雅。

村子并不大，屋舍仄仄斜斜，也不规矩，像一个公园，又比公园来得自然，只是没花，被高高低低绿树、庄稼包围。在城里，高楼大厦看得多了，也便腻了，陡然到了这里，便活泼泼地觉得新鲜。先是那树，差不多没了独立形象，枝叶交错，像一层浓重的绿云，被无数的树桩撑着。走近去，绿里才见村子，又尽被一道土墙围了，土有立身，并不苫瓦，却完好无缺，生了一层厚厚的绿苔，像是庄稼人剃头以后新生的青发。

拢共两条巷道，其实连在一起，是个“U”形。屋舍相对，门对着门，窗对着窗；一家鸡叫，家家鸡都叫，单声儿持续半个时辰；巷头家养一条狗，巷尾家养一条狗，贼便不能进来。几乎都是茅屋，并不是人家寒酸，茅屋是他们的讲究：冬天暖，夏天凉，又不怕被地震震了去。从东往西，从西往东，茅屋撑得最高的，人字形搭得最起的，要算是我的家了。

村人十分厚诚，几乎近于傻昧，过路行人，问起事来，有问必答，比比画画了一通，还要领到村口指点一番。接人待客，吃饭总要吃得剩下，喝酒总要喝得昏醉，才觉得惬意。衣着朴素，都是农民打扮，眉眼却极清楚。当然改变了吃浆水酸菜，顿顿油锅煎炒，但没有坐在桌前用餐的习惯，一律集在巷中，就地而蹲。端了碗出来，却蹲不下，站着吃的，只有我一家，其实也只有我一人。

我家里不栽花，村里也很少有花。曾经栽过多次，总是枯死，或是萎缩。一老汉笑着说：村里女儿们多啊，瞧你也带来两个！这话说得有理。是花忌妒她们的颜色，还是她们羞得它们无容？但女儿们果然多，个个有桃花水色。巷道里，总见她们三五成群，一溜儿排开，横着往前走，一句什么没盐没醋的话，也会惹得她们笑上半天。我家来后，又都到我家来，这个帮妻剪个窗花，那个为小女染染指甲。什么花都不长，偏偏就长这种染指甲的花。

啥树都有，最多的，要数槐树。从巷东到巷西，三搂粗的十七棵，盆口粗的家家都有，皮已发皱，有的如绳索匝缠，有的如渠沟排列，有的扭了几扭，根却委屈得隆出地面。槐花开时，一片嫩白，家家都做槐花蒸饭。没有一棵树是属于我家的，但我要吃槐花，可以到每一棵树上去采。虽然不敢说我的槐树上有三个喜鹊窠、四个喜鹊窠，但我的茅屋梁上燕子窝却出奇地有了三个。春天一暖和燕子就来，初冬逼近才去，从不撒下粪来，也不见在屋里落一根羽毛，从此倒少了蚊子。

最妙的是巷中一眼井，水是甜的，生喝比熟喝味长。水抽上来，聚成一个池，一抖一抖地，随巷流向村外，凉气就沁了全村。村人最爱干净，见天天有人洗衣。巷道的上空，即茅屋顶与顶间，拉起一道一道铁丝，挂满了花衣彩布。最艳的，最小的，要数我家：艳者是妻子衣，小者是女儿裙。吃水也是在那井里的，须天天去担。但宁可天天去担这水，不愿去拧那自来水。吃了半年，妻子小女头发愈是发黑，

肤色愈是白皙，我也自觉心脾清爽，看书作文有了精神、灵性了。

当年眼羡城里楼房，如今想来，大可不必了。那么高的楼，人住进去，如鸟悬窠，上不着天，下不踏地，可怜怜掬得一抔黄土，插几株花草，自以为风光宜人了。殊不知农夫有农夫得天独厚之处。我不是农夫，却也有一庭土院，闲时开垦耕耘，种些白菜青葱。菜收获了，鲜者自吃，败者喂鸡，鸡有来杭、花豹、翻毛、疙瘩，每日里收蛋三个五个。夜里看书，常常有蝴蝶从窗缝钻入，大如小女手掌，五彩斑斓。一家人喜爱不已，又都不愿伤生，捉出去放了。那蛐蛐儿就在台阶之下，彻夜鸣叫，脚一跺，噤声了，隔一会儿，声又起。心想若是有个儿子，儿子玩蛐蛐就不用跑蛐蛐市掏高价购买了。

门前的那棵槐树，唯独向横的发展，树冠半圆，如裁剪过一般。整日看不见鸟飞，却鸟鸣声不绝，尤其黎明，犹如仙乐，从天上飘了下来似的。槐下有横躺竖蹲的十几个碌碡，早年碾场用的，如今有了脱粒机，便集在这里，让人骑了，坐了。每天这里人群不散，谈北京城里的政策，也谈家里婆娘的针线，谈笑风生，乐而忘归。直到夜里十二点，家家喊人回去。回去者，扳倒头便睡的，是村人；回来捻灯正坐，记下一段文字的，是我呢。

来求我的人越来越多了，先是代写书信，我知道了每一家的状况，鸡多鸭少，连老小的小名也都清楚。后来，更多的是携儿来拜老师，一到高考前夕，人来得最多，提了点心，拿了酒水。我收了学生，退了礼品，孩子多起来，就组成一个组，在院子里辅导作文。村人见得喜欢，越发器重起我。每次辅导，门外必有家长坐听，若有孩子不安生了，就进来张口就骂，举手便打。果然两年之间，村里就考中了大学生五名，中专生十名。

天旱了，村人焦虑，我也焦虑，抬头看一朵黑云飘来了，又飘去了，就咒天骂地一通，什么粗话野话也骂了出来。下雨了，村人在雨地里跑，我也在雨地跑，疯了一般，有两次滑倒在地，磕掉了一颗门牙。收了庄稼，满巷竖了玉米架，柴火更是塞满了过道，我骑车回来，常是扭转不及，车子跌倒在柴堆里，吓一大跳，却并不疼。最香的是鲜玉米棒子，煮能吃，烤能吃，剥下颗粒熬稀饭，粒粒如栗，其汤有油汁。在城里只道粗粮难吃，但鲜玉米面做成的漏鱼儿、搅团儿，却入味开胃，再吃不厌。

小女来时刚会翻身，如今行走如飞，咿呀学语，行动可爱，成了村人一大玩物，常在人掌上旋转，吃过百家饭菜。妻也最好人缘，一应大小应酬，人人称赞，以至村里红白喜事，必邀她去，成了人面前走动的人物。而我，是世上最呆的人，喜欢静静地坐地，静静地思想，静静地作文。村人知我脾性，有了新鲜事，跑来对我叙说，说毕了，就退出让我写，写出了，嚷着要我念。我念得忘我，村人听得忘归；看着村人忘归，我一时忘乎所以，邀听者到月下树影，盘脚而坐，取清茶淡酒，饮而醉之。一醉半天不醒，村人已沉睡入梦，风止月冥，露珠闪闪，一片蛐蛐鸣叫。我称我们村是静虚村。

鸡年八月，我在此村为此村记下此文，复写两份，一份加进我正在修订的村史前边，作为序，一份则附在我的文集之后，却算是跋了。

1982 年

自传

——在乡间的十九年

一九八三年一月八日，我从城北郊外迁移市内，居于三十六点七平方米的水泥房，五个门开关掩闭不亦乐乎，空气又可流通，且无屋顶漏土，夜里可以仰睡，湿湿虫也不满地爬行，心遂大足！便将一张旧居时的照片悬挂墙上，时时做回忆状。照片上我题有一款，如此写道：

“贾平凹，三字其形，其音，其义，不规不则不伦不类，名如人，文如名；丑恶可见也。生于一九五三年二月二十一日，少时于商山下不出。后入长安，曾怀以济天下之雄心，然无翻江倒海之奇才，落拓入文道，魔蚀骨髓不自拔，作书之虫，作笔之鬼，二十二岁，奇遇乡亲韩XX，各自相见钟情，三年后遂成夫妻。其生于旧门，淑贤如静山，豁达似春水。又年后得一小女，起名浅浅，性极灵慧，添人生无限乐气。又一年入城合家，客居城北方新村，茅屋墟舍，然顺应自然，求得天成。为人为文，作夫作妇，绝权欲，弃浮华，归其天籁，必怡然平和；家窠平和，则处烦嚣尘世而自立也。”

随便戏笔题款，没想竟做了一件大事，完成了而立之年间第一次为自己作传。今读此传，甚觉完整，其年龄、籍贯、相貌、脾性，以及现在人极关心的作家的恋爱、家庭、处世态度无不各方披露。故《新苑》杂志要求自传，以此应付，偏说太单，迟迟一年有余不肯再写，惹得杂志社几乎变脸，生怕招来名不大气不小之嫌，勉强再作一次，发誓以后再不作这般文字，即就老死作神作鬼，这一篇也权当是自作的墓志铭了。

这是一个极丑的人。

好多人初见，顿生怀疑，以为是冒名顶替的骗子，想唾想骂想扭了胳膊交送到公安机关去。当经介绍，当然他是尴尬，我更拘束，扯谈起来，仍然是因我面红耳赤，口舌木讷，他又将对我的敬意收回去了。

我原本是不应该到这个世界上做人的。

娘生我的时候，上边是有一个哥哥，但出生不久就死了。阴阳先生说，我家那面土炕是不宜孩子成活的，生十个八个也会要死的，娘便怀了我在第十月的日子，借居到很远的一个地方的人家生的。于是我生下来，就“男占女位”，穿花衣服，留黄辫撮，如一根三月的蒜苗。家乡的风俗，孩子难保，要认一个干爹，第二天一早，家人抱着出门，遇张三便张三，遇李四就李四，遇鸡遇狗鸡狗也便算作干亲。没想我的干爸竟是一位旧时的私塾先生，家里有一本《康熙字典》；知道之乎者也，能写铭旌。

我们的家庭很穷，人却旺，我父辈为四，我们有十，再加七个姐妹，乱哄哄在一个补了七个铜钉的大环锅里搅勺把，一九六〇年分家时，人口是二十二个。在那么个贫困年代，大家庭里，斗嘴吵架是少不了的，又都为吃。贾母享有无上权力，四个婶娘（包括我娘）形成四个母系，大凡好吃好喝的，各自霸占，抢勺夺铲，吃在碗里盯着锅里，添两桶水熬成的稀饭里煮一碗黄豆，那黄豆在第一遍盛饭中就被捞得一颗不剩。这是和当时公社一样多弊病多穷困的家庭，维持这样的家庭，只能使人变作是狗，是狼，它的崩溃是自然而然的事。

我父亲是一个教师，由小学到高中，他的一生是在由这个学校到那个学校的来回变动中度过的。世事洞明，多少有些迂，对自己，对孩子极其刻苦，对来客却倾囊招待，家里的好吃好喝几乎全让外人享用了，以致在我后来做了作家，每每作品的目录刊登于报纸上，或某某次赴京召开某某会议，他的周围人就向他道贺，讨要请客，他必是

少则一斤糖一条烟，大到摆一场酒席。家乡的酒风极盛，一次酒席可喝到十几斤几十斤水酒，结果笑骂哭闹，颠三倒四，将三个五个醉得撂倒，方说出一句话来：今日是喝够了！

这种逢年过节人皆撂倒的酒风，我是自小就反恶的。我不喜欢人多，老是感到孤独，每坐于我家堂屋那高高的石条石阶上，看着远远的疙瘩寨子山顶的白云，就止不住怦怦心跳，不知道那云是什么，从哪儿来到哪儿去。一只很大的鹰在空中盘旋，这飞物是不是也同我一样没有一个比翼的同伴呢？我常常到村口的荷花塘去，看那蓝莹莹的长有艳红尾巴的蜻蜓无声地站在荷叶上，我对这美丽的生灵充满了爱欲，喜欢它那种可人的又悄没声息的样子，用手把它捏住了，那蓝翅就一阵打闪，可怜地挣扎，我立即就放了它，同时心中有一种说不出的茫然。

这种秉性在我上学以后，愈是严重，我的学习成绩是非常好的，老师和家长却一直担心我的“生活不活跃”。我很瘦，有一个稀饭灌得很大的肚子，黑细细的脖子似乎老承负不起那颗大脑袋，我读书中的“小萝卜头”，老觉得那是我自己。后来，我爱上出走，背了背篓去山里打柴、割草，为猪采糠，每一个陌生的山岔使我害怕又使我极大满足。商州的山岔一处是一处新境，丰富和美丽令我无法形容，如果突然之间在崖壁上生出一朵山花，鲜艳夺目，我就坐下来久久看个不够。偶尔空谷里走过一位和我年龄差不多的甚至还小的女孩儿，那眼睛十分生亮，我总感觉那周身有一圈光晕，轻轻地在心里叫人家是“姐姐”！盼望她能来拉我的手，抚我的头发，然后长长久久地在这里住下去，这天夜里，十有八九我又会在梦里遇见她的。

当我读完小学，告别了那墙壁上端画满许多山水、神鬼、人物的古庙教室。我以优异的成绩考上初中后，便又开始了更孤独更困顿更枯燥的生活。印象最深的是吃不饱，一下课就拿着比脑袋还大的瓷碗去排队打饭。这期间，祖母和外祖母已经去世，没有人再偏护我的过错和死拗，村里又死去了许多极熟识的人，班里的干部子弟且皆高傲，在衣着上、吃食上以及大大小小的文体之类的事情上，用一种鄙夷的目光视我。农家的孩子愿意和我同行，但爬高上低魔王一样疯狂使我反感，且他们因我孱弱，打篮球从不给我传球，拔河从不让我入伙，而冬天的课间休息在阳光斜照的墙根下“摇铃”取暖，我是每一次少不了被作“铃胡儿”的噩运。那时候，操场的一角呆坐着一个羞怯怯的见人走来又慌乱瞧一窝蚂蚁运行的孩子，那就是我。我喜欢在河堤堰上抓一堆沙窝里的落叶燃起篝火，那烟丝丝缕缕升起来可爱，那火活活腾腾腾起来可爱。

不久，“文革”就开始，“文革”开始的同时，也便结束了我的文化学习。但也就在这一年，我第一次走出了秦岭，挤在一辆篷布严实的黑暗的大卡车到了西安“串联”。那是冬日，我们插楔似的塞在车厢，周身麻木不知感觉，当我在黑龙口停车小解时，用手狠狠地拔出自己的脚来，脚却很小了，还穿着一只花鞋，使我大惑不解，蓦地才明白拔出的不是我的脚，忙给旁边那一位长得极俏的女孩儿笑笑，她竟莫名其妙，她也是不知道她的脚曾被我拨动过。西安的城市好大，我惊得却不知怎么走，同伴三人，一个牵一人衣襟，脑袋就四方扭转。最叫我兴奋的是城里人在下雨天撑有那么多伞，全不是竹制的，油布的。一把细细的铁棍，帆布有各种颜色。我多么希望自己有那么一把伞，曾痴痴地看着一个女子撑着伞从面前过去，目送人家消失，而险些被一辆疾驰的自行车撞倒。在马路口的人行道上，一个姑娘一直在看我，我觉得挺奇怪，回看她时，她目光并没有避，还在定定看我。冬天的太阳照着她，她漂亮极了，耳朵下的那块嫩白白的地方，茸茸可爱的鬓发中有一颗淡墨的痣，正如一只小青蛙遇到了一条蟒蛇，蛇的眼睛可怕，但却一直看着蛇眼走近它。我站在了姑娘的面前，“你从哪里来？”她问。“山里。”“山里和城里哪儿不一样？”她又问。“城里月亮大，山里星星多。”我如实说了，还补充一句，“城里茅坑（厕所）少。”她嘎嘎笑了一阵就起身跑了，我看见她在不远的地方给她的朋友们讲述我的笑话，但我心里极度高兴，这是第一个和我说话的城里人，至今我还记得起她漂亮的笑容。

串联归来，武斗就开始了。我又拎起那只特大的每星期盛满一次酸菜供我就饭的瓷罐回到村子里。应该说，从此我是一个小劳力，一名公社的社员。离开了枯燥的课堂，没有了神圣可畏的老师，但没有

书读却使我大受痛苦。我不停地在邻村往日同学的家里寻借那些没头没尾的古书来读，读完了又以此去与别的人的书交换。书尽闲书，读起来比课本更多滋味，那些天上地下的，狼虫虎豹的，神鬼人物的，一到晚上就全活在脑子里，一闭眼它就全来。这种看时发呆看后更发呆的情况，常要荒辍我的农业，老农们全不喜爱我做他们帮手，大声叱骂，作践。队长分配我到妇女组里去做活，让那些三十五岁以上的所有人世的妒忌，气量小，说是非，庸俗不堪诸多缺点集于一身的婆娘们来管制我，用唾沫星子淹我。我很伤心，默默地干所分配的活，将心与身子皆弄得疲累不堪，一进门就倒柴捆似的倒在炕上，睡得如死了一样沉。

阴雨的秋天，天看不透，墙头，院庭，瓦槽，鸡棚的木梁上金铜一样生绿，我趴在窗台上，读鲁迅的书：

“窗外有两棵树，一棵是枣树，另一棵也是枣树。”

我的眼里噙满了泪水。

我盼望着“文革”快些结束，盼望当教师的父亲从单位回来，哪一日再能有个读书的学校，我一定会在考场上取得全优的成绩。一出考场使所有的孩子和等在考场外的孩子的父母对我有一个小小的妒忌。然而，我的母亲这年病犯了，她患得肋子缝疼，疼起来头顶在炕上像犁地一样。一种不祥的阴影时时压在我的心上，我们弟妹泪流满面地去请医生，在铁勺里烧焦蓖麻油辣子水给母亲喝。当母亲身子已经虚弱得风能吹倒之时，我和弟弟到水田去捞水蜗牛，捞出半笼，在热水中煮了，用锥子剜出那豆大一粒白肉。我们在一个夜里关了院门，围捕一只跑到院里的别人家的猫，打死了，吊在门闩上剥皮。那是惊心动魄的一幕，剥出的猫红赤赤的十分可怕，我不忍心再去动手。当弟弟将猫肉在锅里炖好了端来吃，我竟闻也不敢闻了。到了秋天，更不幸的事情发生了，父亲，忠厚而严厉过分的教师，竟被诬陷定为历史反革命分子而开除公职遣回家来劳动改造了。这一打击，使我们家从此在政治上、经济上没于黑暗的深渊，我几乎要流浪天涯去讨饭！父亲遣回的那天，我正在山上锄草，看见山下的路上有两个背枪的人带着一个人到公社大院去，那人我立即认出是父亲。锄草的妇女把我抱住，紧张地说：“是你老子，你快回去看看！”这些凶恶的妇女那时变得那么温柔，慈祥，我永远记着那一张张恐惧得要死的面孔。我跑回家来，父亲已经回来了，遍身鳞伤地睡在炕上，一见我，一把揽住，嚎声哭道：“我将我儿害了！我害了我儿啊！”父亲从来没有哭过，他哭起来异常怕人，我脑子里嗡嗡直响，什么也看不见，什么也听不见。

家庭的败落，使本来就孱弱的我越发孱弱。更没有了朋友，别人不到我家里，我也不敢到别人家去，最害怕是那狗咬了。那是整整两年多时间，直至父亲平反后，我觉得我是长大了，懂得世态炎凉，明晓了人情世故。我唯一的愿望是能多给家里挣些工分，搞些可吃的东西。在外回家，手里是不空过的，有一把柴火捡起来夹在胳膊下，有一棵菜拔下装在口袋里。我还曾经在一个草窝里捡过一颗鸡蛋，如获至宝，拿回来高兴了半天。那时间能安我的心的，就是那一条板的闲书了。这是我收集来的，用条板整整齐齐放在楼顶上的，劳动回来就爬上去读，劳动了，就抽掉去楼上的梯子。父亲瞧我这样，就要转过身去悄悄抹泪。

忘不了的，是那年冬天，我突然爱上村里一个姑娘，她长得极黑，但眉眼里面楚楚动人。我也说不清为什么就爱她？但一见到她就心情愉快，不见她就蔫得霜杀一样。她家门口有一株桑树，常常假装看桑葚，偷眼瞧她在家没有？但这爱情，几乎是单相思，我并不知道她爱我不爱，只觉得真能被她爱，那是我的幸福，我能爱别人，那我也是同样幸福。我盼望能有一天，让我来承担为其双亲送终，让我来负担他们全家七八口人的吃喝，总之，能为她出力即使变一只为她家捕鼠的猫看家的狗也无上欢愉！但我不敢将这心思告诉她，因为转弯抹角她还算作是我门里的亲戚，她老老实实该叫我为“叔”；再者，家庭的阴影压迫着我，我岂能说破一句话出来？我偷偷地在心里养育这份情爱，一直到了她出嫁于别人了，我才停止了每晚在她家门前溜达的习惯。但那种钟情于她的心一直伴随着我度过了我在乡间生活的第十九个年头。

十九岁的四月的最末的一天，我离开了商山，走出了秦岭，到了西安城南的西北大学求学。这是我人生中最翻天覆地的一次突变，从

此由一个农民摇身一变成城里人。城里的生活令我神往，我知道我今生要干些什么事情，必须先到城里去。但是，等待着我的城里的生活又将是什么样呢？人那么多的世界有我立脚的地方吗？能使我从此再不感到孤独和寂寞吗？这一切皆是一个谜！但我还是走了，看着年老多病的父母送我到车站，泪水婆娑地叮咛这叮咛那，我转过头去一阵迅跑，眼泪也两颗三颗地掉了下来。

作于 1985 年 7 月 29 日病中

祭父

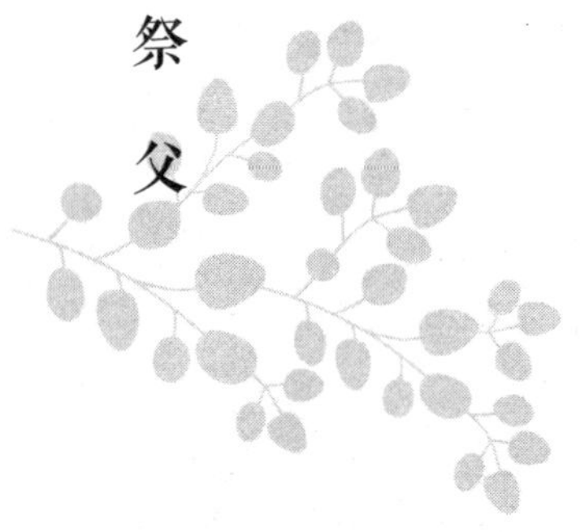

父亲贾彦春，一生于乡间教书，退休在丹凤县棣花；年初胃癌复发，七个月后便卧床不起，饥饿疼痛，疼痛饥饿，受罪至第二十六天的傍晚，突然一个微笑而去世了。其时中秋将近，天降大雨，我还远在四百里之外，正预备着翌日赶回。

我并没有想到父亲的最后离去竟这么快。以往家里出什么事，我都有感应，就在他来西安检查病的那天，清早起来我的双目无缘无故地红肿，下午他一来，我立即感到有悲苦之灾了。经检查，癌已转移，半月后送走了父亲，天天心揪成一团，却不断地为他卜卦，卜辞颇吉祥，还疑心他会创造出奇迹，所以接到病危电报，以为这是父亲的意思，要与我交代许多事情。一下班车，看见戴着孝帽接我的堂兄，才知道我回来得太晚了，太晚了。父亲安睡在灵床上，双目紧闭，口里衔着一枚铜钱，他再也没有以往听见我的脚步便从内屋走出来喜欢地对母亲喊："你平回来了！"也没有我递给他一支烟时，他总是摆摆手而拿起水烟锅的样子，父亲永远不与儿子亲热了。

守坐在灵堂的草铺里，陪父亲度过最后一个长夜。小妹告诉我，父亲饲养的那只猫也死了。父亲在水米不进的那天，猫也开始不吃，十一日中午猫悄然毙命，七个小时后父亲也倒了头。我感动着猫的忠诚，我和我的弟妹都在外工作，晚年的父亲清淡寂寞，猫给过他慰藉，猫也随他去到另一个世界。人生的短促和悲苦，大义上我全明白，面

对着父亲我却无法超脱。满院的泥泞里人来往作乱，响器班在吹吹打打，透过灯光我呆呆地望着那一棵梨树，还是父亲亲手栽的，往年果实累累，今年竟独独一个梨子在树顶。

父亲的病是两年前做的手术，我一直对他瞒着病情，每次从云南买药寄给他，总是撕去药包上癌的字样。术后恢复得极好，他每顿已能吃两碗饭，凌晨要喝一壶茶水，坐不住，喜欢快步走路。常常到一些亲戚朋友家去，撩了衣服说：瞧刀口多平整，不要操心，我现在什么病也没有了。看着父亲的豁达样，我暗自为没告诉他病情而宽慰，但偶尔发现他独坐的时候，神色甚是悲苦，竟有一次我弄来一本算卦的书，兄妹们都嚷着要查各自的前途机遇，父亲走过来却说："给我查一下，看我还能活多久？"我的心咯噔一下沉起来，父亲多半是知道了他得的什么病，他只是也不说出来罢了。卦辞的结果，意思是该操劳的都操劳了，待到一切都好。父亲叹息了一声："我没好福。"我们都黯然无语，他就又笑了："这类书怎能当真？人生谁不是这样呢！"可后来发生的事情，不幸都依这卦辞来了。

先是数年前母亲住院，父亲一个多月在医院伺候，做手术的那天，我和父亲守在手术室外，我紧张得肚子疼，父亲也紧张得肚子疼。母亲病好了，大妹出嫁，小妹高考却不中，原本依父亲的教龄可以将母亲和小妹的户口转为城镇户口，但因前几年一心想为小弟有个工作干，自己硬退休回来，现在小妹就只好窝在乡下了。为了小妹的前途，我写信申请，父亲四处寻人说情，他是干了几十年教师工作，不愿涎着脸给人家说那类话，但事情逼着他得跑动，每次都十分为难。他给我说过。他曾鼓很大勇气去找人，但当得知所找的人不在时，竟如释重载，暗自庆幸，虽然明日还得再找，而今天却免去一次受罪了。整整两年有余，小妹的工作有了着落，父亲喜欢得来人就请喝酒，他感激所有帮过忙的人，不论年龄大小皆视为贾家的恩人。但就在这时候，他患了癌病。担惊受怕的半年过去了，手术后身体一天天好起来，这一年春节父亲一定要我和妻子女儿回老家过年，多买了烟酒，好好欢度一番，没想年前两天，我的大妹夫突然出事故亡去。病后的父亲老泪纵横，以前手颤的旧病又复发，三番五次划火柴点不着烟。大妹带着不满一岁的外甥重又回住到我家，沉重的包袱又一次压在父亲的肩上。为了大妹的生活和出路，父亲又开始了比小妹当年就业更艰难的奔波，一次次的碰壁，一夜夜的辗转不眠。我不忍心看着他的劳累，甚至对他发火，他就再一次赶来给我说情况时，故意做出很轻松的样子，又总要说明他还有别的事才进城的。大妹终于可以吃商品粮了，甚至还去外乡做临时工作，父亲实想领大妹一块去乡政府报到，但癌病复发了，终未去成。父亲之所以在动了手术后延续了两年多的生命，他全是为了儿女要办完最后一件事，当他办完事了竟不肯多活一月就溘然长逝。

俗话讲，人生的光景几节过，前辈子好了后辈子坏，后辈子好了前辈子坏，可父亲的一生中却没有舒心的日月。在他的幼年，家贫如洗，又常常遭土匪的绑票，三个兄弟先后被绑票过三次，每次都是变卖家产赎回，而年仅七岁的他，也竟在一个傍晚被人背走到几百里外。贾家受尽了屈辱，发誓要供养出一个出头的人，便一心要他读书。父亲提起那段生活，总是感激着三个大伯，说他夜里读书，三个大伯从几十里外扛木头回来，为了第二天再扛到二十里外的集市上卖个好价，成半夜在院中用石槌砸木头的大小截面，那种“咣咣”的响声使他不敢懒散，硬是读完了中学，成为贾家第一个有文化的人。此后的四五十年间，他们兄弟四人亲密无间，二十二口的大家庭一直生活到六十年代，后来虽然分家另住，谁家做一顿好吃的，必是叫齐别的兄弟。我记得父亲在邻县的中学任教时期，一直把三个堂兄带在身边上学，他转哪儿，就带在哪儿，堂兄在学生宿舍里搭合铺，一个堂兄尿床，父亲就把尿床的堂兄叫去和他一块睡，一夜几次叫醒小便，但常常堂兄还是尿湿了床，害得父亲这头湿了睡那头，那头暖干了睡这头。我那时和娘住在老家，每年里去父亲那儿一次，我的伯父就用箩筐一头挑着我，一头挑着粮食翻山越岭走两天，我至今记得我在摇摇晃晃的箩筐里看夜空的星星，星星总是在移动，让我无法数清。当我参加了工作第一次领到了工资，三十九元钱先给父亲寄去了十元，父亲买了酒便请了三个伯父痛饮，听母亲说那一次父亲是醉了。那年我回去，特意跑了半个城买了一根特大的铝盒装的雪茄，父亲拆开了闻了闻，

却还要叫了三个伯父，点燃了一口一口轮流着吸。大伯年龄大，已经下世十多年了，按常理，父亲应该照看着二伯和三伯走，可谁也没想到，料理父亲丧事的竟是二伯和三伯。在盛殓的那个中午，贾家大小一片哭声，二伯和三伯老泪纵横，瘫坐在椅子上不得起来。

“文革”中，家乡连遭三年大旱，生活极度拮据，父亲却被诬陷为历史反革命关进了牛棚。正月十五的下午，母亲炒了家中仅有的一疙瘩肉盛在缸子里，伯父买了四包香烟，让我给父亲送去。我太阳落山时赶到他任教的学校，父亲已经遭人殴打过，造反派硬不让见，我哭着求情，终于在院子里拐角处见到了父亲，他黑瘦得厉害，才问了家里的一些情况，监管人就在一边催时间了。父亲送我走过拐角，却将缸子交给我，说：“肉你拿回去，我把烟留下就是了。”我出了院子的栅栏门，门很高，我只能隔着栅栏缝儿看父亲，我永远忘不了父亲呆呆站在那儿看我的神色。后来，父亲带着一身伤残被开除公职押送回家了，那是个中午，我正在山坡上拔草，听到消息扑回来，父亲已躺在床上，一见我抱了我就说：“我害了我娃了！”放声大哭。父亲是教了半辈子书的人，他胆小，又自尊，他受不了这种打击，回家后半年内不愿出门。但家庭从政治上、经济上一下子沉沦下来，我们常常吃了上顿没有下顿，自留地的苞谷还是嫩的便掰了回来，苞谷颗儿和穗儿一起在碾子上砸了做糊糊吃，麦子不等成熟，就收回用锅炒了上磨。全家唯一指望的是那头猪，但猪总是长一身红绒，眼里出血似的盼它长大了，父亲领着我们兄弟将猪拉到十五里的镇上去交售，但猪瘦不够标准，收购站拒绝收。听说二十里外的邻县一个镇上标准低，我们决定重新去交，天不明起来，特意给猪喂了最好的食料，使猪肚撑得滚圆，我们却饿着，父亲说：“今日把猪交了，咱父子仨一定去饭馆美美吃一顿！”这话极大地刺激了我和弟弟，赤脚冒雨将猪拉到了镇上。交售猪的队排得很长，眼看着轮到我们了，收购员却喊了一声：“下班了！”关门去吃饭。我们迭声叫苦，没有钱去吃饭，又不能离开，而猪却开始排泄，先是一泡没完没了的尿，再是翘了尾巴要拉，弟弟急了，拿脚直踢猪屁股，但最后还是拉下来，望着那老大的一堆猪粪，我们明白那是多少钱的分量啊。骂猪，又骂收购员，最后就不骂了，因为我和弟弟已经毫无力气了。直等到下午上班，收购员过来在猪的脖子上捏捏，又在猪肚子上揣揣，头不抬地说："不够等级！下一个——"父亲首先急了，忙求着说："按最低等级收了吧。"收购员翻着眼训道："白给我也不收哩！"已经去验下一头猪了。父亲在那里站了好大一会儿，又过来蹲在猪旁边，他再没有说话，手抖着在口袋里掏烟，但没有掏出来，扭头对我们说："回吧。"父子仨默默地拉猪回来，一路上再没有说肚子饥的话。

在那苦难的两年里，父亲耿耿于怀的是他蒙受的冤屈，几乎过三天五天就要我来写一份翻案材料寄出去。他那时手抖得厉害，小油灯下他讲他的历史，我逐字书写，寄出去的材料十分之九泥牛入海，而父亲总是自信十足。家贫买不起纸，到任何地方一发现纸就眼开，拿回来仔细裁剪，又常常纸色不同，以致后来父子俩谈起翻案材料只说"五色纸"就心照不宣。父亲幼年因家贫害过胃疼，后来愈过，但也在那数年间被野菜和稻糠重新伤了胃，这也便是他恶变胃癌的根因。当父亲终于冤案昭雪后，星期六的下午他总要在口袋里装上学校的午餐，或许是一片烙饼，或是四个小素包子，我和弟弟便会分别拿了躲到某一处吃得最后连手也舔了，末了还要趴在泉里喝水涮口咽下去。我们不知道那是父亲饿着肚子带回来的，最最盼望每个星期六傍晚太阳落山的时候。有一次父亲看着我们吃完，问："香不香？"弟弟说："香，我将来也要当个教师！"父亲笑了笑，别过脸去。我那时稍大，说现在吃了父亲的馍馍，将来长大了一定买最好吃的东西孝敬父亲。父亲退休以后，孩子们都大了，我和弟弟都开始挣钱，父亲也不愁没有馍馍吃，在他六十四岁的生日我买了一盒寿糕，他却直怨我太浪费了。五月初他病加重，我回去看望，带了许多吃食，他却对什么也没了食欲，临走买了数盒蜂王浆，叮咛他服完后继续买，钱我会寄给他的，但在他去世后第五天，村上一个人和我谈起来，说是父亲服完了那些蜂王浆后曾去商店打问过蜂王浆的价钱，一听说一盒八元多，他手里捏着钱却又回来了。

父亲当然是普通的百姓，清清贫贫的乡间教师，不可能享那些大人物的富贵，但当我在城里每次住医院，看见老干楼上的那些人长期

为小病疗养而坐在铺有红地毯的活动室中玩麻将，我就不由得想到我的父亲。

在贾家族里，父亲是文化人，德望很高，以至大家分为小家，小家再分为小家，甚至村里别姓人家，大到红白喜丧之事，小到婆媳兄妹纠纷，都要找父亲去解决。父亲乐意去主持公道，却脾气急躁，往往自己也要生许多闷气。时间长了，他有了一定的权威，多少也有了以“势”来压的味道，他可以说别人不敢说的话，竟还动手打过一个不孝其父的逆子的耳光，这少不得就得罪了一些人。为这事我曾埋怨他，为别人的事何必那么认真，父亲却火了，说道：“我半个眼窝也见不得那些龌龊事！”父亲忠厚而严厉，胆小却嫉恶如仇，他以此建立了他的人品和德行，也以此使他吃了许多苦头，受了许多难处。当他活着的时候，这个家庭和这个村子的百多户人家已经习惯了父亲的好处，似乎并不觉得什么，而听到他去世的消息，猛然间都感到了他存在的重要。我守坐在灵堂里，看着多少人来放声大哭，听着他们哭诉：“你走了，有什么事我给谁说呀?!”的话，我欣慰着我的父亲低微却崇高，平凡而伟大。

在我小小的时候，我是害怕父亲的，他对我的严厉使我产生惧怕，和他单独在一起，我说不出一句话，极力想赶快逃脱。我恋爱的那阵，我的意见与父亲不一致，那年月政治的味道特浓，他害怕女方的家庭成分影响了我，他骂我，打我，吼过我“滚”。在他的一生中，我什么都听从他，唯那件事使他伤透了心。但随着时代的变化，家庭出身已不再影响到个人的前途，但我的妻子并未记恨他，像女儿一样孝敬他，他又反过来说我眼光比他准，逢人夸说儿媳的好处，在最后的几年里每年都喜欢来城中我的小家中住一个时期。但我在他面前，似乎一直长不大，直到我的孩子已经上小学了，一次他来城里，见面递给我一支烟来吸，我才知道我成熟了，有什么事可以直接同他商量。父亲是一个普通的乡村教师，又受家庭生计所累，他没有高官显禄的三朋，也没有身缠万贯的四友，对于我成为作家，社会上开始有些虚名后，他曾是得意和自豪过。他交识的同行和相好免不了向他恭贺，当然少不了向他讨酒喝，父亲在这时候是极其的慷慨，身上有多少钱就掏多少钱，喝就喝个酩酊大醉。以致后来，有人在哪里看见我发表了文章，就拿着去见父亲索酒。他的酒量很大，原因一是“文革”中心情不好借酒消愁，二是后来为我的创作以酒得意，喝酒喝上了瘾，在很长的日子里天天都要喝的，但从不一人独喝，总是吆喝许多人聚家痛饮，又一定要母亲尽一切力量弄些好的饭菜招待。母亲曾经抱怨：家里的好吃好喝全让外人享用了！我也为此生过他的气，以我拒绝喝酒而抗议，父亲真有一段时间也不喝酒了。一九八二年的春天，我因一批小说受到报刊的批评，压力很大，但并未透露一丝消息给他。他听人说了，专程赶三十里到县城去翻报纸，熬煎得几个晚上睡不着。我母亲没文化，不懂得写文章的事，父亲给她说的时候，她困得不时打盹，父亲竟生气得骂母亲。第二天搭车到城里见我，我的一些朋友恰在我那儿谈论外界的批评文章，我怕父亲听见，让他在另一间房内休息，等来客一走，他竟过来说：“你不要瞒我，事情我全知道了。没事不要寻事，有了事就不要怕事。你还年轻，要吸取经验教训，路长着哩！”说着又返身去取了他带来的一瓶酒，说：“来，咱父子都喝喝酒。”他先倒了一杯喝了，对我笑笑，就把杯子交给我。他笑得很苦，我忍不住眼睛红了，这一次我们父子都重新开戒，差不多喝了一瓶。

自那以后，父亲又喝开酒了，但他从没有喝过什么名酒。两年半前我用稿费为他买了一瓶茅台，正要托人捎回去，他却来检查病了，竟发现患的是胃癌。手术后，我说：“这酒你不能喝了，我留下来，等你将来病好了再喝。”我心里知道，父亲怕是再也喝不成了，如果到了最后不行的时候，一定让他喝一口。在父亲生命将息的第十天，我妻子陪送老人回老家，我让把酒带上。但当我回去后，父亲已经去世了，酒还原封未动。妻说：父亲回来后，汤水已经不能进，就是让喝酒，一定腹内烧得难受，为了减少没必要的痛苦，才没有给父亲喝。盛殓时，我流着泪把那瓶茅台放在棺内，让我的父亲在另一个世界上再喝吧。如今，我的文章还在不断地发表出版，我再也享受不到那一份特殊的祝贺了。

父亲只活了六十六岁，他把年老体弱的母亲留给我们，他把两个

尚未成家的小妹留给我们，他把家庭的重担留给了从未担过沉的长子的我。对于父亲的离去，我们悲痛欲绝，对于离去我们，父亲更是不忍。当检查得知癌细胞已广泛转移毫无医治可能的结论时，我为了稳住父亲的情绪，还总是接二连三地请一些医生来给他治疗，事先给医生说好一定要表现出检查认真，多说宽心话。我知道他们所开的药全都是无济于事的，但父亲要服只得让他服，当然是症状不减，且一日不济一日，他说："平呀，现在咋办呀?"我能有什么办法呀，父亲。眼泪从我肚子里流走了，脸上还得安静，说："你年纪大了，只要心放宽静养，病会好的。"说罢就不敢看他，赶忙借故别的事走到另一个房间去抹眼泪。后来他预感到了自己不行了，却还是让扶起来将那苦涩的药面一大勺一大勺地吞在口里，强行咽下，但他躺下时已泪流满面，一边用手擦着一边说："你妈一辈子太苦，为了养活你们，舍不得吃，舍不得穿，到现在还是这样。我只说她要比我先走了，我会把她照看得好好的……往后就靠你们了。还有你两个妹妹……"母亲第一个哭起来，接着全家大哭，这是我们唯有的一次当着父亲的面痛哭。我真担心这一哭会使父亲明白一切而加重他的负担，但父亲反倒劝慰我们，他照常要服药，说他还要等着早已订好的国庆节给小妹结婚的那一天，还叮咛他来城前已给菜地的红萝卜浇了水，菜苗一定长得茂密，需要间一间。就在他去世的前五天，他还要求母亲去抓了两服中草药熬着喝。父亲是极不甘心地离开了我们，他一直是在悲苦和疼痛中挣扎，我那时真希望他是个哲学家或是个基督教徒，能透悟人生，能将死自认为一种解脱，但父亲是位实实在在的为生活所累了一生的平民，他的清醒的痛苦的逝去使我心灵不得安宁。当得知他在最后一刻终于绽出一个微笑，我的心多多少少安妥了一些。可以告慰父亲的是，母亲在悲苦中总算挺了过来，我们兄妹都一下子更加成熟，什么事都处理得很好。小妹的婚事原准备推迟，但为了父亲灵魂的安息，如期举办，且办得十分圆满。这个家庭没有了父亲并没有散落，为了父亲，我们都在努力地活着。

按照乡间风俗，在父亲下葬之后，我们兄妹接连数天的黄昏去坟上烧纸和燃火，名曰："打怕怕"，为的是不让父亲一人在山坡上孤单害怕。冥纸和麦草燃起，灰屑如黑色的蝴蝶满天飞舞，我们给父亲说着话，让他安息，说在这面黄土坡上有我的爷爷奶奶，有我的大伯，有我村更多的长辈，父亲是不会孤单的，也不必感到孤单；这面黄土坡离他修建的那一院房子不远，他还是极容易来家中看看，而我们更是永远忘不了他，会时常来探望他的。

1989 年 10 月 13 日写毕
父亲去世后三十三天，“五七”之前

四十岁说

无论中国的文学怎样伟大或者幼稚，事实是我们就在其中，且认真地工作着，已经不止一次，十次八次，说过许多追求和反省，回过头来都觉得很坏。作家实在是一种手艺人，文章写得好，就是活儿做得漂亮。窗外的空地上有织网套的，斜斜地背了木弓，一手拿木槌摔敲弓弦，在嗡嗡铮儿的音律里身子蛮有节奏地晃动，劳动既愉悦了别人，也愉悦了自己，事情就这么简单。如果说，作家职业是最易心灵自在，相反的，也最易导致做作——好作家和劣作家就这么分野了。——目下的现实里，甚多的人热衷于讲“世界”，讲到很玄乎的程度如同四个字的“深入生活”，原本简单普通的话，没生活拿什么去写呀，但偏偏说得最后谁也不知道深入生活为何物了。还是不要竭力去塑造自己庄严形象，将一张脸面弄得很深沉，很沉重；人生若认作荒原上的一群羊，哲学家是上帝派下来的牧人，作家充其量是牧犬。

文坛是热闹场，尤其是我们身处的这个时期，贾母在大观园里说过孙女们一个与一个都漂亮得分不清，在化妆品普遍被妇女青睐的今日，我们常常在街头惊叹美女如云。文学上的天才和小丑几乎无法分清，各种各样的创作和理论曾经撵得我们精疲力竭（一位农村的乡长对我说过，落实层层上级的指示，忙得他没有尿净一泡尿的时间，裤裆总是湿的）。忽然一想，许多的创作和理论，不是为着自己出头露面的欲望吗？它其实并没有自己大的志向，完整的体系，目的是各人在发表自己的文章而已，蝌蚪跟着鱼儿浪，浪得一条尾巴没有了。

供我们生存的时空越来越小，古今的、中外的大智慧家的著作和言论，可以使我们寻到落脚的经纬点。要作为一个好作家，要活儿做得漂亮，就是表达出自己对社会人生的一份态度，这态度不仅是自己的，也表达了更多的人乃至人类的东西。作为人类应该是大致相通的。我们之所以看懂古人的作品，替古人流眼泪，之所以看得懂西方的作品，为他们的激动而激动，原因大概如此。近代的中国史上一句很著名的话："中学为体，西学为用"，进而发展的在文学史上只能借鉴西方写作技巧的说法，我觉得哪儿总有毛病发生。文学或多或少，或大或小，都是要阐述着人生的一种境界，这个最高境界反倒是我们要借鉴的，无论古人与洋人。中国的儒释道，扩而大之，中国的宗教、哲学与西方的宗教、哲学，若究竟起来，最高的境界是一回事，正应了云层上面的都是一片阳光的灿烂。问题是，有了一片阳光，还有阳光下各种各样的，或浓或淡，是雨是雪，高低急缓的云层，它们各自有各自的形态和美学。这就要分析东西方人的思维了，水墨画和油画，戏曲和话剧，西医和中医。我们应该自觉地认识东方的重整体的感应和西方的实验分析，不是归一和混淆，而是努力独立和丰富，通过我们穿过云层，达到最高的人类相通的境界中去。"越是民族的越是世界的"言论，关键在这个"民族的"是不是通往人类最后相通的境界去。令人困惑的是理论界和创作界总有极端的思潮涌起，若不是以中国传统（实际上很大程度并不是中国传统）的一套为标准，就是以西方的作规则，合者便好，不合者便孬，制造了许多过眼烟云的作品，又是混乱了许多的创作不知所措。或许也偏颇了，我倒认作对于西方文学的技巧，不必自卑地去仿制，因为思维方式的不同，形成的技巧也各有千秋。通往人类贯通的一种思考一种意识的境界，法门万千，我们在我们某一个法门口，世界于我们是平和而博大，万事万物皆那么和谐又充溢着生命活力，我们就会灭绝所谓的绝对，等待思考的只是参照，只是尽力完满生命的需要。生命完满得愈好，通往大境界的法门之程愈短。如果是天才，有夙愿，必会修成正果，这就是大作家的产生。

拴馬樁
丙戌冬日平凹書之
陝西關中隨處可見拴馬樁但現在卻少有馬匹了

在美国的张爱玲说过一句漂亮的话：人生是件华美的睡袍，里面长满虱子。人常常是尴尬的生存。我越来越在作品里使人物处于绝境，他们不免有些变态了，我认作不是一种灰色与消极，是对生存尴尬的反动；突破和超脱。走出激愤，多给沉闷的人生透一口气来，幽默由此而生。爱情的故事里，写男人的自卑，对女人的神驭，乃至感应世界的繁杂的意象，这合于我的心境。现在的文学，热衷于写西方气质的男子汉，赏观中国的戏曲，为什么有一个“小生”呢，小生的装扮、言语，又为什么是那样，这一切是怎样形成的呢？古老的中国的味道如何写出，中国人的感受怎样表达出来，恐怕不仅是看作纯粹的形式的既定，诚然也是中国思维下的形式，就是马尔克斯和那个川端先生，他们成功，直指大境界，追逐全世界的先进的趋向而浪花飞扬，河床却坚实地建凿在本民族的土地上。

我是一个山地人，在中国的荒凉而瘠贫的西北部一隅，虽然做够了白日梦，那一种时时露出的村相，逼我无限悲凉，我可能不是一个政治性强的作家，或者说不善于表现政治性强的作家，我只有在作品中放诞一切，自在而为。艺术的感受是一种生活的趣味，也是人生态度，情操所致，我必须老老实实生活，不是存心去生活中获取素材，也不是弄到将自身艺术化，有阮籍气或贾岛气，只能有意无意地，生活的浸润感染，待提笔时自然而然地写出要写的东西。

还是寻出两句话吧，这是我四十岁里读到的，闷了许多日，再也不可能忘掉的话——

之一，是我跟一位禅师学禅，回来手书在书房的条幅：“见山是山，见水是水，见山不是山，见水不是水，见山还是山，见水还是水。”

之二，夜读《八大山人画集》，忽见八大山人，字个山，画像下几行小字：“
　　火
木土金◎咦，个有个而立于－＝≡≣×之间也，个无个而超于×≣≡＝－之外也，个山个山，形上形下，圆中一点。”
　　水

1991 年

五十大话

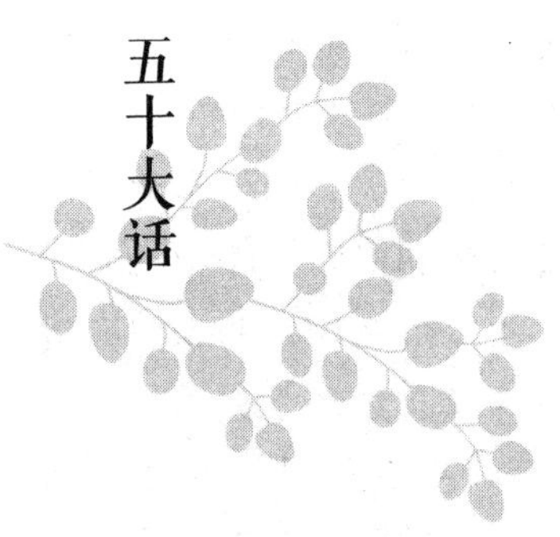

过了旧历二月二十一日，我今年是五十岁。到了五十，人便是大人，寿便是大寿，可以当众说些大话了。

差不多半个多月的光景吧，我开始睡得不踏实，一到半夜四点就醒来，骨碌碌睁着眼睛睡不着，又突然地爱起了钱，我知道我是在老了。明显地腿沉，看东西离不开眼镜，每一个槽牙都补过窟窿，头发也秃掉一半。老了的身子如同陈年旧屋，椽头腐朽，四处漏雨。人在身体好的时候，身体和灵魂是统一的也可以说灵魂是安详的，从不理会身体的各个部位，等到灵魂清楚身体的各个部位，这些部位肯定是出了毛病，灵魂就与身体分裂，出现烦躁，时不时准备着离开了。我常常在爬楼时觉得，身子还在第八个梯台，灵魂已站在第十个梯台，甚至身子是坐在椅子上，能眼瞧着灵魂在房间里走来走去。曾经约过一些朋友去吃饭，席间有个漂亮的女人让我赏心悦目，可她一走近我，便“贾老贾老”地叫，气得我说：你要拒绝我是可以的，但你不能这样叫呀！我真是害怕身子太糟糕了，灵魂一离开就不再回来。

往后再不敢熬夜了，即便是最好的朋友邀打麻将，说好放牌让我赢，也不去了。吃饭要讲究，胃虽然是有感情的，也不能只记着小时在乡下吃过的糊汤和捞面，要喝牛奶，让老婆煲乌鸡人参汤，再是吃海鲜和水果。听隔壁老田的话，早晨去跑步，倒退着跑步，还有，蹲厕所时不吸烟，闭上嘴不吭声，勤搓裆部，往热里搓，没事就拿舌头

抵着牙根汪口水，汪有口水了，便咽下去。级别工资还能不能高不在意了，小心着不能让血压血脂高；业绩突出不突出已无所谓了，注意椎间盘的突出。当学生能考上大学便是父母的孝顺孩了，现在自己把自己健康了，子女才会亲近。

二十岁时我从乡下来到了西安城里，一晃数十年就过去了，虽然总是还觉得从大学毕业是不久前的事情，事实是我的孩子也即将从大学毕业。人的一生到底能做些什么事情呢？当五十岁的时候，不，在四十岁之后，你会明白人的一生其实干不了几样事情，而且所干的事情都是在寻找自己的位置。造物主按照这世上的需要造物，物是不知道的，都以为自己是英雄，但是你是勺，无论怎样地盛水，勺是盛不过桶的。性格为生命密码排列了定数，所以性格的发展就是整个命运的轨迹。不晓得这一点，必然沦成弱者，弱者是使强用狠，是残忍的，同样也是徒劳的。我终于晓得了，我就是强者，强者是温柔的，于是我很幸福地过我的日子。不再去提着烟酒到当官的门上蹭磨，或者抱上自己的书和字画求当官的斧正，当然，也不再动不动坐在家里骂官，官让干什么事偏不干。谄固可耻，傲亦非分，最好的还是萧然自远。别人说我好话，我感谢人家，必要自问我是不是有他说的那样？遇人轻我，肯定是我无可重处。不再会为文坛上的是是非非烦恼了，做车子的人盼别人富贵，做刀子的人盼别人伤害，这是技术本身的要求。若有诽谤和诋毁，全然是自己未成正果。一只兔子在前边跑，后边肯定有百人追逐，不是一只兔子可以分成百只，是因为这只兔子的名分不确定啊。在屋前种一片竹子不一定就清高，突然门前客人稀少，也不是远俗了，还是平平常常着好，春到了看花开，秋来了就扫叶。

大家都知道，我的病多，总是莫名其妙地这不舒服那不舒服。但病使我躲过了许多尴尬，比如有人问，你应该担任某某职务呀，或者说你怎么没有得奖呀和没有情人呀，我都回答我有病！更重要的，病是生与死之间的一种微调，它让我懂得了生死的意义，像不停地上着哲学课。除了病多，再就是骂我的人多。我老不明白：我招谁惹谁了，为什么骂我？后来看到古人的一副对联，便会心而笑了。左联这么写：著书竟二十万言，才未尽也；得谤遍九州四海，名亦随之。我何不这样呢，声名既大，谤亦随焉；骂者越多，名更大哉。世上哪里仅是单纯的好事或是坏事呢？我写文章，现在才知道文章该怎么写了，活人也能活得出个滋味了，所以我提醒自己：要会欣赏。鸟儿在树上叫着，鸟儿在说什么话呢？鸟的语言我是不懂的，我只觉得它叫得好听就是了，做一个倾听者。还有：多做好事，把做的好事当做治病的良方；不再恨人，对待仇人应视为他是来督促自己成功者，对待朋友亦不能要求他像家人一样。钱当然还是要爱的，如古人说的那样，巨大的胸襟，爱小零钱么。以文字立身用字画养性，收藏古董让古董收藏我，热爱女人为女人尊重，不浪费时间不糟蹋粮食。到底还是一句老话：平生一片心，不因人热；文章千古事，聊以自娱。

2002 年 4 月 6 日

写给母亲

人活着的时候，只是事情多，不计较白天和黑夜。人一旦死了日子就堆起来：算一算，再有二十天，我妈就三周年了。

三年里，我一直有个奇怪的想法，就是觉得我妈没有死，而且还觉得我妈自己也不以为她就死了。常说人死如睡，可睡的人是知道要睡去，睡在了床上，却并不知道在什么时候睡着的呀。我妈跟我在西安生活了十四年，大病后医生认定她的各个器官已在衰竭，我才送她回棣花老家维持治疗。每日在老家挂上液体了，她也清楚每一瓶液体完了，儿女们会换上另一瓶液体的，所以便放心地闭了眼躺着。到了第三天的晚上，她是闭着的眼再没有睁开，但她肯定还是认为她在挂液体了，没有意识到从此再不醒来，因为她躺下时还让我妹把给她擦脸的毛巾洗一洗，梳子放在了枕边，系在裤带上的钥匙没有解，也没有交代任何后事啊。

三年以前我每打喷嚏，总要说一句：这是谁想我呀？我妈爱说笑，就接茬说：谁想哩，妈想哩！这三年里，我的喷嚏尤其多，往往错过吃饭时间，熬夜太久，就要打喷嚏，喷嚏一打，便想到我妈了，认定是我妈还在牵挂我哩。

我妈在牵挂着我，她并不以为她已经死了，我更是觉得我妈还在，尤其我一个人静静地待在家里，这种感觉就十分强烈。我常在写作时，突然能听到我妈在叫我，叫得很真切，一听到叫声我便习惯地朝右边扭过头去。从前我妈坐在右边那个房间的床头上，我一伏案写作，她就不再走动，也不出声，却要一眼一眼看着我，看得时间久了，她要叫我一声，然后说：世上的字你能写完吗，出去转转么。现在，每听到我妈叫我，我就放下笔走进那个房间，心想我妈从棣花来西安了？当然是房间里什么也没有，却要立上半天，自言自语我妈是来了又出门去街上给我买我爱吃的青辣子和萝卜了。或许，她在逗我，故意藏到挂在墙上的她那张照片里，我便给照片前的香炉里上香，要说上一句：我不累。

整整三年了，我给别人写过十多篇文章，却始终没给我妈写过一个字，因为所有的母亲，儿女们都认为是伟大又善良，我不愿意重复这些词语。我妈是一位普通的妇女，缠过脚，没有文化，户籍还在乡下，但我妈对于我是那样的重要。已经很长时间了，虽然再不为她的病而提心吊胆了，可我出远门，再没有人啰啰嗦嗦地叮咛着这样叮咛着那样，我有了好吃的好喝的，也不知道该送给谁去。

在西安的家里，我妈住过的那个房间，我没有动一件家具，一切摆设还原模原样，而我再没有看见过我妈的身影。我一次又一次难受着又给自己说，我妈没有死，她是住回乡下老家了。今年的夏天太湿太热，每晚被湿热醒来，恍惚里还想着该给我妈的房间换个新空调了。待清醒过来，又宽慰着我妈在乡下的新住处里，应该是清凉的吧。

三周年的日子一天天临近，乡下的风俗是要办一场仪式的，我准备着香烛花果，回一趟棣花了。但一回棣花，就要去坟上，现实告诉着我，妈是死了，我在地上，她在地下，阴阳两隔，母子再也难以相见，顿时热泪肆流，长声哭泣啊。

2010 年 8 月 16 日

在女儿婚礼上的讲话

我二十七岁有了女儿，多少个艰辛和忙乱的日子里，总盼望着孩子长大，她就是长不大，但突然间她长大了，有了漂亮、有了健康，有了知识，今天又做了幸福的新娘！我的前半生，写下了百十余部作品，而让我最温暖的也最牵肠挂肚和最有压力的作品就是贾浅。她诞生于爱，成长于爱中，是我的淘气，是我的贴心小棉袄，也是我的朋友。我没有男孩，一直把她当男孩看，贾氏家族也一直把她当做希望之花。我是从困苦境域里一步步走过来的，我发誓不让我的孩子像我过去那样贫穷和坎坷，但要在“长安居大不易”，我要求她自强不息，又必须善良、宽容。二十多年里，我或许对她粗暴呵斥，或许对她无为而治，贾浅无疑是做到了这一点。当年我的父亲为我而欣慰过，今天，贾浅也让我有了做父亲的欣慰。因此，我祝福我的孩子，也感谢我的孩子。

女大当嫁，这几年里，随着孩子的年龄增长，我和她的母亲对孩子越发感情复杂，一方面是她将要离开我们，一方面是迎接她的又是怎样的一个未来？我们祈祷着她能受到爱神的光顾，觅寻到她的意中人，获得她应该有的幸福。终于，在今天，她寻到了，也是我们把她交给了一个优秀的俊朗的贾少龙！我们两家大人都是从乡下来到城里，虽然一个原籍在陕北，一个原籍在陕南，偏偏都姓贾，这就是神的旨意，是天定的良缘。两个孩子都生活在富裕年代，但他们没有染上浮华的习气，成长于社会变型时期，他们依然纯真清明，他们是阳光的、进步的青年，他们的结合，以后的日子会快乐、灿烂！在这庄严而热烈的婚礼上，作为父母，我们向两个孩子说上三句话。第一句，是一副老对联：一等人忠臣孝子，两件事读书耕田。做对国家有用的人，做对家庭有责任的人。好读书能受用一生，认真工作就一辈子有饭吃。第二句话，仍是一句老话："浴不必江海，要之去垢；马不必骐骥，要之善走。"做普通人，干正经事，可以爱小零钱，但必须有大胸怀。第三句话，还是老话："心系一处"。在往后的岁月里，要创造、培养、磨合、建设、维护、完善你们自己的婚姻。今天，我万分感激着爱神的来临，它在天空星界，江河大地，也在这大厅里，我祈求着它永远关照着两个孩子！我也万分感激着从四面八方赶来参加婚礼各行各业的亲戚朋友，在十几年、几十年的岁月中，你们曾经关注、支持、帮助过我的写作、身体和生活，你们是我最尊敬和铭记的人，我也希望你们在以后的岁月里关照、爱护、提携两个孩子，我拜托大家，向大家鞠躬！

2004 年 10 月

我的故乡是商洛

人人都说故乡好。我也这么说，而且无论在什么时候什么地方，说起商洛，我都是两眼放光。这不仅出自于生命的本能，更是我文学立身的全部。

商洛虽然是山区，站在这里，北京很偏远，上海很偏远。虽然比较贫穷，山和水以及阳光空气却纯净充裕。我总觉得，云是地的呼吸所形成的，人是从地缝里冒出的气。商洛在秦之头、楚之尾，秦岭上空的鸟是丹江里的鱼穿上了羽毛，丹江里的鱼是秦岭上空的脱了羽毛的鸟，它们是天地间最自在的。我就是从这块地里冒出来的一股气，幻变着形态和色彩。所以，我的人生观并不认为人到世上是来受苦的。如果是来受苦的，为什么世上的人口那么多，每一个人活着又不愿死去？人的一生是爱的圆满，起源于父母的爱，然后在世上受到太阳的光照，水的滋润，食物的供养，而同时传播和转化。这也就是之所以每个人的天性里都有音乐、绘画、文学的才情的原因。正如哲人说过，当你看到一朵花而喜爱的时候，其实这朵花更喜欢你。人世上为什么还有争斗、伤害、嫉恨、恐惧，是人来得太多、空间太少而产生的贪婪。也基于此，我们常说死亡是死者带走了一份病毒和疼痛，还活着的人应该感激他。

我爱商洛，觉得这里的山水草木飞禽走兽没有不可亲的。这里的人不爱为官，为民摆摊的、行乞的又都没有不是好人。在长达数十年的岁月中，商洛人去西安见我，我从来好烟好茶好脸好心地相待，不敢一丝怠慢，商洛人让我办事，我总是满口应允，四蹄跑着尽力而为。至今，我的胃仍然是洋芋糊汤的记忆，我的口音仍然是秦岭南坡的腔调。商洛也爱我，它让我几十年都在写它，它容忍我从各个角度去写它，素材是那么丰富，胸怀是那么宽阔。凡是我有了一点成绩，是商洛最先鼓掌，一旦我受到挫败，商洛总能给予慰藉。

我是商洛的一棵草木、一块石头、一只鸟、一只兔、一个萝卜、一个红薯，是商洛的品种，是商洛制造。

我在商洛生活了十九年后去了西安，二十世纪八十年代我曾三次大规模地游历了各县，几乎走遍了所有大小的村镇，此后的几十年，每年仍十多次往返不断。自从去了西安，有了西安的角度，我更了解和理解了商洛，而始终站在商洛这个点上，去观察和认知着中国。这就是我人生的秘密，也就是我文学的秘密。

至今我写下千万文字，每一部作品里都有商洛的影子和痕迹。早年的《山地笔记》，后来的《商州三录》《浮躁》，再后的《废都》《妊娠》《高老庄》《怀念狼》，以及《秦腔》《高兴》《古炉》《带灯》和《老生》，那都是文学的商洛。其中大大小小的故事，原型有的就是商洛记录，也有原型不是商洛的，但熟悉商洛的人，都能从作品里读到商洛的某地山水物产风俗，人物的神气方言。我已经无法摆脱商洛，如同无法不呼吸一样，如同羊不能没有膻味一样。

凤楼常近日，鹤梦不离云。

我欣赏荣格的话：文学的根本是表达集体无意识。我也欣赏“生生不息”这四个字。如何在生活里寻找到、准确抓住集体无意识，这是我写作中最难最苦最用力的事。而在面对了原始具象，要把它写出来时，不能写得太熟太滑，如何求生求涩，这又是我万般警觉和小心的事。遗憾的是这两个方面我都做得不好。

人的一生实在太短，干不了几件事。当我选择了写作，就退化了别的生存功能，虽不敢懈怠，但自知器格简陋，才质单薄，无法达到我向往的境界，无法完成我追求的作品。别人或许是建造故宫，我只是经营农家四合院。

我在书房悬挂了一块匾：待星可披。意思是什么时候星光才能照着我啊。而我能做到的就是在屋里安了一尊佛像和一尊土地神。佛法无边，可以惠泽众生，土地神则护守住我那房子和我的灵魂。

2014 年 11 月

我不是个好儿子

在我四十岁以后，在我几十年里雄心勃勃所从事的事业、爱情遭受了挫折和失意，我才觉悟了做儿子的不是。母亲的伟大不仅生下血肉的儿子，还在于她并不指望儿子的回报，不管儿子离她多远又回来多近，她永远使儿子有亲情，有力量，有根有本。人生的车途上，母亲是加油站。

母亲一生都在乡下，没有文化，不善说会道，飞机只望见过天上的影子。她并不清楚我在远远的城里干什么，惟一晓得的是我能写字，她说我写字的时候眼睛在不停地眨，就操心我的苦，"世上的字能写完?!"一次一次地阻止我。前些年，母亲每次到城里小住，总是为我和孩子缝制过冬的衣物，棉花垫得极厚，总害怕我着冷，结果使我和孩子都穿得像狗熊一样笨拙。她过不惯城里的生活，嫌吃油太多，来人太多，客厅的灯不灭，东西一旧就扔，说："日子没乡下整端。"最不能忍受我打骂孩子，孩子不哭，她却哭，和我闹一场后就生气回乡下去。母亲每一次都高高兴兴来，每一次都生了气回去。回去了，我并未思念过她，甚至一年一年的夜里不曾梦着过她。母亲对我的好是我不觉得了母亲对我的好，当我得意的时候我忘记了母亲的存在，当我有委屈了就想给母亲诉说，当着她的面哭一鼻子。

母亲姓周，这是从舅舅那里知道的，但母亲叫什么名字，十二岁那年，一次与同村的孩子骂仗——乡下骂仗以高声大叫对方父母名字

为最解气的——她父亲叫鱼，我骂她鱼，鱼，河里的鱼！她骂我：蛾，蛾，小小的蛾！我清楚了母亲叫周小娥的。大人物之所以大人物，是名字被千万人呼喊，母亲的名字我至今没有叫过，似乎也很少听老家村子里的人叫过，但母亲不是大人物却并不失却她的伟大，她的老实、本分、善良、勤劳在家乡有口皆碑。现在有人讥讽我有农民的品性，我并不羞耻，我就是农民的儿子，母亲教育我的忍字，使我忍了该忍的事情，避免了许多祸灾发生，而我的错误在于忍了不该忍的事情，企图以委曲求全未能求全。

七年前，父亲做了胃癌手术，我全部的心思都在父亲身上，父亲去世后，我仍是常常梦到父亲，父亲依然还是有病痛的样子，醒来就伤心落泪，要买了阴纸来烧。在纸灰飞扬的时候，突然间我会想起乡下的母亲，又是数日不安，也就必会寄一笔钱到乡下去。寄走了钱，心安理得地又投入到我的工作中了，心中再也没有母亲的影子。老家的村子里，人人都在夸我给母亲寄钱，可我心里明白，给母亲寄钱并不是我心中多么有母亲，完全是为了我的心理平衡。而母亲收到寄去的钱总舍不得花，听妹妹说，她把钱没处放，一卷一卷塞在床下的破棉鞋里，几乎让老鼠做了窝去。我埋怨过母亲，母亲说："我要那么多钱干啥？零着攒下了将来整着给你。你们都精精神神了，我喝凉水都高兴的，我现在又不至于喝着凉水！"去年回去，她真的把积攒的钱要给我，我气恼了，要她逢集赶会了去买个零嘴儿吃，她果然一次买回了许多红糖，装在一个瓷罐儿里，但凡谁家的孩子去她那儿了，就三个指头一捏，往孩子嘴里一塞，再一抹。孩子们为糖而来，得糖而去，母亲笑着骂着："喂不熟的狗！"末了就呆呆地发半天愣。

母亲在晚年是寂寞的，我们兄妹就商议了，主张她给大妹看管孩子，有孩子占心，累是累些，日月总是好打发的吧。小外甥就成了她的尾巴，走到哪儿带到哪儿。一次婆孙到城里来，见我书屋里挂有父亲的遗像，她眼睛就潮了，说："人一死就有了日子了，不觉是四个年头了！"我忙劝她，越劝她越流下泪来。外甥偏过来对着照片要爷爷，我以为母亲更要伤心的，母亲却说："爷爷埋在土里了。"孩子说："土里埋下什么都长哩，爷爷埋在土里怎么不再长个爷爷？"母亲竟没有恼，倒破涕而笑了。母亲疼孩子爱孩子，当着众人面要骂孩子没出息，这般地大了夜夜还要噙她的奶头睡觉，孩子就羞了脸，过来捂她的嘴不让说，两人绞在一起倒在地上，母亲笑得直喘气。我和妹妹批评过母亲太娇惯孩子，她就说：“我不懂教育嘛，你们怎么现在都英英武武的?!”我们拗不过她，就盼外甥永远长这么大。可外甥如庄稼苗一样，见风生长，不觉今年要上学了，母亲显得很失落，她依然住在妹妹家，急得心火把嘴角都烧烂了。我想，如果母亲能信佛，每日去寺院烧香，回家念经就好了，但母亲没有那个信仰。后来总算让邻居的老太太们拉着天天去练气功，我们做儿女的心才稍有了些踏实。

小时候，我对母亲的印象是她只管家里人的吃和穿，白日除了去生产队出工，夜里总是洗萝卜呀，切红薯片呀，或者纺线，纳鞋底，在门闩上拉了麻丝合绳子。母亲不会做大菜，一年一次的蒸碗大菜，父亲是亲自操作的，但母亲的面条擀得最好，满村出名。家里一来客，父亲说：吃面吧。厨房一阵案响，一阵风箱声，母亲很快就用箕盘端上几碗热腾腾的面条来。客人吃的时候，我们做孩子的就被打发着去村巷里玩，玩不了多久，我们就偷偷溜回来，盼着客人是否吃过了，是否有剩下的。果然在锅底里就留有那么一碗半碗。在那困难的年月里，纯白面条只是待客，没有客人的时候，中午可以吃一顿苞谷糁面，母亲差不多是先给父亲捞一碗，然后下些浆水和菜，连菜带面再给我们兄妹捞一碗，最后她的碗里就只有苞谷糁和菜了。那时少粮缺柴的，生活苦巴，我们做孩子的并不愁容满面，平日倒快活得要死，最烦恼的是帮母亲推磨子了。常常天一黑母亲就收拾磨子，在麦子里掺上白苞谷或豆子磨一种杂面，偌大的石磨她一个人推不动，就要我和弟弟合推一个磨棍，月明星稀之下，走一圈又一圈，昏头晕脑的发迷怔。磨过一遍了，母亲在那里筛箩，我和弟弟就趴在磨盘上瞌睡。母亲喊我们醒来再推，我和弟弟总是说磨好了，母亲说再磨几遍，需要把麦麸磨得如蚊子翅膀一样薄才肯结束。我和弟弟就同母亲吵，扔了磨棍怄气。母亲叹叹气，末了去敲邻家的屋子，哀求人家：二嫂子，二嫂子，你起来帮我推推磨子！人家半天不吱声，她还在求，说：“咱换

换工，你家推磨子了，我再帮你……孩子明日要上学，不敢耽搁娃的课的。”瞧着母亲低声下气的样子，我和弟弟就不忍心了，揉揉鼻子又把磨棍拿起来。母亲操持家里的吃穿琐碎事无巨细，而家里的大事，母亲是不管的，一切由当教师的星期天才能回家的父亲做主。在我上大学的那些年，每次寒暑假结束要进城，头一天夜里总是开家庭会，家庭会差不多是父亲主讲，要用功学习呀，真诚待人呀，孔子是怎么讲，古今历史上什么人是如何奋斗的，直要讲两三个小时。母亲就坐在一边，为父亲不住吸着的水烟袋卷纸媒，纸媒卷了好多，便袖了手打盹儿。父亲最后说：“你妈还有啥说的？”母亲一怔方清醒过来，父亲就生气了：“瞧你，你竟能睡着?!”训几句。母亲只是笑着，说：“你是老师能说，我说啥呀？”大家都笑笑，说天不早了，睡吧，就分头去睡。这当儿母亲却精神了，去关院门，关猪圈，检查柜盖上的各种米面瓦罐是否盖严了，防备老鼠进去，然后就收拾我的行李，然后一个人去灶房为我包天明起来吃的素饺子。

父亲去世后，我原本立即接她来城里住，她不来，说父亲三年没过，没过三年的亡人会有阳灵常常回来的，她得在家顿顿往灵牌前贡献饭菜。平日太阳暖和的时候，她也去和村里一些老太太们摸花花牌，她们玩的是两分钱一个注儿，每次出门就带两角钱三角钱，她塞在袜筒。她养过几只鸡，清早一开鸡棚，一一要在鸡屁股里揣揣有没有蛋要下，若揣着有蛋，半晌午摸牌就半途赶回来收拾产下的蛋。可她不大吃鸡蛋，只要有人来家坐了，却总热惦着要烧煎水，煎水里就卧荷包蛋。每年院里的梅李熟了，总摘一些留给我，托人往城里带，没人进城，她一直给我留着，“平爱吃酸果子”，她这话要唠叨好长时间，梅李就留到彻底腐烂了才肯倒去。她在妹妹家学练了气功，我去看她，未说几句话就叫我到小房去，一定要让我喝一个瓶子里的凉水，不喝不行，问这是怎么啦，她才说是气功师给她的信息水，治百病的，“你要喝的，你一喝肝病或许就好了！”我喝了半杯，她就又取苹果橘子让我吃，说是信息果。

我成不成为什么专家名人，母亲一向是不大理会的，她既不晓得我工作的荣耀，我工作上的烦恼和苦闷也就不给她说。一部《废都》，国之内外怎样风雨不止，我受怎样的赞誉和攻击，母亲未说过一句话。当知道我已孤单一人，又病得入了院，她悲伤得落泪，要到城里来看我，弟妹不让她来，不领她，她气得在家里骂这个骂那个，后来冒着风雪来了，她的眼睛已患了严重的疾病，却哭着说："我娃这是什么命啊?!"

我告诉母亲，我的命并不苦的，什么委屈和劫难我都可以受得，少年时期我上山砍柴，挑百十斤的柴担在山砭道上行走，因为路窄，不到固定的歇息处是不能放下柴担的，肩膀再疼腿再酸也不能放下柴担的，从那时起我就练出了一股韧劲。而现在最苦的是我不能亲自伺候母亲！父亲去世了，作为长子，我是应该为这个家操心，使母亲在晚年活得幸福，但现在既不能照料母亲，反倒让母亲还为儿子牵肠挂肚，我这做的是什么儿子呢？把母亲送出医院，看着她上车要回去了，我还是掏出身上仅有的钱给她，我说，钱是不能代替了孝顺的，但我如今只能这样啊！母亲懂得了我的心，她把钱收了，紧紧地握在手里，再一次整整我的衣领，摸摸我的脸，说我的胡子长了，用热毛巾捂捂，好好刮刮，才上了车。眼看着车越走越远，最后看不见了。我回到病房，躺在床上开始打吊针，我的眼泪默默地流下来。

1993 年 11 月 27 日草于病房

笑口常开

著作得以出版，殷切切送某人一册，扉页上恭正题写："赠 XXX 先生存正。"一月过罢，偶尔去废旧书报收购店见到此册，遂折价买回，于扉页上那条题款下又恭正题写："再赠 XXX 先生存正。"写毕邮走，踅进一家酒馆坐喝，不禁乐而开笑。

大学毕业，年届三十，婚姻难就，累得三朋四友八方搭线，但一次一次介绍终未能成就。忽一日，又有人送来游园票，郑重讲明已物色着一位姑娘，同意明日去公园 XX 桥第三根栏杆下见面。黎明早起，赶去约会，等候的姑娘竟是两年前曾经别人介绍见过面的。姑娘说："怎么又是你?!"掉身而去。木木在桥上立了半晌，不禁乐而开笑。

好友 X 君，编辑十五年杂志，清苦贫困，英年早逝。保存下那一支笔和一副深度近视镜。租三轮车送亡友去火葬场火化，待化的队列冗长，忽见墙上张贴有"本场优待知识分子"，立即返回取来编辑证书，果然火化提前，免受尸体臭烂，不禁乐而开笑。

入厕所大便完毕，发现未带手纸，见旁边有被揩过的一片脏纸，应急欲用，却进来一个人蹲坑，只好等着那人便后先走。但那人也是没手纸，为难半天，也发现那片脏纸，企图我走后应急。如此相持许久，均心照不宣，后同时欲先下手为强，偏又进来一人，背一篓，拄一铁条，为捡废纸者，铁条一点，扎去脏纸入篓走了。两人对视，不禁乐而开笑。

居住于A城的伯父，沉沦于二十年右派生涯，早妻离子散，平反后已垂垂暮老，多回忆早年英武及故友。我以他大学的一位女生名义去信慰藉，不想他立即复信，只好信来信往，谈当年的友情，谈数十年的思念，谈现在鳏寡人的处境，及至发展到黄昏恋。我半月一封，连续四年不断，且信中一再说要去见他，每次日期将至又以患病推延。伯父终老弱病倒，我去看他，临咽气说：“我等不及她来了。她来了，你把这个箱子交她。”又说一句“我总没白活。”安详瞑目。掩埋了伯父，打开箱子，竟是我写给他的近百封信，得意为他在爱的幸福中度过晚年，不禁乐而开笑。

陪领导去某地开会，讨论席上，领导突然脖子发痒，用手去摸，摸出一个肉肉的小东西，脸色微红旋又若无其事说：“我还以为是个虱子哩！”随手丢到地上。我低头往地上瞅，说：“噢，我还以为不是个虱子哩！”会后领导去风景区旅游，而我被命令返回，列车上买一个鸡爪边嚼边想，不禁乐而开笑。

有了妻子便有了孩子，仍住在那不足十平方米的单间里。出差马上就要走了，一走又是一月，夫妻想亲热一下，孩子偏死不离家。妻子说：“小宝，爸爸要走了，你去商店打些酱油，给你爸爸做一顿好吃的吧！”孩子提了酱油瓶出门，我说：“拿这个去。”给了一个大口浅底盘子，“别洒了啊！”孩子走了，关门立即行动。毕，赶忙去车站，于巷口远远看见孩子双手捧盘，一步一小心地回来，不禁乐而开笑。

夜里正在床上半醒半睡，有人影推门闪进来，在立柜里翻，翻出一堆破衣服和书报，扔了；再往架板上翻，翻出各类米袋子、面袋子和书报，扔了；在桌斗里又翻，是一堆读书卡片，凑眼前看了看，扔了。咕囔了一句顺门便走，我在床上说：“朋友，把门拉上，夜里有风的。”小偷把门拉上了。天明起来整理房间，一地乱书乱报，竟发现找了好久未找着的一份资料，不禁乐而开笑。

上大街回来，挤了一身臭汗，牢骚道：“用枪得在街十字路口扫一通！”回家一杯茶未喝尽，楼梯上步声杂乱，巷中有人呼：“大街上有人用枪打死几十人了！”遂也往街上跑，街上人山人海，弯腰往里

挤，问：“尸体在哪儿？”一熟人说：“不是你讲的吗？”忽记得那一句顺口的牢骚，不禁乐而开笑。

剧场里正巧和一位官太太邻座，太太把持不住放一屁，四周骚哗；骂问：“谁放的？不文明！”太太窘极不语，骂问声更甚。我站起说：“我放的！”众人骚哗即息，却以手作扇风状，太太也扇，畏我如臭物，回望她不禁乐而开笑。

出外突然有人迎面过来打招呼，立即停下，作疑惑状。“你不认识我了？”“怎么不认识！”于是握手，互问哪儿来，到哪儿去，互问老人康健孩子可乖，互说又胖了，又瘦了！半天的淡而无味的话。分手了，终想不起这是谁，不禁乐而开笑。

弄文学的穷朋友来家侃山，酒瘾发而酒瓶仅能控出一杯酒，取马鬃四根，各人蘸吮，却大声划拳：“三匹马，五魁手……你一盅（鬃）！我一盅（鬃）！”窗外卖茶蛋的老妪对老翁说：“怪不得咱出钱让人家写文章宣传咱不干，人家钱多酒量也大，喝了整晌也未醉！”听着不禁乐而开笑。

路过一条小巷，忽见有长队排出，以为又在出售紧俏物件了，急忙列入其中，排到跟前，方见是巷口唯一的厕所，居民等候出恭，不禁乐而开笑。

去给孩子买一双袜子，昨日看时价是一元，今日是一元二角，怏怏出店门，打响一个喷嚏，喷带出一口痰。正想是售货员在嘲笑我，我方有喷嚏打出，一位戴“卫管员”袖章的人却责斥我吐了痰要罚五角钱。掏出那一元钱，卫管员没零钱找，遂再当地吐一口，愤愤而走，走过十步，不禁乐而开笑。

出差去旅社住宿，服务员开发票将“作协”写成“做鞋”，不禁乐而开笑。

夏月偏停电，爬十二层楼梯去办公室，气喘吁吁到门口了，门钥匙却和自行车钥匙系在一起，遗忘在车子锁孔了，不禁乐而开笑。

路遇一女子，回望我嫣然一笑，极感幸福，即趋而前去搭话。女子闪进一家商店，尾随入店，玻璃上映出自己衣服纽扣错位，不禁乐而开笑。

名字是自己的，别人却用得最多，不禁乐而开笑。

写完《笑口常开》草稿，去吸一根烟，返身要誊写时，草稿不见了，妻说："是不是一大页写过的纸，我上厕所用了。"惊呼："那是一篇散文!"妻说："白纸舍不得用，我只说写过的纸就没用了。"急奔厕所，幸而已臭但未全湿，捂鼻子抄出一份，不禁乐而开笑。

1989 年 2 月 27 日于病室

关于父子

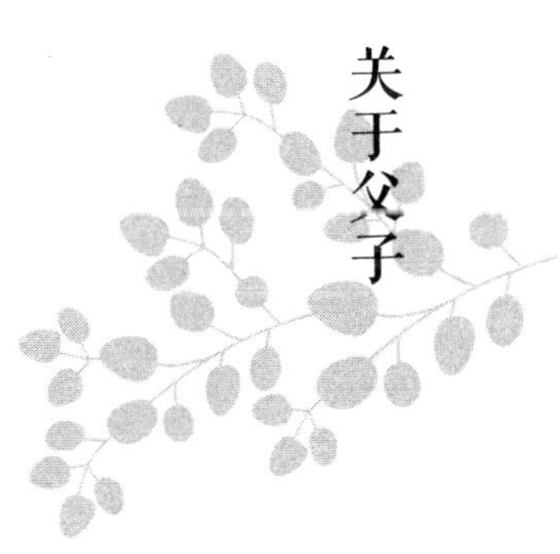

一个儿子酷像他的父亲，旁人看起来很滑稽，做父亲的就要得意了，世界上有了一个小小的自己的复制品，时时对着欣赏，如镜中的花水中的月，这无疑比仅仅是个儿子自豪得多。我们常遇到这样的事，一个朋友已经去世几十年了，忽一日早上又见着了他，忍不住就呼叫了他的名字，当然知道这是他的儿子，但能不由此而企羡起这一种生生不灭永存于世的境界吗？

做父亲的都希望自己的儿子像蛇脱皮一样的始终是自己，但儿子却相当多愿意像蝉蜕壳似的裂变。一个朋友给我说，他的儿子小时候最高兴的是让他牵着逛大街，现在才读小学三年级，就不愿意同他一块出门了，因为嫌他胖得难看。如果父亲是一个官员或者名人，即就不是官员和名人却模样英俊，虽然不会发生像我朋友那样的悲剧，但做儿子的绝不会爱自己的父亲，就是爱，爱里亲的成分则少，属的成分则要多。

中国的传统里，有“严父慈母”之说，所以在初为人父时可以对任何事情宽容放任，对儿子却一派严厉，少言语，多板脸，动辄就吼叫挥拳，我们在每一个家庭都能听到对儿子以“匪”字来下评语和“小心熟了你的皮”的警告。他们常要把在外边的怄气回来发泄到儿子身上，如受了领导的压制，挨了同事的排挤，甚至丢了一把钥匙，输了一盘棋。儿子在那时没力气回打，又没多少词汇能骂，经济不独立，逃出家去更得饿死，除了承接打骂外唯独是哭，但常常又是不准哭，也就不敢再哭。偶尔对儿子亲热了，原因又多是自己有了什么喜事，要把一个喜事让儿子酝酿扩大成两个喜事。在整个的少年，儿子可以随便呼喊国家主席的小名，却不敢悄声说出父亲的大号的。我的邻居名叫“张有余”，他的儿子就从不说出“鱼”来，饭桌上的鱼就说“吃蛤蟆”，于是小儿骂仗，只要说出对方父亲的名字就算是恶毒的大骂了。可是，每一个人的经验里，却都在记忆的深处牢记着一次父亲严打的历史，耿耿于怀到晚年说出来仍愤愤不平。所以在乡下，甚至在目下的城市，儿子从来不愿同父亲待在一起，他们往往是相对无言。我们总是发现着父亲对儿子的评价不准，差不多是“呆”“痴相”，以至儿子成就了事业甚或是了名人，他还是惊疑不信。

儿子稍稍独立，儿子与父亲的意见就不统一了，愈是与父亲相悖，这儿子就愈是优秀人物。许多史书上已经记载了儿子为了皇位囚禁和弑杀了父亲的事实，即是一个最贫贱的乡里穷儿子，对父亲于某种利益上也“大逆不道”起来了。我曾在一个山村看见过一个儿子哭父亲丧的场面，他泪水汪洋地哭：“大（爸）呀，谁再和你娃争嘴呀？不吃饭咱们是父子，一吃饭咱们就是对头啊！”儿子这么痛哭当然也算个孝子，但他说的哪一句又不是实话呢？

可以说，儿子与父亲的矛盾是从儿子——出世就有了，他首先是父亲的妻子的爱心转移，再就是向你讨吃讨喝以至意见相悖惹你生气，最后又亲手将父亲埋葬。有这样个笑话，说是一个老父在哄孙子吃奶时竟把媳妇的奶头示范性地吮了一口，儿子大为不满，与老父论理，可见儿子是不让其父的，但老父呢，更有一腔积愤，说：“你吮了我老婆三年奶头，我还没寻你事哩，我吮你老婆一口奶头你就凶了？！”古语讲男当十二替父志，儿子从十二岁起父亲就慢慢衰退了，所以做父亲的从小严打儿子，这恐怕是冥冥之中的一种人之生命本源里的嫉妒意识。若以此推想，女人的伟大就在于从中调和父与子的矛盾了。世界上如果只有大男人和小男人，其实就是凶残的野兽，上帝将女人分为老女人和小女人派下来就是要掌管这些男人的。

只有在儿子开始做了父亲，这父亲才有觉悟对自己的父亲好起来，

可以与父亲在一条凳子上坐下，可以跷二郎腿，共同地吸一锅烟，共同拔下巴上的胡须。但是，做父亲的已经丧失了一个男人在家中的真正权势后，对于儿子的能促膝相谈的态度却很有几分苦楚，或许明白这如同一个得胜的将军盛情款待一个败将只能显得人家宽大为怀一样，儿子的恭敬即使出自真诚，父亲在本能的潜意识里仍觉得这是一种耻辱，于是他开始钟爱起孙子了。这种转变皆是不经意的，不易被清醒察觉的，这似乎像北方人阳气重而喜食状若阴器的麦子，南方人阴气盛而喜食形若阳具的大米一样。也不妨走访一下，家有美妻艳女的人家谁个善于经营花卉盆景吗？有养猫成癖的男人哪一个又是满意着他的家妻呢？父亲钟爱起了孙子，便与孙子没有辈分，嬉闹无序，孙子可以嘲笑他的爱吃爆豆却没牙咬动的嘴，在厕所比试谁尿得远，自然是爷爷尿湿了鞋而被孙子拔一根胡子来惩罚了。他们同辈人在一块，如同婆婆们在一块数说儿媳一样数说儿子的不是，完全变成了长舌男，只有孙子来，最喜欢的也最能表现亲近的是动手去摸孙子的“小雀雀”。这似乎成了一种习惯，且不说这里边有多少人生的深沉的感慨，失望和向往，但现在一见孩子就要去摸简直是唯一的逗乐了。有时手伸了过去时才发现是个女孩儿，手忙停住，又不能暴露尴尬窘相，手就从下面上划了一个弧，变成一种理头发的动作最后摸到了自己的后脑勺上，在这一瞬间喊叹自己老了，头发全稀落殆尽了。这样的场面，往往使做儿子的感到了悲凉，在孙子不成体统地与爷爷戏谑中就要打发自己的儿子，但父亲却在这一刻里凶如老狼，开始无以复加地骂儿子，把积聚于肚子里的所有的不满全要骂出来，直骂个天昏地暗。

但爷爷对孙子不论怎样地好，孙子都是不记恩的。孙子在初在人儿时实在也是贱物，他放着是爷爷的心肝不领情而偏要作父亲的扁桃体，于父亲是多余的一丸肉，又替父亲抵抗着身上的病毒。孙子没有一个永远记着他的爷爷的，由此，有人强调要生男孩能延续家脉的学说就值得可笑了。试问，谁能记得他的先人是什么模样又叫什么名字呢，最了不得的是四世同堂能知道他的爷爷、老爷爷罢了，那么，既然后人连老爷爷都不知何人，那老爷爷的那一辈人一个有男孩传脉，一个没男孩传脉，价值不是一样的吗？话又说回来，要你传种接脉，你明白这其中的玄秘吗？这正如吃饭是繁重的活计，不但要吃，吃的要耕要种要收要磨，吃时要咬要嚼要消化要拉泄，要你完成这一系列任务就生一个食之欲给你，生育是繁苦的劳作，要性交要怀胎要生产要养活，要你完成这一系列任务就生一个性之欲给你，原来上帝在造人时玩的是让人占小利吃大亏的伎俩！而生育比吃饭更繁重辛劳，故有了一种欲之快乐后还要再加一种不能断香火的意识，于是，人就这么傻乎乎地自鸣其乐地繁衍着。唉唉，这话让我该怎么说呀，还是只说关于父子的话吧。

我说，作为男人的一生，是儿子也是父亲。前半生儿子是父亲的影子，后半生父亲是儿子的影子。前半生儿子对父亲不满，后半生父亲对儿子不满，这如婆婆和媳妇的关系，一代一代的媳妇都在埋怨婆婆，你也是媳妇你也是婆婆你埋怨你自己。我有时想，为什么上帝不让父亲永远是父亲，儿子永远是儿子，人数永远是固定着，儿子那就甘为人儿地永远安分了呢？但上帝偏不这样，一定是认为这样一直不死的下去虽父子没了矛盾而父与父的矛盾就又太多了，所以要重换一层人，可是人换一层还是不好又换，就反反复复换了下去。那么那么，换来换去还是这些人了！可不是吗，如果不停生人死人，人死后据说灵魂又不灭，那这个世界里到处该是幽魂，我们抬脚动手就要碰撞他们或者他们撞碰了我们。不是的，绝不是这样的，一定还是那些有数的人在换着而重新排列罢了。记得有一个理论是说世上的有些东西并不存在着什么优劣，而质量的秘诀全在于秩序排列，石墨和金刚石其构成的分子相同，而排列的秩序不一，质量绝然两样。聪明人和蠢笨人之所以聪明蠢笨也在于细胞排列的秩序不同。哦，不是有许多英雄和盗匪在被枪杀时大叫："二十年又是一个XXX吗"？这英雄和盗匪可能是看透了人的玄机的。所以我认为一代一代的人是上帝在一次次重新排列了推到世上来的，如果认为那怎么现在比过去人多，也一定是仅仅将原有的人分劈开来，各占性格的一个侧面一个特点罢了，那么你曾经是我的父亲，我的儿子何尝又不会是你，父亲和儿子原是没有什么区别的。明白了这一点多好呀，现时为人父的你还能再专制现

时你的儿子吗？现时为人儿的你还能再怨恨现时你的父亲吗？不，不，还是民主、和平、仁爱地活着这一世人的为好，好！

1990 年 6 月 30 日夜

关于女人

如果作理性的分析，一个女人，既然是仅属于女性的人，其形象的美与丑是没有什么意义的，但实际的情况是，每一个男人，包括最理性者，见到一个具体的、活生生的、漂亮的女人，没有不产生异样感觉的。成语词典里，美女被比作花，比作月，贾宝玉感慨女人是清水做的，我们或许嘲笑这是情种们的言论，但沈从文说过，女人是天使和魔鬼合作的产物，甚至胡适先生谈佛的戒色，主张见到美女就立即想她老了的形象，想她死后的一副骷髅，这岂不暴露了美女仍对他们有着强大的诱惑，只是无可奈何地逃避罢了。真正有点不注重了女人美丑的是那些偏僻乡间的贫困的老大不小的光棍汉，“尾巴一揭是个女的”。他们认为，只要能娶来在他的土坑上就行了。他们对于美的女人有不属于自己的潜层意识。如同我们身为机关科员，平日眼盯着科长、处长的位子，而从来没有要当国家主席的念头，即使去了一趟中南海，也不至于流连忘返，夜不成寐。可这些身子很饥渴的光棍汉毕竟还要说：“什么美的丑的，灯一拉还不都一样吗？”他们在婚后也就至死不点了灯行房事，可见对女人之美的愉悦是男人共有的，对美女的追求只阻于穷，穷不择妻。

可以说，社会发展到今天，妇女解放的口号呐喊了几个世纪，但世界还根子里是男人的。任何男人，不管说与不说，还是以外表的好感首先对一个初识女人采取态度，恋爱中的“一见钟情”，被歌颂得

十分美妙，一见钟情的当然是外貌。每个男人都希望自己的老婆长得漂亮，诚然漂亮的标准异人异样，且人人都是那么择着，最后没有剩下的，如挑到底卖到完的桃了。而女人呢，也习惯了拿自己的漂亮去取悦男人，“为知己者容”，瞧，说得似乎高尚，其实一把辛酸，一个不引起男人注意的，不被男人围绕着殷勤的女人，这女人要么自杀，要么永不出户，要么发誓与命运抗争，刻苦磨炼一种技艺而活着。哪个女人不企图提高街头上的回头率呢，即使遇上了太馋的目光，场面难堪，骂一句：“流氓!”那骂声里也含几分得意。现在社会上的商店，几乎全是为女人开设，出售着大量的衣服和化妆品，百分之八十的杂志封面刊登的是女人的头像，好像这个世界是女人的，其实这正是男人世界的反映。男人们的观念里，女人到世上来就是贡献美的，这观念女人常常不说，女人却是这么做的。这个观念发展到极致，就是男人对于女人的美的享受出现异化，具体到一对夫妇，是男人尽力为女人服务，于是，一些蠢笨的男人就误认为现在是阴盛阳衰了。二十世纪三十年代有个很有名的军人叫冯玉祥的，他在婚娶时问他的女人为什么嫁他，女人说：是上帝派我来管理你的。这话让许多人赞叹。但想一想，这话的背后又隐含了什么呢？说穿了，说的明白些，就是男人是征服世界而存在的，女人是征服男人而存在的，而征服男人的是女人的美，美是男人对女人的作用的限定而甘愿受征服的因素。懂得这层意思的，就是伟大的男人，若是武人就要演动“英雄难过美人关”的故事，若是文人就有“身死花架下，做鬼也风流”的诗句。而不懂这层意思，便有了流氓，有了挨枪子的强奸罪犯。

明白了这个世界仍是男人的，女人也明白了自己的美的作用，又不被美而被动了自己的人格，又使美能长长久久为自己产生效力，女人该怎样地去活呢？上帝创造万物原本公正平衡，古有杞人忧天，天是永远不会塌下来的，即使地球爆炸了，仍有供人生存的星球。过去我们以木取火，眼看着山上的树木被砍了回家烧饭，树砍光了，连树根也刨了，就害怕某一日用什么来烧饭呢，但后来就有了能燃烧的叫煤的石头，煤的石头挖尽了，又有了电，或许将来没有了电，烧饭的燃料就会出现别的。男女既为人类的两半，从来没有男为多半，女为少半，两半同中有异，异而相吸，谁也离不得谁的。相吸的是以性为磁的，性是人类同吃同喝一样重要的一种欲，性欲的刺激是以人之外貌美好为点，而欲是创造世界的原动力，这也正是上帝造人之所以分为男女的秘诀所在。对于性这种欲的冲动，人类在有了文明后带有两种说法，一是称作爱情，给以无以复加的歌颂，作为所有艺术的永恒专题；一是斥为色情，给以严厉的诋毁和鞭鞑。可是，谁能说清爱情是什么呢，色情又是什么呢？它们都是精神的活动，由精神又转化为身体的行动，都一样有个“情”字，能说是爱情是色情的过滤，或者说，不及的性就是爱情，性的过之就是色情吗？不管怎么说，它们原是没区别的。女人大约有分为几个型的，如贤妻良母型和轻佻放荡型，等等，又有以别的角度分为两大类的，即大家闺秀和小家碧玉。这种种类型，实质是男人的目光所见。好多男人喜欢的是轻佻放荡的女人，希望招之，女人就会来之，在一起说，笑，打情骂俏，但他们常常不愿这样的女人成为他们的妻子，对于妻子，却要求永远忠于他们，视丈夫以外的男人为石头木头，女人们到底将要全部作为妇人的，如果都对自己的妻子严格限制，天下哪儿又有供自己风流的女人呢，这就是男人最矛盾的地方，所以男人在某种意义上讲是最自私和丑恶的动物。女人之所以要做真正的女人，首先要懂得男人的秉性：男人是朝三暮四的，是喜新厌旧的，是吃了碗里看在锅里的，不胡思乱想的男人不是男人，所谓的在性上的高尚与卑下的男人之分是克制的力量强弱，是环境的允许与限制，是文化重负下的犹豫和果断。孔子说女人和小人难养，远之不行，近之不行，男人更是这样，常常有男人以占有过众多女人为荣耀，以至到最后，乐道的只是数字而无法记忆起某个女人的名姓和形象；也有男人家有美妻仍立于街头感慨美女如云，觉得每一个都胜过家中的那位，若他真的又娶了街头最美的一个，不久又会觉得此不如彼。爱是得不到的为爱，可望不可即，女人如果是一条总在手指间滑脱而去的泥鳅，男人就有了苍蝇一样的勇敢。于是，聪明的女人要使自己永远被男人看重，做了妻子永远要获得丈夫的宠爱，她应追求的不是让男人占有，也不占有男人；和让男人占有，也占有男人，转换这种关系的是一种平等，一种自我的独立。以自我而

活，活有个性，活有热情，这就常活常新，正是这种常活常新，恰好符合了男人的那份易于疲倦的贱的秉性，使他们有了新鲜感，有了被吸引力。这结局虽然同讨好男人要企图达到的目的一样，但质发生了变异。可惜在这个男人的世界里，许多的女人不知道了怎样做女人，长得美固然是一份资本，但形象之美能从小保持到老吗？以美色之貌满足男人，美色之祸男人必然厌恶，且世上美貌有各式各样的美貌型，以其之一怎能囊括全部而统治男人的吃了五味想六味呢？以轻佻放荡取悦，轻看了自己，什么样的男人都要轻看你。太爱听赞美的话，就易使男人阴谋得逞，顺竿而爬。太善良，对男人太好，又易使男人产生错觉，膨胀一份贼胆。漂亮是美的表，端庄是美的质，我们敬奉菩萨，首先是我们喜欢菩萨的漂亮，而菩萨庄重，再淫荡的男人也没有产生过要强奸她的邪念，但任何男人谁没有跪倒在菩萨的脚下呢？

可以说现在有相当多的女人不满男人的世界，却错误地一心要做女强人。常常听到有做母亲的在培养女儿做撒切尔夫人，撒切尔夫人之所以被称为铁女人，那是指政治而言，她们的理解，女人就要风风火火，就要慷慨激昂，好争好斗，如猛虎狮子。男人在主导着这个世界，这已经是人类的不幸，如若某一日女人也主导了这个世界，那同样是人类的不幸。男人就是男人，女人就是女人，男人与女人两极发展，这才是真正的男人和女人，才是上帝造人的原意，男者不男，女者不女，反倒使阳阴世界看似合一，实则不平衡了。

独立做女人的人格，热情地对待生活，对待自己，为自己而活着，活得美好，女人越会对男人产生永久的吸引，这就是平等，与男人平等是真正地活出了女人味。有了这种与男人平等地生存于世上，平等地做夫妻的女人味，或许长得漂亮，或许长得不漂亮，但自然而然地就产生了你的态。态是古时用语，态无法言说，类似当今人所谈的气质和风度。女人的漂亮不会永驻，女人的态却长伴终生。李渔讲女人有态，三分漂亮可增加到七分，女人无态，七分漂亮可降落到三分，它如火之有焰，如灯之有光，如金银之宝气。态当然有天生具有的，但更多是后天可培养。古时候，有态的女人是声名显赫的妓女，妓女在那时是以男人而活着的附属物，但往往成为了棋琴书画俱佳的高等艺妓，却成了活得与男人平等活着的最自为的人，所以最有了态。现在当然没必要只有牺牲自己，渡过血与泪的深渊而出于污泥成莲荷，已经是有气质和风度的女人越来越多，这是社会的进步，女人们这么活下去，活着的才真正是女人。

1992 年 6 月 20 日

说家庭

家庭是组织的。年轻人组织家庭从没有想到过它的不测——西方人借钱只借给年轻人，因为年轻人能挣得钱来还——年轻人无所畏惧，所以年轻人去当兵，去唱：我想有个家。是的，人活到一定的时候就要有家，这如同小孩子从没有死的恐惧、当科长的职员虎视眈眈看着处长的位子而做梦也不去篡夺国家主席的权一样。没有家，揣一颗热烫烫的心往哪里放？流浪，心只有流浪四方。但是，家庭组成了，淑女一变成佳妇，从此奇男已丈夫，人生揭开了新的一页，新的一页是一张褪色的红纸，惊喜已不产生，幻想的翅膀疲软，朝朝暮暮看惯了对方的脸，再不是读你如读唐诗宋词、看你如看街上流行杂志的封面。我们常常惊叹街上人多如蚁，更惊叹一到晚上，人又到哪儿去了，怎么没有听说谁走错了家门？各自有家庭，想回的回，不想回的也得回，家庭里边有日子。男女组合了家庭，家庭里的男女或许是土金相生，或许是水火相克，一加一或许等于二，一加一或许等于零甚或为负，一件苦恼或许二一分半或许一分为二。姑且不说那如漆如胶的夫妇（往往太热乎的夫妇不到头），广而大之的家庭，日子是整齐地过去，烦恼是无序而来，家家都有了一本难念的经。所谓三十而立，以至四十不惑，五十知天命，便是从三十以后，家庭的概念就是烦恼和责任。烦恼是存在的内容，责任是忍耐的哲学，而这个时候孩子是最好的精神寄托，也是最大的维护家庭的借口。家庭难道没有它的好处吗？不，它的好处诗人们有整本整本的礼赞，且不论对于社会的安定，对于种族的延续，对于长涉人的休息，对于寒冷人的温暖，爱情即便是有过一年两年，一天半天时，真诚的爱情永不能让我们否认，蜡烛熄灭了，蜡烛确是辉煌过黑暗里的光明。但是，当烦恼的日子变成家庭存在的内容的时候，家庭最大的好处是并不意识到家庭的好处。于是，家庭的负担呀，家庭的责任呀，由此要养老抚小而发生摩擦，因油盐酱醋而产生啰嗦，所以，有了家庭后才真正有了佛的意识，神的意识。(我在四川专门去朝拜了乐山大佛，曾书写了一联，乐山有佛，你拜了，他拜；苦海无岸，我不渡，谁渡?）如果做一般人，这样的日子就这么过去了，如牧羊人赶一群羊，举着鞭子不停地拦拦这边跑出队形的羊，拦拦那边跑出队形的羊，呼呼啦啦就那么一群一伙地漫过去了。而要命的偏有心比天高者，总不甘心灰色的人生，要出人头地，要功名事业，或许厌烦这种琐碎与无奈，看到了大世界的精彩，要寻找新的生命活力和激情，那么，种种种种的矛盾苦闷由之而来，家庭慢慢变得是一个阻碍。太年轻的人受不得各种诱惑，已不再年轻的这个时候亦是受不得诱惑。既是诱惑，必是以己有的短比外边的长，长的越长，短的越短。中国的家庭哪里又都是皆不平凡的男女组合呢，普遍的家庭偏偏是不允许有这种诱惑，家庭在这时就是规矩，是封闭的井，是无始无终的环，是十足真金的锁，是苗圃里的一棵树，已经长大了不许移栽。这样的日子，规则着而发着霉气，夜沉静听着蝉鸣。许多许多人都在有意与无意间哀叹：没有个家多好呀！说这样话的人并不就是存心要撕碎家庭，但如果男女的一方因有事出长差去了，一年或数月不见对方了，都有一种超脱之轻松。且慢，这种暂时的分别与因此而闹成了离婚却是多么的不同！假若真的离婚了，没有这个家庭了，家庭的好处就猛地凸现出了无与伦比的地位，这如同一个人从甲地往乙地去，因甲地到乙地之间荒无人烟，没有饭店，他是饿了一整天的肚子，他知道了饿肚子的难过，可这种没饭吃的难过毕竟不能类比真正贫困之人吃了这一顿还不知下一顿吃什么的难过。没有了家庭对人的打击是巨大的，失落是残酷的，即使双方已经反目，一时有解脱感，而静定下来，也是泪眼婆娑，一肚子苦楚无以言说。正因为

是这种心绪，一般情况下，没了家庭的人是不愿再见到原是一个家庭的人的，有一种怨和恨，他不能回首往事。他即使在时间的销蚀下和新生活的代替下恢复了精神，仍是要在梦里出现那一个故人的美好形象，仍在随时的动作里，猛然地记起那一个而失态发呆（我在西游四川剑门关时路经唐明皇闻铃处，相传唐王处死杨玉环逃往蜀地，夜宿此地。忽闻杨玉环口叫“三郎”，起床寻觅，以为生还，后才知是驿楼的风铃叮当而误听。听了传说，我抚了那“唐王闻铃处”的石碑，感念到唐明皇是真人、伟人!）。家庭就是如此让人无法捉摸，一道古老而新鲜的算术，各人有各人的解法，却永远没有答案。世上什么都有典型，唯家庭没有典型，什么都有标准，唯家庭没有标准，什么事情都有公论，唯家庭不能有公论，外人眼中的一切都不可靠，家庭里的事只有家庭里的人知，这如同鞋子和脚。家庭是房子的围墙，如果房子一旦没有了围墙，家庭又变成了没有窗子的房子。现在的社会，不组织家庭的人可能被认作怪人，组织了家庭，人可能正常，正常却易是俗人，没有了家庭的人却从身到心，从别人到自己都是半残废了。独自坐望东出的日头和西落的日头，孤寂想想，也好，我们不是常常叹息一个人从小学到大学，学呀学呀，一切都成熟了，生命又快结束了，为什么生下孩子，孩子不就直接有父亲的成熟思维呢？如果那样该多好！真要那样，这世界就不是现在的世界，这人也不是现在的人，世界也不必要这么多人。托尔斯泰说：每个家庭的幸福都是一样的，不幸却是一个家庭与一个家庭不同。人生的意义是在不可知中完满其生存的，人毕竟永远需要家庭，在有为中感到了无为，在无为中去求得有为吧，为适应而未能适应，于不适应中觅找适应吧，有限的生命得到存在的完满，这就是活着的根本。所以，还是不要论他人短长是非，也不必计较自己短长是非让人去论，不热羡，不怨恨，以自己的生命体验着走，这就是性格和命运。命运会教导我们心理平衡。

1993 年 10 月 31 日夜于病室

说生病

有一种病，在身上七年八年不愈，要想想，这一定是有原因了。泄露了不该泄露的天的机密？说破了不该说破的人的隐私？上帝的阴谋最多可以意会而不能言传的。那么，这病就特别地有意义，自感是一位先知先觉，勇敢的普罗米修斯，甘受惩罚吧。或许，人是由灵魂和肉体两方面结合的，病便是灵魂与天与地与大自然的契合出了问题，灵魂已不能领导肉体所致，一切都明白了吧，生出难受的病来，原来是灵魂与天地自然在做微调哩。

真如果这么对待生病，有病在身就是一种审美。静静地躺在床上，四面的墙涂得素白，定着眼看白墙，墙便不成墙——如盯着一个熟悉的汉字就要怀疑这不是那个汉字——墙幻作驻云，恰有白衣白帽白口罩的“天使”女子送了药来。吊针的输液管里晶莹的东西滴滴下注，作想这管子一头在天上，是甘露进入身子。有人来探视，却突然温柔多情，说许多受感动的话，送食品，送鲜花。生了病如立了功，多么富有，该干的事都不干了，不该享受的都享受了，且四肢清闲，指甲疯长，放下一切，心境恬淡，陶渊明追求的也不过这般悠然。

最妙的是太阳暖和，一片光从窗子里进来跌在地上，正好窗外有一株含苞的梅，梅枝落雪，苞蕾血红，看作是敛羽静立的丹顶鹤，就下床来，一边掖下坠的衣襟一边在光里捉那鹤影。刚一闷住，鹤影已移，就体会了身上的病是什么形状儿的，如针隙透风，如香炉细烟，

如蚕抽丝，慢慢地离你而去的呢。

暂不要来人的好，人越多越寂寞，摆一架古琴也不必装弦，用心随情随意地弹。直挨到太阳转黑月亮升起，插一盘小电炉来煎中药，把带耳带嘴的砂锅用清水涤了又涤，药浸泡了，香点燃了，选一个八卦中的方位和时分，放上砂锅就听叽叽咕咕的响声吧。药是山上的灵根异草，采来就召来了山川丛林中的钟毓光气，它们叽咕是酝酿着怎么扶助你，是你的神仙和兵卒。煎过头遍，再煎二遍，满屋里浓浓的味，虽然搅药不能用筷子，更不得用双筷——双筷是吃饭的——用一根干桃棍儿慢慢地搅，那透过了蘸湿了的蒙在砂锅上的麻纸的蒸汽弥漫，你似乎就看到了山之精灵在舞蹈，在歌唱，唱你的生命之曲。

躺在床上吧，心可以到处流浪，你无处不在，无所不能，从未有过这般的勇敢和伟大，简直可以要作一部类屈原的《离骚》。当你游历了天上地下，前世和来世，熄了灯要睡去了，你不妨再说一些话的，给病着的某一说话。你告诉它：X 呀，你对我太好了，好得是我一直不觉得你的存在。当我知道了你的部位，你却是病了。这都是我的错，请你原谅。我终于明白了在整个身子里你是多么的重要，现在我要依靠你了，要好好保护你了，一切都拜托你了，X！人的身体每一处都会说话，除嘴有声外，各部无音，但所有的部位都能听懂话的，于是感受会告诉心和大脑，那有病的部位精神焕发，有了千军万马的英雄在同病毒战斗。什么“用人不疑”的仁，什么“士为知己者死”的义，瞬间里全体会得真切和深刻。

生病到这个份儿上，真是人生难得生病，西施那么美，林妹妹那么好，全是生病生出了境界，若活着没生个病，多贫穷而缺憾。佛不在西天和经卷，佛不在深山寺庙里，佛在熙熙攘攘的人群中，生病只要不死，就要生出个现世的活佛是你的。

1993 年 12 月 1 日午

说房子

人活在世上需要房子，人死了也需要房子，乡下的要做棺、拱墓，城里的有骨灰盒。其实，人是从泥土里来的，最后又化为泥土，任何形式的房子，生前死后，装什么呢？

有一个字，囚，是人被四周围住了。房子是囚人的，人寻房子，自己把自己囚起来，这有点儿投案自首。

过去的地主富农，买房买地，现在一般的农民省吃俭用，第一个建设就是盖房，活着没有盖所房子，好像一个总统没有治理好国家一样，很丢人的。时下的房地产很热，大款们也是广置房产，都要囚；囚了自己，还要给子子孙孙都有囚的地方。

为了房子，人间闹了多少悲剧：因没房女朋友告吹了。三代同室，以帘相隔，夫妻不能早睡，睡下不敢发声，生出性的冷淡和阳痿。单位里，一年盖楼，三年分楼，好同事成了乌眼鸡，白刀子进，红刀子出，与分房不公的领导鱼死网破。

人为什么都要自个寻囚呢？没有可以关了门，掩了窗，与相好的谈恋爱的房子，那么到树林子去，在山坡上，在洁净鹅卵石的河滩，上有明月，近有清风，水波不兴，野花幽香，这么好的环境只有放肆了爱才不辜负。可是，没有个房子，哪里都是你的，哪里又岂能是你的？雁过长空无痕，春梦醒来没影，这个世界什么都不属于你，就是这房子里的空间归你。砰地推开，砰地关上，可以在里边四脚拉叉地

躺着抽烟，可以伏在沙发上喘息；沏一壶茶品品清寂，没有书记和警察，叱斥老婆和孩子。和尚没有家，也还有个庙。

人就是有这么个坏毛病，自由的时候想着囚，囚了又想到自由。现在的官们款们房子有几幢数套，一套里有多厨多厕，却向往没墙没顶的大自然，十天半月就去山地野外游览，穿宽鞋，过草地，吃大锅，放响屁，放浪一下形骸。没房子的，走到公共厕所都在暗暗设计：这房子若归我了，床放在哪儿好，灶安在哪儿好？人之所以被上帝分配在地球上，地球又有引力，否则，在某个早晨，人都会突然飞掉。

人多多少少都会有点儿房子的，是一室的或者两室三室的——人什么都不怕，人是怕人，所以用房子隔开，家是一人或数人被房子囚起来。一个村寨有村寨墙，一个城有城墙。人生的日子整齐分割为四季一年，一年十二月，一月三十天，每人每家的居住就如同将一把草药塞进药铺药柜的一个格屉一个格屉里，有门牌号码，以数字固定了——《易经》就是这么研究着人的，产生了定数之说。人逃不出为自己规定的数字的。

有了房子，如鸟停在了枝头，即使四处漂泊，即使心去流浪，那口锅有地方，床有地方，心里吃了秤锤般地实在。因此不论是乡下还是闹市，没有人走错过家门，最要看重的是他家的钥匙。有家就有了私产和私心，以前的有些农民出门在外，要拉屎都要憋着跑回去，拉在他家的茅坑里，憋不住的，拉下来也用石头溅飞，不能让别人捡拾去。而工厂的工人，也有人有了每天要带些厂里的小么零碎回家的瘾，如钳子呀，铁丝呀，钉子呀，实在想不出拿什么了，吃过饭的饭盒里也要装些水泥灰。房间里，随心所欲地布置了，在外做什么职业，在内就表现什么风格，或者在外得不到的，在内就要补上。官人们的坐椅大，躺椅长，桌上有两副眼镜，看报纸一副，看人一副，墙上要有大的地图，书架里有领袖的装帧豪华的文集。款人们的房间里英文字母最多，以钱币叠成的菠萝挂在墙上，有一个壁橱是供了财神的，通有电光，遥感能发“财源茂盛”之声。想做艺术家的布置出了比艺术家还艺术家的氛围，有完整的盘羊头骨，有偌大的插画轴瓷缸，书不上架堆在桌上，纸烟拆开用烟斗来吸。那些自己做苦工的偏要培养儿女做音乐家的，钢琴摆在窗下。病恹恹的，常年卧床的，挂龙泉剑在床头。而实在的人，过平常日子，家具是逐步添办的，色调不一，米袋子同浴盆、凉鞋、舍不得丢的吃过饼干的盒子塞在床下，醋瓶子、蒜瓣和《新华字典》共放于缝纫机板面上，墙上是全家照片镜框和孩子的三好学生奖状，他们今天把桌子移靠窗，明天床又东西向变为南北向，常变要出新，再折腾还是拥挤。

书上写着的是：家是避风港，家是安乐窝。有房子当然不能算家，有妻子儿女却没有房，也不算有家。家是在广大的空间里把自己囚住的一根桩。有趣的是，越是贪恋，越是经营，心灵的空间越小，其对社会的逃避性越大。家真是船能避风吗？有窝就有安与乐吗？人生是烦恼的人生，没做官的有想做做不上的烦恼，做了官有不想做不做不行的烦恼。有牙往往没有锅盔（一种硬饼），有了锅盔又往往没了牙齿。所以，房间的如何布置，家庭的如何经营都不重要，睡草铺如果能起鼾声，绝对比睡在席梦思沙发床上辗转不眠为好。用不着热羡和嫉妒他人的千般好，用不着哀叹和怨恨自己的万般苦，也用不着耻笑和贱看别人不如自己，生命的快活并不在于穷与富、贵与贱。

奋斗，赚钱，总算有满意的房子了，总算布置得满意了，人囚在家里达到人初衷了吧？人的毛病就来了！人又要冲出这个囚地："情人"一词越来越公开使用；许多男人都在说，最大的快乐是妻子回了娘家；普遍流行起"能买来床，买不来睡眠；能买来食物，买不来胃口；能买来学位，买不来学问"……蚕是以自吐的丝囚了自己的，蚕又要出来，变个蝴蝶也要出来。人不能圆满，圆满就要缺，求缺着才平安，才持静守神。

世上的事，认真不对，不认真更不对，执着不对，一切视作空也不对，平平常常，自自然然，如上山拜佛，见佛像了就磕头，磕过了头，佛像还是佛像，你还是你——生活之累就该少下来了。

说舍得

世界是阴与阳的构成，人在世上活着也就是一舍一得的过程。

我们不否认我们有着强烈的欲望，比如面对金钱、权势、声名和感情，欲望是人的本性，也是社会前进的动力。但是，欲望这头猛兽常常使我们难以把握，不是不及，便是过之，于是产生了太多的悲剧：有人愈是要获得愈是获得不了；有人终于获得了却大受其害。会活的人，或者说取得成功的人，其实懂得两个字——舍得。不舍不得，小舍小得，大舍大得。翻读古书，历史上有过许多著名人物，韩信能胯下受辱方成大器；勾践卧薪尝胆终得灭吴；田忌与齐王赛马，以下肆对齐上肆，上肆对齐中肆，中肆对齐下肆，舍小负之悲，得了全胜之喜。人是如此，万事万物何尝不是这样呢？蛇是在蜕皮中长大，金是在沙砾中淘出的，按摩是疼痛后的舒服，春天是走过冬天的繁荣。回顾我们经历过的事吧，许多时候我们因没有小忍而坏了大谋，许多时候我们吃了一点儿亏懊丧不已不久却赢取了利好，为了保持我们的本身没有被一时的浮华迷惑，声名太盛则又使我们失去了行动的自在。舍舍得得、得得舍舍就充满在我们琐碎的日常生活中，演绎着成功和失败的故事啊，舍得实在是一种哲学，也是一种艺术。

2002 年 4 月 8 日下午

说自在

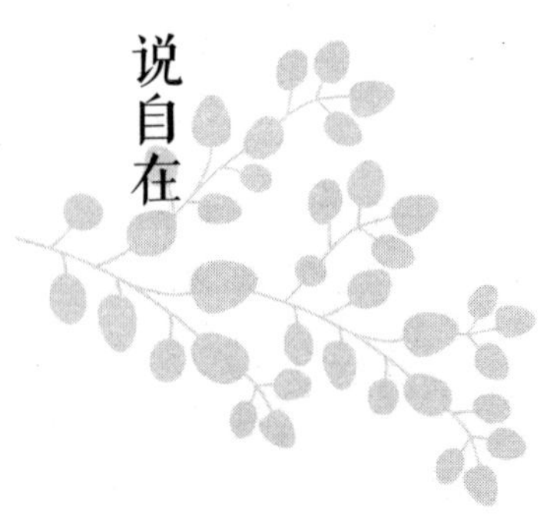

我多么羡慕大海，想那挂一片云帆，直济万顷波涛，是何等的雄壮！而我，却实在可怜了，竟没有渡过海，甚至也未见过一次，想象不来到了大海，我将会如何举动。娘生我在山地，她去田里劳作的时候，我就从门槛里爬出去了，自然在召唤着我：去水溪边看见我一张很脏的脸，在草丛里吹一朵有着无数的小伞的蒲公英，虽然不像海边孩子的身上有一层发白的水锈，但却是满头的草叶，常常是娘回来，我已睡卧在了菊花架下。所以我说，我爱大海，大海却不是我的母亲，她没有给我五趾分开的脚，那弄潮的船上我站得稳吗？但我却是山地的儿子，我爱那花间草间的一块石头，它见光有彩，临风响动，顽愚的形状里包含着金、银、铜、铁的灵性，空空寂寂地待在野外，却是多么富有天地自然之乐啊！

我曾经想，世界上只有大海，那将会出现一种怎样可怕的情景呢？当然，世界上也绝对不能尽是山石。到大海观潮，进深山赏林，世界才是和谐的一统，人的兴趣才是多变的丰富。宇宙之中，万事万物，既能生存，便有赖以生存的价值。一棵树木，千万片叶子，都是叶子，却一片不同一片，能说出哪一片重要吗？纵然是苍鹰，可揽天下雄风，是凤凰，可集天下色彩，但要是歇栖下来，也不过只是占一根树枝呢。

陕南的地方，常常有这样的事：一条河流，总是曲曲折折地在峡谷里奔流，一会儿宽了，一会儿窄了，从这个山嘴折过，从那个岩下

绕走，河是在寻着她的出路，河也只有这么流着才是她的出路。于是，就到了大批游客。当今游客，都是进山要观奇石，入林要赏异花，他们欣赏那岩头瀑布的喧哗，赞美那河面水浪的滚雪，总是不屑一顾那河流转变的地方。是的，那太平常了，在山嘴的下边，是潭绿水，绿得成了黑青，水面上不起一个水泡，不泛半圈涟漪。但是，渔夫们却往那里去了。他们知道，那瀑布的喧哗，虽然热闹，毕竟太哗众取宠了，那翻动的雪浪，虽然迷丽，但下边定有一块石头，毕竟太虚华轻薄了；只有这潭水，投一块石子下去，嘭咚响得深沉，近岸看看，日光下彻，彩石历历在目，水藻浮出，一丝一缕如烟如气，探身而进，水竟深不可测，随便撒一网去，便有白花花烂银一般的鱼儿上来。

小时候，我常在这样的湾水边钓鱼，我深深地知道她的脾性。表面上不动声色，内心里蛟腾鱼跃；谁能说她不是山中河流的真景呢？湾水并不因被冷落而不复存在，因为她有她的深沉和力量，她默默地加深着自己的颜色，默默蓄积着趋来的鱼虾，只是一年一年，用自己的脚步在崖壁上走出自己一道不断升高的痕迹。终有一天，她被人们知道了好处，便要来赤身游泳，潜水摸鱼，夜里看月落水底的神秘，雨后观彩虹飞起的美妙。湾水临屈而不悲，赏识而不狂，大智若愚，平平静静，用什么也不可能来形容她的单纯和朴素了。

这些年里，我走了不少地方，可谓“八千里路云和月”，但我却常常低头便思起了故乡。故乡，虽然贫穷，但却有真山真水的自然元气。那草木见过吗？密密的不能全叫出它的名目；那虫鸟见过吗？那奇形怪状不能描绘出它的模样。信步到山林去，洼地去，常常就看见那石隙里渗出一泓泉的，或漫竹根而去，或在乱石中隐伏。做孩子的去采蘑菇，渴了，拣着一片猪耳朵草的地方用手挖挖，一有个小坑儿，水便很快满了，喝下去，两腋上津津生凉风，却从不曾坏了肚子。如若夜里做游戏，在地下挖个坑儿，立即便出现一个月亮，遍地挖坑，月亮就蓄起一地哩。这地方，撒一颗花籽长一棵鲜花，插一根柳棍生一株垂柳，城里有吗？城里的报时大钟虽然比老家门前榆树上的鸟窠文明，但有几多味呢？那龙头一拧水流哗哗的装置当然比山泉舀水来得方便，但那一拧龙头先喷出一股漂白粉的白沫的水能煮出茶叶的甘醇吗？我最看不上眼的，是那么高高的薄壳大楼凉台上，一个两个小瓦盆里植点花草，便自命热爱生活，又偏偏将花草截了直杆，剪了繁叶，让其曲扭弯斜，而大讲其美！我真不明白，就这么小个地方，要拥上这么多的人?！一堆蚯蚓仅仅拥挤在一个盆的土里，你吐过他吃，他吐过你吃，那到了最后，还有什么可吃可吐的呢？

我深深地怀念着我那真山真水的故乡！夜里又读了《红楼梦》，我觉那块石头真好，它既没有本事去补天，就让它留在草莽吧，它有矿质，冶金人会找着它，它含石灰，烧窑者会寻到它，既是纯乎一块顽石，苔藓布满，也能显示春天，就是被河流冲去，裂成碎片，研为沙砾，日光，水汽，雾霰，烟霭，也会使它闪出灿灿的天然色光。

大凡世上，做愚人易，做聪明人难，做小聪明易，做聪明到愚人更难。鸿雁在天上飞，麻雀也在天上飞，同样是飞，这高度是不能相比的。雨点从云中落下，冰雹也从云中落下，同样是落，这重量是不能相比的。昙花开放，月季花也开放，同时开放，这时间的长短是不能相比的。我能知道我生前是何物所托吗？我能知道我死后会变为何物吗？对着初生婴儿，你能说他将来要做伟人还是贼人吗？大河岸上，白鹭飞起，你能预料它去浪中击水呢，还是去岩头伫立，你更可以说浪中击水的才是白鹭，而伫立于岩头的不是白鹭吗？

去年初春，我又回到老家去。家却搬了地方，再不是那多泉的川沟，而住在了大坡原上；吃水要挑了桶去远远的林子里。我便提议打口井了。我没有请风水先生，我自觉山有山脉，水有水向，在学校是学过这地理知识的。我看了地势，便在前院里打起井来。打呀，打呀的，先还使得上劲，愈打愈是困难，一笼笼土吊上来，但是，就有了一个大石层，无论如何也挖不出个缝儿来。我泄气了。邻家人劝我到他们院里去打，说那里风水先生看了的，肯定有水；但我怎能把井打在他家院里，而我吃水不便呢？我又在后院开始另打井。蹴在那井坑里，打了五天，又打了十天，已经是十丈深了，还是没水，村里人尽在耻笑起来，我只是打我的。那黑黑的世界里的苦作，那是孤孤的寂寞的生活。终有一天，毕竟那水是出现了，虽然不大，但我是多么高兴呢！我站在井底，看着井口，如圆片明镜一般，太阳的光芒在那里

激射，突然似乎有了响动，愕然大惊，我声小，那声也小，我声大，那声也大，我明白那是地心的回音，笑起来，满井里都是哈哈哈的大笑不止。

这井打成了，这是属于我家的。天旱，那水不涸，天涝，那水不溢。狂风刮不走它，大雪埋不住它，冬天里，在井中吊着桶子而不冻坏，夏天里，吊着肉块而不腐烂。我知道地下有一个很大很大的海，我虽然只能得到这一井之水，但却从此得到了永恒之源。有泉吃泉水，没泉吃井水；井水更比泉水好，泉水太露，容易污染，井水暗隐，永远甘甜。我庆幸在我家的院子打了这口井，但我知道这井还浅，还小，水还不大，还要慢慢地淘呢。

乡村的夏夜，实在热得难熬，人们都在场畔上乘凉闲话：你一句，他一句，天一句，地一句，一直可以到深夜。谁都听了，谁却也说不上说了些什么，但是满足了，最满足的却是本人。

说请客

请客半日忙。大包小袋地从街上买着东西回来了，就操心自己的手艺，能否把一桌饭菜烹饪得有形有色有味？再是操心要请的客人会不会到来？今日真是个好日子！一切该按心愿的都按心愿进行了，送走客人，满屋狼藉，心身仍是不累的，立在房门口要给邻居家诉说："他是XXX呀！"XXX总是有权有势或者有名的人。如果是男娶女嫁，孩子满月，老人过寿，以及分到了房子，评上了职称，请客是熟人来，把一个欢乐扩大成十个欢乐。可XXX是何等人物，席好摆，客难请的。于是，请过了客的夫妇在这个晚上吃残汤剩水时，一个在说："我真怕他不来的。"一个在说："他总算是吃过咱们的！"拿上等的饭菜给人家吃了，似乎那饭菜是多余的，像门口的垃圾，垃圾车来拉走了，就得感谢呀的。

在这个世界上，有坐轿的就有抬轿的，有想瞌睡的就有递枕头的，有人请吃，有人吃请，这如同狗吃得那么多狗不下蛋，鸡虽然刨着吃，蛋却一天一个，鸡就是下蛋的品种嘛！请吃和吃请，都是一个吃字，人活着当然不是为了吃，但吃是活着的一个过程，人乐趣于所有事情的过程。在西方，社会靠金钱和法律维系，中国讲究权势和人情，一切又都表现在吃。最早的握手起源于人与人的不信任，在普遍没有吃的时候，你冒着生命危险捕获到食物让我吃，这岂能不让我感动？当我们看见母鸡辛辛苦苦啄死了一条蜈蚣，锐声叫唤着小鸡来吃，就想

到最初请客也就是这样吧。

最初的请客是一种抚养或贡献，而现在的请客则沦落到一种公关，除了给神像，再也没有贡献，抚养自己孩子也为着防老，雷锋绝对没有了，虽然那个雷锋还有厚厚的日记要记下一切。请客就请吧，帖子越来越精美，言语越说越诚恳，几乎如善男信女朝山拜佛，如面对了现场发功的气功大师，闭目屏息，迎掌端坐。但是，十分讲究虔诚的信徒们其实是何等自私的人们，他们虔诚的目的只是索取！请客者大多是有求于别人，或者在求人前，或者在求人后，深谋的还有个早些渗渠，短见的只要个立竿见影，吃一次饭当然是送蝇头以图牛头。我们常常会看到有不得不请客的人家请过客了，仍一脸无声的笑，拉拉扯扯的，一边送客走，一边要说：哎呀，天还早的，多坐会嘛！心里想的是“客走主人安，跳蚤蹦了狗喜欢”。若请吃了事未办成，吃过这一次再不会有第二次，这一次也是“权当喂了狗啦！”吃请的呢，有帮了你的，就等着你有什么表示，连一顿饭也不请吗？或许也知道君子不吃嗟来之食，他家里并不缺一顿吃的，吃请是一种身份和荣誉呀。有的人却是吃请吃烦了，饭菜是人家的，肠胃是自己的，花时间，穷应酬，说免了免了，会给帮忙的。但不吃人家不相信，这饭是一种凭证。吃吧，实在是把自己做了人质，把肚子做了坟墓，一股脑儿地埋葬那些鸡鱼猪羊的尸体了。

一个多么会吃的民族，并且自诩吃出了一种灿烂的文化，可请吃的和吃请的哪里又会明白，人是离不得吃的，吃食的不同却要改变人的品种的。秃隼之所以形容恶丑、性情暴戾，秃隼的食物是腐肉，凤凰吃的是洁莲之果，清竹之实，凤凰才气质高贵，美丽绝伦。人对食品有好有恶，和尚没有不高古的，酒鬼没有不丧德的，湖南人吃辣多革命，山西人吃醋少铺张，请吃者什么都让你吃，吃请者有什么吃什么，凡是胃囊什么食物都能盛的，少悟性，乏技艺，只能平庸，只能什么也干不了，去干一般的官儿，只能肥头大耳。肥头大耳又容易是什么呢？鱼就是为了吃，吃下了钓钩，狐狸就是为了皮毛美丽的那点荣誉，死亡于猎人的枪口。

说请客，社会上相当多的聪明能干之人其实是善请客而已，而被请者又有哪一个是讨妇乞儿？为请客如何费尽心机，赴吃请又怎样丑态百出，这其中生动的例子，随便在任何地方稍加留意，就能看到和听到，令人捧腹一笑。笑过了却一想，在目下的中国，如同城市人每人都有一辆自行车一样，我们每一个人，或许没有被吃请过，却谁是没有请吃过呢？笑别人就笑自己吧，骂别人就骂自己吧。那么，我们会说，我们这算什么呀，吃请还不是大吃请，请吃还不是大请吃，全中国最有名的吃请者只有一个，他就是那个钟馗。

是的，是钟馗。请吃就请钟馗，吃请就吃小鬼。

1994 年 1 月 11 日于病室

说花钱

中国传统文化里，有一路子是善于吹的，如中医大夫，如气功师、街头摆摊的卜卦者、酒桌上的饮者、路灯下拥簇着的一堆博弈人和观弈人，一分的本事吹成十二分的能耐，连破棉袄里扪出一颗虱来，也是珍养的，也是双眼皮的俊。依我们的经验，凡是太显山露水的，都不足怕，一个小孩子在街头说他是毛泽东，由他说去，谁信呢，人不信，鬼也不信。先前的年里，戴口罩很卫生，很文明，许多人脖子上吊着白系儿，口罩却掖在衣服里，就为着露出那白系儿。后来又兴墨镜，也并不戴的，或者高高架在脑门上，或者将一只镜腿儿挂在胸前衣扣上。而现在却是行立坐卧什么也不戴的，戴大哥大，越是人多广众，越是大呼小叫地对讲。——这些都是显示身份的，显示有钱的，却也暴露了轻薄和贫相。金口玉言的只能是皇帝而不是补了金牙的人，浑身上下皆是名牌服饰的没有一个是名家贵族，领兵打仗大半生的毛泽东主席从不戴一刀一枪，亿万富翁大概也不会有个精美的钱夹装在身上。

越不是艺术家的人，其做派越更像艺术家；越是没钱的人，越是要做出是有钱的主儿。说句好话，钱是不能说就证明一切，但也不能说钱就不是一种价值的证明，说难听点，还是怕旁人看不起。过日子的秉性是，过不好，受耻笑，过好了，遭嫉妒。豪华宾馆的门口总树着牌子写着“衣着不整，不得入内”，所谓不整者，其实是不华丽的衣着，虽然世上有凡人的邋遢是肮脏、名人的邋遢是不修边幅之说，但常常有不修边幅的名流在旁人说出名姓后接待者的脸面方由冷清到生动。于是，那些不失漂亮的女子，精致的手袋里塞满了卫生纸，她们不敢进澡堂，剥了华丽的外套，得缩身捂住破旧不堪的内衣，锃亮的高跟皮鞋不能脱，袜子被脚趾捅出个洞。她们得赶快谈恋爱，去花男朋友的钱，或者不结婚，或者结了婚搞婚外恋，傍大款，今天猎住这个，明天瞄准了那位，藤缠树，树有多高，藤有多高，男人们“下海”在水里扑腾，她们“下海”了，在男人的船上。社会越来越发展到以法律和金钱维系，有定数的钱就在世上流通，聚聚散散，来来往往，人就在钱上穷富沉浮。若将每一张钞票当一部小说来读，都会有一段传奇的吧。

如果平静地来讲，现在可爱的倒不是那些年轻女子了，老太太更显得真实、本质，做小市民的有小市民的味；头梳得油光光的去菜市，问过了这一摊位的价格，又去问那一摊位的价格，仰头看天，低首数钱，为一分两分与摊主争吵，要揭发呀要告状呀地瞧摊主的秤星秤锤，剥菜叶子，掐葱根，末了要走了还随手捏几棵豆芽。年轻的女子在市民里仍有个“小”字，行为做事却要充大。越是小，越怕人说小，如小日本偏称大日本帝国，一个长江口上的滩城偏要叫作大上海。

依一般的家庭，能花钱的都是女人，女人在家庭有没有地位就看是否掌握着花钱的权力。如今的“气管炎”日益增多，是丈夫们越来越多地失去了经济独立。事实是，真正的男人是不花钱的。日本的一位首相说过，好男人出门在外口袋里只装十元钱。他有能力去挣钱，挣了钱就让女人去花吧，看着女人去花钱，是把繁琐的家庭日常安排之任交给她去完成了。即使女人们将钱花在衣着上，脸面上，那更是男人的快乐，试想，一个被他人救过命又救过另外一个人的命，他是从内心深处不愿常见到恩人而企望被救过的那人常出现在他面前的。不管如何否认和掩饰，今日的社会还是以男人为中心的社会，女人——如张爱玲所说——即使往前奔跑，前面遇到的还是男人。所以，有了自己钱的，做了强人的女人，虽指望一切要主动，却一切皆不主动，尤其是爱情。

钱的属性既然是流通的，钱就如身上的垢痂，人又是泥捏的，洗了生，生了洗。李白说，千金散去还复来。守财奴全是没钱的。人没钱不行，而有人挣得钱多，有人挣得钱少，表面上似乎是能力大小，实则是人的品种所致。蚂蚁中有配种的蚁工，有工蚁，也有兵蚁；狗不下蛋，鸡却下蛋，不让鸡下蛋鸡就会憋死。百行百业，人生来各归其位，生命是不分贵贱与轻微的。钱对于我们来说，来者不拒，去者不惜，花多花少皆不受累，何况每个人不会穷到没有一分钱（没有一分钱的是死了的人），每个人更不会聚积所有的钱。钱过多了，钱就不属于自己，钱如空气如水，人只长着两个鼻孔和一张嘴的。如果这样了，我们就可以笑那些穷得只剩下钱的人，笑那些没钱而猴急的人，就可以心平气和地完成各自生存的意义了。古人讲“安贫乐道”并不是一种无奈后的放达和贫穷的幽默，“安贫”实在是对钱所产生的浮躁之所戒，“乐道”则是对满园生命的伟大呼唤。

1994 年 2 月 18 日

说孩子

和女人在一起，最好不要提起说她的孩子——一个家庭组合十年，爱情就老了，剩下的只是日子，日子里只是孩子，把鸡毛当令箭，不该激动的事激动，别人不夸自家夸——她会全不顾你的厌烦和疲劳，没句号地要说下去。人的心是一辈一辈往下疼的，如摆砖溜儿，一块砖撞倒一块砖，不停地撞下去。我曾经问过许多人，你知道你娘的名字吗？回答是必然的。知道你奶奶的名字吗？一半人点头。知道你老奶奶的名字吗？几乎无人肯定。我就想，真可怜，人过四代，就不清楚根在何处，世上多少夫妇为“续香火”费了天大周折，实际上是毫无意义！全然地拒绝生育，当然是对人类的不负责任，但除过那些一定要生儿生女，一定要生儿不生女的人外，现代社会里的夫妇要孩子纯粹是一种精神的需要，有个乐趣，如饲猫饲狗，或许为了维系家庭。一个女人曾对我说，夫妻是衣服的两片襟，没有孩子就没有纽扣啊。

有了孩子，谁都希望孩子小时候乖，长大了有出息。结婚生育，原本是极自然的事，瓜熟蒂落，草大结籽，现在把生儿育女看得不得了了，照仪器呀，吃保胎药呀，听音乐看画报胎教呀，提前去住医院，羊水未破就呼天喊地，结果十个有八个难产，八个有七个产后无奶。十三年前我在乡下，隔壁的女人有三个孩子，又有了第四个，是从田地里回来坐在灶前烧火，觉得要生了，孩子生在灶前麦草里。待到婴儿啼哭，四邻的老太太赶去，孩子已收拾了在炕上，饭也煮熟，那女

人说："这有啥？生娃像大便一样的嘛！"孩子生多了，生一个是养，生两个三个也是养，不见得痴与呆，脑子里进了水。反倒难产的，做了剖腹产的孩子，性情古怪暴戾，人是胎生的，人出世就要走"人门"，不走"人门"，上帝是不管后果的。

我长久地生活在北方，最愤慨的是有相当多的人为一个小小的官位尔虞我诈，钩心斗角；到位上了，又腐败无能，敷衍下级，巴结上司，没有起码的谋政道德。后来去南方了几趟，接触了许多官员，他们在位一心想干一番事业，结果也都干得有声有色。究其原因，他们说，不怕丢官，丢了官我就去做生意，收入比现在还强哩！这是体制和社会环境所致。如今对儿女的教育何尝不有点像北方干部对待官职的态度呢？人口越来越多，传统的就业观念又十分严重，做父母的全盼孩子出人头地，就闹出许多畸形的事体来。有人以教孩子背唐诗为荣耀，家有客来，就呼出小儿，一首一首闭了眼睛往下背。但我从没见过小时能背十首唐诗的"神童"长大成了有作为的人。有人省吃俭用地买钢琴呀，买绘画的颜料笔纸呀，用金钱加拳头要培养个音乐家和画家，结果只能培养出一大批挣便宜钱的半通不通的"辅导"。社会是各色人等组成的，是什么神就归什么位，父母生育儿女，生下来、养活大，施之于正常的教育就完成了责任，而硬要是河不让流，盛方缸里让成方，装圆盆中让成圆，没有不徒劳的。如果人人都是撒切尔夫人，人人都是艺术家，这个世界将是多么可怕！接触这样的大人们多了，就会发现，愈是这般强烈地要培养儿女的人，愈是这人活得平庸。他自己活得没有自信了，就将希望寄托在儿女身上。这行为应该是自私和残酷，是转嫁灾难。试想，你自己都是那样，还苛刻地要求儿女，儿女怎么看你？儿女的生命是属于儿女的，不必担心没有你的设计儿女就一事无成。相反，生命是不能承受过轻和过重的，教给了他做人的起码道德和奋斗的精神，有正规的学校传授知识和技能，更有社会的大学校传授人生的经验，每一个生命自然而然地会发出自己灿烂的光芒的。

如果是做小说，作家们懂得所谓的情节是人物性格的发展，而活人，性格就是命运。曾经流行过一种测验法，即让你随口说出三个动物来，每个动物又以最少三个词来比喻，第一个动物的比喻词便是你的自我感觉，第二个动物的比喻词是别人对你的看法，第三个动物的比喻词是原来的你。我测过百余人，发觉自我感觉，不管如何变化，总超不出两类，一是良好，如龙，是飞腾的龙，威严的龙，美丽的龙；一是喋喋抱怨，如牛，吃的是草挤出来的是奶的牛，一生辛勤的牛，为人耕作的牛。可以说，人是很难认识自己的，这如眼睛看不见眼睛一样。但认识自己，设计自己却是人至关重要的事！天才不是三百年才出现一个两个的，天才是每个人都存在的，关键是否发现自己身上的天才。遗憾的是很多很多的人至死没有发现和发展自己的天才，所以，伟大的人物总是少，众生才芸芸。

我也是一个父亲，我也为我的独生女儿焦虑过，生气过，甚至责骂过；也曾想，我的孩子如果一生下来就有我当时的思维和见解多好啊。为什么我从一学起，好容易学些文化了，我却一天天老起来，我的孩子又要从一学起?！但当我慢慢产生了我的观点后，我不再以我的意志去塑造孩子，只要求她有坚韧不拔的精神，只强调和引导她从小干什么事情都必须有兴趣，譬如踢沙包，你就尽情地去踢，画图画，你就随心所欲地画。我反对要去做什么“家”，你首先做人，做普通的人。继承了我的秉性，孩子胆小，我的亲戚们让孩子在外要刚硬，谁敢打你你就打他。我说，社会毕竟不是整日打架的社会，学得那么刚硬还像个女孩子吗？小不忍到底要坏大谋的。

我对待儿女的观点，是会被相当多的人反对的，或许将永远落下不称职的父亲的声名。我虽然常常看着小学生、中学生不分昼夜地在书桌前用功，心中充满了悲哀——大人们都在自己的岗位上消极怠工，却把恶果转嫁于孩子——但我也得让女儿去做作业，去复习，去拿回考试的高分。我现在惟一能做到的，是不能忍受着一些女人向我讲述她为孩子设想伟大而美丽的前景，她不停地在说，使用着连续的逗号，好不容易出现一个句号了，我得赶紧就说：“哎呀，差点忘了，XX要我回个电话的！”我得逃避，我终于学会了逃避。

1994年3月24日

说奉承

奉承领袖是喊万岁，奉承女人是说漂亮，一般的人，称作同志的，老师的，师傅的，夸他是雷锋，这雷锋就帮你干许多你懒得干的琐碎杂什。人需要奉承，鬼也奠祀着安宁，打麻将不能怨牌臭，论形势今年要比去年好，给牛弹琴，牛都多下奶，渴了望梅，望梅果然止渴。

每个人少不了有奉承，再是英雄，多么正直，最少他在恋爱时有奉承行为。一首歌词，是写少年追求一个牧羊女的，说："我愿做一只小羊，让你用鞭子轻轻地抽在身上。"现实生活中，我们常常在拥挤的电车上看到有的乘客不慎踩了别的乘客的脚，如果是男人踩了男人的脚那就不得了，是丑女人踩了男人的脚那也不得了，但是个漂亮的女子踩的，被踩的男人反倒客气了：对不起，我把你的脚垫疼了！世上的女人如小贩筐里的桃子，被挑到底，也被卖到完。所以，女人是最多彩的风景，大到开天辟地，产生了人类，发生了战争，小到男人们有了羞耻去盖厕所。女人已敏感于奉承，也习惯了奉承，对女人最大的残酷不是服苦役，坐大牢，而是所有的男人都不去奉承。

对于女人的奉承——我们可以继续说奉承话吧——并不是错误，它发乎天性，出自于真诚的热爱美好。最多是我们听到那些奉承的话，看到那些奉承的事，背过身去轻轻窃笑。而不能忍受的，浑身要起鸡皮疙瘩，发麻的，是对一些并不发乎于真诚的奉承。有一位熟人，他不止一次地向我发过牢骚，批评他的领导未在位之前是不学无术的，

“他老婆都瞧不起他，”他说，“连老婆都瞧不起的男人，谁还瞧得起他呢？”可这样的人阴差阳错到了位上，却什么都懂了，任何门科的业务会议上，他都讲话，讲了话你就得记录，贯彻执行！以至于他们同伴之间讥讽，也是“你别精能得像咱领导！”可是，偏是这样的领导，我的那位熟人，在批评与自我批评的会上来奉承了：“我给咱头儿提个意见吧？你太不爱惜自己的身体了！你的身体难道是你个人的吗？不，是大家的，是集体的！”

我曾参加过许多全国性的会议，出席者胸前都要戴贴着照片的证牌的，我偶然一次往一位已经是七十多岁的老太太的证牌上看了一眼，看到的照片是四五十年前的她，于是留心，竟发现所有的老太太们的照片没一张是现时的。照片当然是自己提供的，老太太们都是名人，年轻时又都是美人，不愿意退出美的舞台是可以理解的，但已经鸡皮鹤首了还戴二三十岁的照片，这实在也太奉承自己了。也就在这次会上，我与一位写书的领导住隔壁，墙不隔音，我每天都能听到来访者对领导的头发、西服以及领导所著的叫《XXXX》的一本书的奉承。我静静地听，不敢笑，也不敢咳嗽，评价着奉承的高明与低下。大多是智商不高，惟有一日出现个口吃的声音，先是寒暄了一会，接着就沉默，接着就是要打破沉默的“啃儿”“啃儿”地笑，接着说：“我给你说件真真，真实的，事。昨天我上，上街，两个人打打打架了，一个把一个打倒在在地，在地上的要往起扑，头头一扬，一扬的。那人打了三三三拳，头往上扬，扬的，再用脚踢，头还是扬的，那人在地上摸摸砖，还是扬，正好旁边有个书书摊，捡了本书去头上一一一拍，头不扬了！你知道那是什什么书？是《XXXX》！”

奉承是要得法的，会奉承的人都是语言大师。见秃头说聪明者绝顶，坏一只眼是一目了然。某人长相像一个名人，要奉承，说你真像XX，不如说XX真像你。工会的主席姓王，王姓好呀，正写倒写都是王，如果说：你这王主席，长个小尾巴就好了！王字长了小尾巴成毛字。瞧这话说得多有水平！有人奉承就不得法，人总是要死的，你却不能祝寿时说哎呀，离死又近了一年。领导去基层，可以说你亲自去考察呀！领导上厕所，怎么也不该说你亲自去尿呀！我害病住过院，

有人来探视，说：听说你病了，我好难过，路上心里想，自古才子命短……他虽然称我是才子，可我正怕死，他说命短，我怎么高兴？有一度关于我的谣言颇多，甚至有了我的桃色新闻，一个人来安慰我，说：你那些事我听说了，真让我生气！名人嘛，有几个女人是应该的嘛，你千万不要往心上去！他这不是肯定了我的桃色新闻?!

每一个生命是有其自信和自尊的，一旦宁肯牺牲自己的自信与自尊去奉承，那就有了企图。企图可以硬取，刺刀见红，企图也可以软赚，奉承为事。寓言里的狐狸奉承乌鸦的嗓音好，是想得到乌鸦叼着的一块肉，说“站惯了”的奴才贾桂，是想早日做坐下的主子。善奉承的眼光雪亮，他决不肯奉承比他位低势小的，科长只能奉承处长，处长只能奉承局长，一级撵一级，只要有官之阶，人就往高处走。委屈者求的是全，忍小事者为的是大谋。人的生活中是需要一些虚幻的精神的，有人疼痛，相信止痛针，给注射些蒸馏水，就说是止痛药，那疼痛也就不疼痛了，被奉承的为了荣誉、利益乐于让他人奉承，待发觉给鸡送来了饲料却拿走了鸡蛋时，被奉承者才明白了奉承。

当然，话有三说，巧说为妙，巧说不一定就是奉承。灶王爷之所以是人间普遍喜爱的神，是灶王爷“上天言好事，下界降吉祥”，也正因为灶王爷是没私利的言好事、降吉祥，灶王爷永远未升官晋级。看多了世间的奉承者和接受奉承者，有许多激愤，想想，人本身有私欲，社会又注重权与势，哪里又能消灭奉承者和接受奉承者？奉承换句话说是献媚，献媚就是送上女之色，是妓的行为，那么，既然有了妓，妓使许多人变成了嫖客，嫖客得性病就让他自受去吧。

1994 年 3 月 28 日夜

说打扮

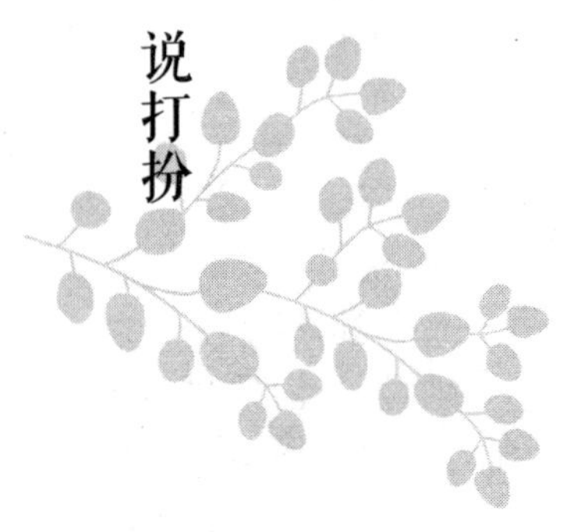

打扮唯美。美是生命存在的过程，如林语堂说，鹤足的挺拔之美是逃离危险的结果，熊掌的雄壮之美是捕获食物的结果。性也产生美，性说到底还是生命延续的需要，所以花为了蜂蝶争艳，雄狮为了雌狮长发。人和禽兽的不同，是雄的长得不好看而雌的长得好看，女人比男人好看了，还要在女人之间显出自己更好看，这就有了打扮。

打扮是以藏和露为技巧的，藏除了真的藏短外，藏重要的还是为了露。在脸上涂各种化妆物是要更表现脸，设计服装讲究线条也是更要展示身材。中国人善于收拾厨房，不大理会厕所，有灶神没有茅房神，这种习惯思维用到身体打扮上，也是打扮（露）进口部位，不打扮（藏）出口部位。如果说羞耻，身体的一头一尾是不能同时盖着或露着，露了头就盖尾，要露尾，用毛巾把头盖了，尾露着也无所谓。

如一张画布，几种颜料，画就一幅幅画下来，人就是头发，脸，衣裤和鞋袜，翻来覆去在那里经营着，学着动物，也学着植物，把金木水火土全作了材料。人的打扮是为了鲜活人的眼睛，它不取悦于别类，这如同我们在乎于鸡的肥瘦不是鸡的丑俊，世上如果只有男人或只有女人，世上是不会有厕所的。但打扮毕竟是皮面上的操作，人格和素质如白纸灯笼里的灯泡，灯泡是红色的，灯笼就是红

灯笼，灯泡是黄色的，灯笼就是黄灯笼。于是有人艳，有人妖艳，有人清雅，有人清而不雅，警察穿了警服才是警察，老中医先生不背药箱也认得是老中医先生，妓女就给人脏的感觉，闲汉留下的印象是懒。

不扮不是人，人还是打扮着好，尤其女人。打扮得越有个性、越有风格才是会打扮，有人以为穿高档的，穿时兴的就是美，虽有三分人才七分穿的话，但有人越打扮越美，有人越打扮越丑。见什么都能吃的，吃了什么都觉得香的，并不是美食家，事实是这样的人没有不平庸的，一样的规律，凡是社会上兴什么衣服就穿什么的人都不是美人。

随着社会的发展，打扮技巧不断提高，服装有了“精品屋”，化妆有了“美容院”，一般人的想法里，邓小平说话是玉言，一定镶了金牙的，但邓小平没有。张艺谋应该穿名牌吧，可张艺谋穿的是板儿鞋。过去走到哪儿，见的是演员长得漂亮，穿得鲜艳，现在大小任何城市里，街头上都是流光溢彩，美色如云，芸芸众生很难在脸上看出年龄，在服装上分出穷富。我们看天上的麻雀，几乎都是一个样，分不清这一只不是那一只，人如果都成了美人，其实没有了美人。过去有个故事，说一个懒婆娘长年不洗脸，有一夜贼入室偷窃，与贼搏斗，贼拿刀照她脑门上砍了一下。她倒在地上只说这下死了，可后来又觉得没死，起来看，地上两半个脸，原来贼砍开的是垢痂结的脸壳。如今有的人粉越抹越厚，真怀疑也有了个壳，那高级化妆品和垢痂有什么两样？人穿衣是取暖的，讲究到衣服要冻死身子或捂死身子，人最后就木头了，是挂衣架子。

人若是 块石头，生了苔藓，一年四季变换颜色，那怎么变就怎么变去，可人的秉性是得寸而进尺，有了一条好裤带就想配好裤子，有了好裤子得有好上衣，那么帽子呀鞋呀欲望越来越多，思维也变了。打扮一旦成了社会时尚，风气靡丽，必然少了清正之气。过去有一句名言：最容易打扮的是历史和小姑娘。现在呢？没有学问的打扮得更像有学问，不是艺术家的打扮得更像艺术家，戏比生活逼真，谎言比真理流行。

当一切都在打扮，全没有了真面目示人的时候，最美丽的打扮是不打扮。

1994 年 6 月 16 日

说死

人总是要死的。大人物的死天翻地覆，小人物说死，一闭眼儿，灯灭了，就死了。我常常想，真有意思，我能记得我生于何年何月何日，但我将死于什么时候却不知道。一觉睡起来，感觉睡着的那阵就是死了吧，睡梦是不是另一个世界的形态呢？我的一个画家朋友，一个月里总要约我见一次，每次都要交我一份遗书，说他死后，眼睛得献给 XX 医院，心肺得献给 XXX 医院。过些日子，他又约我去，遗书又改了，说 XX 医院管理混乱，决定把眼睛献给另一个 XX 医院的。对于死和将死的人见得多了，我倒有个偏见，如果说现在就业十分艰难，看一个孩子待父母孝顺不孝顺就看他能不能考上大学，那么，评价一个人的历史功过就得依此人死后是否还造福于民？秦始皇死了那么多年，现在发掘了个兵马俑坑，使中国赢得了那么大的威名，又赚了那么多旅游参观的钱，这秦始皇就是个好的。

人怕毛毛虫，据说人是从小爬虫衍变的。人也怕人，人也怕自己，怕自己死。在平日，寿比南山的话我们说得很多，万寿无疆也喊过，是极少以死来恭维的话，死只能是对敌人最痛恨的诅咒，是法典中的极刑。依我的经验，三十岁以前，从来是不思考到死的，人到了中年，下一辈的人拔节似的往上长，老一茬的人接二连三地死去，死的概念动不动冒在心头，几个熟人凑一堆了，瞧，谁怎么没有来，死了，就说半天关于死的话题。凡能说到死的人，其实离死还遥远，真正到了死神立于门边，却从不说死的。我见过许多癌症病人，大都有三个发展阶段，先是害怕自己是癌症，总打问化验检查的结果，观察陪护人的脸色。再是知道了事实，则拒不接受，陪护人谎说是无关重要的某某部位炎症，他也这么说，老实地配合治疗，相信奇迹的出现。后是治疗无效果，绝望了，什么话也不说了，眼睛也不愿看到一切，只是流泪。人一生下来就预示着死，生的过程就是死的过程，这样的道理每个人在平时都能说一套，甚至还要用这般的话去劝导临死的人，而到了自己将死，却便想不开了。《红楼梦》里的那一段“好了歌”，说的是功名、富贵、声色不能看得通达是人性的弱点，那么，人性里最大的可悲处是不能享受平等。试想，我们作为一个平头百姓，平日里看不惯以权谋私，看不惯不公正的发财，提意见呀闹斗争呀地要平等，可彻底消除贵贱穷富和男女老幼界限的最平等的死到来时，却不肯死，不死不行的，才依依不舍地去了。

为什么不肯死，民间的意识里，死是要到阴曹地府去的，那是一个漆黑无比的地方。几乎谁也没见过鬼，但每个人都认为鬼是青面獠牙，血口长舌的。接触过许多死去了又活过来的人，他们都在讲死的时候，觉得自己一直往上飞，越往上飞越觉得舒服，甚至能看到睡在床上的自己的身子，还听得到医生的话和亲属的哭。这情景真实不真实，我没有经验，但凡见过的病死的人最后咽气的时候差不多都呈现出一丝微笑的。我在陕西的镇安县见过一次葬礼，十几人围着死人敲锣打鼓唱孝歌，其中一段在唱：“说一声你死了就死了，亲戚朋友都不知道。亲戚朋友知道了，亡人已过奈何桥。奈何桥七寸的宽来万丈的高，中间抹着花油胶。大风吹来摇摇地摆，小风吹来摆摆地摇。有福的亡人桥上过，无福的亡人被打下桥。亡人过了奈何桥，从此阴间阳间路两条。社会主义这么的好，你为什么要死得这样早?!”这是没办法的，谁都要离开这个人世的，如果人世真是这么的好，你总不能老占着地方不让别人来吧。而且死去有死去的好处，基督教徒们不是说死去要到天堂见上帝吗，共产党的干部也常说“将来要去见马克思”。我们这些芸芸众生，死了只能去阎王那儿报到，阎王是什么，阎王是监督执行公正平等的长官。

把生与死看得过分严重是人的秉性，这秉性表现出来就是所谓的感情，其实，这正是上天造人的阴谋处。识破这个阴谋的是那些哲学家、高人、真人，所以他们对死从容不迫。另外，对死没有恐惧的是那些糊里糊涂的人。最要命的是高不成低不就的人，他们最恐惧死，又最关心死，你说人来世上是旅游一趟的，旅游那么一遭就回去了，他就要问人是从哪儿来的又要回到哪儿去？道教来说死是乘云驾鹤去做仙了，佛教来说灵魂不生不死不来不往，死的只是躯体，唯物论讲师来说人来自泥土，最后又归于泥土。芸芸众生还是想不通，诅咒死而歌颂生，并且把产生的地方叫做“子宫”，好像他来人世之前是享受到皇帝的待遇的。

不管怎样地美好来到人世的情景，又怎样地不愿去死，最后都是死了。这人生的一趟旅游是旅游好了还是旅游不好，每个人都有自己的体会。我相信有许多人在这次旅游之后是不想再来了，因为看景常常不如听景。但既然阳世是个旅游胜地，没有来过的还依旧要来的，这就是人类不绝的缘故吧。作为一个平平常常的人，我还是作我平常人的庸俗见解，孔子有句话，是“朝闻道，夕死可矣”，当我第一次读到这句话，我特高兴，噢，孔圣人说过了，早上得了道，晚上就应该死了，这不是说凡是死的人都是得了道的吗？那么，这死是多么高贵和幸福，而活得长久的，则是一种蠢笨，不悟道，是罪过，越是拥戴谁万寿无疆，越是在惩罚谁，他万寿了还不得道，他活着只是灾难更多，危害更大。

海明威有个小说，写的是一个人看见妻子在生产，他承受不了人生人的场面，就割破动脉血管而死了。海明威讲的是生比死可怕。我小时候听水磨坊的老汉说过一个故事，一个人夜里独自在家，有鬼来骚扰，这人不理，鬼很生气，闹得更厉害，以死来威胁，这人说了一句：“我对活着都不怕，我怕死？！”这人说得真好，人在世上，是最艰难的事，要吃喝拉撒，要七情六欲，要伤病灾痛，要悲欢离合，活人真不容易的。那些自杀的人，自己能对自己下手，似乎很勇敢，其实是一种自私、逃避和怯弱。

既然死是人的最后归宿，既然寿的长短是闻道的迟早，既然闻道而死去的时候是一种解脱和幸福，对于死应该坦然。而恐惧的人，不能正确地面对死去，也绝不会正确地面对活着，这样的人即使一时还未死，却错误地理解人生，以为人生就是在有限的时间里吃好穿好玩好，要吃好穿好玩好就去掠夺、剥削、欺骗、伤害别人。这样的活着把自己的肚腹变成埋葬山珍海味的坟墓，穿丝挂绸，把身子变成一个蚕，只能是久久得不了道，老而不死，“老而不死则为贼”了。

1994 年 7 月 3 日

清風生袖明月入懷俯仰有節進退皆寬

十六年

辛巳集古句

说足球

中国人历来礼仪，不爱足球爱抛绣球。《水浒》里的高俅当了官，攻击他的理由不是因为他是妓女生的，而是曾经踢过球。现在改变了，也崇尚足球，虽然一时还没有个球神产生出来供奉，但天上的星星只有三种，一种是影星，一种是歌星，再就是球星，看来看去，球星都是人家的，这不打紧，四年一届的世界杯足球赛，咱还是急得不得了，这像是在大街上，哪里一打架，呼啦，瞧热闹的都围上去了，一声喊：打！打！打别人是痛快的，被别人打也是痛快，如果打不上又被打不上，看别人打别人还是一种痛快嘛。清朝的时候，洋人侵略中国，中国武力不行，有人上书朝廷，主张把禁书《红楼梦》往外国运，用“祸水”去堕落他们。如今中国人踢不赢外国人，又热足球，足球一热可以变成热气球嘛，咱放咱的，放罢了，去菜市场，青菜一元钱一斤了。

1994 年 6 月 15 日

说球迷

体育都是人玩耍意义上的一种竞争，自没必要把它上升到至高无上的位置。球迷们的可爱在于一个迷字，像酒鬼一样，可以糟蹋一桌饭菜，却不能泼洒一滴酒。过去的年代兴老实，谁出来都说：“咱这老实样儿……”现在热足球很时尚，一个什么样的人都说他迷足球，而且说足球运动是英雄者的运动，其实就是要说明自己也是个英雄。如果迷足球像迷麻将一样遭人轻贱，迷足球的人就不会这么多了。足球的伟大是足球集中了人的一切最激烈的玩性，踢者去尽情发挥，观者借他人之酵发自己蒸馍，也要放肆，两者相辅相成。上帝要检查人的顽皮和疯狂，上帝创造了足球，当上帝看到了人的顽皮和疯狂，上帝要制止战争和萎靡的办法，也就是让人去踢足球。从这个意义上讲，踢足球的和迷足球的都是最听上帝话的人，把发泄的东西发泄到特定的地方去，剩下的都是平和，可以安然地再过整齐的日子。

1994 年 6 月 15 日

『卧虎』说

——文外谈文之二

我说的“卧虎”，其实是一块石头，被雕琢了，守在霍去病的墓侧。自汉而今，鸿雁南北徙迁，日月东西过往，它竟完好无缺，倒是天光地气，使它生出一层苔衣，驳驳点点的，如丽皮斑纹一般。黄昏里，万籁俱静了，走近墓地，拨荒草悠悠然进去，蓦地见了：风吹草低，夕阳腐蚀，分明那虎正骚动不安地冲动，在未跃欲跃的瞬间；立即要使人十二分地骇怕了！怯生生绕着看了半天，却如何不敢相信寓于这种强劲的动力感，竟不过是一个流动的线条和扭曲的团块结合的石头的虎，一个卧着的石虎，一个默默的稳定而厚重的卧虎的石头！

前年冬日，我看到这只卧虎时，喜爱极了。视有生以来所见的唯一艺术妙品，久久揣赏，感叹不已。想生我育我的商州地面，山川水土，拙厚，古朴，旷远，其味与卧虎同也。我知道，一个人的文风和性格统一了，才能写得得心应手；一个地方的文风和风尚统一了，才能写得入情入味；从而悟出要作我文，万不可类那种声色俱厉之道，亦不可沦那种轻靡浮艳之华。“卧虎”，重精神，重情感，重整体，重气韵，具体而单一，抽象而丰富，正是我求之而苦不能的啊！

我在那墓场呆了三日，依依不肯离去。我总是想：一个混混沌沌的石头，是出自哪个荒寂的山沟呢？被雕刻家那么随便一凿，就活生生成了一只虎了?！而固定的独独一块石头，要凿成虎，又受了多大的限制？可正是有了这种限制，艺术才得到了最充分的自由吗?！貌似缺乏艺术，而真正的艺术则来得这么的单纯、朴素、自然、真切！

静观卧虎，便进入一种千钧一发的境界，卧虎是力的象征。我们的民族，是有辉煌的历史，但也有过一片黑暗和一片光明的年代，而一片光明和一片黑暗一样都是看不清任何东西的。现在，正需要五味子一类的草药，扶阳补气，填精益髓。文学应该是与世界相通的吧。我们的文学也一样是需要五味子了，如此而已。

但是，这竟不是一个仰天长啸的虎，竟不是一个扑、剪、掀、翻的虎，偏偏要使它欲动，却终未动地卧着？卧着，内向而不呆滞，寂静而有力量，平波水面，狂澜深藏，它卧了个恰好，是东方的味，是我们民族的味。

以中国传统的美的表现方法，真实地表达现代中国人的生活和情绪，这是我创作追求的东西。但是，实践却是那么艰难，每走一步，犹如乡下人挑了鸡蛋筐子进闹市，前虑后顾，唯恐有了不慎，以至怀疑到了自己的脚步和力量。终有幸见到了“卧虎”，我明白了，且明白往后的创作生涯，将更进入一种孤独境地。喜从此有了“源于高度的自信”，进一步“精于其道的自觉”（这是袁运甫的画语），我想，艺术于我是亲近的。

我的“卧虎”啊……

1982 年 4 月为《当代文艺思潮》“作家与创作”栏而作

《美文》发刊词

亲爱的读者，我们开办了这份杂志，这份杂志是散文月刊，名字叫《美文》。

为什么叫《美文》？因为当今的文坛上，要办一份杂志，又是散文的内容，又是炉灶起得这么的晚，脆的，有彩儿的名字都有了家主，如北京的《读书》、天津的《散文》、广州的《随笔》，以及《散文世界》《散文百家》《青年散文家》《读者文摘》《散文选刊》，我们想来想去，苦愁了许多日子，只好这么叫了。这么叫的时候，还有一段趣事：那一日，大家讨论"美文"两个字，争论好大，人分两派，一派说"美文"很雅的，如"美学""美术""美声"。一派说"美文"俗了，令人能想到"美容"呀，"美发"呀的。争执不休，忽想到鲁迅他们三十年代办《语丝》是查字典来的，又想到乡下多子的父亲常抱了婴儿出门，第一个碰着什么就依什么起名。于是闭了眼睛翻了一册书，那第一行的第一个字就是美字，出门又恰巧碰着一个汉子，是本市的一个名丑，手里正拿着一本《中国古典美文选》。《美文》就这样确定下来。叫《美文》绝不意味着要搞唯美主义，但我们可以宣言：我们倡导美的文章！

我们倡导美的文章。为什么办的是散文月刊而不说散文说的是文章？我们有我们的想法。我们确实是不满意目前的散文状态，那种流行的，几乎渗透到许多人的显意识和潜意识中的对于散文的概念，范围是越来越狭小了，含义是越来越苍白了，这如同对于月亮的形容，有银盘的，有玉灯的，有橘的一瓣，有夜之眼，有冷的美人，有朦胧的一团，最后形容到谁也不知道月亮为何物了。我们现在是什么形容也不要，月亮就是月亮。于是，还原到散文的原本面目，散文是大而化之的，散文是大可随便的，散文就是一切的文章。

如果同意我们的观点，换一种思维看散文，散文将发生一种质的变化，散文将不要准散文，将不仅是为文而文的抒情和咏物，也就不至于沦落到要做诗人和小说家的初学的课程，轻，浅，一种雕虫小技，而是“大丈夫不为也”的境地。

先人讲，文章千古事。做文章怎能是千古的事？我们理解，做文章的人不要一天到黑脑子里总是想着我的文章怎么做，怎样就凤头豹尾，如何起承转合。做文章的人应该“平常”下心来，明白做文章是一种“业”，同当将军一样，或同当农夫一样，或同妓女与小偷，生命都一样，“业”，有高下尊卑之分，但都是体证自然宇宙社会人生的“法门”，“法门”在质上归一。若把自己的生命重点移到了体证，而文章只是体证的一种载体，一旦有悟有感要说，提笔写出，这样的文章自然而然就是好的文章，好的文章自然就有千古价值。我们读《古文观止》，读中学课本，看到了历史上的那些散文大家，写得那一二篇绝美的抒情文，以为散文就是这类，但为了读到某一大家的更多的抒情文而翻阅他的文集时，我们常常吃惊他的一生仅仅是写了这几篇抒情文，而大量的是谈天说地和评论天下的文章，原来他们始终在以生命体证天地自然。社会到了今日，出版业异常发达，做文章的人太容易有出版和发表的地方，为出版和发表而做文章，文章必然量多质劣。

当然，文章的好坏，是时代之势左右，汉唐的文章只能是在汉唐，明清的文章只能是在明清。说过了一个时代的文章总体水准由一个时代而定，但往往是一个作家的具体作品却改变了某个时期的文风。作家个人的作用实在是相当大的。中外的文学史已经证明：真情实感在，文章兴，浮艳虚假，文章衰。文学史上之所以有大家，大家之所以出现，就是在每一个世风浮靡、文风花拳绣腿的时期有人力排陈腐，复

归生活实感和人之性灵。

基于诸多想法，我们开办这份杂志，虽然又多了一份杂志，使做文章的人太容易有出版和发表的地方上再多一块地方，但我们的目的之一如鲁迅的那句话：为了忘却的纪念。我们的杂志不可能红爆，我们不是为了有一个舒适而清雅的职业办杂志，也不是为了敛钱发财，我们的杂志挤进来，企图在于一种鼓与呼的声音：鼓呼大散文的概念，鼓呼扫除浮艳之风，鼓呼弃除陈言旧套，鼓呼散文的现实感，史诗感，真情感，鼓呼真正的散文大家，鼓呼真正属于我们身处的这个时代的散文！

所以，我们这份杂志，将尽力克服我们编辑的狭隘的散文意识，大开散文的门户，任何作家，老作家、中年作家、青年作家、专业作家、业余作家、未来作家、诗人、小说家、批评家、理论家，以及并未列入过作家队伍，但文章写得很好的科学家、哲学家、学者、艺术家等等，只要是好的文章，我们都提供版面。在这块园地上，你可以抒发天地宏论，你可以阐述安邦治国之道，可以作生命的沉思，可以行文化的苦旅，可以谈文说艺，可以赏鱼虫花鸟。美是真与善，美是犹如戏曲舞台上的生旦净丑，美是生存的需要，美是一种情操和境界，美是世间的一切大有。

我们完全清醒我们的陋，地处于西北，没有北京、上海、广州的地利，我们办刊的人没有写出什么过硬的文章，办刊又没有经验，而我们的鼓呼虽然竭力却可能微乎其微，但我们确是意气相投的一帮散文的爱好者，涌动着一种崇高的感情，而勇敢起来办这个刊物的，我们是一群声音不大的小狗，挥动的旗子可能仅仅是大人肩头上的小孩手中的小三角旗子，所以我们相信读者会可爱我们，可爱我们的杂志，为我们投稿，为我们提建议而把杂志办好。

刊物是大家的，真的，这是咱们大家的刊物。

1992 年 5 月 28 日

《废都》后记

一晃荡，我在城里已经住罢了二十年，但还未写出过一部关于城的小说。越是有一种内疚，越是不敢贸然下笔，甚至连商州的小说也懒得做了。依我在四十岁的觉悟，如果文章是千古的事——文章并不是谁要怎么写就可以怎么写的——它是一段故事，属天地早有了的，只是有没有宿命可得到。姑且不以国外的事做例子，中国的《西厢记》《红楼梦》，读它的时候，哪里会觉它是作家的杜撰呢？恍惚如所经历，如在梦境。好的文章，囫囵囵是一脉山，山不需要雕琢，也不需要机巧地在这儿让长一株白桦，那儿又该栽一棵兰草的。这种觉悟使我陷于了尴尬，我看不起了我以前的作品，也失却了对世上很多作品的敬畏，虽然清清楚楚这样的文章究竟还是人用笔写出来的，但为什么天下有了这样的文章而我却不能呢?！检讨起来，往日企羡的什么辞章灿烂，情趣盎然，风格独特，其实正是阻碍着天才的发展。鬼魅狰狞，上帝无言。奇才是冬雪夏雷，大才是四季转换。我已是四十岁的人，到了一日不刮脸就面目全非的年纪，不能说头脑不成熟，笔下不流畅，即使一块石头，石头也要生出一层苔衣的，而舍去了一般人能享受的升官发财、吃喝嫖赌，那么搔秃了头发，淘虚了身子，仍没美文出来，是我真个没有宿命吗？

我为我深感悲哀。这悲哀又无人与我论说。所以，出门在外，总有人知道了我是某某后要说许多恭维话，我脸烧如炭。当去书店，一

发现那儿有我的书，就赶忙走开。我愈是这样，别人还以为我在谦逊。我谦逊什么呢？我实实在在地觉得我是浪得了个虚名，而这虚名又使我苦楚难言。

有这种思想，作为现实生活中的一个人来说，我知道是不祥的兆头。事实也真如此。这些年里，灾难接踵而来，先是我患乙肝不愈，度过了变相牢狱的一年多医院生活，注射的针眼集中起来，又可以说经受了万箭穿身；吃过大包小包的中药草，这些草足能喂大一头牛的。再是母亲染病动手术；再是父亲得癌症又亡故；再是妹夫死去，可怜的妹妹拖着幼儿又回住在娘家；再是一场官司没完没了地纠缠我；再是为了他人而卷入单位的是是非非中受尽屈辱，直至又陷入到另一种更可怕的困境里，流言蜚语铺天盖地而来……我没有儿子，父亲死后，我曾说过我前无古人后无来者了。现在，该走的未走，不该走的都走了，几十年奋斗的营造的一切稀里哗啦都打碎了，只剩下了肉体上精神上都有着毒病的我和我的三个字的姓名，而名字又常常被别人叫着写着用着骂着。

这个时候开始写这本书了。要在这本书里写这个城了，这个城里却已没有了供我写这本书的一张桌子。

在一九九二年最热的天气里，托朋友安黎的关系，我逃离到了耀县。耀县是药王孙思邈的故乡，我兴奋的是在药王山上的药王洞里看到一个“坐虎针龙”的彩塑，彩塑的原意是讲药王当年曾经骑着虎为一条病龙治好了病的。我便认为我的病要好了，因为我是属龙相。后来我同另一位搞戏剧的老景被安排到一座水库管理站住，这是很吉祥的一个地方。不要说我是水命，水又历来与文学有关，且那条沟叫锦阳川就很灿烂辉煌；水库地名又是叫桃曲坡，曲有文的含义，我写的又多是女人之事，这桃便更好了。在那里，远离村庄，少鸡没狗，绿树成荫，繁花遍地，十数名管理人员待我们又敬而远之，实在是难得的清静处。整整一个月里，没有广播可听，没有报纸可看，没有麻将，没有扑克。每日早晨起来去树林里掏一股黄亮亮的小便了，透着树干看远处的库面上晨雾蒸腾，直到波光粼粼了一片银的铜的，然后回来洗漱，去伙房里提开水，敲着碗筷去吃饭。夏天的苍蝇极多，饭一盛在碗里，苍蝇也站在了碗沿上，后来听说这是一种饭苍蝇，从此也不在乎了。吃过第一顿饭，我们就各在各的房间里写作，规定了谁也不能打扰谁的，于是一直到下午四点，除了大小便，再不出门。我写起来喜欢关门关窗，窗帘也要拉得严严实实，如果是一个地下的洞穴那就更好。烟是一根接一根地抽，每当老景在外边喊吃饭了，推开门直叫烟雾罩了你了！在吃过了第二顿饭，这一天里是该轻松轻松了，就趿个拖鞋去库区里游泳。六点钟的太阳还毒着，远近并没有人，虽然勇敢着脱光了衣服，却只会狗刨式，只能在浅水里手脚乱打，打得腥臭的淤泥上来。岸上的蒿草丛里嘎嘎地有嘲笑声，原来早有人在那里窥视。他们说，水库十多年来，每年要淹死三个人的，今年只死过一个，还有两个指标的。我们就毛骨悚然，忙爬出水来穿了裤头就走。再不敢去耍水，饭后的时光就拿了长长的竹竿去打崖畔儿上的酸枣。当第一颗酸枣红起来，我们就把它打下来了，红红的酸枣是我们唯一能吃到的水果。后来很奢侈，竟能贮存很多，专等待山梁背后的一个女孩子来了吃。这女孩子是安黎的同学，人漂亮，性格也开朗，她受安黎之托常来看望我们，送笔呀纸呀药片呀，有时会带来几片烙饼。夜里，这里的夜特别黑，真正的伸手不见五指。我们就互相念着写过的章节，念着念着，我们常害肚子饥，但并没有什么可吃的。我们曾经设计过去偷附近村庄农民的南瓜和土豆，终是害怕了那里的狗，未能实施。管理站前的丁字路口边是有一棵核桃树的，树之顶尖上有一颗青皮核桃，我去告诉了老景，老景说他早已发现。黄昏的时候我们去那里抛着石头掷打，但总是目标不中，歇歇气，搜集了好大一堆石块瓦片，掷完了还是掷不下来，倒累得脖子疼胳膊疼，只好一边回头看着一边走开。这个晚上，已经是十一点了，老景馋得不行，说知了的幼虫是可以油炸了吃的，并厚了脸借来了电炉子、小锅、油、盐，似乎手到擒来，一顿美味就要到口了。他领着我去树林子，打着手电在这棵树上照照，又到那棵树上照照，树干上是有着蝉的壳，却没有发现一只幼虫。这样为着觅食而去，觅食的过程却获得了另一番快感。往后的每个晚上这成了我们的一项工作。不知为什么，幼虫还是一只未能捉到，捉到的倒是许多萤火虫，这里的萤火虫到处在飞，星星点

点又非常的亮，我们从林子中的小路上走过，常恍惚是身在了银河的。

老景长得白净，我戏谑他是唐僧，果然有一夜一只蝎子就钻进他的被窝蜇了他，这使我们都提心吊胆起来，睡觉前翻来覆去地检查屋之四壁，抖动被褥。蝎子是再也没有出现的，而草蚊飞蛾每晚在我们的窗外聚会，黑乎乎地一疙瘩一疙瘩的，用灭害灵去喷，尸体一扫一簸箕的。我们便认为这是不吉利的事。我开始打磨我在香山捡到的一块石头，这石头极奇特，上边天然形成一个“大”字，间架结构又颇有柳公权体。我把“大”字石头雕刻了一个人头模样系在脖子上，当做我的护身符。这护身符一直系着，直到我写完了这部书。老景却在树林子里捡到了一条七寸蛇的干尸，那干尸弯曲得特别好，他挂在白墙上，样子极像一个凝视的美丽的少女。我每天去他房间看一次蛇美人，想入非非。但他要送我，我不敢要。

在耀县锦阳川桃曲坡水库——我永远不会忘记这个地名的——待过了整整一个月，人明显是瘦多了，却完成了三十万字的草稿。那间房子的门口，初来时是开绽了一朵灼灼的大理花的，现在它已经枯萎。我摘下一片花瓣夹在书稿里下山。一到耀县，我坐在一家咸汤面馆门口，长出了一口气，说：“让我好好吃顿面条吧！”吃了两海碗，口里还想要，肚子已经不行了，坐在那里立不起来。

回到西安，我是奉命参加这个城市的古文化艺术节书市活动的。书市上设有我的专门书柜，疯狂的读者抱着一摞一摞的书让我签名，秩序大乱，人潮翻涌，我被围在那里几乎要被挤得粉碎。几个小时后幸得十名警察用警棒组成一个圆圈，护送了我钻进大门外的一辆车中急速遁去。那样子回想起来极其可笑。事后我的一个朋友告诉说，他骑车从书市大门口经过时，正瞧着我被警察拥着下来，吓了一跳，还以为我犯了什么罪。我那时确实有犯罪的心理，虽然我不能对着读者说我太对不起你们了，但我的脸上没有一丝笑容。离开了被人簇拥的热闹之地，一个人回来，却寡寡地窝在沙发上哽咽落泪。人人都有一本难念的经，我的经比别人更难念，对谁去说？谁又能理解？这本书并没有写完，但我再没有了耀县的清静，我便第一次出去约人打麻将，第一次夜不归宿，那一夜我输了精光。但写起这本书来我可以忘记打麻将，而打起麻将了又可以忘记这本书的写作。我这么神不守舍地挨着日子，白天害怕天黑，天黑了又害怕天亮。我感觉有鬼在暗中逼我，我要彻底毁掉我自己了，但我不知道我该怎么办。这时候，我收到一位朋友的信，他在信中骂我迷醉于声名之中，为什么不加紧把这本书写完?！我并没有迷醉于声名之中，正是我知道成名不等于成功，我才痛苦得不被人理解，不理解又要以自己的想法去做，才一步步陷入了众要叛亲要离的境地！但我是多么感激这位朋友的责骂，他的骂使我下狠心摆脱一切干扰，再一次逃离这个城市去完成和改抄这本书的全稿了。我虽然还不敢保证这本书到底会写成什么模样，但我起码得完成它！

于是我带着未完稿又开始了时间更长更久的流亡写作。

我先是投奔了户县李连成的家。李氏夫妇是我的乡党，待人热情，又能做一手我喜爱吃的家乡饭菜。一九八六年我改抄长篇小说《浮躁》就在他家。去后，我被安排在计生委楼上的一间空屋里。计生委的领导极其关照，拿出了他们崭新的被褥，又买了电炉子专供我取暖，我对他们的接纳十分感激，说我实在没法回报他们，如果我是一个妇女，我宁愿让他们在我肚子上开一刀，完成一个计划生育的指标。一天两顿饭，除了按时去连成家吃饭，我就待在房子里改写这本书。整层楼上再没有住人，老鼠在过道里爬过，我也能听得到它的声音。窗外临着街道，因不是繁华地段，又是寒冷的冬天，并没有喧嚣。只是太阳出来的中午，有一个黑脸的老头总在窗外楼下的固定的树下卖鼠药。老头从不吆喝，却有节奏地一直敲一种竹板。那梆梆的声音先是心烦，由心烦而去欣赏，倒觉得这竹板响如寺院禅房的木鱼声，竟使我愈发心神安静了。先头的日子里，电炉子常要烧断，一天要修理六至八次，我不会修，就得喊连成来。那一日连成去乡下出了公差，电炉子又坏了，外边又刮风下雪，窗子的一块玻璃又撞碎在楼下。我冻得捏不住笔，起身拿报纸去夹在窗纱扇里挡风；刚夹好，风又把它张开；再去夹，再张开，只好拉闭了门往连成家去。袖手缩脖下得楼来，回头看三楼那个还飘动着破报纸的窗户，心里突然体会到了杜甫的《茅屋为秋风所破歌》的境界。

住过了二十余天，大荔县的一位朋友来看我，硬要我到他家去住，说他新置了一院新宅，有好几间空余的房子。于是连成亲自开车送我去了渭北的一个叫邓庄的村庄，我又在那里住过了二十天。这位朋友姓马，也是一位作家，我所住的是他家二楼上的一间小房。白日里，他在楼下看书写文章，或者逗弄他一岁的孩子；我在楼上关门写作，我们谁也不理谁。只有到了晚上，两人在一处走六盘象棋。我们的棋艺都很臭，但我们下得认真，从来没有悔过子儿。渭北的天气比户县还要冷，他家的楼房又在村头，后墙之外就是一眼望不到边的大平原，房子里虽然有煤火炉，我依然得借穿了他的一件羊皮背心，又买了一条棉裤，穿得臃臃肿肿。我个子原本不高，几乎成了一个圆球，每次下那陡陡的楼梯就想到如果一脚不慎滚下去，一定会骨碌碌直滚到院门口去的。邓庄距县城五里多路，老马每日骑车进城去采买肉呀菜呀粉条呀什么的。他不在，他的媳妇抱了孩子也在村中串门去了。我的小房里烟气太大，打开门让敞着，我就站出在楼栏杆处看着这个村子。正是天近黄昏，田野里浓雾又开始弥漫，村巷里有许多狗咬，邻家的鸡就扑扑棱棱往树上爬。这些鸡夜里要栖在树上，但竟要栖在四五丈高的杨树梢上，使我感到十分惊奇。

二十天里，我烧掉了他家好大一堆煤块。每顿饭里都有豆腐，以致卖豆腐的小贩每日数次在大门外吆喝。他家的孩子刚刚走步，正是一刻也不安静地动手动脚，这孩子就与我熟了，常常偷偷从水泥楼梯台爬上来，冲着我不会说话地微笑。老马的媳妇笑着说："这孩子喜欢你，怕将来也要学文学的。"我说，孩子长大干什么都可以，千万别让弄文学。这话或许不应该对老马的媳妇说，因为老马就是弄文学的，但我那时说这样的话是一片真诚。渭北农村的供电并不正常，动不动就停电了，没有电的晚上是可怕的，我静静地长坐在藤椅上不起，大睁着夜一样黑的眼睛。这个夜晚自然是失眠了，天亮时方睡着。已经是十一点了，迷迷糊糊睁开眼，第一个感觉里竟不知自己是在哪儿。听得楼下的老马媳妇对老马说："怎不听见他叔的咳嗽声，你去敲敲门，不敢中了煤气了！"我赶忙穿衣起来，走下楼去，说我是不会死的，上帝也不会让我无知无觉地自在死去的，却问："我咳嗽得厉害吗?”老马的媳妇说:“是厉害，难道你不觉得?!”我对我的咳嗽确实没有经意，也是从那次以后留心起来，才知道我不停地咳嗽着。这恐怕是我抽烟太多的缘故。我曾经想，如果把这本书从构思到最后完稿的多半年时间里所抽的烟支连接起来，绝对地有一条长长的铁路那么长。

当我所带的稿纸用完了最后的一张，我又返回到了户县，住在了先前住过的房间里。这时已经月满，年也将尽，“五豆”、“腊八”、二十三，县城里的人多起来，忙忙碌碌筹办年货。我也抓紧着我的工作，每日无论如何不能少于七千字的速度。李氏夫妇瞧我脸面发胀，食欲不振，想方设法地变换饭菜的花样，但我还是病了，而且严重地失眠。我知道一走近书桌，书里的庄之蝶、唐宛儿、柳月在纠缠我；一离开书桌躺在床上，又是现实生活中纷乱的人事在困扰我。为了摆脱现实生活中人事的困扰，我只有面对了庄之蝶和庄之蝶的女人，我也就常常处于一种现实与幻想混在一起无法分清的境界里。这本书的写作，实在是上帝给我太大的安慰和太大的惩罚，明明是一朵光亮美艳的火焰，给了我这只黑暗中的飞蛾兴奋和追求，但诱我近去了却把我烧毁。

腊月二十九的晚上，我终于写完了全书的最后一个字。

对我来说，多事的一九九二年终于让我写完了，我不知道新的一年我将会如何生活，我也不知道这部苦难之作命运又是怎样。从大年的三十到正月的十五，我每日回坐在书桌前目注着那四十万字的书稿，我不愿动手翻开一页。这一部比我以前的作品能优秀呢，还是情况更糟?是完成了一桩宿命呢，还是上苍的一场戏弄?一切都是茫然，茫然如我不知我生前为何物所变、死后又变何物。我便在未作全书最后的一次润色工作前写下这篇短文，目的是让我记住这本书带给我的无法向人说清的苦难，记住在生命的苦难中又唯一能安妥我破碎了的灵魂的这本书。

1993 年正月下旬

走向大散文

新时期文学以后，诗歌界、小说界发生了许多革命，唯散文界进度缓慢，虽然普遍地摈弃了杨朔模式，但又写得内容琐碎，文笔靡弱，典型的例子是处处可看到“初为人妻”“初为人母”等等的篇什，而这也正是为什么女散文家涌起的原因（这其中当然有杰出的女散文家）。

这种散文现象为什么会产生？

1. 它的社会原因。一个什么样的社会必然产生什么样的文学现象，而文学现象反过来影响到社会。靡弱之风兴起，缺少了雄沉之声，正是反映了社会乏之清正。而靡弱之风又必然导致内容琐碎，不注重感情，或关注个人小感情，追求华丽形式，走向唯美。这种现象小说界也是，诗歌界也是，音乐界、美术界也是。

2. 散文界本身的原因。散文界历来缺少真正的“理论批评”，仅有的批评家，又都出名较早，建功立业在杨朔时代或新文学初期，所持的武器是或其基本思维还是旧式的，他们把散文还认为是“抒情的”“艺术的”那一类，强调其境界优美，文笔优美。视野并没有开阔到中国古典散文，二十世纪三四十年代中国散文、外国散文的范畴去。

3. 散文作者的原因。新文学时期初的散文大多是老人散文，回忆、悼念文字。一些当时中年作者，未能摆脱六十年代的影响，所以，曾一个时期，小说家、诗人、理论家以及别的领域的专家来写散文，散文似乎比专门写散文的人要好。但出现的真正优秀的散文并不多，又流于随意和轻率。

正是面对散文的这种局面，我们提出“大散文”概念，散文若按字面来讲，不存在大与小的，但毕竟有它提出的背景，有它的针对性。“大散文”的提出并不想建立什么主义，只是凭一种感觉。兵法上讲，利器并不是指什么神刀神剑，而是指只要能杀了对方的东西都是利器。“大散文”的概念只能为散文繁荣尽一份贡献，我们的目的也就达到了。

“大散文”概念提出的时候，我们的粗略想法是：

①张扬散文的清正之气，写大的境界，追求雄沉，追求博大感情。

②拓宽写作范围，让社会生活进来，让历史进来。继承古典散文大而化之的传统，吸收域外散文的哲理和思辨。

③发动和扩大写作队伍，视散文是一切文章，以不专写散文的人和不从事写作的人来写，以野莽生动力，来冲散散文的篱笆，影响其日渐靡弱之风。

我们以此进行探讨，并有怡人实绩奉献，当然也有不尽如人意之处。

《秦腔》后记

在陕西东南，沿着丹江往下走，到了丹凤县和商县（现在商洛专区改制为商洛市，商县为商州区）交界的地方有个叫棣花街的村镇，那就是我的故乡，我出生在那里，并一直长到了十九岁。丹江从秦岭发源，在高山峻岭中突围去的汉江，沿途冲积形成了六七个盆地，棣花街属于较小的盆地，盆地的特点却最完备：四山环抱，水田纵横，产五谷杂粮，生长芦苇和莲藕。村镇前是笔架山，村镇中有木板门面老街，高高的台阶，大的场子，分布着塔、寺院、钟楼、魁星阁和戏楼。村镇人一直把街道叫官路，官路曾经是古长安通往东南的惟一要道，走过了多少商贾、军队和文人骚客，现还保留着骡马帮会会馆的遗址，流传着秦王鼓乐和李自成的闯王拳法。如果往江南岸的峭崖上看，能看到当年兵荒匪乱的石窟，据说如今石窟里还有干尸，一近傍晚，成群的蝙蝠飞出来，棣花街就麻碴碴地黑了。让村镇人夸夸其谈的是祖宗们接待过李白、杜甫、王维、韩愈一些人物，他们在街上住宿过，写过许多诗词。我十九岁以前，没有走出过棣花街方圆三十里，穿草鞋，留着个盖盖头，除了上学，时常背了碾成的米去南北二山去换人家的苞谷和土豆，他们问："哪里的？"我说："棣花街的！"他们就不敢在秤上捣鬼。那时候这里的自然风景和人文景观依然在商洛专区著名，常有穿了皮鞋的城里人从312国道上下来，在老街上参观和照相。但老虎不吃人，声名在外，棣花街人多地少，日子是极度的贫困。那个春上，河堤上的柳树和槐树刚一生芽，就全被捋光了，泉池里石头压着的是一筐一筐煮过的树叶，在水里泡着拔涩。我和弟弟帮母亲把炒过的干苕蔓在碾子上砸，罗出面儿了便迫不及待地往口里塞，晚上稀粪就顺了裤腿流。我家隔壁的厦子屋里，住着一个李姓的老头，他一辈子编草鞋，一双草鞋三分钱，临死最大的愿望是能吃上一碗苞谷糁糊汤，就是没吃上，队长为他盖棺，说："别变成饿死鬼。"塞在他怀里的仍是一颗熟红苕。全村镇没有一个胖子，人人脖子细长，一开会，大场子上黑乎乎一片，都是清一色的土皂衣裤。就在这一群人里谁能想到有那么多的能人呢：宽仁善制木。本旺能泥塑。东街李家兄弟精通胡琴，夜夜在门前的榆树下拉奏。中街的冬生爱唱秦腔，吃了上顿没下顿的，老婆都跟人去讨饭了，他仍在屋里唱，唱着旦角。五林叔一下雨就让我们一伙孩子给他剥玉米棒子或推石磨，然后他盘腿搭手坐在那里说《封神演义》，有人对照了书本，竟和书本上一字不差。生平在偷偷地读《易经》，他最后成了阴阳先生。百庆学绘画，拿锅黑当墨，在墙上可以画出二十四孝图。刘新春整理鼓谱。刘高富有土木设计上的本事，率领八个弟子修建了几乎全县所有的重要建筑。西街的韩姓和东街的贾姓是棣花街上的大族，韩述绩和贾毛顺的文墨最深，毛笔字写得宽博温润，包揽了全村镇门楼上的题匾。每年从腊月三十到正月十五，棣花街都是唱大戏和闹社火，演员的补贴是每人每次三斤热红苕，戏和社火去县上会演，总能拿了头名奖牌。以至于外地来镇上工作的干部，来时必有人叮咛：到棣花街了千万不敢随便说文写字。再是我离开了故乡生活在了西安，以写作出了名，故乡人并不以为然，甚至有人在棣花街上说起了我，回应的是：像他那样的，这里能拉一车！

就在这样的故乡，我生活了十九年。我在祠堂改做的教室里认得了字。我一直是病包儿，却从来没进过医院，不是喝姜汤捂汗，就是拔火罐或用瓷片割破眉心放血，久久不能治愈的病那都是"撞了鬼"，就请神作法。我学会了各种农活，学会了秦腔和写对联、铭锦。我是个农民，善良本分，又自私好强，能出大力，有了苦不对人说。我感激着故乡的水土，它使我如芦苇丛里的萤火虫，夜里自带了一盏小灯，

如满山遍野的棠棣花，鲜艳的颜色是自染的。但是，我又恨故乡，故乡的贫困使我的身体始终没有长开，红苕吃坏了我的胃。我终于在偶尔的机遇中离开了故乡，那曾经在棣花街是一件惊天动地的事情，记得我背着被褥坐在去省城的汽车上，经过秦岭时停车小便，我说："我把农民皮剥了！"可后来，做起城里人了，我才发现，我的本性依旧是农民，如乌鸡一样，那是乌在了骨头里的。

我必须逢年过节就回故乡，去参加老亲世故的寿辰、婚嫁、丧葬，行门户，吃宴席，我一进村镇的街道，村镇人并不看重我是个作家，只是说：贾家老四的儿子回来了！我得赶紧上前递纸烟。我城里小屋在相当长的年月里都是故乡在省城的办事处，我备了一大摞粗瓷海碗，几副钢丝床，小屋里一来人肯定要吃捞面，腥油拌的辣子，大疙瘩蒜，喝酒就划拳，惹得同楼道的人家怒目而视。所以，棣花街上发生了任何事，比如谁得了孙子，是顺生还是横生，谁又死了，埋完人后的饭是上了一道肉还是两道肉，谁家的媳妇不会过日子，谁家兄弟分家为一个笸篮致成了仇人，我全知道。一九七九年到一九八九年的十年里，故乡的消息总是让我振奋，土地承包了，风调雨顺了，粮食够吃了，来人总是给我带新碾出的米，各种煮锅的豆子，甚至是半扇子猪肉，他们要评价公园里的花木比他们院子里的花木好看，要进戏园子，要我给他们写中堂对联，我还笑着说：棣花街人到底还高贵！那些年是乡亲们最快活的岁月，他们在重新分来的土地上精心务弄，冬天的月夜下，常常还有人在地里忙活，田堰上放着旱烟匣子和收音机，收音机里声嘶力竭地吼秦腔。我一回去，不是这一家开始盖新房，就是另一家为儿子结婚做家具，或者老年人又在晒他们做好的那些将来要穿的寿衣寿鞋了。农民一生三大事就是给孩子结婚，为老人送终，再造一座房子，这些他们都体体面面地进行着，他们很舒心，都把邓小平的像贴在墙上，给他上香和磕头。我的那些昔日一块套过牛、砍过柴、偷过红苕蔓子和豌豆的伙伴会坐满我家旧院子，我们吃纸烟，喝烧酒，唱秦腔，全晕了头，相互称"哥哥"，棣花街人把"哥哥（gē）"发音为"哥哥（guǒ）"，热闹得像一窝鸟叫。

对于农村、农民和土地，我们从小接受教育，也从生存体验中，形成了固有的概念，即我们是农业国家，土地供养了我们一切，农民善良和勤劳。但是，长期以来，农村却是最落后的地方，农民是最贫困的人群。当国家实行起改革，社会发生转型，首先从农村开始，它的伟大功绩解决了农民吃饭问题，虽然我们都知道像中国这样的变化没有前史可鉴，一切都充满了生气，一切又都混乱着，人搅着事，事搅着人，只能扑扑腾腾往前拥着走，可农村在解决了农民吃饭问题后，国家的注意力转移到了城市，农村又怎么办呢？农民不仅仅只是吃饱肚子，水里的葫芦压下去了一次就会永远沉在水底吗？就在要进入新的世纪的那一年，我的父亲去世了。父亲的去世使贾氏家族在棣花街的显赫威势开始衰败，而棣花街似乎也度过了它暂短的欣欣向荣岁月。这里没有矿藏，没有工业，有限的土地在极度地发挥了它的潜力后，粮食产量不再提高，而化肥、农药、种子以及各种各样的税费迅速上涨，农村又成了一切社会压力的泄洪池。体制对治理发生了松弛，旧的东西稀里哗啦地没了，像泼去的水，新的东西迟迟没再来，来了也抓不住，四面八方的风方向不定地吹，农民是一群鸡，羽毛翻皱，脚步趔趄，无所适从，他们无法再守住土地，他们一步一步从土地上出走，虽然他们是土命，把树和草拔起来又抖净了根须上的土栽在哪儿都是难活。我仍然是不断地回到我的故乡，但那条国道已经改造了，以更宽的路面横穿了村镇后的塬地，铁路也将修有梯田的牛头岭劈开，听说又开始在河堤内的水田里修高速公路了，盆地就那么小，交通的发达使耕地日益锐减。而老街人家在这些年里十有八九迁居到国道边，他们当然没再盖那种一明两暗的硬梁房，全是水泥预制板搭就的二层楼，冬冷夏热，水泥地面上满是黄泥片，厅间蛮大，摆设的仍是那一个木板柜和三四只土瓮。巷口的一堆妇女抱着孩子，我都不认识，只能以其相貌推测着叫起我还熟悉的他们父亲的名字，果然全部准确，而他们知道了我是谁时，一哇声地叫我“八爷!”（我在我那一辈里排行老八。）我站在老街上，老街几乎要废弃了，门面板有的还在，有的全然腐烂，从塌了一角的檐头到门框脑上亮亮地挂了蛛网，蜘蛛是长腿花纹的大蜘蛛，形象丑陋，使你立即想到那是魔鬼的变种。街面上生满了草，没有老鼠，黑蚊子一抬脚就轰轰响，那间曾经是商店的

门面屋前，石砌的台阶上有蛇蜕一半在石缝里一半吊着。张家的老五，当年的劳模，常年披着褂子当村干部的，现在脑中风了，流着哈喇子走过来，他喜欢地望着我笑，给我说话，但我听不清他说些什么。堂兄在告诉我，许民娃的娘糊涂了，在炕上拉屎又把屎抹在墙上。关印还是贪吃，当了支书的他的侄儿家被人在饭里投了毒，他去吃了三大碗，当时就倒在地上死了。后沟里有人吵架，一个说：你张狂啥呀，你把老子X咬了?！那一个把帽子一卸，竟然扑上去就咬X，把X咬下来了。村镇出外打工的几十人，男的一半在铜川下煤窑，在潼关背金矿，一半在省城里拉煤、捡破烂，女的谁知道在外边干什么，她们从来不说，回来都花枝招展。但打工伤亡的不下十个，都是在白木棺材上缚一只白公鸡送了回来，多的赔偿一万元，少的不过两千，又全是为了这些赔偿，婆媳打闹，纠纷不绝。因抢劫坐牢的三个，因赌博被拘留过十八人，选村干部宗族械斗过一次。抗税惹事公安局来了一车人。村镇里没有了精壮劳力，原本地不够种，地又荒了许多，死了人都熬煎抬不到坟里去。我站在街巷的石磙子碾盘前，想，难道棣花街上我的亲人、熟人就这么很快地要消失吗？这条老街很快就要消失吗？土地也从此要消失吗？真的是在城市化，而农村能真正地消失吗？如果消失不了，那又该怎么办呢？

父亲去世之后，我的长辈们接二连三地都去世，和我同辈的人也都老了，日子艰辛使他们的容貌看上去比我能大十岁，也开始在死去。我把母亲接到了城里跟我过活，棣花街这几年我回去次数减少了。故乡是以父母的存在而存在的，现在的故乡对于我越来越成为一种概念。每当我路过城街的劳务市场，站满了那些粗手粗脚衣衫破烂的年轻农民，总觉得其中许多人面熟，就猜测他们是我故乡死去的父老的托生。我甚至有过这样的念头：如果将来母亲也过世了，我还回故乡吗？或许不再回去，或许回去得更勤吧。故乡呀，我感激着故乡给了我生命，把我送到了城里，每一次想故乡那腐败的老街，那老婆婆在院子里用湿草燃起熏蚊子的火，火不起焰，只冒着酸酸的呛呛的黑烟，我就强烈地冲动着要为故乡写些什么。我以前写过，那都是写整个商州，真正为棣花街写的太零碎太少。我清楚，故乡将出现另一种形状，我将越来越陌生，它以后或许像有了疤的苹果，苹果腐烂，如一泡脓水，或许它会淤地里生出了荷花，愈开愈艳，但那都再不属于我，而目前的态势与我相宜，我有责任和感情写下它。法门寺的塔在倒塌了一半的时候，我用散文记载过一半塔的模样，那是至今世上惟一写一半塔的文字，现在我为故乡写这本书，却是为了忘却的回忆。

我决心以这本书为故乡树起一块碑子。

当我雄心勃勃在二〇〇三年的春天动笔之前，我奠祭了棣花街上近十年二十年的亡人，也为棣花街上未亡的人把一杯酒洒在地上，从此我书房当庭摆放的那一个巨大的汉罐里，日日燃香，香烟袅袅，如一根线端端冲上屋顶。我的写作充满了矛盾和痛苦，我不知道该赞歌现实还是诅咒现实，是为棣花街的父老乡亲庆幸还是为他们悲哀。那些亡人，包括我的父亲，当了一辈子村干部的伯父，以及我的三位婶娘，那些未亡人，包括现在又是村干部的堂兄和在乡派出所当警察的族侄，他们总是像抢镜头一样在我眼前涌现，死鬼和活鬼一起向我诉说，诉说时又是那么争争吵吵。我就放下笔盯着汉罐长出来的烟线，烟线在我长长的吁气中突然地散乱，我就感觉到满屋子中幽灵飘浮。

书稿整整写了一年九个月，这期间我基本上没有再干别事，缺席了多少会议被领导批评，拒绝了多少应酬让朋友们恨骂，我只是写我的。每日清晨从住所带了一包擀成的面条或包好的素饺，赶到写作的书房，门窗依然是严闭的，大开着灯光，掐断电话，中午在煤气灶煮了面条和素饺，一直到天黑方出去吃饭喝茶会友。一日一日这么过着，寂寞是难熬的，休息的方法就写毛笔字和画画。我画了唐僧玄奘的像，以他当年在城南大雁塔译经的清苦来激励自己。我画了《悲天悯猫图》，一只狗卧在那里，仰面朝天而悲嚎，一只猫蹑手蹑脚过来看狗。我画《抚琴人》，题写："精神寂寞方抚琴"。又写了条幅："到底毛颖足吞虏，沧浪随处可濯缨"。我把这些字画挂在四壁，更有两个大字一直在书桌前："守侯"，让守住灵魂的侯来监视我。古人讲：文章惊恐成，这部书稿真的一直在惊恐中写作，完成了一稿，不满意，再写，还不满意，又写了三稿，仍是不满意，在三稿上又修改了一次。这是我从来都没有过的现象，我不知道是年龄大了，精力不济，还是我江

郎才尽，总是截不了稿，连家人都看着我可怜了，说：结束吧，结束吧，再改你就改傻了！我是差不多要傻了，难道人是土变的，身上的泥垢越搓越搓不净，书稿也是越改越这儿不是那儿不够吗？

写作的整个过程中，有一位朋友一直在关注着，我每写完一稿，他就拿去复印。那个小小的复印店，复印了四稿，每一稿都近八百页，他得到了一笔很好的收入，他就极热情，和我的朋友就都最早读这书稿。他们都来自农村，但都不是文学圈中的人，读得非常兴趣，跑来对我说："你要树碑子，这是个大碑子啊！"他们的话当然给了我反复修改的信心，但终于放下了最后一稿的笔，坐在烟雾腾腾的书房里，我又一次怀疑我所写出的这些文字了。我的故乡是棣花街，我的故事是清风街，棣花街是月，清风街是水中月，棣花街是花，清风街是镜里花。但水中的月镜里的花依然是那些生老病离死，吃喝拉撒睡，这种密实的流年式的叙写，农村人或在农村生活过的人能进入，城里人能进入吗？陕西人能进入，外省人能进入吗？我不是不懂得也不是没写过戏剧性的情节，也不是陌生和拒绝那一种"有意味的形式"，只因我写的是一堆鸡零狗碎的泼烦日子，它只能是这一种写法，这如同马腿的矫健是马为觅食跑出来的，鸟声的悦耳是鸟为求爱唱出来的。我惟一表现我的，是我在哪儿不经意地进入，如何地变换角色和控制节奏。在时尚于理念写作的今天，时尚于家族史诗写作的今天，我把浓茶倒在宜兴瓷碗里会不会被人看做是清水呢？穿一件土布袄去吃宴席会不会被耻笑为贫穷呢？如果慢慢去读，能理解我的迷惘和辛酸，可很多人习惯了翻着读，是否说"没意思"就撂到尘埃里去了呢？更可怕的，是那些先入为主的人，他要是一听说我又写了一本书，还不去读就要骂母猪生不下狮子，狗嘴里吐不出象牙。我早年在棣花街时，就遇着过一个因地畔纠纷与我家置了气的邻居妇女，她看我家什么都不顺眼，骂过我娘，也骂过我，连我家的鸡狗走路她都骂过。我久久地不敢把书稿交付给出版社，还是帮我复印的那个朋友给我鼓劲，他说："真是傻呀你，一袋子粮食摆在街市上，讲究吃海鲜的人不光顾，要减肥的只吃蔬菜水果的人不光顾，总有吃米吃面的主儿吧？！"

但现在我倒担心起故乡人如何对待这本书了，既然张狂着要树一块碑子，他们肯让我树吗，认可这块碑子吗？清风街里的人人事事，棣花街上都能寻着根根蔓蔓，画鬼容易画人难，我不至于太没本事，要写老虎却写成了狗吧。再是，犯不犯忌讳呢？我是不懂政治的，但我怕政治。十几年前我写《商州初录》，有人就大加讨伐，说："调子灰暗，把农民的垢甲搓下来给农民看，甭说为人民写作，为社会主义写作，连'进步作家'都不如！"雨果说：人有石头，上帝有云。而如今还有没有这样的人呢？我知道，在我的故乡，有许多是做了的不一定说，说了的不一定做，但我是作家，作家是受苦与抨击的先知，作家职业的性质决定了他与现实社会可能要发生磨擦，却绝没企图和罪恶。我听说过甚至还亲眼目睹过，一个乡级干部对着县级领导，一个县级干部对着省级领导述职的时候，他们要说尽成绩，连虱子都长了双眼皮，当他们申报款项，却恓惶了还再恓惶，人在喝风屙屁，屁都没个屁味。树一块碑子，并不是在修一座祠堂，中国从来没有像今天这样渴望强大，人们从来没有像今天需要活得儒雅，我以清风街的故事为碑了，行将过去的棣花街，故乡啊，从此失去记忆。

2005 年 3 月

《古炉》后记

五十岁后，周围的熟人有些开始死亡，去火葬场的次数增多，而我突然地喜欢在身上装钱了，又瞌睡日渐减少，便知道自己是老了。

老了就是提醒自己：一定不要贪恋位子，不吃凉粉便腾板凳；一定不要太去抛头露面，能不参加的活动坚决抹下脸去拒绝；一定不要偏执；一定不要嫉妒别人。这些都可以做到，尽量去做到，但控制不了的却是记忆啊，而且记忆越忆越是远，越远越是那么清晰。

这让我有些恍惚：难道人生不是百年，是二百年，一是现实的日子，一是梦境的日子？甚至还不忘消灭，一方面用儿女来复制自己，一方面靠记忆还原自己？

我的记忆更多地回到了少年，我的少年正是二十世纪六十年代的中后期，那时中国正发生着史无前例的“文革”。

对于“文革”，已经是很久的时间没人提及了，或许那四十多年，时间在消磨着了一切，可影视没完没了地戏说着清代、明代、唐汉秦的故事，“文革”怎么就无人有兴趣呢？或许“文革”仍是敏感的话题，不堪回首，难以把握，那里边有政治，涉及评价，过去就让过去吧？

其实，自从“文革”结束以后，我何尝不也在回避。我是每年十几次地回过我的故乡，在我家的老宅子墙头依稀还有着当年的标语残迹，我有意不去看它。那座废弃了的小学校里，我参加过一次批斗会，还做过记录员，路过了偏不进去。甚至有一年经过一个村子，有人指着三间歪歪斜斜的破房子，说那是当年吊打我父亲的那个造反派的家，我说：他还在吗？回答是：早死了，全家都死了。我说：哦，都死了。就匆匆离去。

但在我们那个村子里，经历过“文革”的人有多半死了，少半的还在，其中就有一位曾经是一派很大的头儿，他们全都鹤首鸡皮，或仍在田间劳动，或已经拄上了拐杖，默默地从巷道里走过。我去河畔钓鱼的那个中午，看见有人背了柴草过河。这是两个老汉，头发全白了，腿细得像木头棍儿，水流冲得他们站不稳，为了防止跌倒，就手拉扯了手，趔趔趄趄、趔趔趄趄地走了过来。那场面很能感人，我还在感慨着，突然才认得他们曾经是有过仇的，因为“文革”中派别不一样，武斗中一个用砖打破过一个的头，一个气不过，夜里拿了刀砍断了另一个家的椿树，那椿树差不多碗口粗了。而那个当过一派很大的头儿的，佝偻着腰坐在他家的院子里独自喝酒，酒当然是自己酿的苞谷酒，握酒杯的手指还很有力，但他的面目是那样地敦厚了，脾气也出奇地柔和，我刚一路过院门口，他就叫我的小名，说：你回来啦？你几个月没回来了，来喝一口，啊来喝一口嘛！

那天太阳很暖和，村子里极其安静，我目睹着风在巷道里旋起了一股，竟然像一根绳子在那里游走。当年这里曾经多么惨烈的一场武斗啊，现在，没有了血迹，没有了尸体，没有了一地的大字报的纸屑和棍棒砖头，一切都没有了，往事就如这风，一旋而悠悠远去。

我问我的那些侄孙：你们知道“文革”吗？侄孙说：不知道。我又问：你们知道你爷的爷的名字吗？侄孙说：不知道。我说：哦，咋啥都不知道。

不知道爷的爷的名字，却依然在为爷的爷传宗接代，而“文革”呢，一切真的就过去了吗？为什么影视上都可以表现着清以前的各个朝代，而不触及“文革”，这是在做不能忘却的忘却吗？我在五十多岁后动不动就眼前浮出少年的经历，记忆汪汪如水，别的人难道不往事涌上心头？那个佝偻了腰的曾经当过一派大头的老人在独自喝酒，寂寞的晚年里他应该咀嚼着什么下酒吧。

我想，经历过“文革”的人，不管在其中迫害过人或被人迫害过，只要人还活着，他必会有记忆。

也就在那一次回故乡，我产生了把我记忆写出来的欲望。

我之所以有这种欲望，一是记忆如下雨天蓄起来的窖水，四十多年了，泥沙沉底，拨去漂浮的草末树叶，能看到水的清亮。二是我不满意曾经在“文革”后不久读到的那些关于“文革”的作品，它们都写得过于表象，又多形成了程式。还有更重要的一点，我觉得我应该有使命，或许也正是宿命，经历过的人多半已死去和将要死去，活着的人要么不写作，要么能写的又多怨愤，而我呢，我那时十三岁，初中刚刚学到数学的一元一次方程就辍学回村了。我没有与人辩论过，因为口笨，但我也刷过大字报，刷大字报时我提糨糊桶。我在学校是属于“联指”，回乡后我们村以贾姓为主，又是属于“联指”，我再不能亮我的观点，直到后来父亲被批斗，从此越发不敢乱说乱动。但我毕竟年纪还小，谁也不在乎我，虽然也是受害者，却更是旁观者。

我的旁观，毕竟，是故乡的小山村的“文革”，它或许无法反映全部的“文革”，但我可以自信，我观察到了“文革”怎样在一个乡间的小村子里发生的，如果“文革”之火不是从中国社会的最底层点起，那中国社会的最底层却怎样使火一点就燃？

我的观察，来自于我自以为的很深的生活中，构成了我的记忆。这是一个人的记忆，也是一个国家的记忆吧。

其实，“文革”对于国家对于时代是一个大的事件，对于文学，却是一团混沌的令人迷惘又迷醉的东西，它有声有色地充塞在天地之间，当年我站在一旁看着，听不懂也看不透，摸不着头脑，四十多年了，以文学的角度，我还在一旁看着，企图走近和走进，似乎更无力把握，如看月在山上，登上山了，月亮却离山还远。我只能依量而为，力所能及地从我的生活中去体验去写作，看能否与之接近一点儿。

烧制瓷器的那个古炉村子，是偏僻的。那里的山水清明，树木种类繁多，野兽活跃，六畜兴旺，而人虽然勤劳又擅长于技工，却极度地贫穷。正因为太贫穷了，他们落后，简陋，委琐，荒诞，残忍。历来被运动着，也有了运动的惯性。人人病病恹恹，使强用狠，惊惊恐恐，争吵不休。在公社的体制下，像鸟护巢一样守着老婆娃娃热炕头，却老婆不贤，儿女不孝。他们相互依赖，又相互攻讦，像铁匠铺子都卖刀子，从不想刀子也会伤人。他们一方面极其自私，一方面不惜生命。面对着他们，不能不爱他们，爱着他们又不能不恨他们，有什么办法呢？你就在其中，可怜的族类啊，爱恨交集。

是他们，也是我们，皆芸芸众生，像河里的泥沙顺流移走，像土地上的庄稼，一茬一茬轮回。没有上游的泥沙翻滚，怎么能下游静水深流，五谷要结，是庄稼就得经受冬冷夏热啊。如城市的一些老太太常常被骗子以秘鲁假钞换取了人民币，是老太太没有知识又贪图占便宜所致，古炉村的人们在“文革”中有他们的小仇小恨，有他们的小利小益，有他们的小幻小想，各人在水里扑腾，却会使水波动。而波动大了，浪头就起，如同过浮桥，谁也并不故意要摆，可人人都在惊慌地走，桥就摆起来，摆得厉害了肯定要翻覆。

我读过一位智者的书，他这样写着：内心投射出来的形象是神，这偶像就会给人力量，因此人心是空虚的又是惊恐的。如果一件事的因已经开始，它不可避免得制造出一个果，被特定的文化或文明局限及牵制的整个过程，这可以称之为命运。

古炉村人就有“文革”的命运，他们和我们就有了“文革”的命运，中国人就有了“文革”的命运。

“文革”结束了，不管怎样，也不管作什么评价，正如任何一个人类历史的巨大灾难无不是以历史的进步而补偿的一样，没有“文革”就没有中国人思想上的裂变，没有“文革”就不可能有以后的整个社会转型的改革。而问题是，曾经的一段时期，似乎大家都是“文革”的批判者，好像谁也没了责任。是呀，责任是谁呢，寻不到能千刀万剐的责任人，只留下了一个恶的代名词：“文革”。但我常常想：在中国，以后还会不会再出现类似“文革”那样的事呢？说这样的话别人会以为矫情了吧，可这是真的，如我受过了 5・12 地震波及的恐惧后，至今午休时不时就觉得床动，立即惊醒，心跳不已。

有人说过很精彩的话，说因为你与你的家人和亲人在这个世上只有一次碰面的机会，所以得珍惜。因为人与人同在这个地球，所以得

珍惜。可现实中这种珍惜并不是那么容易就做到了，贫穷容易使人凶残，不平等容易使人仇恨，不要以为自己如何对待了别人，别人就会如何对待自己。永远不要相信真正，没有真正，没有真正的友谊，没有真正的爱情，只有善与丑，只有时间，只有在时间里转换美丑。这如同土地，它可以长出各种草木，草木长出红白黄蓝紫黑青的花，这些颜色原本都在土里。我们放不下心的是在我们身上，除了仁义礼智信外，同时也有着魔鬼，而魔鬼强悍，最易于放纵。只有物质之丰富，教育之普及，法制之健全，制度之完备，宗教之提升，才是人类自我控制的办法。

在书中，有那么一个善人，他在喋喋不休地说病。古炉村里的病人太多了，他需要来说，他说着与村人不一样的话，这些话或许不像个乡下人说的，但我还是让他说。这个善人是有原型的，先是我们村里的一个老者，后来我在一个寺庙里看到了桌上摆放了许多佛教方面的书，这些书是善男信女编印的，非正式出版，可以免费，谁喜欢谁可以拿走，我就拿走了一本《王凤仪言行录》书。王凤仪是清同治人，书中介绍了他的一生和他一生给人说病的事迹。我读了数遍，觉得非常好，就让他同村中的老者合二为一做了善人。善人是宗教的，哲学的，他又不是宗教家和哲学家，他的学识和生存环境只能算是乡间智者，在人性爆发了恶的年代，他注定要失败的，但他毕竟疗救了一些村人，在进行着他力所能及的恢复、修补，维持着人伦道德，企图着社会的和谐和安稳。

陕西这地方土厚，惯来出奇人异事，十多年来时常传出哪儿出了个什么什么神来。我曾经在西安城南的山里拜访过众多的隐在洞穴和茅棚里修行的人，曾经见过一位并没有上过大学却钻研了十多年高等数学的农民，曾经读过一本自称是创立了新的宇宙哲学的手写书，还有一本针对时下世界格局的新的兵书草稿，甚至与那些堪舆大师、预测高手以及一场大病后突然有了功力能消灾灭祸的人交谈过。最有兴趣的去结识那些民间艺人，比如刻皮影的，捏花馍的，搞木雕泥塑的，做血社火芯子的，无师而绘画的，铰花花的。铰花花就是剪纸。我见到过这些人，这些人并不是传说中的不得了，但他们无一例外都是有神性的人，要么天人合一，要么意志坚强，定力超常。当我在书中写到狗尿苔的婆时，原本我是要写我母亲的灵秀和善良，写到一半，得知陕北又发现一个能铰花花的老太太周苹英，她目不识丁，剪出的作品却有一种圣的境界。因为路远，我还未去寻访，竟意外地得到了一本她的剪纸图册，其中还有郭庆丰的一篇评介她的文章。文章写得真好，帮助我从周苹英的剪纸中看懂了许多的灵魂的图像。于是，狗尿苔婆的身上同时也就有了周苹英的影子。

整个的写作过程中，《王凤仪言行录》和周苹英的剪纸图册以及郭庆丰的评介文章，是我读过而参考借鉴最多的作品，所以特意在此向他们致礼。

除此之外，古炉村里的人人事事，几乎全部是我的记忆。狗尿苔，那个可怜可爱的孩子，虽然不完全依附于某一个原型的身上，但在写作的时候，常有一种幻觉，是他就在我的书房，或者钻到这儿藏在那儿，或者痴呆呆地坐在桌前看我，偶尔还叫着我的名字。我定睛后，当然书房里什么人都没有，却糊涂了：狗尿苔会不会就是我呢？我喜欢着这个人物，他实在是太丑陋、太精怪、太委屈，他前无来处，后无落脚，如星外之客。当他被抱养在了古炉村，因人境逼仄，所以导致想象无涯，与动物植物交流，构成了童话一般的世界。狗尿苔和他的童话乐园，这正是古炉村山光水色的美丽中的美丽啊。

在写作的中期，我收购了一尊明代的铜佛，是童子佛，赤身裸体，有茂密的发髻，有垂肩的大耳，两条特长的胳膊，一手举过头顶指着天，一手垂下过膝指着地，意思是：天上地下唯我独尊。这尊佛就供在书桌上，他注视着我的写作，在我的意念里，他也将神明赋给了我的狗尿苔，我也恍惚里认定狗尿苔其实是一位天使。

整整四年了，四年浸淫在记忆里。但我明白我要完成的并不是回忆录，也不是写自传的工作。它是小说。小说有小说的基本写作规律。我依然采取了写实的方法，建设着那个自古以来就烧瓷的村子，极力使这个村子有声有色，有气味，有温度，开目即见，触手可摸；以我狭隘的认识吧，长篇小说就是写生活，写生活的经验，如果写出让读者读时不觉得它是小说了，而相信真有那么一个村子，有一群人在那

个村子里过着封闭的庸俗的柴米油盐和悲欢离合的日子，发生着就是那个村子发生的故事，等他们有这种认同了，甚至还觉得这样的村子和村子里的人太朴素和简单，太平常了，这样也称之为小说，那他们自己也可以写了，这就是我最满意的成功。我在年轻的时候是写诗的，受过李贺影响，李贺是常骑着毛驴想他的诗句，突然有一个句子了就写下来装进囊袋里。我也就苦思冥想寻诗句，但往往写成了让编辑去审，编辑却说我是把充满了诗意的每一句写成了没有诗意的一首诗。自后我放弃了写诗，改写小说，那时所写的小说追求怎样写得有哲理，有观念，怎样标新立异，现在看起来，激情充满，刻意作势，太过矫情。在读古代大作家的诗文，比如李白吧，那首"床前明月光，疑是地上霜。举头望明月，低头思故乡"，这简直是大白话么，太简单了么，但让自己去写，打死就是写不出来。最容易的其实是最难的，最朴素的其实是最豪华的。什么叫写活？逼真了才能活，逼真就得写实，写实就是写日常，写伦理，脚蹬地才能跃起，任何现代主义的艺术都是建立在扎实的写实功力之上的。

写实并不是就事说事，为写实而写实，那是一摊泥塌在地上，是鸡仅仅能飞到院墙。在《秦腔》那本书里，我主张过以实写虚，以最真实朴素的句子去建造作品浑然多义而完整的意境，如建造房子一样，坚实的基，牢固的柱子和墙，而房子里全部是空虚，让阳光照进，空气流通。

回想起来，我的写作得益最大的是美术理论，在二十年前，西方那些现代主义各流派的美术理论让我大开眼界。而中国的书，我除了兴趣戏曲美学外，热衷在国画里寻找我小说的技法。西方现代派美术的思维和观念，中国传统美术的哲学和技术，如果结合了，如面能揉得到，那是让人兴奋而乐此不疲的。比如，怎样大面积的团块渲染，看似充满，其实有层次脉络，渲染中既有西方的色彩，又隐着中国的线条，既存淋淋真气使得温暖，又显一派苍茫沉厚。比如，看似写实，其实写意，看似没秩序，没工整，胡摊乱堆，整体上却清明透彻。比如，怎样"破笔散锋"。比如，怎样使世情环境苦涩与悲凉，怎样使人物郁勃黝黯，孤寂无奈。

苦恼的是越是这样的思索，越是去试验，越是感到了自己的功力不济。四年里，原本可以很快写下去，常常就写不下去，泄气，发火，对着镜子恨自己，说：不写了！可不写更难受啊。世上上瘾东西太多了，吸鸦片上瘾，喝酒上瘾，吃饭是最大上瘾，写作也上瘾。还得写下去，那就平静下来，尽其能力去写吧。在功夫不济的情况下，我能做到的就是反复叮咛自己：慢些、慢些，把握住节奏，要笔顺着我不要我被笔牵着，要故事为人物生发，不要人物跟着故事跑了。

四年里，出了多少事情，受了多少难场，当我写完全书稿最后一个字时，我说天呀，我终于写完了，写得怎样那是另一回事，但我总算写完了。

我感激着家里的大小活儿从不让我干，对于妻子女儿，我是那样不尽职，我对她们说：啊把我当个大领导看待吧，大领导谁是能顾了家的呢？我感激着我的字画，字画收入使我没有了经济的压力，从而不再在写作中考虑市场，能使我安静地写，写我想写的东西。我感激着我的身体，它除了坏掉了四颗牙，别的部位并没有出麻达。我感激着那三百多支签字笔，它们的血是黑水，流尽了，静静地死去在那个大筐里。

2010 年底

文学的大道

我们生活在一个剧变的年代，价值观混乱，秩序在离析，规矩在败坏，一切都在洗牌，重新出发，各自有各自的中国梦。在消融禁锢和权威，可以自我作主，可以说什么话了，但往往水在往东流总会有一种声音说水往西流。总会有人在大家午休的时候大声喧哗。破坏与建设，贫穷与富有，庄严和戏谑，温柔与残忍，同情与仇恨等同居着，混淆着，复杂着。中国人的秉格里有许多奴性和闹性，这都是长期的被专制、贫穷的结果，人性的善与恶充分显示。有一年，我去合阳，看到了流经那里的黄河，我写下了八个字："厚云积岸，大水走泥。"我们身处的社会就是大水走泥。这样的年代，混沌而伟大。它为文学提供了丰富的素材和想象的空间。

从文学的队伍来看，有右派作家、知青作家、寻根作家、先锋作家和网络作家。从文坊格局来看，五世作家的前四世是一个生存模式，作家们靠杂志、评论家、作品研讨会而成名获利。而后一世作家，完全断裂了前辈的模式，他们靠网络、媒体、出版、与读者见面而成名获利。从作品分布来看，纸质书本不论散文和中短篇，每年约有一千五百多部长篇出版。网络上的作品更是无法统计。从读者群来看，前四世发行最好的作家，充其量在二三十万册，而后一世作家印上百万册也不是极少数。所以，不论哪一世作家，也不论作品能否长存成为经典，但不可置疑的是文学观念、文学审美发生了前所未有的变化。

那么，一个问题提出，在消费化娱乐化的年代里文学是否还会有它的神圣？在人性善与丑充分展示的当下社会中文学该有怎样的立场？这就是我今天要讲的。做人在任何时候都应该有做人的基本，文学也同样在任何时候都有文学的基本，如同现在物质丰富，有各种食品，但人类生存的主要食物仍是米和面。布料可以做多种装饰，但衣服的基本功能还是取暖。孙悟空虽然大闹天宫，而最后他依然是去西天取经。破坏的目的在于建设。

在中国古典文学传统里，有天下之说，有铁肩担道义之说，有与天为徒之说，崇尚的是关心社会，忧患现实。在西方现代文学的传统中，强调现代意识。现代意识也就是人类意识，以人为本，考虑的是解决人所面临的困境。所以，关注社会，关怀人生，关心精神是文学最基本的东西，也是文学的大道。

文学是虚无的，但世界是虚与实组成的，一个民族没有哲学、文学和艺术是悲哀而可怕的。加缪说过："文学不能使我们活得更好，但文学使我们活得更多。"有一句话，说："艺术生于约束，死于自由。"足球踢得好，必须是在一个方框里，不能用手、不能越位、不能拉抱蹬腿等，在一系列规则中踢得好，才算真的踢得好。

你可以有不同的文学观念，可以有多种写法，但大道的东西不能丢。丢掉大道的东西，不可能写出杰出之作。中国文学可能在精神层面上的追求比不上西方文学，这与中国人生存状态及生存经验有关，与中国的文化有关。但中国文学最动人的是有人情之美，在当下这个人性充分显示的年代，去叙写人与人的温暖，去叙写人心柔软的部分，也应是我们文学的基本。

我在前年末和去年初，读了二三十本中国当代长篇。这些长篇是在几千部长篇中筛选出的，作者都是当代第一线作家。这些作品大致分两类：一类是批判现实主义的作品，一类是现代的先锋的元素较多的作品。我读后很有一些感慨。我不是评论家，我阅读同行作品的标准是：一、这部作品给我提供了什么样的感悟？这些感悟是否新鲜和强烈，是否为之一震或过目不忘？二、这部作品有没有一种有生命力的东西在里边？也就是说有没有一种生活的实感？还是以理念进入写

作，以技术性的外在东西遮掩着虚假矫情的编造？第一类作品有写得非常好的，有生活实味，厚重，扎实。但存在的不足，常常是以文学去演绎历史，有影射、暗喻，对应历史事件。在这里，我谈我的认识，我觉得文学不是对应历史事件的，历史应还原文学。文学是在一个时代一个社会的大背景下虚构起的独立的世界。《红楼梦》之所以伟大，是它虚构了一个大观园，它没有去影射和暗喻什么，它只是把大观园里的人与物写圆满。圆满是最重要的。写作不是要你去图解、影射什么，写作时也不是要你去露骨地表述你的观念，而那些诗性的、神性的、精神的、终极关怀的字眼是你的文学观念而不是你用文学直接写出来。你的作品应是你具备了这些观念而去尽量圆满地写你虚构出来的那个世界。《红楼梦》没有对应影射什么，《红楼梦》里却什么都有了，它反映和批判了当时社会，它的悲剧不是如我们所写的坏人造成的悲剧（谁把谁杀了），不是盲目命运造成的悲剧（社会压迫了你），而是王国维说的“通常之人情通常之道德”培养所造成的悲剧，从而使《红楼梦》具备了大格局大情怀。

另一类作品，采用的现代主义元素很多，这类作品中有写得很好的，让人耳目一新，具有批判的尖锐锋芒，但也存在不足。有些作品完全以理念进入写作，它采用了团块式的西方结构，某些场景渲染到位，虽有才华却总觉得生活实感的东西太少，因为在编造，一写到实处就漏了气，没有写实的功夫，只能用夸张、变形、虚张声势来叙述。如摇滚乐，现场的狂乱和感官的刺激很过瘾，但离开现场，就没有了古典音乐给人的长久回味。这里我要说的，任何现代主义都产生于古典主义，必须具备扎实的写实功力，然后进行现代主义叙写，才可能写到位。实与虚的关系，是表面上越写得实而整体上越能表现出来虚，如人要跳得高必须用力在地上蹬，如果没有实的东西，你的任何有意义的观念都无法表现出来，只能是高空飘浮，给人以虚假编造。

这里又存在这样一个问题，即，没有想法的写实，那是笨，作品难以升腾，而要含量大，要写出精神层面的东西。写实要明白，中国古典文学传统的那一套写法，如线型结构，如散点透视，西方现代文学的色块结构，叙述人层层进入结构，都是在文化的生存状态的背景下产生的。要中西结合，必须了解背景，根据个人条件去分析哪些可以借鉴，哪些可以改造和如何改造，这样才能写出属于自己的作品，而这样的作品不同于中国传统，也不属于西方现代主义。每个作家都有自己的师傅，但不能死学师傅。举个例子，有人学西方语言，要么三四个字一个句号，连续这样的短句，要么一句话几百字几千字一个句号。外国人和中国人说话方式不同，节奏不同，作品中的人与物环境不同，才有那样的句式。如皮毛模仿，就是那个东施了。语言绝对与人身体有关，它以呼吸而调节奏，一个哮喘病人不可能说长句，而结巴人也只能说短句。

现在我再谈四个问题。

1. 我们当代作家，普遍都存在困惑，我们常常不知所措地写作。文坛目前存在着大量写作，是经验的惯性写作。我们的经验需要扩展，小感情、小圈子生活可能会遮蔽更多的生活。这个时代的写作应是丰富的而非单薄的。

2. 这个时代的精神丰富甚或混沌，我们的目光要健全，要有自己的信念，坚信有爱，有温暖，有光明，而不要笔走偏锋，只写黑暗的、丑恶的。要写出冷漠中的温暖，恶狠中的柔软，毁灭中的希望，身处污泥盼有莲花，沦为地狱向往天堂。人不单在物质中活着，活着需要一种精神。神永远在天空中星云中江河中大地中，神照耀着我们，人类才生生不息。中国人生活得可能不自在，西方人生活得也可能不自在，人类的生存任何时候都存在着物质和精神的困境，而重要的是在困境中突破。

3. 现在有一种文风在腐蚀着我们的母语文学，那就是不说正经话，调侃、幽默、插科打诨。如果都是这样，这个民族成不了大民族，这样的文学就行之不远。

4. 我们需要学会写伦理，写出人情之美。需要关注国家、民族、人生、命运。这方面我们还写不好，写不丰满。但是，我们更要努力写出，或许一时完不成而要心向往之的是，写作超越国家、民族、人生、命运，眼光放大到宇宙，追问人性的、精神的东西。

我再次强调，我不是评论家，看问题可能不全局，仅从一个作家面临的问题而作局部思考，说出来仅供参考，并求指正。

2010 年 1 月

《老生》后记

年轻的时候，欢得像只野兔，为了觅食去跑，为了逃生去跑，不为觅食和逃生也去跑，不知疲倦。到了六十岁后身就沉了，爬山爬到一半，看见路边的石壁上写有“歇着”，一屁股坐下来就歇。歇着了当然要吃根纸烟。

女儿一直是反对我吃烟的，说：你怎么越老烟越勤了呢?!

我是吃过四十年的烟啊，加起来可能是烧了个麦草垛。以前的理由，上古人要保存火种，保存火种是部落里最可信赖者，如果吃烟是保存火种的另一种形式，那我就是有责任心的人么。现在我是老了，人老多回忆往事，而往事如行车的路边树，树是闪过去了，但树还在，它需在烟的弥漫中才依稀可见呀。

这一本《老生》，就是烟熏出来的，熏出了闪过去的其中的几棵树。

在我的户口本上，写着出生于陕西丹凤县的棣花镇东街村，其实我是生在距东街村二十五里外的金盆村。金盆村大，一九五二年驻扎了解放军一个团，这是由陕南游击队刚刚整编的部队，团长是我的姨父，团部就设在村中一户李姓地主的大院里。是姨把她的挺着大肚子的妹妹接去也住在团部，十几天后，天降大雨我就降生了。那时候，棣花镇正轰轰烈烈闹“土改”，我家分到了好多土地，我的伯父是积极分子，被镇政府招去做了干部。所以在我的幼年，听得最多的故事，

一是关于陕南游击队的，二是关于“土改”的。到了十三岁，我刚从小学毕业到十五里外去上初中，“文化大革命”爆发了，只好辍学务农。棣花镇人分成两派，两派都在造反，两派又都相互攻击，我目睹了什么是革命和革命的文斗武斗。后来，当教师的父亲被定为历史反革命分子，而我就是“黑五类”子弟，知道了世态炎凉，更经历了农民在无产阶级专政下如何整肃、改造、统一着思想和行为。再后来，我以偶然的机会到了西安，又在西安生活、工作和写作，十几年里，高高山上站过，也深深谷底行过。又后来是改革开放了，史无前例，天翻地覆，我就在其中扑腾着，扑腾着成了老汉。

这就是我曾经的历史，也是我六十年来的命运。我常常想，我怎么就是这样的历史和命运呢？当我从一个山头去到另一个山头，身后都是有着一条路的，但站在了太阳底下，回望命运，能看到的是我脚下的阴影，看不到的是我从哪儿来的又怎么是那样地来的，或许阴影是我的尾巴，它像扫帚一样我一走过就扫去痕迹，命运是一条无影的路吧，那么，不管是现实的路还是无影的路，那都是路，我疑惑的是，路是我走出来的？我是从路上走过来的？

三年前的春节，我回了一趟棣花镇，除夕夜里到祖坟上点灯。这是故乡重要的风俗，如果谁家的祖坟上没有点灯，那就是这家绝户了。我跪在坟头，四周都是黑暗，点上了蜡烛，黑暗更浓，整个世界仿佛只是那一粒烛焰，但爷爷奶奶的容貌，父亲和母亲的形象是那样的清晰！我们一直在诅咒着黑夜，以为它什么都看不见，原来昔人往事全完整无缺地在那里，我们只是没有猫的眼罢了。也就在那时，我突然还有了一个觉悟：常言生有时死有地，其实生死是一个地方。人应该是从地里冒出来的一股气，从什么地方冒出来活人，死后再从什么地方遁去而成坟。一般的情况都是从哪里出来就生着活着在哪里的附近，也有特别的，生于此地而死于彼地或生于彼地而死于此地，那便是从彼地冒出的气，飘荡到此地投生，或此地冒出的气飘荡于彼地投生。我家的祖坟在离村子不远的牛头坡上，牛头坡上到处都是坟，村子家家祖坟都在那里，这就是说，我的祖辈，我的故乡人，全是从牛头坡上不断冒出的气又不断地被吸收进去。牛头坡是一个什么样的穴位呀，冒出的是一种什么样的气，清的，浊的，祥瑞的，恶煞的，竟一茬一茬的活人闹出了那么多声响和色彩的世事?!

从棣花镇返回了西安，我很长时间里沉默寡言，常常把自己关在书房里，整晌整晌什么都不做，只是吃烟。在灰腾腾的烟雾里，记忆我所知道的百多十年，时代风云激荡，社会几经转型，战争，动乱，灾荒，革命，运动，改革，在为了活得温饱，活得安生，活出人样，我的爷爷做了什么，我的父亲做了什么，故乡人都做了什么，我和我的儿孙又做了什么，哪些是荣光体面，哪些是龌龊罪过？太多的变数呵，沧海桑田，沉浮无定，有许许多多的事一闭眼就想起，有许许多多的事总不愿去想，有许许多多的事常在讲，有许许多多的事总不愿去讲。能想的能讲的已差不多都写在了我以往的书里，而不愿想不愿讲的，到我年龄花甲了，却怎能不想不讲啊?!

这也就是我写《老生》的初衷。

写起了《老生》，我只说一切都会得心应手，没料到却异常滞涩，曾三次中断，难以为继。苦恼的仍是历史如何归于文学，叙述又如何在文字间布满空隙，让它有弹性和散发气味。这期间，我又反复读《山海经》，《山海经》是我近几年喜欢读的一本书，它写尽着地理，一座山一座山地写，一条水一条水地写，写各方山水里的飞禽走兽树木花草，却写出了整个中国。《山海经》里那些山水还在，上古时间有那么多的怪兽怪鸟怪鱼怪树，现在仍有着那么多的飞禽走兽鱼虫花木让我们惊奇。《山海经》里有诸多的神话，那是神的年代，或许那都是真实发生过的事，而现在我们的故事，在后代来看又该称之为人话吗？阅读着《山海经》，我又数次去了秦岭，西安的好处是离秦岭很近，从城里开车一个小时就可以进山，但山深如海，进去却往往看着那梁上的一所茅屋，赶过去却需要大半天。秦岭历来是隐者的去处，现在仍有千人修行在其中，我去拜访了一位，他已经在山洞里住过了五年，对我的到来他既不拒绝也不热情，无视着，犹如我是草丛里走过的小兽，或是风吹过来的一缕云朵。他坐在洞口一动不动，眼看着远方，远方是无数错落无序的群峰，我说：师傅是看落日吗？他说：不，我在看河。我说：河在沟底呀，你在峰头上看？他说：河就在峰

头上流过。他的话让我大为吃惊，我回城后就画了一幅画。我每每写一部长篇小说，为了给自己鼓劲，就要在书房挂上为所写的小说作的书画条幅，这次我画的是“过山河图”，水流不再在群山众沟里千回万转，而是无数的山头上有了一条汹涌的河。还是在秦岭里，我曾经去看望一个老人，这老人是我一个熟人的亲戚，熟人给我多次介绍说这老人是他们那条峪里六七个村寨中最有威望的，几十年来无论哪个村寨有红白事，他都被请去做执事，即便如今年事已高，腿脚不便，但谁家和邻居闹了矛盾，谁个兄弟们分家，仍还是用滑竿抬了他去主持。我见到了老人问他怎么就如此的德高望重呢？他说：我只是说些公道话么。再问他怎样才能把话说公道，他说：没有私心偏见，你即便错了也错不到哪儿去。我认了这位老人是我的老师，写小说何尝不也就在说公道话吗？于是，第四遍写《老生》，竟再没有中断，三个月后顺利地完成了草稿。

《老生》是四个故事组成的，故事全都是往事，其中加进了《山海经》的许多篇章，《山海经》是写了所经历过的山与水，《老生》的往事也都是我所见所闻所经历的。《山海经》是一个山一条水地写，《老生》是一个村一个时代地写。《山海经》只写山水，《老生》只写人事。

如果从某个角度上讲，文学就是记忆的，那么生活就是关系的。要在现实生活中活得自如，必须得处理好关系，而记忆是有着分辨，有着你我的对立。当文学在叙述记忆时，表达的是生活，表达生活当然就要写关系。《老生》中，人和社会的关系，人和物的关系，人和人的关系，是那样的紧张而错综复杂，它是有着清白和温暖，有着混乱和凄苦，更有着残酷、血腥、丑恶、荒唐。这一切似乎远了或渐渐远去，人的秉性是过上了好光景就容易忘却以前的穷日子，发了财便不再提当年的偷鸡摸狗，但百多十年来，我们就是这样过来的，我们就是如此的出身和履历，我们已经在苦味的土壤上长成了苦菜。《老生》就得老老实实地去呈现过去的国情、世情、民情。我不看重那些戏说，虽然戏说都以戏说者对现实的理解去借尸还魂。曾经的饥荒年代，食堂里有过用榆树皮和苞谷皮去做肉的，那做出来的样子是像肉，但那是肉吗？现在一些寺院门口的素食馆，不老实地卖素饭素菜，偏要以豆腐萝卜造出个鸡的形状，猪肉的味道，佛门讲究不杀生，而手不杀生了心里却杀生，岂不是更违法？要写出真实得需要真诚，如今却多戏谑调侃和伪饰，能做到真诚已经很难了。能真正地面对真实，我们就会真诚，我们真诚了，我们就在真实之中。写作因人而异，各有各的路数，生一堆火，越添柴火焰越大，而水越深流越平静，火焰是热闹的，炙热的，是人是兽都看得见，以细辨波纹看水的流深，那只有船家渔家知道。看过一个材料，说齐白石初到北京，他的画遭人讥笑，过了多少年后，世人才惊呼他的旷世才华而效仿者多多，但效仿者要么一尽写意，要么工笔摹物，齐白石这才说了“似与不似之间”的话。似或不似可以做到，谁都可以做到，之间的度在哪里，却只有齐白石掌握。八大山人也说过立于金木水火土之内，而超于金木水火土之外，形上形下，圆中一点。那么，圆在哪儿，那一点又在圆中的哪里，这就是艺术的高低大小区别所在了。看山是山看水是水，看山不是山看水不是水，看山还是山看水还是水，年龄会告诉这其中的道理，经历会告诉这其中的道理，年龄和经历是生命的包浆啊。

至于此书之所以起名《老生》，或是指一个人的一生活得太长了，或是仅仅借用了戏曲中的一个角色，或是赞美，或是诅咒。老而不死是为贼，这是说时光讨厌着某个人长久地占据在这个世上；另一方面，老生常谈，这又说的是人越老了就不要去妄言诳语吧。书中的每一个故事里，人物中总有一个名字里有“老”字，总有一个名字里有“生”字，它就在提醒着，人过的日子，必是一日遇佛一日遇魔，风刮很紧，花开花也疼，我们既然是这些年代的人，我们也就是这些年代的品种，说那些岁月是如何的风风雨雨，道路泥泞，更说的是在风风雨雨的泥泞路上，人是走着，走过来了。

故乡的棣花镇在秦岭的南坡，那里的天是蓝的，经常在空中静静地悬着一团白云，像是气球，也像是棉花朵，而凡是有沟，沟里就都有水，水是捧起来就可以喝的。但故乡给我印象最深最难以思议的还是路，路是那么的多，很瘦很白，在乱山之中如绳如索，有时你觉得那是谁撒下了网，有时又觉得有人在扯着绳头，正牵拽了群山走过。

路的启示，《老生》中就有了那个匡三司令。

匡三司令是高寿的，他的晚年荣华富贵，但比匡三司令活得更长更久的是那个唱师。我在秦岭里见过数百棵古木，其中有笸篮粗的桂树和四人才能合抱的银杏，我也见过山民在翻修房子时堆在院中的尘土上竟然也长着许多树苗。生命有时极其伟大，有时也极其卑贱。唱师像幽灵一样飘荡在秦岭，百多十年里，世事“解衣磅礴”，他独自“燕处超然”，最后也是死了。没有人不死去的，没有时代不死去的，“眼看着起高楼，眼看着楼塌了”，唱师原来唱的是阴歌，歌声也把他带了归阴。

《老生》是二〇一三年的冬天完成的，过去了大半年了，我还是把它锁在抽屉里，没有拿去出版，也没有让任何人读过。烟还是在吃，吃得烟雾腾腾，我不知道这本书写得怎么样，哪些是该写的哪些是不该写的哪些是还没有写到，能记忆的东西都是刻骨铭心的，不敢轻易去触动的，而一旦写出来，是一番释然，同时又是一番痛楚。丹麦的那个小女孩在夜里擦火柴，光焰里有面包、衣服、炉火和炉火上的烤鸡，我的《老生》在烟雾里说着曾经的革命而从此告别革命。土地上泼上了粪，风一过粪的臭气就没了，粪却变成了营养，为庄稼提供了成长的功能。世上的母亲没一个在咒骂生育的艰苦和疼痛，全都在为生育了孩子而幸福着。

所以，二〇一四年的公历三月二十一日，也是古历的二月二十一，是我的又一个生日，我以《老生》作我的寿礼，也写下了这篇后记。

2014 年 3 月 21 日

我的诗书画

所谓文学，都是给人以精神的享受，但弄文学的，却是最劳作的苦人，我之所以作诗作书作画，正如去公园里看景，产生于我文学写作的孤独寂寞，产生了就悬于墙上也供于我精神的生活。既是一种私活，我为我而作，其诗其书其画，就不同世人眼中的要求标准，而是我眼中的，心中的。

正基于此，很多年来，我就一直做这种工作；过一段，房子的四壁就悬挂一批；烦腻了，就顺手撕去重换一批；这种勇敢，大有“无知无畏”的气概。这种习性儿，也自惹我发笑，认为是文人的一种无聊。

无聊的举动，虽源于消遣，却也有没想到的许多好处。

诗人并不仅是作诗的人，我是极信奉这句话的。诗应该充溢着整个世界，无论从事任何事业，要取得成功，因素或许是多方面的；但心中永远保持着诗意，那将是最重要的一条。我试验于小说、散文的写作，回到生活中去，或点灯熬油笔耕于桌案，艰难的劳动常常会使人陷入疲倦；苦中寻乐的，只有这诗。诗可以使我得到休息和安怡，得到激动和发狂，使心中涌动着写不尽的东西，永远保持不竭的精力，永远感到工作的美丽。当这种诗意的东西使我膨胀起来，禁不住现于笔端的，就是我平日写下的诗了。当然这种诗完全是我为我而作，故一直未拿去发表。这如同一棵树，得到阳光雨露的滋润，它就要生出叶子，叶子脱了，落降归根，再化作水、泥被树吸收，再发新叶；树开花，或许是为外界开的。所以它有炫目悦色之姿，叶完全是为自己树干生存而长，叶只有网的脉络和绿汁。

诗要流露出来，可以用分行的文字符号，当然也可以用不分行的线条的符号，这就是书，就是画。当我在乡间的山荫道上，看花开花落，观云聚云散，其小桥，流水，人家，其黑山，白月，昏鸦，诗的东西涌动，却意会而苦于无言语道出，我就把它画下来。当静坐房中，读一份家信，抚一节镇尺，思绪飞奔于童年往事，串缀于乡邻人物，诗的东西又涌动，却不能写出，又不能画出，久闷不已，我就书一幅字来。诗、书、画，是一个整体，但各自有不可替代的功能，它们可以使我将愁闷从身躯中一尽儿排泄而平和安宁，亦可以在我兴奋之时发酵似的使我张狂而饮酒般的大醉。

已经声明，我作诗作书作画并不是取悦于别人的欣赏，也就无须有什么别人所依定的格式，换一句话说，就是没有潜心钻研过世上名家的诗的格律、画的技法、书的讲究。所以，《艺术界》的编辑同志来我这里，瞧见墙上的诗书画想拿去刊登，我反复说明我的诗书画在别人眼里并不是诗书画，我是在造我心中的境，借其境抒我的意。无可奈何，又补写了这段更无聊的文字，以便解释企图得以笑纳。

平凹作画记（七则）

序

在年纪不老的作家里，我自诩我的毛笔字可入书品。但我确实没有临过帖，用钢笔写稿写得多了，随时又爱读一些碑，别人要我在宣纸上写，就写出来了。原本是一场玩事，所以从不为难他人的求索，给他写字不正好是练我的书法吗？差不多是求我一幅字的总事先拿数张纸来，剩下的便白落，竟落下了几大捆的便宜。有一日突发奇想：有这么多纸，何不也作些画呢？见过一些画家是将墨大泼大涂的，于是也泼，也涂，怪畅美的。刚画毕，恰好来了一位搞美术理论的先生，瞧我一嘴唇墨，问我干什么了？我说作画了。小时候在寺庙里看过画匠骑在木架上画檐头，时不时将笔在口里蘸唾沫，多半我作画时也这么不自觉地模仿了。就擦着嘴说，“小娃的屁股画家的嘴”，当画家就要敢不卫生呀！先生说要看画，看，一拳却把我击倒了，大叫你小子是鬼狐附体！我可怜地说：“我可从没受过训练，压根不懂技法。”意思是别以高标准来要求我。先生倒严肃起来，讲了许多使我也吃惊的好话，我瞧他不是在戏弄我，我来劲了，我是个见不得鼓动的人，一时得意叫道：那我就画呀！就画起来了！

我真是有无知无畏的秉性。

说老实的，我可不想做个画家，纯乎一种取乐的方式，没想后来更有了一层好处。我家来客过多，尤其晚上，常是小屋坐那么三位四位，宏谈滔滔，我很烦，又不能黑了脸赶人家，作起画就可以既不失礼又可平心，你若要走，说一句“啊，你慢走”，阿弥陀佛，你不走就待着看我作画，我反正要两不误的。

初冬到现在画下了三十余幅，也是有生以来三十余幅作品。画一幅，觉得还满意就编号，编了号的画是决意不送人的。不知这兴趣还有多久，也不知还要画出多少幅，我想天要我画多少就画多少，我才不受硬要画的累呢。

贾平凹 1991 年 1 月 24 日午

一、《唐僧取经》

画唐僧是一只很凶的虎，虎背上驮着一尊睡佛，这可能要遭佛门人骂，但我佛慈悲，佛是不会怪罪的。读《西游记》，我理解的唐僧是一分为四的，也就是说四而合一，孙悟空、猪八戒、沙和尚只是作为唐僧的另三个侧面。取经行走了那么多地方，遇到了那么多魔怪，应该说，唐僧是凶猛者。由此想到，凶的东西，则可开辟一个新的世界，而美好的东西如佛，则只能在开辟了新的世界后来平和与安详这个新的世界。

此画作于深夜，屋里还待着三个来访人，画完后见其中一人亲自又要沏一壶新茶来喝，我说：“为不浪费茶，再喝一杯你们走吧，今日我困了！”又打了一个哈欠。第一次平静了脸赶客，觉得自己也有了虎气。人一走，满身清静，叼颗烟欣赏我画，欣赏半小时，我也成佛了。

二、《武松杀嫂》

要我说，武松是这样杀的嫂：

潘金莲，淫荡妇，你既是嫁给了武家，恁狠心就同奸夫害我哥哥?！武大无能却有武二，我岂能饶了你这贱人！今日你睁眼看看，这把钢刀白的要进去，红的要出来，割你的头祭我哥哥，我还要戳了你的胸腹掏出心来，瞧瞧天下的女人心是怎么个黑法？

她怎么不声不吭并没吓软？贱雌儿竟换上了娇艳鲜服，别戴着颤巍巍一朵玫瑰，仄靠了被子在床上仰展了。哎呀，她眼像流星一般闪着光，发如乌云，凝聚床头，那粉红薄纱衫儿不系领扣，且鼓凸了奶子乍猛得老高。以前她是嫂嫂，不能久看，如今刀口之下，她果真美艳绝伦，天底下有这样的佳人，真是上帝和魔鬼的杰作了！天啊，她这是临死亡之前集中要展现一次美吗？

啊，这么美的尤物，我怎么就要杀了她呢？她是害死我哥哥，哥哥实在是与她不般配，一朵花插在牛粪上，她是委屈了。武松若不是武二，武二若没有个太矮的哥哥，我也会是同情这女人的，也会是不满意这门婚姻的，可武大毕竟是我的哥哥，一个奶头吊过的同胞，我哪能不维护亲生的兄长呢？哼，杀人者偿命，你就是九天玄女，是观音菩萨，武松若不杀你，武松算什么英雄?！

她笑了，无声而笑，不是冷笑，也不是苦笑，笑而摄魂，这女人，怎么我要杀她，她还以为这又是同那一个雪天她与我接风的酒桌上一样吧？这女人是对自己有过感情的，扪心而想，我何尝没有爱过她呢？现在我真的要杀了她吗？如果那一天我接受了她的爱，我也被爱所冲动，那我会怎么样呢？今日要杀的除了她难道没有我吗？正因为我武松是英雄，才避免了一场千古谴责的罪恶，可正是我成了英雄，才将她推到了西门庆的贼手吗?！

武松呀武松，你这是想到什么地方去了，现在哥哥的灵前，灵堂阴气凝重，哥哥屈死的灵魂在呼唤着你来申冤，你怎能就要饶了狠毒角色？是的，你个潘金莲，就是不爱我的哥哥，你可以再嫁他人，嫁谁都可以，却偏偏是同那个泼皮西门庆？同了西门庆也还可，竟合谋害了哥哥性命，我武松放过了你，别人又会怎样议论我呀！一顶绿帽子戴给了哥哥，也戴给了景阳冈的英雄。或许更有人说武松不杀嫂，是嫂曾经爱过武松，我一场英雄会在人们眼中是个什么形象呢？

杀吧，杀吧，潘金莲，武松真格要杀你了！

刀怎么提不起来，这般重呀？那么一刃，一代美色就灭绝了吗？世上少了潘金莲，多少人为之丧气了，我武松是不是心太硬了？哥哥，哥哥，我该怎么办呢，我已杀了西门庆，咱就放了这个尤种吧？

咳，咳，这是个景阳冈的老虎就好了。

罢了，罢了，由她去吧。可是可是，我不杀她，她能老老实实在武家守节吗？她一定又要另嫁他门，或许又会与别的不三不四的恶徒勾搭，那这么鲜活的小兽与其他人猎去，就不如我武松杀了她。杀了她，看着殷红的血怎样染红白瓷般的胸脯，看着她睁开了杏眼在咽气前的痉挛，岂不是更使人刺激吗？我不能成全她爱我，却可以让她死在所爱的人的刀下，不是于她也于我都是一场最合适的解脱办法吗？好了，好了，潘金莲，那我就这么杀你了！

于是，武松就把潘金莲杀了。

三、《贵妃赏蝶》

杨贵妃已经被文人墨客描述得太多了，我也爱这个女人。因为爱着她，就不忍心读记她死于马嵬坡的故事，相信着东渡了日本的传说，以致对胖胖的东西都有感情，甚至一次大街上碰见行刑前的游行车上押着一个天生丽质的女子就伤悲了几日。可是，我怎么也没想到，当我画出了贵妃的上半身，正待画她的下半身，口中叼着的烟头掉下来，一时拂不去，竟将宣纸烧出难看的洞来。妈的，我骂我，索性拿打火机要焚了这张宣纸，以宣纸充冥钱送给她了。看着宣纸燃到仅剩下杨贵妃的上半身的多半时，我瞧见火光中的贵妃似乎要活起来，一派富贵中的深沉的忧愁，忙就趴过去，用身子压灭了火。这就是我的贵妃。

女人的作用就是给世上贡献美的，我总这样认为的，女人的悲剧

也就是太美了。杨玉环正是如此才成了唐代的国母，国母正如此也才勒死在马嵬。如今我画贵妃原来要让她处优地赏蝶，天意竟还让她残缺。残缺的美更美，我永远也忘不了我的这幅画。

四、《石鲁》

生活在西安，又要作画，总就想到那个石鲁。石鲁的艺术在石鲁疯了以后更进入大的境界，这使我独坐了常寻思：在那样个文艺差不多有着僵壳的时期，石鲁的成功在于他有了异于别人的思维吗?！我很羡慕有这种思维，但我不愿以疯来建构，更恐惧思维“疯”的产生背景。眼下气功兴时，我求拜过许多气功师，要给我开慧眼，看鬼，看神，看别人看不到的世界情形，以来突破我的写作。可悲惨的是气功师都拒绝了，这倒令我怀疑了这些气功师，他们或者胡说，或者他们的功法太浅。

于是我又想，或许石鲁并没有疯，因为他感应自然、体验生命的思维与当时社会不同，众人看他才疯了，疯的其实是认为他疯了的人。

五、《景阳冈之后》

时下，到处都在崇尚男子汉气派，文学艺术作品里凡是要歌颂的人物，胸口都要贴上一些胸毛。但在中国古典文学艺术中，男人的形象可分两类，一是白脸，包括那个刘备、贾宝玉和所有戏曲的小生，一是黑脸。白脸的皆阴柔虚涵，予以张扬，黑脸的则往往刚烈，视为鲁莽之徒。

这个晚上不知怎么就想起了为武松作画。

武松在景阳冈上敢打虎，面对嫂嫂能杀淫，如果武松在今日，胸毛是够茂密了，或许会演出更惊天泣地的业绩来的。但古时的标准为他定了性，梁山泊的头把二把交椅轮不到他，只能是个将领而已，所以上了梁山，他的贡献就十分之小了。

但武松当然还是英雄，我就要画出个英雄来。画毕，有一远路朋友来，却以为武松模样窝囊了：戴了颈枷，瑟瑟作抖，虽然以你的名章按在额上做罪犯烙印而构思奇妙。我说，英雄也是血肉长的，对死谁个不恐惧，面临失败和委屈谁个不沮丧，愈是这样活下去，才是英雄！我们的现代意识里，以为男子汉一味阳刚，让他不爱生命，如归一般地死，那么，鼓励一个人连自己的生命都不爱，他还能爱别的什么吗？再者，不画英雄万众欢呼，画一个英雄落难，使我们懂得人生的艰辛了就更爱英雄，而不是以为英雄是轻而易举的风光的事体而许多人去做荒诞的梦。

六、《鬼才李贺》

我喜欢那个李贺，却不明白怎么世人就称他是鬼才，有了非凡的才能只能归之于鬼的作用吗？细读他的诗，除了大写阴阳之事外，他的思维是与一般人异同的。记得数年前见到大作家汪曾祺先生，他说李贺是黑纸上写白字，先生的话使我顿开茅塞。今日为李贺造像，当然是一团黑气涌涌而来，他是没地位之人，家境贫寒，潜心了艺术可能人缘不会好，过早地就驼了背，眉眼就画在黑团之中吧，那只寻诗所骑的毛驴却是极瘦极瘦的了。年轻时爱读蒲松龄的狐狸精，盼不得夜深人静有个女子破窗而入，今画李贺，我还是不怕鬼，爱鬼则更希望能得些李贺的鬼气以匡正我的思维定式。

七、《百年孤独》

读了马尔克斯的书，就永远记住了“百年孤独”四个字。但我没有以此而冲动着作画。一九九一年一月六日，得知台湾作家三毛自杀消息，心中无限痛惜。世人对三毛之死的原因猜测纷纷，我认为她死于天才的孤独。大凡世界上进入了大境界的人都是孤独的。夜幕降临，寒星闪烁，立于高楼凉台仰天怆悲，返回画案作下此画。树是枯桩形，人是老井状，一个不以红花繁叶热闹炫世，一个风吹不走，日晒不干的深茂虚涵。用不着再在画面上行文题字了，用不着的。

在玫瑰园里

《玫瑰色回忆》是邢庆仁的一幅画，这幅画获得全国七届美展金奖后，他将他的画室起名“玫瑰园”。两年后我成了玫瑰园的常客，那里为我固定了一张椅子、一只水杯和一个用笔洗代用的烟灰缸。

有一次再去玫瑰园，我给妻子的传呼机上留言：我去玫瑰园见庆仁。妻子的传呼机上却显示了：我去玫瑰园见情人。结果发生误会，妻子连续打我手机并赶了来，见到的玫瑰园主是个丑陋的男人，比我更粗更矮，大脑袋剃了，突凸滚圆如是个地雷。她便笑了：这是个和尚么，起这样花的斋号?！从此我们叫庆仁是花和尚。

说庆仁是和尚也确实有几分对，他是个居士，而且正式拜过师傅，他在画室里供佛焚香，每每作画都放有佛乐。画室里没栽一朵花，满墙的新作全都有女人，又多是裸体。我每次去总要摸摸石狮的头，汉代的一蹲石狮永远在门口，眉眼笑呵呵得像一个老头。我认定这石狮是大观园的焦大，它清楚玫瑰园主人是如何的内心好色。但现实生活里，一有女性在，庆仁就局促不安，或者只咧了大嘴笑，暴露无遗了黄牙。大家便戏谑他画那么多有女人的画，是性压抑的结果。他后来有些改变了，每每朋友聚会，来一个女的，他就让女的和别人“握手握手”“拥抱拥抱”，但他不握也不抱，说：我给你画肖像吧。一画又画成个裸体。问他怎么能看透人家的衣服，又是哪儿获得到这么多的人体知识？他说他在梦里见过。

庆仁不会说谎，他确实梦多，又离奇古怪，他每天清早一爬起来就画夜里的梦境，自《玫瑰色回忆》之后的很长时间里，他都在画他的梦。这批作品不再刻意主题，也销蚀了笔画，但形象鲜活，想象力极其丰富，弥漫着一种精神的虚幻，却充满了激情。因此，他被人称之为“表现主义画家”。

称“表现主义画家”准确不准确，我说不清，因为我不是画坛人。我问过庆仁，他说他也搞不清，反正他是画家，他活在这个时代，他只画他能画的画。他是个多梦的人，好幻想的人，他更是个在现实生活里欢乐着和痛苦的人，他肯定是不满意那一类题材决定的观点，又反感那种为笔墨而笔墨的画法，他力主着国画革命，却又身处在传统文化积淀极其深厚的陕西，他得有中西绘画杂交后的自己的面目。表现主义原产生于德国，后蔓延各国，可见其面对的是整个人类。中国的现代艺术中，表现主义是很重要的一个方面，它的背景是中国人同样面临了一种生活困境，所以强调表现主义或新表现主义，从某个角度讲也正是强调了时代的一种精神。中国绘画传统为线性的、素描的、水墨的，它的哲学基础和生长的环境是中庸，天人合一，虚与道，而如今中国绘画语境业已改变，艺术家以什么样的精神和姿态进入生活和创作已经是非常重要的问题了。庆仁的画可能有这样那样的不足，但这一批画我们看到了极强烈的主观色彩，充满了批判与关怀，的确与众不同。

因为我认识了庆仁，我也就将我在文学圈里的狐朋狗友也招引到玫瑰园去，那里成了一个艺术活动点。我们原本能影响他多写写文章，加入作协，没想他竟腐蚀了我们，都热乎了书法和绘画。当我们在玫瑰园的一面墙上画满了壁画，又张狂去办个展，庆仁却在相当一段时间里不画画了，说：让我静一静，我恐怕不能老这样画吧？其实他是一直在变着，包括题材、构图、色彩，甚至绘画的材料，他怕自己滑入定式，画得熟而丧失激情。他的样子又有几分像日本人，曾经在大街被一群日本游客错认为是同胞，所以大家又叫过他是“朝三暮四”郎。现在，朝三暮四郎只鼓动和指导我们绘画，

他不画，想必在某一日他会打电话让我们去喝茶，到时又会拿出一沓作品让我们惊骇的。

2001 年 2 月 18 日

一条线的故事

《一条线的故事》挂在了展览厅，看的人很多，都在猜想这个故事是什么。有的说画家曾经向富有的人借过一元钱而没有如愿。有的说画家可能有过一次将最简单的事处理成了最复杂的事的经历。有的说是不是画家赌博过？

“故事肯定是有的，”我笑了，“可你们说的都不是。”

“那是什么呢？”

“为什么要知道呢？鸟在枝头上叫，不必要它在叫什么，只要叫得悦耳就是了。”

2002 年 3 月 1 日

张之光画集序

“不可无一，不可有二。”

这是前人评价那个才情和尚苏曼殊的，我却喜欢用这句话说张之光。

我仅仅见过一次他，满满地坐在一个沙发里，肥脸细眼，总是没睡醒的样子。我不敢说我阅人多多，我总觉得，鬼狐成精似的能贯通一切的那些大智者往往都很愚的。我请教他有关画的学问，他也不善言辞，又多谈画外之事，我就觉得他最能体味到“知非诗诗，写来奇奇”的禅境。他有很怪的思维和体验，诚然并没死读那么多哲学的书。

当今画坛上如同别的艺术门类一样，都热衷卷入“新潮”时髦做“阳刚”狂士，之光则大模大样地治孤，一任散淡适意，这使他的画精神上向内心归宿，笔墨上极尽吝啬，几乎完全是要“得意忘言”了。每幅画似乎是在长长的苦夏之中一觉醒来，夕阳临窗，风过前庭，持一扇一壶独饮于矮凳，又饮得久了，然后方提了笔在那纸上慵懒地抹抹，画是出来了，画者呢，有一串拖鞋声踢踏踢踏远去了。

大漠太丰富了归于一片空白，我琢磨这个看起来没有架势，没有激情，也永没有清醒的人，是不是总活在他的白日梦里？时间和空间没有区别，他只有他的梦，他已经在梦里耗费了很多精力，现在只是追忆而已。

黑夜中的一点灯笼，照见的是万物中的一处，我们或许知道万物是那一处的背景和内涵，但一点灯笼若是在白天，仍能看到的是灯笼和灯笼所照的一处，则只有之光了。

这就是他的画。

他的画是他的心迹和灵迹，所以他无所谓什么题材，一切都是灵性之载体，即使随便抹一下，都能看出他的精神，这就像一个大的文学家的一张留言条都能看出是文学家一样。

我最欣赏的更是画中的艺术家的那一种启悟的心态，流水心不竞，云在意俱迟，这种对于宇宙自然的理解，对于时空的理解，对于人生和艺术的理解，散发着古气，又充满了现代人的气息。我于是想到陶渊明。做“阳刚”狂士是时髦，学陶渊明的人也不少，但都有意为之，“悠然见南山”而不是“抬头见南山”的又有多少呢？

所以我说，画风在某种程度上讲实在是一种情操的显现。

当然，同一切艺术一样愈是有个性的东西，长处和短处几乎同时存在，张之光的画不能到处充斥，这也不可能，我相信，他的艺术是靠征服而存在的，时间会塑造了他的形象。

《海风山骨》序

日子过得真快，竟然五十九岁了，阴历的二月二十一是我的生日，《古炉》已经出版一月，空闲下来了，就编一本书画集吧，可以给读者汇报一下我的余事，也权当自己送自己个寿礼。

书画确实是我的余事。

之所以认作是余事，一是几十年来我都是在从事文学写作，文学写作是我的职业也是事业，立身之本，不敢懈怠。二是以我的才质和所下的功夫，自知很难在书画方面取得大成就，也要给自己的浅陋早早寻借口，就完全把书画作为陶冶自己心性之道，更作为以收入养文养家之策，那就只能是余事了。

但我是多么地喜欢着书画艺术啊，自感到我生命的土壤里有各种颜色，能长绿的树，也能长红的花，我与书画应该有缘。在我的认识里，无论文学、书法、绘画、音乐、舞蹈，除了各有各的不可替代的技外，其艺的最高境界都是一样的。我常常是把文学写作和书画相互补充着去干的，且乐此不疲，而相得益彰。

我承认我没有临过帖，也没有临过《芥子园》一类的画谱，但我读美术史，读了很多的书画。对于书法，其实我每天的文学写作都是写字，虽然是钢笔字，对汉字的理解却是一致的。你可以把书法说得是如何的抽象艺术，而它最基本的属性还是实用性的，来源于象形，能把握住它的间架结构，能领会它认知世界的智慧和趣味，以你的心性和感觉去写，写出来的字就不会差到什么地方去。至于绘画，我是在有了书法实践的几年后开始的，因为我还能掌握了线条，就以写入画，自然界的所有形象都在眼前，只是捉那些模样去画就是了。

常听到这样的话：文如其人，字如其人，画如其人。其实这话是从事的文、字、画达到了一定程度后方可讲的。只有在达到一定程度上了，手里的钢笔和毛笔才能与人合而为一，那么，人是什么人，文字就是什么文字，书法就是什么书法，绘画就是什么绘画；我的体会是，我有我长期以来形成的对于世界对于人生的观念，我有我的审美，所以，我的文学写作和书画，包括我的收藏，都基本上是一个爱好，那便是一定要现代的意识，一定要传统的气息，一定要民间的味道，重整体，重混沌，重沉静，憨拙里的通灵，朴素里的华丽，简单里的丰富。

我是先文学写作，后书法，再后绘画，当每一项创作刚刚上手的时候，甚觉快意，而愈往前行，才知干什么都是那么艰难。在这每一条路上，到处都是夸父的尸体啊。我常常不知道该书画些什么，它和写作一样，没有了感觉和冲动，笔就提不到手里，而当有了感觉和冲动，又苦于表现不出来，即便表现出来了，今天看着还可以，明天又觉得太糟糕，苦恼复苦恼，总在煎熬中。十多年来，是出版过一些书法和绘画的集子，现在羞于让人翻阅，就想，编辑了这本集子，再过几年，恐怕又是不堪入目的命运吧。却又想，人生都是从幼稚走来，真到那天了，或许看这些作品难看，那可能我是进步了，或许，那时候了，书画于我就不是余事了呢。

2011 年 3 月 11 日

青藏公路沿途的油菜花
壬辰
寿山

读画随感（三篇）

读画随感之一

美术家画廊三楼的一间小小展室里，挂满了王军强的画；展室小，画幅更小，但这里的世界是异常的丰富和阔大。中国画原来是从整体上感知和把握世界的，所以，你一进来，即可仰观宇宙之大，亦可俯察品类之盛，无时不感觉到整个空气里皆游荡着王军强的幽灵。我之所以说“读”，而不说“观”，它受活的不仅是目，还有耳，最是心灵的感应，慢慢地读，大有“行到水穷处，坐看云起时”，于画廊外闹哄哄的嚣市的一墙之隔里，犹如面对着泰戈尔老人，犹如打开了一本《新旧约全书》。

什么人都可以到这里得到满足，因为美存在于生活之中，而追求美是人之本性。商州的山水是太可人了，画家把它表现出来，其圆熟的技艺则得以更加创造，是活的，动的，天然无雕饰。更好的是画家并没有强硬地想说教什么，灌输什么，你要取悦于目，目可悦，你要取愉于耳，耳可愉；如果再往深层次去，一幅幅画是一首首无题的诗，你知道了这个大涵的世界，也知道了面对这个大涵世界的你自己，新的天人观启示着你怎样对待你的生活和工作。

变革的年代正处于浮躁的阶段，旧的东西日日剥离，新的东西日日再生，惊喜惶惑，适应，创造，大千世界在这浮躁之气团里，呈现五光十色。王军强画的是山水，山水又是商州的，但他追求和表现的也正是这个时代的精神。时代精神并不是表面地记录了某一社会事件，并不是花里胡哨地陈述一些现象，它渗透于画家的心境，而浸润于画面的氛围中。这正如小说、诗、戏剧一样，在都掌握了一定的技法之后，艺术的高低优劣深浅厚薄，全然取决于作者的修养。人道与艺道是一统的，妙微者而精深。以现代的意识而审视浸润于民族传统的山水画法，创造出新的意境，王军强的探索和试验是成功的。

读王军强的画，如读诗、小说和散文，但绝不是诗、小说和散文，也可以说，其中的意境、氛围等等是诗、小说和散文所不能传达出来的。读此画方知晓各类艺术是只能并存而不能混淆和替代。它妙在逼真得到了抽象，抽象得又归于逼真，穷极物理，苦不可言出。囫囵囵地却使你感觉到了天地自然充盈饱和的人情的东西，美的东西。

当今城市的人太多，烦嚣纷乱不得安静，每个城市里才辟了公园；公园虽是假山假水，但却拥向公园，公园也如大街一样热闹。王军强的画展，将一个清凉世界带到了闹市。这真是幸事。到这个世界去天朗气清，惠风和畅，呼吸空气，游目骋怀，安妥的将是一颗灵魂，自立的将是天地自然面前的人格啊！

读画随感之二

关中这方黄地养育了许多文艺家，文艺家如何表现这方黄地，或许是它丰富和深厚到了极致而似乎归于了呆滞和单调的状态，文艺家常常感到困惑。近日读到贺荣敏的画作，很有些启悟，他的作品虽然是随着西方绘画的潮流而趋动，但中国画的传统的河床却在潜藏着，如堆塔直上乃成高，如流水源远方成流。

作品的大小高低是以其境界为标准的。反映关中厚土要笔力凝重遒劲，要有霸悍气。贺画的大小繁简，大多用墨粗野，气是向外激射的，而不是紧缩的。这样，可以说画面并不美，绝不甜。秦兵马俑单个看起来不如清瓷仕女，但清瓷仕女仅以案几把玩，列队的兵马俑却给人以震撼。当年石鲁先生画陕北高原和华山雄风惊世，贺后生必然

有继承。不同的是他画关中，又是刘文西的弟子，是在平和中显秦雄，在敦厚中见幽默，好有些若拙的小巧。这正是关中的风度。

时下的文艺多有翻新之浪，也许是故意反动，形式上的解数尽使，刻意要哲理和象征，做一副高级沉思的架子，遗憾的是一些作品初看可人，久看沦为肤浅。新式家具，越来越轻巧漂亮，易得欲婚的淫浸于浪漫之中的少男少女的青睐而购买，类似的画作也可以赚得几个钱的。问题是文艺家虽离了钱万万不能，而钱偏偏不能文艺。于是，又有一批困惑过一阵又以严肃自居的甘愿受穷的文艺家偏执于守旧的心态，其作品刻板的摹描，貌似有关中之风，却有风没骨。贺荣敏提供的经验可以说，过去的从政治题材入手是文艺的死胡同，现在的从哲理、象征入手也是死胡同，因为同样是一个思维定式。文艺是文艺家的生命意识，靠的完全是感受。

贺荣敏的画多出现局部的生活情趣，这自然增加乡音乡情的气息，有农家出身的作者的忠厚活泼的天性，从某一种角度看来，别出一些高山与流水，清风与明月，高士与美女的所谓闲适的漠然。我却仍不以为他满足于此。他的作品使我们看到了现实生活，这种平民意识现在实在难得，但小情趣要全然在不经意之中才不至于滑入小家的窠臼中去。但愿作者不要听到称赞而误了大气的修炼。虽然苍凉，但牧歌毕竟不比史诗。

一切在开始，恰在开始，方有希望，却勿早下结论；谁也不可忽视，谁也不敢宣布就是山大王；放眼发展，腰下的青萍要“覆护三山，千锤百炼”，好的是作者正年轻，借债不愁他还不起。

读画随感之三

因为不是画坛的人，也不认识张迟，“跳出三界外”了来说张迟的画，我说：张迟能蹈大方处，气象壮阔，但张迟沉静不足，尚未花熟；人生到此已是画家，进而艺术大境，张迟正在受难处。

张迟的落款，差不多是“石门张迟”或“迟者”二字，恰好暴露此人心性。据说张迟是石鲁的学生，且尽到过门人的责任。他署名

“石门”或许一片真诚，但面对着画作，也就是说在艺术面前，我倒很嫌弃这种自称。艺术只有流派区分，没有门户类同；不出于石门或许得石之风范，而在门内却未必能得衣钵，况且既是打出石鲁旗号，常常有大树底下不长草的现象。张迟署“石门”字样，若是不忘先师之恩是人格的可尊，若让人知之属于石门之人，那便是艺术思维上的可卑了。张迟或许也意识到了这一点，近期的作品多署名“迟者”，这则是有了境界。一个迟字，既有其名在内，又是一种自谦自卑，如果这种谦卑出自于真情实意，将会不以一时的得失左右，是悬在头顶上的“苦胆”，是自强自胜的动力。历史上的大抱负的艺术家，莫不是这种大尊若卑的人。

张迟的山水和花卉正是有大的气度，所以并不注意一些小节，似乎就难以像一些画作的精巧而表现出才气。如果说张迟学石鲁，这一点是学到了许多。从艺和做人是一样的道理，小聪明在一开始极为显眼和有用，易得世人赞誉，但终究令人生厌，大巧若拙方能称得上是真正的艺术。许多人也明白这道理，也追求这一境界，但太看重了自己的聪明或一上路就崴了脚步而要强为，愈发弄得脸目可笑。守财奴即花三百两白银请客也是吝啬相，鸡站在谷仓堆里也是刨着食。陶潜作“采菊东篱下，悠然见南山”，一个“见”字是真陶潜，若是“望”之，那就是假陶潜了，气度应该说是功力所显，也是情操所现。

不能说张迟现今已是大家气象，但他绝不是鸡肠小肚者流。

作诗作文讲究深度，深度无非是哲学意识，我想作画亦是如此。日月风云，山水花卉是有许许多多可以启示做人作文的道理，而对于山水花卉作品，则反过来，以我们的对于宇宙之感应对于生命之意识来观照山水花卉，再以山水花卉将自己的心迹外化。这一切，当然有属于艺术之内的技艺的训练，也更有着笔墨之外的思维、见识和修养。在这一点上，张迟是有醒悟，但远不如石鲁。石鲁是将其人生观自然融化于作品，甚至将自身亦艺术化，这便不期然而然地成了大家。张迟是有觉悟，还并不刻意。刻意了之后再到无迹，张迟还要再走两个时期。

如在石鲁的画中能看出石鲁一样，从张迟的画中可以看出他的命

运和环境并不十分顺心，也看出他性格刚健和内心深处的激愤。能到这一步，已是相当了不起了，但问题也恰恰在这里。我将张迟的画册同一些大家的画册拿来比较，终于看出了沉静和浮躁，沉静应该是艺术的最高境界，不论画着什么，你感受到的是博大仁爱宽容的心灵，你会知其中的真意却欲辩又无言，你会明白着你是来看画的但嗒然遗了其身。浮躁则是张迟目前的障碍。我不知张迟的实际情况如何，若果是如此，首先当拂去心身的浮躁了。

因为喜欢张迟的画，就要多说张迟的不是，因为他具有大的气象，就以大家的作品类比。我于画坛无知，但我坦白无畏。

释画（六篇）

前言

冬天里画了许多画，热心着想出一本有图有文的书，但文写了六篇便兴尽，兴尽则无味，压在抽屉里让纸霉去。六月搬家，又翻出来，倒想起两件事，一是世上的艺术大而化之讲境界相通，但毕竟相互独立，文人作画，多在画面上写话，是画难以达意的可怜。二是一个人一生写多少文字有着定数，一旦写出，当不可糟蹋。

龙之弟

我属相为龙，又生在古历的二月，依了“二月二龙抬头”的谚语，大家都说我的命要好。我也慢慢地以龙人得意了。但研究了龙是马蛇鱼牛鹿鹰猪的形象综合物，而综合之物除了做图腾而威武外，蜥蜴、壁虎等皆为渺小可怜虫，便倒羡慕起了属相中真有其物的老虎了。

云从龙，风从虎。龙是天上的，它只神秘；虎是地上的，真正的有力量。

因为无端的干扰太多，影响着读书和写作，除了窄而霉的房子拥挤了老人和妻儿，我在外租借了两处小屋，平日三处跑动，有人就说我“狡兔三窟”了。我说：兔子弱小，兔子才有三窟啊！你见过老虎

有固定住处吗？老虎走到哪儿，哪儿就是它的家！

民间的故事有“狐假虎威”之说，假虎威的岂止是狐呢，我这属龙的，就认作虎是龙之弟了。

鹰

鹰仅仅是一个符号。

那是一个夜晚，我在大街的十字路口等人，人是陌生的，又是女性，但我们总是搞错方位，不断地通过电话联系。我们都是在这个不大的城市生活了几十年，平日每一棵树都熟知身影，却偏偏在十字路口犯迷怔，简直是中了邪了！我望着头上的天，月亮是三分之二的圆，但一朵云倏忽飘过来，恰恰掩在月上，这时候有一个黑影从对面的楼台上蹿上了空中，是麻雀或是蝙蝠我不知道，而瞬间里我却认定它是一只鹰。鬼晓得哪儿来的这种感觉，我想起了写过《浮生六记》的沈三白，他是在蚊帐里吸香烟，烟缕袅袅，他说过那烟里飞动的蚊子是云里的鹤。鹰，这座城市里的鹰，今夜飞临在我的头顶，它在空中飞行了数圈，样子徐缓优美。

这一夜一定是有意义的。

人是出现了。我还在四处张望，一辆车疾快地向我驶来。在我的意识里，街上的车都是有了灵魂的，是狼虫虎豹所变，这辆车却分明是一匹马。马有长而密的鬃，有结实滚圆的臀和健拔的腿。这马不是本地的劣等马，它应该是从徐悲鸿的画里跑出来的，是大宛的，腿上生云，背上有翅，出汗香而为血。车在我面前戛然停住，车窗摇下去，陌生人冲着我微笑。月亮在这一刻里光华了，月亮在车里，我明白天上的月亮为什么有了云掩，古老的成语原来是有着形成的原因。

我们就那么站在路边，相互交代着事情，匆匆分别了。原本是一位叫欣的朋友委托的一宗小事，我们的会见却如此周折，我却庄重地行事，似乎欣是个上帝，这样的相见是上百年的安排，一个地球上的人等待着另一个星球上的使者。车在夜色里消失了，它真的会永远消失了吗？我伫立在微寒的风里，觉得几分残酷。惘惘怅怅地回来，睡是无法睡的，便在清洁的纸上作画，我先画上了那只鹰，再要画一匹大宛马的，但马立起来成了一个女人。我想，我们是会再见面的，因为我的志向豪华，我的远行里不能没有鹰和马。

于是，这个古老的城市将演绎着一段美丽的故事。

莲花和藕

莲花是藕的喜悦。

小时候我们乡里都穿家织布，又没有染坊，白布料就在塘中的污泥里沤，然后再用荆棘灰水煮，衣裤就一律的淡灰颜色。池塘里的水总是黑水，生出的鱼是黑脊梁，蜉蝣是黑腿，鳖就更黑得难看了，如果缩着头不动，像厕所里的石头。娘说鬼是黑的，我每每傍晚坐在门首，望着塘面害怕：鬼的家一定住在那里。

但春天里塘里有了荷叶，秋天里开了莲花，莲花非常鲜艳，腊月里放了塘水挖泥，泥里的藕却又嫩又白。娘说：塘里只有莲藕白。上了学，课本上写着“出污泥而不染”，指的就是莲藕。

腊月里若是不挖藕，谁也不知道污泥里有肥白的藕。

藕在污泥里守着它的白，于是莲开放了它的精神。

今天的我坐在书房，思考着形而下与形而上的哲学，也想起了世俗中的日子和世俗日子里的饮食男女……

菩提与凉花图

在中国的文坛上，我是著名的病人。几十年过去了，虽活得不痛快，但却总活着，而且是越活越见了精神。许多人都在询问我治病的良方，良方是有的，以前秘而不宣，现在可以悄声说：多帮助人。多帮助了人，心情愉快，慢性的病它慢慢地就好起来了。

己卯年的十月五日，有熟人向我提说了一位其落难的朋友，正在生死攸关之际，落难者我以前仅见过一面，但未说话，甚至在听说了一些事体后还哀其不幸怒其不争。现在处于难中，我就生恻隐之心了，

立即提供了帮助。此事做完，非常快乐，遂画了此图。我并不是佛教徒，但我好佛。一位教徒说，佛法是从来没有表示自己垄断真理，也从来没有说发现了什么新东西，在佛法之中，问题不是如何建立教条，而是如何运用心的科学，透过修行，完成个人的转化和对事物究竟本性的认识。他说得是好啊！

画完了此图，我向案桌上的石刻佛像焚香，感谢佛。

酸枣好个秋

虫子转化成了蝴蝶，种子转化成了大树，我们呢，一生都在做着自己的转化。

二十四年前，我在黄土高原的一个小山村里，见到了一位少女，她长得非常漂亮，又有一副清亮的嗓子，但家境贫寒，已经辍学了，跟着一位弹三弦的盲人卖唱。我记下了她的名字和家庭住址，返回省城后向某演出单位推荐。我推荐时的想法并不在意她将来能成为一个大的人才，我只是怜惜了一朵花在荒山沟里自开了又要自谢去。二十多年过去了，南方的歌坛上红火着一位歌手，她的形象在电视上、报纸上频频出现，我并不知道她就是我曾经推荐过的人，因为她改了名，如今珠光宝气的形象也难以使我联想到山村小女孩儿的模样。当她突然地和一个男人出现在我家门口的时候，谈及了当年的事，我为她而祝福了。她是怎样被人接到了省城，又如何没进入省城的演出单位而又去了南方，在南方怎样地被包装，怎样地被富豪婚娶，有着怎样的名车和别墅，她大略地向我叙述，我没有询问这其中的细节，脑海里却不停地闪现了黄土高原的那小山村。小山村的旁边是一条桃花水，村子里的女孩儿都纯真美丽，村口的土崖畔上到处是野枣丛，秋天里酸枣红得像繁星。

歌手拜访我的那天，是四月二日，我正好在起草着一部长篇的提纲。

自钓

当你爱上一个人的时候，其实你已经成了俘虏，欢乐如烛芯跳跃，蜡泪流尽，夜归复了更深沉的黑暗。一件古董，是秦代的或是唐朝的，辗转了无数的人到了我们手里，想想，我们几十年后就死了，古董又会落入谁家呢？与其向来客显示得意，我们收藏了这件古董，不如确切地说：古董更是在收藏了我们。昨晚上我又做了一个梦，渭河的水风波不兴，有人坐在一块石头上钓鱼。钓者是背着我的，我无法看清他的眉眼，但他差不多已经是坐了很久的时辰了，人没有动，钓竿也没有动。我立即知道他是姜太公。鬼晓得我怎么就认作他是姜太公呢，这么一想，梦却醒来了。梦里是不能思想的，一思想梦就醒的，这如人在算计着什么的时候，上帝肯定在发笑。早晨的阳光一派灿烂，把窗上整面的玻璃都染上了红色，我开始在纸上涂抹梦境，但我画出来的并不是姜太公，因为鱼钩一笔画下来竟落在了钓者的衣领上，同时我的脖子像蚊子叮了一下发痛。

这是很奇怪的事。

但是，我说了一句：这就好。

声音传到墙上，墙上正有一只白色的旱蜗牛爬动，爬动后的液痕闪闪发亮，我听见了蜗牛的叹息：是的，人在钓鱼的时候都是在钓着自己。

孙犁论

读孙犁的文章，如读《石门铭》的书帖，其一笔一画，令人舒服，也能想见到书家书时的自在，是没有任何病疾的自在。好文章好在了不觉得它是文章，所以在孙犁那里难寻着技巧，也无法看到才华横溢处。《爨宝子》虽然也好，郑燮的六分半也好，但都好在奇与怪上，失之于清正。而世上最难得的就是清正。孙犁一生有野心、不在官场、也不往热闹地去，却没有仙风道骨气，还是一个儒，一个大儒。这样的一个人物，出现在时下的中国，尤其天津大码头上，真是不可思议。

数十年的文坛、题材在决定着作品的高低，过去是，现在变个法儿仍是，以此走红过许多人。孙犁的文章从来是能发表了就好，不在乎什么报刊和报刊的什么位置。他是什么都能写得，写出来的又都是文学。一生中凡是白纸上写出的黑字都敢堂而皇之地收在文集里，既不损其人亦不损其文，国中几个能如此？作品起码能活半个世纪的作家，才可以谈得上有创造，孙犁虽然未大红大紫过，作品却始终被人学习，且活到老，写到老，笔力未曾丝毫减弱，可见他创造的能量多大！

评论界素有“荷花淀派”之说，其实哪里有派而流？孙犁只是一个孙犁，孙犁是孤家寡人。他的模仿者纵然万千，但模仿者只看到他的风格，看不到他的风格是他生命的外化，只看到他的语言，看不到他的语言有他情操的内涵，便把清误认为了浅，把简误认为了少。因此，模仿他的人要么易成名而不成功，为一株未长大就结穗的麦子，麦穗只能有蝇头大，要么望洋生叹，半途改弦。天下的好文章不是谁要怎么就可以怎么的，除了有天才，有宿命，还得有深厚的修养，佛是修出来的，不是练出来的。常常有这样的情形，初学者都喜欢拥集孙门，学到一定水平了，就背弃其师，甚至生轻看之心，待最后有了一定成就，又不得不再来尊他。孙犁是最易让模仿者上当的作家，孙犁也是易被社会误解的作家。

孙犁不是个写史诗的人（文坛上常常把史诗作家看得过重，那怎么还有史学家呢?)，但他的作品直通心灵。到了晚年，他的文章越发老辣得没有几人能够匹敌。举一个例子，舞台上有人演诸葛，演得惟妙惟肖，可以称得“活诸葛”，但“活诸葛”毕竟不是真正的诸葛。明白了要做“活诸葛”和诸葛本身就是诸葛的含义，也就明白了孙犁的道行和价值所在。

1993 年 2 月 24 日

读张爱玲

先读的散文，一本《流言》，一本《张看》；书名就劈面惊艳。天下的文章谁敢这样起名，又能起出这样的名，恐怕只有个张爱玲。女人的散文现在是极其的多，细细密密的碎步儿如戏台上的旦角，性急的人看不得，喜欢的又有一班只看颜色的看客，噢儿噢儿叫好，且不论了那些油头粉面，单是正经的角儿，秦香莲，白素贞，七仙女……哪一个又能比得崔莺莺？张的散文短可以不足几百字，长则万言，你难以揣度她的那些怪念头从哪儿来的，连续性的感觉不停地闪，组成了石片在水面一连串地漂过去，溅一连串的水花。一些很著名的散文家，也是这般贯通了天地，看似胡乱说，其实骨子里是道教的写法——散文家到了大家，往往文体不纯而类如杂说——但大多如在晴朗的日子，窗明几净，一边茗茶一边瞧着外边；总是隔了一层，有学者气或佛道气。张是个俗女人的心性和口气，嘟嘟嘟地唠叨不已，又风趣，又刻薄，要离开又想听，是会说是非的女狐子。

看了张的散文，就寻张的小说，但到处寻不着。那一年到香港，什么书也没买，只买了她的几本，先看过一个长篇，有些失望，待看到《倾城之恋》《金锁记》《沉香屑》那一系列，中她的毒已经日深。——世上的毒品不一定就是鸦片，茶是毒品，酒是毒品，大凡嗜好上瘾的东西都是毒品。张的性情和素质，离我很远，明明知道读她只乱我心，但偏是要读。使我常常想起画家石鲁的故事。石鲁脑子病了的时候，几天里拒绝吃食，说："门前的树只喝水，我也喝水！"古今中外的一些大作家，有的人的作品读得多了，可以探出其思维规律，循法可学，有的则不能，这就是真正的天才。张的天才是发展得最好者之一，洛水上的神女回眸一望，再看则是水波浩淼，鹤在云中就是鹤在云中，沈三白如何在烟雾里看蚊飞，那神气毕竟不同。我往往读她的一部书，读完了如逛大的园子，弄不清了从哪儿进门的，又如何穿径过桥走到这里？又像是醒来回忆梦，一部分清楚，一部分无法理会，恍恍惚惚。她明显的有曹霑的才情，又有现今人的思考，就和曹氏有了距离，她没有曹氏的气势，浑淳也不及沈从文，但她的作品的切入角度，行文的诡谲以及弥漫的一层神气，又是旁人无以类比。

天才的长处特长，短处极短，孔雀开屏最美丽的时候也暴露了屁股，何况张又是个执拗的人。时下的人，尤其是也稍要弄些文的人，已经有了毛病，读作品不是浸淫作品，不是学人家的精华，启迪自家的智慧，而是卖石灰就见不得卖面粉，还没看原著，只听别人说着好了，就来气，带气入读，就只有横挑鼻子竖挑眼。这无损于天才，却害了自家。张的书是可以收藏了常读的。

与许多人来谈张的作品，都感觉离我们很远，这不指所描叙的内容，而是那种才分如云，以为她是很古的人。当知道张现在还活着，还和我们同在一个时候，这多少让我们感到形秽和丧气。

《西厢记》上说：不会相思，学会相思，就害相思！《西厢记》上又说：好思量，不思量，怎不思量？嗨，与张爱玲同活在一个世上，也是幸运，有她的书读，这就够了！

1994 年 12 月 17 日早

哭三毛

三毛死了。我与三毛并不相识但在将要相识的时候三毛死了。三毛托人带来口信嘱我寄几本我的新书给她。我刚刚将书寄去的时候，三毛死了。我邀请她来西安，陪她随心所欲地在黄土地上逛逛，信函她还未收到，三毛死了。三毛的死，对我是太突然了，我想三毛对于她的死也一定是突然，但是，就这么突然地将三毛死了，死了。

人活着是多么的不容易，人死灯灭却这样快捷吗？

三毛不是美女，一个高挑着身子，披着长发，携了书和笔漫游世界的形象，年轻的坚强而又孤独的三毛对于大陆年轻人的魅力，任何局外人作任何想象来估价都是不过分的。许多年里，到处逢人说三毛，我就是那其中的读者，艺术靠征服而存在，我企羡着三毛这位真正的作家。夜半的孤灯下，我常常翻开她的书，瞧着那一张似乎很苦的脸，作想她毕竟是海峡那边的女子，远在天边，我是无缘等待得到相识面谈的。可我怎么也没有想到，一九九〇年十二月十五日，我从乡下返回西安的当天，蓦然发现了《陕西日报》上署名孙聪先生的一篇《三毛谈陕西》的文章。三毛竟然来过陕西？我却一点不知道！将那文章读下去，文章的后半部分几乎全写到了我：三毛说，“我特别喜欢读陕西作家贾平凹的书。她还专门告我普通话念凹为（āo），但我听北方人都念凹（wā）这样亲切，所以我一直也念平凹（wā）。她告诉我，在台湾只看到了平凹的两本书，一本是《天狗》，一本是《浮躁》，我看第一篇时就非常喜欢，连看了三遍，每个标点我都研究，太有意思了，他用词很怪可很有味，每次看完我都要流泪，眼睛都要看瞎了。他写的商州人很好。这两本书我都快看烂了。你转告他，他的作品很深沉，我非常喜欢，今后有新书就寄我一本。我很崇拜他，他是当代最好的作家，当然这只是我个人的看法。他的书写得很好，看许多书都没像看他的书这样连看几遍，有空就看，有时我就看平凹的照片，研究他，他脑子里的东西太多了……大陆除了平凹的作品外，还爱读张贤亮和钟阿城的作品……”读罢这篇文章，我并不敢以三毛的评价而洋洋得意，但对于她一个台湾人，对于她一个声名远震的作家，我感动着她的真诚直率和坦荡，为能得到她的理解而高兴。也就在第二天，孙聪先生打问到了我的住址赶来，我才知道他是省电台的记者，于一九九〇年的十月在杭州花家山宾馆开会，偶尔在那里见到了三毛，这篇文章就是那次见面的谈话记录。孙聪先生详细地给我说了三毛让他带给我的话，说三毛到西安时很想找我，但又没有找，认为“从他的作品来看他很有意思，隔着山去看，他更有神秘感，如果见了面就没意思了，但我一定要拜访他”。说是明年或者后年，她要以私人的名义来西安，问我愿不愿给她借一辆旧自行车，陪她到商州走动。又说她在大陆几个城市寻我的别的作品，但没寻到，希望我寄她几本，她一定将书钱邮来。并开玩笑地对孙聪说：“我去找平凹，他的太太不会吃醋吧？会烧菜吗？”还送我一张名片，上边用钢笔写了：“平凹先生，您的忠实读者三毛。”于是，送走了孙聪，我便包扎了四本书去邮局，且复了信，说盼望她明年来西安，只要她肯冒险，不怕苦，不怕狼，能吃下粗饭，敢不卫生，我们就一块骑旧车子去一般人不去的地方逛逛，吃地方小吃，看地方戏曲，参加婚丧嫁娶的活动，了解社会最基层的人事。这书和信是十二月十六日寄走的。我等待着三毛的回音，等了二十天，我看到了报纸上的消息：三毛在两天前自杀身亡了。

三毛死了，死于自杀。她为什么自杀？是她完全理解了人生，是她完成了她活着要贡献的那一份艺术，是太孤独，还是别的原因，我无法了解。作为一个热爱着她的读者，我无限悲痛。我遗憾的是我们

刚刚要结识，她竟死了，我们之间相识的缘分只能是在这一种神秘的境界中吗?!

三毛死了，消息见报的当天下午，我收到了许多人给我的电话，第一句都是“你知道吗，三毛死了!”接着就沉默不语，然后差不多要说：“她是你的一位知音，她死了……”这些人都是看到了《陕西日报》上的那篇文章而向我打电话的。以后的这些天，但凡见到熟人，都这么给我说三毛，似乎三毛真是我的什么亲戚关系而来安慰我。我真诚地感谢着这些热爱三毛的读者，我为他们来向我表达对三毛死的痛惜感到荣幸，但我，一个人静静地坐下来的时候就发呆，内心一片悲哀。我并没有见过三毛，几个晚上都似乎梦见到一个高高的披着长发的女人，醒来思忆着梦的境界，不禁就想到了那一幅《洛神图》古画。但有时硬是不相信三毛会死，或许一切都是讹传，说不定某一日三毛真的就再来到了西安。可是，可是，所有的报纸、广播都在报道三毛死了，在街上走，随时可听见有人在议论三毛的死，是的，她是真死了。我只好对着报纸上的消息思念这位天才的作家，默默地祝愿她的灵魂上天列入仙班。

三毛是死了，不死的是她的书，是她的魅力。她以她的作品和她的人生创造着一个强刺激的三毛，强刺激的三毛的自杀更丰富着一个使人永远不能忘记的作家。

1991 年 1 月 7 日

我说莫言

中国出了个莫言，这是中国文学的荣耀。百年以来，他是第一个让作品生出翅膀，飞到了五洲四海。

天马行空沙尘开，他就是一匹天马。

我最初读他的作品，我不是评论家，无法分析概括他创作的意义，但我想到了少年时我在乡下放火烧荒的情景。那时的乡下，冬夜里常有戏在某村某庄上演，我们一群孩子就十里八里地跑去看。那是我们最快活的事，经过那些收割了庄稼的田地或一些坡头地畔，都是干枯的草，我们就放火烧荒。火一点着，一下子就是几百米长火焰，红黄相间，顺风蔓延，十分壮观。这种点荒是野孩子干的事，大人是不点的，乖孩子也不点的，因为点荒能引起地里堆放的苞谷秆，还可能引发山林火灾。但莫言点了，他的写作在那时是不合时宜的，是反常规的，是凭他的天性写的，写得自由浪漫，写得不顾及一切。自他这种点荒式的写作，中国文坛打破了秩序，从那以后，一大批作家集合起来，使中国文学发生了革命。

莫言一直在发展着他的天才，他的作品在源源不断地出，在此起彼伏的鼓声中，当然也有指责和谩骂，企图扼杀。但他一直在坚挺着，我想起了野藤。在农夫们为果园里的果树施肥、浇水、除虫、剪枝的时候，果树还长得病病蔫蔫的，果园边却生长了一种野藤，它粗胳膊粗腿地长，疯了地长，它有野生的基因，有在底下掘进根系吸取营养

的能力，有接受风雨雷电的能力，这野藤长成一蓬，自成一座建筑。这就是猕猴桃，猕猴桃也称之为奇异果，它比别的水果好吃且更有营养。

读过了他一系列作品，读到最后，我想的最多的是乡间的社火。我小时候在我们村的社火里扮过芯子，我知道乡间最热闹的就是闹社火。各村有各村的社火，然后十点开始到镇街上集合游行，进行比赛。我扮的芯子是桃园三结义中的关公，六点起来，在院子里被大人化妆，用布绑在铁架上，穿上戏装。当社火到了镇街，那是人山人海，红旗招展，锣鼓喧天，相当地狂欢。莫言的作品就是一场乡间社火，什么声响都有，什么色彩都有，你被激荡，你被放纵，你被爆炸。

我也想过，莫言给了我们什么启示？

一、他的批判精神强烈，但他并不是时政的，而是社会的人性的。鲁迅的批判就是这样的批判。如果纯时政的，那就小了，露了，就不是文学了。他的这种批判也不是故意要怎么样，他本身就是不合常规的，它是以新的姿态新的品种和生长而达到批判力量的。这如桑麻地里长出的银杏树，它生长出来了它就宣布这块土地能生出银杏树。

二、他的传统性、民间性、现代性。传统性是必然的，他是山东人，有孔夫子，这是他的教育。民间性是他的生活形成。现代性是他的学习和时代影响。传统性和现代性是这一代作家共有的，而民间性是各有而不同，有民间性才能继承传统性，也能丰富和发展现代性。

三、他的文取决于他的格，他的文学背后是有声音和灵魂。

四、他成功前是不可辅导性，成功后是不可模仿性。

莫言是为中国文学长了脸的人，应该感谢他，学习他，爱护他。祝他像大树一样长在村口，是我们辨别村子的方位。

2014年10月18日

说话

我出门不大说话，是因为我不会说普通话。人一稠，只有安静着听，能笑的也笑，能恼的也恼，或者不动声色。口舌的功能失去了重要的一面，吸烟就特别多，更好吃辣子，吃醋。

我曾经努力学过普通话，最早是我补过一次金牙的时候，再是我恋爱的时候，再是我有些名声，常常被人邀请。但我一学说，舌头就发硬，像大街上走模特儿的一字步，有醋熘过的味儿。自己都恶心自己的声调，也便羞于出口让别人听，所以终没有学成。后来想，毛主席都不说普通话，我也不说了。而我的家乡话外人听不懂，常要一边说一边用笔写些字眼，说话的思维便要隔断，越发说话没了激情，也没了情趣，于是就干脆不说了。

数年前同一个朋友上京，他会普通话，一切应酬由他说，遗憾的是他口吃，话虽说得很慢，仍结结巴巴，常让人有没气儿了、要过去了的危险感觉。偏偏一日在长安街上有人问路，这人竟也是口吃，我的朋友就一语未发，过后我问怎么不说，他说，人家也是口吃，我要回答了，那人以为我是在模仿戏弄，所以他是封了口的。受朋友的启示，以后我更不愿说话。

有一个夏天，北京的作家叫莫言的去新疆，突然给我发了电报，让我去西安火车站接他，那时我还未见过莫言，就在一个纸牌上写了“莫言”二字在车站转来转去等他，一个上午我没有说一句话，好多

人直瞅着我也不说话，那日莫言因故未能到西安，直到快下午了，我迫不得已问一个人XX次列车到站了没有，那人先把我手中的纸牌翻个过儿，说："现在我可以对你说话了。我不知道。"我才猛然醒悟到纸牌上写着莫言二字。这两个字真好，可惜让别人用了笔名。我现在常提一个提包，是一家聋哑学校送我的，我每每把有"聋哑学校"字样亮出来，出门在外觉得很自在。

不会说普通话，有口难言，我就不去见领导，见女人，见生人，慢慢乏于社交，越发瓜呆。但我会骂人，用家乡的土话骂，很觉畅美。我这么说的时候，其实心里很悲哀，恨自己太不行，自己就又给自己鼓劲，所以在许多文章中，我写我的出生地绝不写是贫困的山地，而写"出生的地方如同韶山"，写不会说普通话时偏写道：普通话是普通人说的话嘛！

一个和尚曾给我传授过成就大事的秘诀：心系一处，守口如瓶。我的女儿在她的卧房里也写了这八个字的座右铭，但她写成："心系一处，守口如平。"平是我的乳名，她说她也要守口如爸爸。

不会说普通话，我失去了许多好事，也避了诸多是非。世上有流言和留言，——流言凭嘴，留言靠笔。——我不会去流言，而滚滚流言对我而来时，我只能沉默。

1993年3月25日写于北京

西安这座城

我住在西安城里已经是二十年了，我不敢说这个城就是我的，或我给了这个城什么，但二十年前我还在陕南的乡下，确实是做过了一个梦的，梦见了一棵不高大的却很老的树，树上有一个洞；在现实的生活里，老家是有满山的林子，但我没有觅寻到这样的树，而在初做城人的那年，于街头却发现了，真的，和梦境中的树丝毫不差。这棵树现在还长着，年年我总是看它一次，死去的枝柯变得僵硬，新生的梢条软和如柳，我就常常盯着还趴在树干上的裂着背已去了实质的蝉壳，发许久的迷瞪，不知道这蝉是蜕了几多回壳，生命在如此转换，真的是无生无灭，可那飞来的蝉又始于何时，又该终于何地呢？于是在近晚的夕阳中驻脚南城楼下，听岁月腐蚀得并不完整的砖块缝里，一群蟋蟀在唱着一部繁乐，恍惚里就觉得哪一块砖是我吧，或者，我是蟋蟀的一只，夜夜在望着万里的长空，迎接着每一次新来的明月而欢歌了。

我庆幸这座城在中国的西部，在苍茫的关中平原上，其实只能在中国西部的关中平原上才会有这样的城，我忍不住就唱关于这个地方的一段民谣：

八百里秦川黄土飞扬，
三千万人民吼叫秦腔，

调一碗粘面喜气洋洋，
没有辣子嘟嘟囔囔。

这样的民谣，描绘的或许缺乏现代气息，但落后并不等于愚昧，它所透发的一种气势，没有矫情和虚浮，是冷的幽默，是对旧的生态状态的自审，我唱着它的时候，唱不出声的却常常是想到了夸父逐日渴死在去海的路上的悲壮。正是这样，数年前南方的几个城市来人，以优越异常的生活待遇招募我去，我谢绝了，我不去，我爱陕西，我爱西安这个城。我生不在此，死却必定在此，当百年之后躯体焚烧于火葬场，我的灵魂随同黑烟爬出了高高的烟囱，我也会变成一朵云游荡在这座城的上空的。

当世界上的新型城市愈来愈变成了一堆水泥，我该怎样来叙说西安这座城呢？是的，没必要夸耀曾经是十三个王朝国都的历史，也不自得八水环绕的地理风水，承认中国的政治、经济、文化的中心已不在了这里，对于显赫的汉唐，它只能称为“废都”，但可爱的是，时至今日，气派不倒的，风范依存的，在全世界的范围内最具古城魅力的，也只有西安了。它的城墙赫然完整，独身站定在护城河上的吊板桥上，仰观那城楼、角楼、女墙垛口，再怯弱的人也要豪情长啸了。大街小巷方正对称，排列有序的四合院和四合院砖雕门楼下已经油黑如铁的花石门墩，你可以立即坠入了古昔里高头大马驾驶了木制的大车喤喤喤开过来的境界里去。如果有机会收集一下全城的数千个街巷名称，贡院门，书院门，竹笆市，琉璃市，教场门，端履门，炭市街，麦苋街，车巷，油巷……你突然感到历史并不遥远，似至眼前飞过一只并不卫生的苍蝇，也忍不住怀疑这苍蝇的身上有着汉时的模样还是有唐时标记？现代的艺术在大型的豪华的剧院、影院、歌舞厅日夜上演着，但爬满的青苔如古钱一样的城墙根下，总是有人在观赏着中国最古老的属于这个地方的秦腔，或者皮影木偶，这不是正规的演艺人，他们是工余后的娱乐，有人演，就有人看，演和看宣泄的是一种自豪，生命里涌动的是一种历史的追忆，所以你也便明白了街头饭馆里的餐具，瓷是那么粗的瓷，大得称之为海碗。逢年过节，你见过哪里的城

市的街巷演动着了社火，踩起了高跷，扛着杏黄色的幡旗放火铳，敲纯粹的鼓乐？最是那土得掉渣的土话里，如果依音笔写出来，竟然是文言文中的极典雅的词语，抱孩子不说抱，说：“携”，口中没味不说没味，说：“寡”，即使骂人滚开也不说滚，说：“避”。你随便走进一条巷的一户人家中吧，是艺术家或者是工作人，小职员，个体的商贩，他们的客厅是盛悬挂了装裱考究的字画，桌柜上必是摆设了几件古陶旧瓷，对于书法绘画的理解，对于文物古董的珍存，成为他们生活的基本要求。男人们崇尚的是黑与白的色调，女人们则喜欢穿大红大绿的衣裳，质朴大方，悲喜分明。他们少以言辞，多以行动，喜欢沉默，善于思考，崇拜的是智慧，鄙夷的是油滑，有整体雄浑，无琐碎甜腻。西安的科技人才云集为国内前茅，产生了众多的全球也著名的数学家、物理学家，但民间却大量涌现着《易经》的研究家，观天象，识地理，搞预测，做遥控，你不敢轻视了静坐于酒馆一角独饮的老翁或巷头鸡皮鹤首的老妪，他们说不定就是身怀绝技的奇才异人。清晨的菜市场上，你会见到手托着豆腐，三个两个地立在那里谈论着国内的新闻，去公共厕所蹲坑，你也会听到最及时的关于联合国的一次会议的内容，关心国事，放眼全球，似乎对于他们是一种多余但他们就是这种古都赋予的秉性。“杞人忧天”从来不是他们讥笑的名词，甚至有人庄严提议，在城中造一尊巨大的杞人雕塑，与那巍然竖立的丝绸之路的开创人张骞塑像相映成辉，成为一种城标。整个西安城，充溢着中国历史的古意，表现的是一种东方的神秘，囫囵囵是一个旧的文物，又鲜活活是一个新的象征。

所以，当我数次搬家，总乐意在靠近城墙的地方住，现在我居住在叫甜水井的方位，井已经覆盖了，但数个四合院内还保留着古老的井台。古往千百年来，全城的食用水靠这一带甜水供应，老一代的邻居还说得清最后一届水局的模样，抱出匣子来让我瞧那手摸汗浸而光滑如铜的骨片水牌，耳畔里就隐约响起了驮着水筲的驴子叩着青石板街的节奏。星期日，去那嚣声腾浮的鸟市、虫市和狗市，或是赶那黎明开张，日出消散的露水集场，去城河沿上看那练习导引吐纳之术的汉子，去旧古书店书摊购买几本线装的古籍，去寺院里拜访参禅的老僧和高古的道长，去楼房的建筑工地的土坑里捡一堆称之为垃圾文物的碎瓷残片，分辨其字画属于汉的海风之格或属于唐的山骨之度，我一切都在与历史对话，调整我的时空存在，圆满我的生命状态。所以，在我的居室里接待了全中国各地来的客人乃至海外的朋友，我送他们的常常是汉瓦当的一个拓片，秦砖自刻的一方砚台，或是陪他们听一段已无弦索的古琴的无声的韶音。我说，你信步在城里走走吧，钟楼已没钟，晨时你能听见的是天音，鼓楼已没鼓，暮时你能听见的是地声，再倘若你是搞政治的，你往城东去看秦兵马俑，你是搞艺术的，你往城西去看霍去病墓前石雕。我不知疲劳地，一定要带领了客人朋友爬上城墙，指点那城南的大雁塔和曲江池，说，看见那大雁塔吗，那就是一枚印石，看见那曲江池吗，那就是一盒印泥，记住，历史当然翻开了新的一页，现代的西安当然不仅仅是个保留着过去的城，它有着同其他城市所具有的最现代的东西，但是，它区别于别的城市的，是无言的上帝把中国文化的大印放置在西安，西安永远是中国文化魂魄的所在地了。

1992 年 7 月 2 日

天气

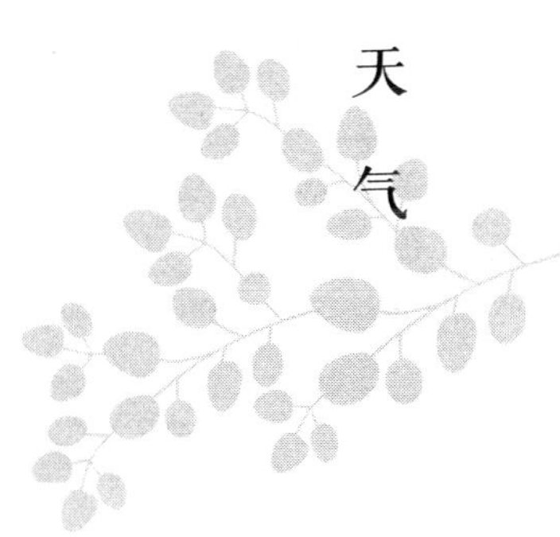

有一日，陈传席先生从北京来，正是西安下过一场雨，两人就说到天气，突然地醒悟了：天气就是天意。

我们常说天地，天是什么呀，天不就是天气吗？地是什么呀，地不就是土壤吗？想想，人类的产生，种族的形成，以及文化、政治、经济、军事的区别，没有不是天气和土壤决定了的。又想想，天不再成就明朝，就大旱三年，遍地赤土，民不聊生，李自成就造反了。天还要成就孔明，东风刮来，草船借箭，火烧连环，曹军就灰飞烟灭了。

过去年代里有过一些神人，之所以神，就是知道什么时候下雨什么时候有雾，那仅仅了解了些天气。现在神人几乎没有了，因为有了气象部门。中央电视台最好的栏目已经是天气预报，天气预报成了人们每天最大的关注。

天气可以预报了，但也只是预报，不能掌控。掌控这个世界的永远是天气，天气就是上帝，是神，我们在天气下或生或死，或富或穷，或幸福或苦难，过程着我们的命运。

这么说来，天之骄子怎么是皇帝呢，应该是探测和预告天气的人，可能也包括了我和陈传席吧，知道了天气是天意。

跪下来给天气祷告啊，我们顺从着天气，让天气赐给我们好的命运！

我有了个狮子军

我体弱多病，打不过人，也挨不起打，所以从来不敢在外动粗。口又笨，与人有说辞，一急就前言不搭后语，常常是回到家了，才想起一句完全可以噎住他的话来。我恨死了我的窝囊。我很羡慕韩信年轻时的样子，佩剑行街，但我佩剑已不现实，满街的警察，容易被认作行劫抢劫。只有在屋里看电视里的拳击比赛。我的一个朋友在他青春蓬勃的时候，写了一首诗："我提着枪，跑遍了这座城市，挨家挨户寻找我的新娘。"他这种勇气我没有。人心里都住着一个魔鬼，别人的魔鬼，要么被女人征服，要么就光天化日地出去伤害，我的魔鬼是汉罐上的颜色，出土就气化了。

一日在屋间画虎，画了很多虎，希望虎气上身，陕北就来了一位拜访我的老乡，他说，与其画虎不如弄个石狮子，他还说，陕北人都用石狮子守护的，陕北人就强悍。过了不久，他果然给我带来了一个石狮子。但他给我带的是一种炕狮，茶壶那般大，青石的。据说雕凿于宋代。这位老乡给我介绍了这种炕狮的功能，一个孩子要有一个炕狮，一个炕狮就是一个孩子的魂，四岁之前这炕狮是不离孩子的，一条红绳儿一头拴住炕狮，一头系在孩子身上，孩子在炕上翻滚，有炕狮拖着，掉不下炕去，长大了邪鬼不侵，刀枪不入，能踢能咬，敢作敢为。这个炕狮我没有放在床上，而是置于案头，日日用手摩挲。我不知道这个炕狮曾经守护过谁，现在它跟着我了，我叫它：来劲。来

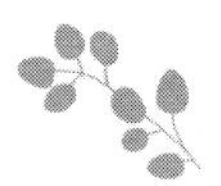

劲的身子一半是脑袋，脑袋的一半是眼睛，威风又调皮。

古董市场上有一批小贩，常年走动于书画家的家里以古董换字画，这些人也到我家来，他们太精明，我不愿意和他们纠缠。他们还是来，我说：你要不走，我让来劲咬你！他们竟说：你喜欢石狮子呀？我们给你送些来！十天后果真抬来了一麻袋的石狮子。送来的石狮子当然还是炕狮，造型各异，我倒暗暗高兴，萌动了我得有个狮群，便给他们许多字画，便让他们继续去陕北乡下收集。我只说收集炕狮是很艰难的事情，不料十天半月他们就抬来一麻袋，十天半月又抬来一麻袋，而且我这么一收，许多书画家也收集，不光陕北的炕狮被收集，关中的小门狮也被收集，石狮收集竟热了一阵风，价钱也一度再涨，断堆儿平均是一个四五百元，单个儿品相好的两千三千不让价。

我差不多有了一千个石狮子。已经不是群，可以称作军。它们在陕北、关中的乡下是散兵游勇，我收编它们，按大小形状组队，一部分在大门过道，一部分在后门阳台，每个房小门前列成方阵，剩余的整整齐齐护卫着我的书桌前后左右。世上的木头石头或者泥土铜铁，一旦成器，都是有了灵魂。这些狮子在我家里，它们是不安分的，我能想象我不在家的时候，它们打斗嬉闹，会把墙上的那块钟撞掉，嫌钟在算计我。它们打碎了酒瓶，一定是认为瓶子是装着酒的，但瓶子却常常自醉了。闹吧，屋子里闹翻了天，贼是闻声不敢来的，鬼顺着墙根往过溜，溜到门前打个趔趄就走了。我要回来了，在门外咳嗽一下，屋里就全然安静了，我一进去，它们各就各位低眉垂手，阳台上有了窃窃私语，我说：谁在喧哗？顿时寂然。我说："嗨！"四下立即应声如雷。我成了强人，我有了威风，我是秦始皇。

秦始皇骑虎游八极，我指挥我的狮军征东去，北伐去，兵来将挡，遇土水淹，所向披靡，一吐恶气。往日诽谤我、羞辱我的人把他绑来吧，但我不杀他，让来劲去摸他的脸蛋，我知道他是投机主义者，他会痛哭流涕，会骂自己猪屎。从此，我再不吟诵忧伤的诗句："每一粒沙子都是一颗渴死的水。"再不生病了拿自己的泪水喝药。我要想谁了，桌上就出现一枝玫瑰。楼再高不妨碍方向西飞，端一盘水就可收月。书是我的古先生，花是我的女侍者。

到了这年的冬天，我哪儿都敢去了，也敢对一些人一些事说不，我周围的人说：你说话这么口重？我说：手痒得很，还想打人哩！他们不明白我这是怎么啦。他们当然不知道我有了狮军，有了狮军，我虽手无缚鸡之力，却有了翻江倒海之想。这么张狂了一个冬季，但是到了年终，我安然了。安然是因为我遇见大狮。

我的一个朋友，他从关中收购了一个石狮，有半人多高，四百余斤。大的石狮我是见得多了，都太大，不宜居住楼房的我收藏，而且凡大的石狮都是专业工匠所凿，千篇一律的威严和细微，它不符合我的审美。我朋友的这个狮子绝对是民间味，狮子的头极大，可能是不会雕凿狮子的面部，竟然成了人的模样，正好有了埃及金字塔前的蹲狮的味道。我一去朋友家，一眼看到了它，我就知道我的那些狮子是乌合之众了。我开始艰难地和朋友谈判，最终以重金购回。当六人抬着大狮置于家中，大狮和狮群是那样的协调，让你不得不想到狮群在一直等待着大狮，大狮一直在寻找着狮群。我举办了隆重的拜将仪式，拜大狮为狮军的大将军。

有了大将军统领狮军，说不来的一种感觉，我竟然内心踏实，没有躁气，是很少给人夸耀我家里的狮子了。我似乎又恢复了我以前的生活，穿臃臃肿肿的衣服，低头走路。每日从家里提了饭盒到工作室，晚上回来。来人了就陪人说说话，人走了就读书写作。不搅和是非，不起风波。我依然体弱多病，讷言笨舌，别人倒说“大人小心”，我依然伏低伏小，别人倒说“圣贤庸行”。出了门碰着我那个邻居的孩子，他曾经抱他家的狗把屎拉在我家门口，我叫住他，他跑不及，站住了，他以为我要骂他揍他，惊恐地盯着我，我拍了拍他的头，说：你这小子，你该理理发了。他竟哭了。

2005 年 1 月 7 日

古土罐

我来自乡下，其貌亦丑，爱吃家常饭，爱穿随便衣，收藏也只喜欢土罐。西安是古汉唐国都，出土的土罐多，土罐虽为文物，但多而价贱，国家政策允许，容易弄来，我就藏有近百件了。家居的房子原本窄狭，以至于写字台上、书架上、客厅里，甚至床的四边，全是土罐。我是不允许孩子们进我的房子，他们毛手毛脚，担心怕撞碎，胖子也不让进来，因为所有空间只能独人侧身走动。曾有一胖妇人在转身时碰着了一个粮仓罐，粮仓罐未碎，粮仓罐上的一只双耳唐罐掉下来破为三片。许多人来这里叫喊我是仓库管理员，更有人抱怨房子阴气太重，说这些土罐都是墓里挖出来的，房子里放这么多怪不得你害病。我是长年害病，是文坛上著名的病人，但我知道我的病与土罐无关，我没这么多土罐时就病了的。至于阴气太重，我却就喜欢阴，早晨能吃饭的是神变的，中午能吃饭的是人变的，晚上能吃饭的是鬼变的，我晚上就能吃饭，多半是鬼变的。有客人来，我总爱显示我的各种土罐，说它们多朴素，多大气，多憨多拙，无人了，我就坐在土罐堆中默看默笑，十分受活。

我是很懒惰的人，不大出门走动，更害怕去社交应酬。自书画渐渐有了名，虽别人以金来购，也不大动笔，人骂我惜墨，吝啬佬，但凡听说哪儿有罐，可以弄到手，不管白日黑天，风寒雪雨，我立即就赶去了。许多人因此而骗我，提一只土罐来换几个字，或要送我一只土罐而要求去赴一个堂会，上当受骗多了，我也知道要去上钩入瓮，但我控制不了我，我受不了土罐的诱惑。我想，在权力、金钱、女色、名誉诸方面，我绝对有共产党人的品质，而在土罐方面不行。对于土罐的如此嗜好，连我也觉得不解，或许我上上的哪一世曾经是烧窑的？或许我上上的哪一世是个君王富豪？

这些土罐，少量是古董市场上买的，大量是以字画变换，还有一些，是我使了各种手段从朋友、熟人手中强夺巧取而来。在我洋洋得意收藏了近百的土罐之时，一日去友人芦苇家，竟然见得他家有一土罐大若两人搂抱，真是馋涎欲滴，过后耿耿于怀，但我难以启口索要，便四处打听哪儿还有大的，得知陕北佳县一带有，雇车去民间查访，空手而归，又得知泾阳某人有一巨土罐，驱车而去，那土罐大虽大，却已破裂。越是得不到越想得到，遂鼓足勇气给芦苇去了一信，写道——

> 古语说，神归其位，物以类聚。我想能得到您存的那只特大土罐。您不要急。此土罐虽是您存，却为我爱，因我收集土罐上百，已成气候，却无统帅，您那里则有将无兵，纵然一木巨大，但并不是森林，还不如待在我处，让外人观之叹我收藏之盛，让我抚之念兄友情之重。当然，君子是不夺人之美，我不是夺，也不是骗，而要以金购买或以物易物。土罐并不值钱，我愿出原价十倍数，或您看上我家藏物，随手拿去。古时友人相交，有赠丫鬟之举，如今世风日下，不知兄肯否让出瓦釜？

信发出后，日日盼有回复，但久未音讯，我知道芦苇必是不肯，不觉自感脸红。正在我失望之时，芦苇来电话："此土罐是我镇家之物，你这般说话，我只有割爱了！"芦苇是好人，是我知己，我将永远感谢他了。我去拉那巨大土罐时，特意择了吉日，回来兴奋得彻夜难眠，我原谅着我的掠夺，我对芦苇说：物之所得所失，皆有缘分啊！

现在，巨大土罐放在我的家中，它逼着一些家什移位于阳台上，而写字台仅留给我了报纸一般大的地方。我在想，这套房子到底是组

织上分配给我住的还是给土罐住的？这些土罐是谁人所做，埋入谁人坟墓，谁人挖掘出土，又辗转了谁人之手来到了我这里？在我这里待过百年了又落在哪人手中，又有谁还能知道我曾经收藏过呢？土罐是土捏烧而成，百年之后我亦化为土，我能不能有幸也被人捏烧成土罐，那么，家里这些土罐是不是有着汉武帝的土，司马迁的土，唐玄宗或李白的土？今夜，月明星稀，家人已睡，万籁俱静，我把每个土罐拍拍摸摸以想象，在其身上书写了那些历史的人名，恍惚间，便觉得每个土罐的灵魂都从汉唐一路而来了，竟不知不觉间在一土罐上也写下了我的名字。

1998年2月19日

三目石

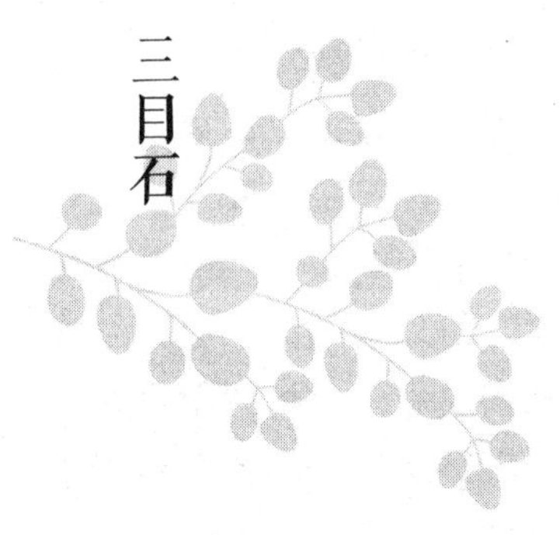

一日在家独坐，诗人ＸＸ来说我孤寂。我不孤寂，静定乃能思游。诗人含笑，陪我对坐；遂说身体，说儿女，说今日天气，不免无聊起来。诗人叫苦：善动者他，喜静者我，两人血型不同。他说送你一块石头我走啦，就走了。

这石头不大，白色，可以托在掌上。但石上有三只目形。是圆睁的目，或者是睁而不能闭的目，如鸡与鱼。之所以称目，是有七层金线圈，中间更为金黄圆心，很有些像午夜的猫眼，组合一个品状。我平日收集石头，皆以丑为美，全没这般精妙的物件，好喜欢了，就这么坐下来两目对着三目，也可说三目对着两目，竟嗒然遗忘身与石。

我想，这石头一定生成极早，是什么生命的化石。古时候天地混沌，生命的诞生都是三只眼的，所以古人的认知都是真感的，质朴而准确，所以那时没理性，有神话，不存在潜层意识的词。现在的生命都是两只眼，一只眼隐退为意识潜下来，一切都不质朴了。

三目石此时得之于我，肯定有什么缘分所在，是如何意思呢，昭示我什么呢？理性的东西太多，科学的分类过细，现代人已经活得十分地琐碎。满世界的专家如毛，专家又自视高深，其实专家不就是懂得一门的认知，而这门在大自然中是怎样渺小如针尖的门呢?!

三只眼比两只眼多一只眼，看到的是更多的具象，是整体，是气韵，苍茫而神秘的世界里，生命就与神同一了。两只眼比三只眼少一

只眼，一定是在抽象，穷尽物理，可能得出结论生命就能制神了。谁是谁非，我不能把握。却思量戏曲上的程式，没有程式的时候不成戏曲，但现在演员做程式有几个还知道程式的来源吗？没有成语的时候，语言芜杂，而中学生喜欢用成语作文，谁又不生厌“学生腔”呢？我要捧角儿，我一定要告诫他（她）某程式产生的背景和内涵，我指导我的女儿作文，我要求她把成语还原着写。现在我们太多的形而上，欲望着要认识世界，世界却与我们陌生了。

又想，人的悲哀太是不知道了吗？

这个夜里不成寐，黎明里恍惚有梦，梦里全不是我看三目石的思想，竟石的三目在看我，有许多文字出现。惊醒来记，失之大半，勉强记得：人肯定不再衍化独目，意识却可能被认为无数目如千眼佛，但或千眼顿开，但或一目了然，既是眼，请看眼为圆圈中有精点，圈中一点，形上也形下，看山是山，看水是水，又看山不是山，又看水不是水，再看山还是山，再看水还是水。你看么。

是吗是吗，我是还得再看，三目石永远不会丢弃了的，XX。

1991 年 9 月 12 日早草

记五块藏石

红蛙：红灵璧石，样子像蛙，不多一分，也不少一分；是站在田埂欲跳的那一种，或许是瞧见了稻叶上的一只蜻蜓的那个瞬间，形神兼备。它的嘴大而扁，沿嘴边一道白线。眼睛突鼓，粉红一圈，中间为红中泛紫色，产生一种水汪汪的亮色。通体暗红，颚下以至前爪红如朱砂。来人初见，莫不惊讶，久看之，颚下部似乎一呼一吸地动。我名凹，蛙与凹同音，素来在宴席上不食青蛙和牛蛙，得之此石，以为是生灵回报，珍视异常，置于案上石佛的左侧，让其成神。

乌鸡：家人属相是鸡，恰生日前得此葡萄玛瑙石，甚为吉祥。玛瑙石本身名贵，如此大的体积又酷像鸡就更稀罕。脖子以上，密集葡萄珠，乌黑如漆，翅至尾部色稍浅，光照透亮。我藏石头，一半是朋友赠送或自捡，一半是以字画换取，一幅字可换数件石，而此石来自内蒙古，要价万元，几经交涉到八千元，遂书四幅斗方。

小鬼：灵璧石，完整无损的小人形状，有双目，有鼻有口，头颅椭圆。身子稍倾斜，双手相拱。有肚脐眼和下身。极其精灵幽默。买时围观者很多，都说此石太像人，但因双目深陷如洞，像是鬼，嫌放在家里害怕。我不怕鬼，没做亏心事，而且鬼有鬼的可爱处，何况家里画的有钟馗像哩。

珊瑚：这是一块巨大的珊瑚化石。我喜欢大的，搬上楼的时候，四个人抬的，放在厅里果然威风得很。整个石头是焦黑色，珊瑚节已

磨平，呈现出鱼鳞一样的甲纹。珊瑚石许多，但如此大的平石板状的珊瑚石恐怕是极少极少的吧。我题词：海风山骨。唯一担心的是楼板负重不起，每次移动莫不小心翼翼。

胡琴：以前我有个树根，称谓美人琴，后来送了别人。又曾得到过一个八音石，敲之音韵极好，但没有形状。这块石头下是一椭圆，上是一个长柄，像琵琶，但比琵琶杆儿长了许多，且长柄梢稍弯，有几处突出的齿，我便称之为胡琴。此胡琴无弦的，以石敲之，各处音响不同。朋友送我的时候，是在酒席上，他喝多了，说有个宝贝，你如果说准琴棋书画中的一个就送你。我不假思索说是琴。他仰天长叹：这是天意！我怕他酒醒反悔，立即去他家，到家时他酒醒了，抱了这石琴一边做弹奏动作一边狂歌，样子让人感动，我就不忍心索要了。但他豪爽，一定要送我，再一次说：这是天意，这是缘分啊！

人与石头确实是有缘分的。这些石头能成为我的藏品，却有一些很奇怪的经历，今日我有缘得了，不知几时缘尽，又归落谁手？好的石头就是这么与人产生着缘分，而被人辗转珍藏在世间的。或许，应该再换一种思维，人与自然万物的关系不仅仅是一种和谐，我们其实不一定是万物之灵，只是普通一分子，当我们住进一所房子后，这房子也会说：我们有缘收藏了这一个人啊！

残佛

去泾河里捡玩石，原本是懒散行为，却捡着了一尊佛，一下子庄严得不得了。那时看天，天上是有一朵祥云，方圆数里唯有的那棵树上，安静地歇栖着一只鹰，然后起飞，不知去处。佛是灰颜色的沙质石头所刻，底座两层，中间镂空，上有莲花台。雕刻的精致依稀可见，只是已经没了棱角。这是佛要痛哭的，但佛不痛哭，佛没有了头，也没有了腹，莲台仅存盘起来的一只左脚和一只搭在脚上的右手。那一刻，陈旧的机器在轰隆隆作响，石料场上的传送带将石头传送到粉碎机前，突然这佛石就出现了。佛石并不是金光四射，它被泥沙裹着，依样丑陋，这如同任何伟人独身于闹市里立即就被淹没一样，但这一块石头样子毕竟特别，忍不住抢救下来，佛就如此这般地降临了。我不敢说是我救佛，佛是需要我救的吗？我把佛石清洗干净，抱回来放在家中供奉，着实在一整天里哀叹它的苦难，但第二天就觉悟了，是佛故意经过了传送带，站在了粉碎机的进口，考验我的感觉。我庆幸我的感觉没有迟钝，自信良善未泯，勇气还在。此后日日为它焚香，敬它，也敬了自己。

或说，佛是完美的，此佛残成这样，还算佛吗？人如果没头身，残骸是可恶的，佛残缺了却依然美丽。我看着它的时候，香火袅袅，那头和身似乎在烟雾中幻化而去，而端庄和善的面容就在空中，那低垂的微微含笑的目光在注视着我。“佛，”我说，“佛的手也是佛，佛的脚也是佛。”光明的玻璃粉碎了还是光明的。瞧这一手一脚呀，放在那里是多么安详！

或说，佛毕竟是人心造的佛，更何况这尊佛仅是一块石头。是石头，并不坚硬的沙质石头，但心想事便可成，刻佛的人在刻佛的那一刻就注入了虔诚，而被供奉在庙堂里度众生又赋予了意念，这石头就成了佛。钞票不也仅仅是一张纸吗，但钞票在流通中却威力无穷，可以买来整庄的土地，买来一座城，买来人的尊严和生命。

或说，那么，既然是佛，佛法无边，为什么会在泾河里冲撞滚磨？对了，是在那一个夏天，山洪暴发，冲毁了佛庙，石佛同庙宇的砖瓦、石条、木柱一齐落入河中，砖瓦、石条、木柱都在滚磨中碎为细沙了而石佛却留了下来，正因为它是佛！请注意，泾河的泾字，应该是经，佛并不是难以逃过大难，佛是要经河来寻找它应到的地位，这就是它要寻到我这里来。古老的泾河有过柳毅传书的传说，佛却亲自经河，洛河上的甄氏成神，缥缈一去成云成烟，这佛虽残却又实实在在来我的书屋，我该呼它是泾佛了。我敬奉着这一手一脚的泾佛。

许多人得知我得了一尊泾佛，瞧着皆说古，一定有灵验，便纷纷焚香磕头，祈祷泾佛保佑他发财，赐他以高官，赐他以儿孙，他们生活中缺什么就祈祷什么，甚至那个姓王的邻居在打麻将前也来祈祷自己的手气。我终于明白，泾佛之所以没有了头没有了身，全是被那些虔诚的芸芸众生乞了去的，芸芸众生的最虔诚其实是最自私。佛难道不明白这些人的自私吗？佛一定是知道的，但佛就这么对待着人的自私，他只能牺牲自己而面对着自私的人，这个世界就是如此啊。

我把泾佛供奉在书屋，每日烧香，我厌烦人的可怜和可耻，我并不许愿。

“不，”昨夜里我在梦中，佛却在说，“那我就不是佛了！”

今早起来，我终于插上香后，下跪作拜，我说，佛，那我就许愿吧，既然佛作为佛拥有佛的美丽和牺牲，就保佑我灵魂安妥和身躯安宁，作为人活在世上就好好享受人生的一切欢乐和一切痛苦烦恼吧。

人都是忙的，我比别人会更忙，有佛亲近，我想以后我不会怯弱，也不再逃避，美丽地做我的工作。

1997 年 2 月 20 日

坐佛

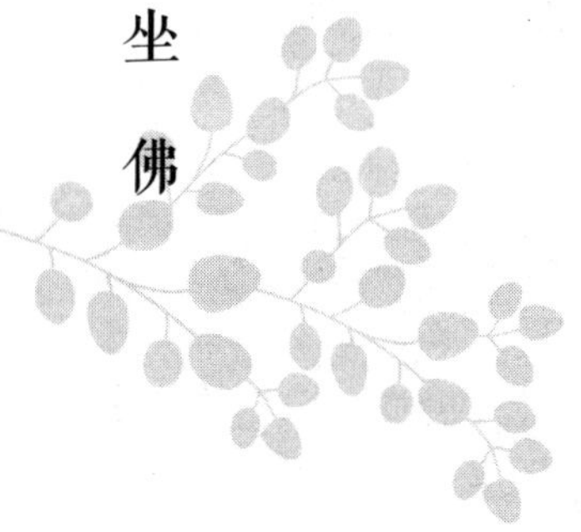

有人生了烦恼，去远方求佛，走呀走呀的，已经水尽粮绝将要死了，还寻不到佛。烦恼愈发浓重，又浮躁起来，就坐在一棵枯树下开始骂佛。这一骂，他成了佛。

三百年后，即一九九二年冬季，平凹徒步过一个山脚，看见了这棵树，枯身有洞，秃枝坚硬，树下有一块黑石，苔斑如钱。平凹很累，卧于石上歇息，顿觉心旷神怡。从此秘而不宣，时常来卧。

再后，平凹坐于椅，坐于墩，坐于厕，坐于椎，皆能身静思安。

1994 年 5 月 15 日午

商州初录（节选）

引　言

《商州初录》是写商州的。早在七八年前构思它的时候，就有过这样那样的担心。因为大凡天下流传的地理之书，多记载的是出名人的名地，人以地传，地以人传。而商州从未出现过一个武官骁将。比如霸王，一经《史记》写出，楚地便谁个不晓？但乌骓马出自商州黑龙潭里，虽能“追风逐日”，毕竟是胯下之物、喑哑牲口，便无人知道了。也未有过倾国倾城佳人，米脂有貂蝉，马嵬死玉环，商州处处只是有着桃花，从没见到有一年半载的“羞而不发”，也终是于世默默，天下无闻。搜遍全州，可怜得连一座像样的山也不曾有，虽离西岳华山最近，但山在关中地面，可望而不可得，有话说：在华山上不慎失足，“要寻尸首，山南商州”。可此等忌讳之事，商州人谁肯提起？截至目前，中央委员会里是没有商州人的。三十年代，这一带出了个打游击的司令巩德芳，领着上千人马，在商州城里九进八出，威风不减陕北的刘志丹，如今他的部下有在北京干事的，有在西安省城干事的，他应是个了不起的人物了，可惜偏偏在战争中就死了。八十年代以来，姚雪垠先生著的《李自成》风靡于世，那就写的是闯王在商州的活动，但先生如椽之笔写尽军营战事，着墨商州地方的却极少，世人仍是只看热闹，哪里管得地理风情？可贺可喜的是近几年商州出了一种葡萄甜酒，畅销全国，商州人以此得意外面世界从此可知商州了，却酒到外地，少数人一看牌子“丹江牌”，脑子里立即浮起东北牡丹江来，何等悲哀之事！而又是多数人喝酒从不看标签下的地方小字，何况杯酒下肚，醉眼朦胧，谁能看清小字？谁看清了又专要记在心里？

我曾经查过商州十八本地方志，本本都有记载：商州者，商鞅封地也。这便是足见商州历史悠久，并非荒洪蛮夷之地的证据吧！如果和商州人聊起来，他们津津乐道的还是这点，说丹江边上便有这么一山，并不高峻，山峁纵横，正呈现一个“商”字，以此山脚下有一个镇落，从远古至今一直叫“商镇”不改。还说，在明、清，延至民国初年，通往八百里秦川有四大关隘，北是金锁关，东是潼关，西是大散关，南是武关；武关便在商州。一条丹江水从秦岭东坡发源，一路东南而去，经商县、丹凤、商南；又以丹凤为中，北是洛南，南是山阳，西是柞水、镇安，七个县匀匀撒开，距离相等，势如七勺星斗。从河南、湖北、湖南，川、滇、云、贵的商人入关，三千里山路，难有这武关通行，而商州人去南阳担水烟，去汉中贩丝棉，去江西运细瓷，也都是由水路到汉口。龙驹寨便是红极一时的水旱大码头。那年月，日日夜夜，商州七县的山货全都转运而来，龙驹寨就有四十六家叫得响的货栈，贩出去的是木耳、花椒、天麻、党参、核桃、板栗、柿饼、生漆、木材、竹器；运回来的是食盐、碱面、布匹、丝棉、锅碗、陶瓷、烟卷、火纸、硝磺。但是，历史是多么荣耀，先业是多么昭著，一切“俱往矣”！如今的商州，陕西人去过的甚少，全国人知道的更少；陕西的区域通称陕南、陕北、关中，关中指秦岭以北，陕南指安康、汉中，商州西部、北部有亘绵的秦岭，东是伏牛山，南是大巴山，四面三山，这块不规不则的地面，常常就全然被疏忽了，遗忘了。

正是久久被疏忽了，遗忘了，外面的世界愈是城市兴起，交通发达，工业跃进，市面繁华，旅游一日兴似一日，商州便愈是显得古老，落后，撵不上时代的步伐。但亦正如此，这块地方因此而保持了自己特有的神秘。今日世界，人们想尽一切办法以人的需要来进行电气化、

自动化、机械化，但这种人工化的发展往往使人又失去了单纯、清静，而这块地方便显出它的难得处了。我曾呼吁：外来的游客、国内的游客为什么不到商州去啊?!那里虽然还没有通上火车，但山之灵光，水之秀气定会使你不知汽车的颠簸，一到那里，你就会失声叫好，真正会感觉到这里的一切似乎是天地自然的有心安排，是如同地下的文物一样而特意要保留下来的胜景!

就在更多的人被这个地方吸引的时候，自然又会听到各种各样对商州的议论了。有人说那里是天下最贫困的地方，山是青石，水是湍急，屋沿沟傍河而筑，地分挂山坡，耕犁牛不能打转。但有人又说那里是绝好的国家自然公园，土里长树，石上也长树，山有多高，水就有多高。有山洼，就有人家，白云在村头停驻，山鸡和家鸡同群。屋后是扶疏的青竹，门前是妖妖的山桃，再是木桩篱笆，再是青石碾盘。拾级而下，便有溪有流，遇石翻雪浪，无石抖绿绸。水中又有鱼，大不足斤半，小可许二指，鲢、鲫、鲤、鲇，不用垂钓，用盆儿往外泼水，便可收获。有人说那里苦焦，人一年到头吃不上一顿白麦馍馍，红白喜事，席面上红萝卜上，白萝卜下，逢着大年，家家乐得蒸馍，却还是一斗白麦细粉，五升白苞谷粗面，掺合而蒸，以谁家馍炸裂甚者为佳。一年四季，五谷为六，瓜菜为四，尤其到了冬日，各家以八斗大瓮窝一瓮浆水酸菜，窖一窑红薯，苫一棚白菜，一个冬天也便过去了。更有那“商州炒面客”之说，说是二三月青黄不接，没有一家不吃稻糠拌柿子晒干磨成的炒面，涩不可下咽，粗不能屙出。但又会有人说，那里不论到任何地方，只要有水，掬之则甜，若发生口渴，随时见着有长猪耳朵草的地方，用手掘掘，便可见一洼清泉，白日倒影白云，夜晚可见明月，冬喝不森牙，夏饮不疼肚，所以商州人没有喝开水的习惯，亦没有喝茶水的嗜好，笑关中人讲究喝茶，那是水尽是盐碱质的。还说水不仅甘甜，可贵的是水土硬，生长的粮食耐磨耐吃，虽一天三顿苞谷糊汤，却比关中人吃馍馍还能耐饥。陕北人称小米为命粮，但陕北小米养女不养男，商州人称苞谷糊汤为命饭，男的也养，女的也养，久吃不厌，愈吃愈香，连出门在外工作的，不论在北京、上海，不论做何等官职，也不曾有被“洋”化了的而忘却这种饭谱。更奇怪的是商州人在年轻时，是会有人跑出山来，到关中泾阳、三原、高陵，或河南灵宝、三门峡去谋生定居，但一过四十，就又都纷纷退回，也有一些姑娘到山外寻家，但也都少不了离婚逃回，长则六年七年，少则三月便罢，两月就了。

众说不一，说者或者亲身经历，或者推测猜度，听者却要是非不能分辨了，反更加对商州神秘起来了。用什么语言可以说清商州是个什么地方呢？这是我七八年来迟迟不能写出这本书的原因。我虽然土生土长在那里，那里的一丛柏树下还有我的祖坟，还有双亲高堂，还有众亲广戚，我虽然涂抹了不少文章，但真正要写出这个地方，似乎中国的三千个方块字拼成的形容词是太少了，太少了，我只能这么说：这个地方是多么好啊！

它没有关中的大片平原，也没有陕南的巉峻山峰；像关中一样也产小麦，亩产可收六百斤，像陕南一样也产大米，亩产可收八百斤。五谷杂粮都长，但五谷杂粮不多。气候没关中干燥，却也没陕南沉闷。也长青桐，但都不高，因木质不硬，懒得栽培，自生自灭。橘子树有的是，却结的不是橘子，乡里称苟蛋子，其味生臭，满身是刺，多成了庄户围墙的篱笆。所产的莲菜，不是七个眼、八个眼，出奇的十一个眼，味道是别处的不能类比。核桃树到处都长，核桃大如山桃，皮薄如蛋壳，手握之即破。要是到了秋末，到深山去，栗树无家无主，栗落满地，一个时辰便捡得一袋。但是，这里没有羊，吃羊肉的人必是上了年纪的老人，或是坐了月子的婆娘，再就是得了重病，才能享受这上等滋养。外面世界号称“天上龙肉，地上鱼肉”，但这里满河是鱼，却没人去吃。有好事顽童去河里捕鱼，多是为了玩耍，再是为过往司机。偶尔用柳枝穿一串回来，大人是不肯让在锅里煎做，嫌其腥味，孩子便以荷叶包了，青泥涂了，在灶火口烘烤。如今慢慢有动口的人家，但都不大会做，如熬南瓜一样，炒得一塌糊涂。螃蟹也多，随便将河边石头一掀，便见拳大的恶物横行而走，就免不了视如蛇蝎，惊呼四散。鳖是更多，常见夏日中午，有爬上河岸来晒盖的，大者如小碗盘，小者如墨盒，捉回来在腿上缚绳，如擒到松尾一样，成为玩物。那南瓜却何其之多，门前屋后，坎头涧畔，凡有一抔黄土之地，

皆都生长，煮也吃，熬也吃，炒也吃，若有至宾上客，以南瓜和绿豆做成“搅饭”，吃后便三天不知肉味。请注意，狼虫虎豹是常见到的，冬日夜晚，也会光临村中，所以家家猪圈必在墙上用白灰画有圆圈，据说野虫看见就畏而怯步，否则小者被叼走，大者会被咬住尾巴，以其毛尾做鞭赶走，而猪却吓得不吱一声。当然，养狗就是必不可少的营生了，狗的忠诚，在这里最为突出，只是情爱时令人讨厌，常交结一起，用棍不能打开。

可是，有一点说出来脸上无光，这就是这里不产煤。金银铜铁锡样样都有，就是偏偏没煤！以前总笑话铜关煤区黑天黑地，姑娘嫁过去要尿三年黑水，到后来说起铜关，就眼红不已。深山里，烧饭、烧炕、烤火，全是大块木材，三尺长的大板斧，三下两下将一根木椽劈开，这使城里人目瞪口呆，也使川道人连声遗憾。川道人烧光了山上树木，又刨完了粗桩细根，就一年四季，夏烧麦秸，秋烧稻草，不夏不秋，扫树叶，割荆棘。现在开始兴沼气池，或出山去拉煤，这当然是那些挣大钱的人家和那些门道稠的庄户。

山坡上的路多是沿畔，虽一边靠崖，崖却不贴身，一边临沟，望之便要头晕，毛遭上车辆不能通，交通工具就只有扁担、背篓。常见背柴人远远走来，背上如小山，不见头，不见身，只有两条细腿在极快移动。沿路因为没有更多的歇身处，故一条路上设有若干个固定歇处，不论背百二八十，还是担百八二百，再苦再累，必得到了固定歇处方歇，故商州男人都不高大，却忍耐性罕见，肩头都有拳头大的死肉疙瘩。也因此这里人一般出外，多不为人显眼，以为身单好欺，但到了忍无可忍了，则反抗必要结果，动起手脚来，三五壮汉不可近身。历代官府有言：山民如水，可载舟，亦可覆舟。若给他们滴水好处，便会得以涌泉之报，若欲是高压，便水中葫芦压下浮上。地方志上就写有：李自成在商州，手下善攻能守者，多为商州本地人；民国年代，常有暴动。就是在“文化大革命”中，每县都有榔头队、拳头队、石头队，县县联合，死人无数，单是山阳县一次武斗，一派用石头在河滩砸死十名俘虏，另一派又将十五名俘虏用铁丝捆了，从岸上“下饺子”投下河潭。男人是这么强悍，但女人却是那么多情、温顺而善良。女大十八变，虽不是苗条婀娜，却健美异常，眼都双层皮，睫毛长而黑，常使外地人吃惊不已。走遍丹江、洛河、乾佑河、金钱河，四河流域，村村都有百岁妇女，但极少有九十男人。七个县中的剧团，女演员台架、身段、容貌、唱、念、说、打，出色者成批，男主角却善武功，乏唱声，只好在关中聘请。

陕北人讲穿不求吃，关中人好吃不爱穿，这里人皆传为笑料，或讥之为“穷穿”，或骂之为“瞎吃”，他们是量家当而行，以自然为本，里外如一。大凡逢年过节，或走亲串门，赶集过会，就从头到脚，花花绿绿，崭然一新。有了，七碟子八碗地吃，色是色，形是形，味是味，富而不奢；没了，一样的红薯面，蒸馍也好，压饸饹也好，做漏鱼也好，油盐酱醋，调料要重，穷而不酸。有了钱，吃得像样了，穿得像样了，顶讲究的倒有两样：一是自行车，一是门楼。车子上用红线缠，用蓝布包，还要剪各种花环套在轴上，一看车子，就能看出主人的家景、心性。门楼更是必不可少，盖五间房的有门楼，盖两间房的也有门楼，顶上做飞禽走兽，壁上雕花鸟虫鱼，不论干部家、农夫家、识字家、文盲家，上都有字匾，旧时一村没有念书人，那字就以碗按印画成圆圈，如今全写上“山清水秀”，或“源远流长”。

我也听到好多对商州的不逊之言，说进了山，男人都可怕，有进山者，看见山坡有人用尺二牙子镢在掘地，若上去问路，瞧见有钱财的，便会出其不意用镢头打死，掏了钱财，掘坑便将尸首埋了，然后又心安理得地掘他的地。又说男女关系混乱，有兄弟数人，只娶一个老婆，等到分家，将家产分成几份，这老婆也算作一份，然而平分，要柜者，不能要瓮，柜瓮都要者，就不得老婆……我在这里宣布，这全是诬蔑！商州在旧社会，确实土匪多，常常路断人稀，但如今从未有过以镢劈死过路人的事件，偶尔有几个杀人罪犯，但谁家坟里没几棵弯弯柏树？世上的坏人是平均分配的，商州岂能排除？说起作风混乱，更是一派胡言，这里男女可以说、笑、打、闹，以爷孙的关系为最好，无话不说，无事不做，也常有老嫂比母之美谈，但家哥和弟媳界限分明，有话则说，无话则避。尤其一下地干活，男女会不分了老少、班辈，什么破格话都可说，似乎一块土地就像城市人的游泳池，

男女都可以穿裤头来。若是开会，更是所有人一起上炕，以被覆脚，如一个车轮，团团而坐。

商州到底过去是什么样子，这么多年来又是什么样子，而现在又是什么样子，这已经成了极需要向外面世界披露的问题，所以，这也就是我写《商州初录》的目的。据可靠消息，商州的铁路正在测量线路，一旦铁路修通，外面的人就成批而入，山里的人就成批走出，商州就有它对这个社会的价值和意义而明白天下了。如今，我写《商州初录》的工作，只当是铁路线勘测队的任务一样，先使外边人多少懂得这块地方，以公正而平静的眼光看待这个地方。一旦到了铁路修起，这辑散文便可给卖辣面的人去做包装了，或是去当了商州姑娘剪铰的鞋样。但我却是多么欣慰，多多少少为生我养我的商州尽些力量，也算对得起这块美丽、富饶而充满着野情野味的神秘的地方，和这块地方的勤劳、勇敢而又多情多善的父老兄弟了。

黑龙口

从西安要往商州去，只有一条公路。冬天里，雪下着，星星点点，车在关中平原上跑两个钟头，像进了三月的梨花园里似的，旅人们就会把头伸出来，用手去接那雪花儿取乐。柏油路是不见白的，水淋淋的有点滑，车悠悠乎乎，快得像是在水皮子上漂；麦田里雪驻了一鸡爪子厚，一动不动露在雪上的麦苗尖儿，越发地绿得深。偶尔里，便见一只野兔子狠命地跑蹿起来，“叭”的一声，兔子跑得无踪无影了，捕猎的人却被枪的后坐力蹬倒在地上，望着枪口的一股白烟，做着无声的苦笑。

车到了峪口，嘎地停了，司机跳下去装轮胎链条；用一下力，吐一团白气。旅人们都觉得可笑，回答说：要进山了。山是什么样子，城里的人不大理会，想象那是青的石，绿的水，石上有密密的林，水里有银银的鱼；进山不空回，一定要带点什么纪念品回来：一颗松塔，几枚彩石。车开过一座石桥，倏乎间从一片村庄前绕过，猛一转弯，便看见远处的山了。山上并没有树，也没有仄仄的怪石，全然被雪盖住，高得与天齐平。车开始上坡，山越来越近，似乎要一直爬上去，但陡然路落在沟底，贴着山根七歪八拐地往里钻，阴森森的，冷得入骨。路旁的川里，石头磊磊，大者如屋，小者似斗，被冰封住，却有一种咕咕的声音传来，才知道那是河流了。山已看不见顶，两边对峙着，使足了力气的样子，随时都要将车挤成扁的了。车走得慢起来，大声地吭吭着，似乎极不稳，不时就撞了山壁上垂下来的冰锥，豁啷啷响。旅人都惊慌起来了，使劲地抓住扶手，呼叫着司机停下。司机只是旋转方向盘，手脚忙乱，车依然往里走。

雪是不下了，风却很大，一直从两边山头上卷来，常常就一个雪柱在车前方向不定地旋转。拐弯的地方，雪驻不住，路面干净得如晴日，弯后，雪却积起一尺多深，车不时就横了身子，旅人们都得下车，前面的铲雪，后面的推车，稍有滑动，就赶忙抱了石头垫在轮子下。旅人们都缩成一团，冻得打着牙花：将所有能披在身上的东西全都披上了，脚腿还是失去知觉，就咚咚地跺起来。司机说："到黑龙口暖和吧！"

体内已没有多少热量，有的人却偏偏要不时地解小溲。司机还是说："车一停就要滑道，坚持一下吧，到黑龙口就好了。"

黑龙口是什么地方，多么可怕的一个名字！但听司机的口气，那一定是个最迷人的福地了。

车走了一个钟头，山终于合起来了，原来那么深的峡谷，竟是出于一脉，然而车已经开上了山脉的最高点。看得见了树，却再不是那绿的，由根到梢，全然冰霜，像玉，更像玻璃，太阳正好出来，晶亮得耀眼。蓦地就看见有人家了，在玻璃丛里，不知道屋顶是草搭的，还是瓦苫着，门窗黑漆漆的，有鸡在门口刨食，一只狗呼地跑出来，追着汽车大跑大咬，同时就有三两个头包着手巾的小孩站在门口，端着比头大的碗吃饭，怯怯地看着。

"这就是黑龙口吗？"

旅人们活跃起来，用手揉着满是鸡皮疙瘩的脸，瞪着乞求的眼看司机。有的鼻涕、眼泪也掉下来，咝咝地吸气，但立即牙根麻生生地疼了，又紧闭了嘴唇。可是，车却没有停，又三回两转地在山脉顶上

走了一气，突然顺着山脉那边的深谷里盘旋而下了。那车溜得飞快，一个拐弯，全车人就一起向左边挤，忽地，又一起向右边挤。路只有丈五宽窄，车轮齐着路沿，路沿下是深不见底的沟渊，旅人们“啊啊”叫着，把眼睛一齐闭上，让心在喉咙间悬着……终于，觉得没有飞机降落时的心慌了，睁开眼来，车已稳稳地行驶在沟底了。他们再也不敢回头看那盘旋下来的路，在心里默默地祝福着司机，好像他是一位普救众生的菩萨，是他把他们从死亡的苦海里引渡过来的。

旅人们都疲乏了，再不去想那黑龙口，将头埋在衣领里，昏昏睡去了。但是，车嘎地停了，司机大声地说：“黑龙口到了，休息半小时。”

啊，黑龙口！旅人们永远记着了，这商州的第一个地方，这个最神圣的名字！

其实，这是个小极小极的镇子。只有一排房舍，坐北向南，房是草顶，门面墙却尽是木板。后墙砌着山崖，门前便是公路，公路下去就是河，河过去就是南边的山。街房几十户人家，点上一根香烟吸着，从东走到西，从西走到东，可走三个来回。南北二山的沟洼里，稀落着一些人家，都是屋后一片林子，门前一台石磨。河面上还是冰，但听不见水声，人从冰上走着，有人凿了窟窿，放进一篮什么菜去，在那里淘着，淘菜人手冻得红萝卜一样，不时伸进襟下暖暖，很响地吸着鼻子，往岸上开来的车看。冰封了河，是不走桥了，桥是两棵柳树砍倒后架在那里的，如今拴了几头毛驴，像是在出卖，驴粪屙下来，捡粪的老头忙去铲，但已经冻了，铲在粪筐里也不见散。

街面人家的尽西头儿，却出奇地有一幢二层楼，一砖到顶，门窗的颜色都染成品篮，窗上又都贴着窗花，觉得有些俗气；那是这里集体的建筑，上层是旅社，下边是饭店；服务人员是本地人，虽然穿着白大褂，但都胖乎乎的，脸上凸着肉块，颧骨上有两块黑红的颜色。饭店的旁边，是一个大栅栏门，敞开着，便是车站，站场很小，车就只得靠路边停着。再过去是商店、粮站。对着这些大建筑，就在靠河边的公路上，却高高低低搭起了十多处小棚，有饭馆、茶铺、油粉摊、豆腐担，柿子、核桃、苹果、栗子、鸡蛋、麻花……闹闹嚷嚷，是黑龙口最繁华热闹的地面了。

黑龙口的人不多，几乎家家都有做生意的。这生意极有规律：九点前，荒旷无人，九点一到，生意摊骤然摆齐。因为从西安到商州来的车，都是九点到这里歇息，从商州各县到西安，也是十点到这里停车。于是乎，旅人饥者，有吃，渴者，有茶，想买东西者，小么零甚山货俱全。集市热闹两个小时，过往车一走，就又荡然无存，只有几只狗在那里抢骨头了。

车一辆辆开来了，还未停稳，小贩们就蜂拥而至，端着麻花、烧饼，一声声在门口、窗下叫喊。旅人们一见这般情形，第一个印象是服务态度好，就乐了。一乐就在怀里摸钱，似乎不买，有点不近情理了。

司机是冷若冰霜的，除非是那些山羊、野鸡、河鳖一类的东西，才肯破费。他们关了车门，扑扇扑扇地披着那羊皮大衣，往大楼饭店走去，一直可以走进饭店的操作间，与师傅们打着招呼，一碗素面钱能吃到一碗红烧肉。等抹着油光光的嘴出来的时候，身后便有三四人跟着，那是饭店师傅们介绍搭车的熟人。

旅人们下了车，有的已经呕吐，弄脏了车帮，自个去河边提水来洗。这多是些上年纪的女人，最闻不惯汽油味，一直拿手巾搭了鼻子嘴儿，肚子里已经吐得一干二净，但食欲不开，然后蹲在那里，做短暂的休息。一般旅人，大都一下车就有些站不稳了，在阳光地里，使劲地跺脚，使劲地搓手。那些时兴女子，一出站门，看着面前的山，眉头就绾上了疙瘩，但立即就得意起来了，因为她们的鲜艳，立即成了所有人注目的对象。她们便有节奏地迈着步子，或许拍一下呢子大衣，或许甩一下波浪般的披肩发，向每一个小摊贩前走去。小贩们忙怯怯地介绍货物，她们只是问："多少钱?""好吃吗?"但那小吃，她们说不卫生，只是贪那土特产：核桃、栗子，三角钱一斤，她们可以买一大提兜。末了，再抓一把放进去，卖主也不计较，因为她们是高贵的女子，买了他们的东西，也是给他们赏脸，也是再好不过的生意广告：瞧，那么贵气的人都买我的货呢！即使她们不多拿，他们也要给她们一些额外呢。

但是，别的买者却休想占他们的一点便宜。他们都不识字，算得极精，如果企图蒙他们，一下子买了那么多的东西，直追问："一共多少钱？多少钱？"他们是歪了头，一语不发，嘴唇抖抖的，然后就一扬脸说个数儿来。你就是用笔在纸上再演算一通，一分儿也不会差错。

人们买了小吃小物，就去食堂了。大楼饭店里只卖馍、菜和荤面。面很黑，但筋很大，在嘴里要长时间地嚼，肉却是大条子肉，白花花的令人生畏。城里人讲究吃瘦肉，便都去吃门外的私人饭菜了。

紧接着的是两家私人面铺，一家卖削面，大油揉合，油光光的闪亮，卖主站在锅前，挽了袖子，在光光的头上顶块白布，啪地将面团盘上去，便操起两把锃亮柳叶刀，在头上哗哗削起来：寒光闪闪，面片纷纷，一起落在滚汤的锅里。然后，碗筷叮当，调料齐备，面片捞上来，喊一声："不吃的不香！"那一家，却扯面，抓起面团，双手扯住，啪啪啪在案板上猛甩，那面着魔似的拉开，忽地又用手一挽，又啪啪直甩，如此几下，哗地一撒手，面条就丝一般网状地分开在案上。旅人在城里吃惯了挂面，哪里见过这等面食，问时，卖主大声说道："细、薄、光；煎、酸、汪。"

细薄光者，说是面条的形，煎酸汪者，说是面条的味。吃者一时围住，供不应求。

那些时兴女子是不屑这边吃面条的，她们买了熟鸡蛋，坐在大楼饭店里买了馍夹着吃，但馍掰开来，却发现里边有个什么东西，一时反了胃，拿去和服务员论理："这馍里有虱子！"

"虱子？"

"就是虱子！"

"你想想，冬天里起面，酵子发不开，在炕上要用被子捂，能不跑进去一两个虱子？"

时兴女子们一时恶心，赶忙捂了口，也不要馍了，也不索退钱，唾着唾沫一路出去了。

面食铺里，还是围了一堆人，都吃得满头大汗，一边吃，一边夸着，一边问卖主："是祖传的？"

“当然啰。”

“卖了半辈子了?”

“半年吧。”

“半年?”

“可不!你是才到商州的吗?要不是新政策下来,我要卖面,寻着上批判会吗?那阵儿,你要吃吗,对不起,就去那楼里饭店里吃虱馍吧。”

“那饭店真糟糕,怎么会干出那事!”

“快啦,出不了一个月,他们就得关门了。”

“早早就应该关门!”

“那么容易?那都是公社、大队干部的儿子、儿媳、小舅子哩。”

卖主说着,便不说了,对着一个走过来的瘦个子人叫道:“吃不?来一碗!”

那人说是去买油,晃了一下碗,却看着锅里的面条。但卖主终未给他吃,瘦个子走了。

“你只卖嘴,光说不盛。”旅人们说。

“知道吗?这是我们原先的队长大人,如今分了地,他甭想再整人了,在别人,理也懒得理呢。”

那瘦个子去远处的卖油老汉那儿,灌了半斤油,油倒在碗里,他却说油太贵,要降价,双方争吵起来,他便把油又倒回油篓,不买了。接着又去买一个老太婆的辣面子,称了一斤,倒在油碗里,却嚷道辣面子有假,掺的盐太多,不买了,倒回了辣面子。卖面食的这边看得清清楚楚,说:“瞧,他这一手,回去刮刮碗,勺里一炒,油也有了,辣子也有了。”

“他怎么是这种吃小利的人?”

“懒惯了,如今当干部没滋润,但又不失口福,能不这样吗?”

旅人们便都哈哈笑起来了。

在黑龙口待了半个小时,司机按了喇叭:车子要走了。旅人们都上了车,车上立时空间小起来,每人都舒展了身子,又大包小包买了东西,吵吵嚷嚷坐不下去,最后只好捶木楔一般,脚手儿不能随便活

动了。车正要发动，突然车站通知，前边打来电话，五十里外的麻街岭，风雪很大，路面坍方了几处，车不能走了，得在黑龙口过夜。消息传开，旅人们暗暗叫苦，才知道黑龙口并不是大平川的第一个镇了，而下边还要翻很高很高的麻街岭。

小商小贩们大都熄火收摊，准备回家去了，知道消息后，却欢呼雀跃，喜欢得跑来拉旅人："到我们家去住吧，一晚上六角钱，多便宜呢！"

旅人们却只往大楼旅社去，但那里住满了，只好被小商小贩们纠缠着，到一家家茅草屋去了。

住在公路边的人家里，情况没有多大出奇，住在山洼人家的旅人，却大觉新鲜了。从冰冻的河面上一步一步走过去，但无论如何，却上不到那门前的小路上去，冰冻成了玻璃板，一上去就滑倒了。那些穿高跟鞋的女子就呜呜地哭。平日傲得不许一个男子碰着，如今无奈，哭过一通，还是被这些粗脚大手的山民们扶着、背着上去，她们还要用手死死抠住他们的胳膊，一丝儿不肯放松。男性旅人们，则是无人背的，山民们会在旁边扯下一节葛条，在鞋底系上几道。这果然扒滑，稳稳走上去了，于是他们才明白了上山时司机为什么要在轮胎上拴链条。

到了门前，家家都是有一道篱笆的，但不是城里人的那种细竹棍儿，或是水泥杆儿，全是碗口粗的原木桩，一根一根，立栽着。一只狗呼地扑出来，汪汪大叫，主人喊一声，便安静下来，给你摇起尾巴。屋里暗极了，锅台、炕台、四堵墙壁，乌黑发亮。炕上的被窝里蠕蠕动的，爬下来了，原来是个年轻的媳妇，在炕上出黄豆芽菜。见客进门，忙将唾沫吐在手心，使劲抹那头上的乱发，接着就扫地，就拍打炕沿上的土，招呼羊皮褥子上坐。

屋里并不暖和，主人就到后坡去，在雪窝里三扒两拉，拖出几节木头来，拿了一把老长的木把斧头，在门槛上劈起来。旅人大为可惜，说这木头可以做大立柜，做沙发架，主人只嘿嘿地笑，几下劈成碎片，在炕口前一个大坑里烧起来了。火很旺，屋里顿时热烘烘的，屋檐上的冰锥往下滴着水儿。

夜里睡在炕上，是六角钱，若再掏一元，可以包吃包喝，尽你享用。那火炕边，立即会煨上柿子酒，烤上拳头大的洋芋。一个时辰后，从火里刨出来，一剥开皮，一股喷鼻香味，吃上两口，便干得喉咙发噎，须主人捶一阵后背，千叮咛万叮咛慢慢来吃。吃毕洋芋，旅人们已经连连打嗝儿了，主人就取了碗来，盛满柿子酒让你。你一开始说不会喝，也就罢了，若接住了，喝了一碗，必要再喝二碗。柿子酒虽不暴烈，但一碗下肚，已是腹热脸红，要推托时，主人会变了脸，说你看不起他。喝了二碗，媳妇又来敬酒，她一碗，你一碗，你不能失了男子汉的脸面，喝下去了，你便醉了八成，舌头都有些硬了。

天黑了，主人会让旅人睡在炕上，媳妇会抱一床新被子，换了被头，换了枕巾。只说人家年轻夫妇要到另外的地方去睡了，但关了门，主人脱鞋上了炕，媳妇也脱鞋上了炕，只是主人睡在中间，作了界墙而已。刚睡下，或许炕头上的喇叭就响了，要么是叫主人去开分地包产会，要么是主人去开党员生活会。主人起来了，窸窸窣窣地穿衣服，末了把油灯点着。他要出门，旅人也醒了，赶忙就起来穿衣。主人说：睡你的，我开完会就回来。旅人肯定要说出什么话来，主人用眼光制止了。

“你是学过习的？”主人要这么说。

“学过习的？”旅人疑惑不解。

主人便将一条扁担放在炕中间。旅人明白了，闭了眼睛睡觉。那灯耀得睡不着，媳妇不去吹，他也不敢动身去吹，灯光下，媳妇看着他，眼睛活得要说话。旅人就赶忙合上眼，但入不了梦，觉得身上有什么动，伸手一摸，肉肉的，忙丢进炕下的火坑，轻轻地“叭”了一声。一个钟头，炕热得有些烫，但不敢起身，只好翻来覆去，如烙烧饼一般。正难受着，主人回来了，看看炕上的扁担，看看旅人，就端了一碗凉水来让你喝。你喝了，他放心了你，拿了酒又让你喝，说你真是学过习的人。你若不喝，说你必是有对不起人的事，一顿好打，赶到门外，你那放在炕上的行李就休想再带走。重新睡下了，旅人还是烙得不行，主人会将一页木板垫在褥下，你就会睡得十分的舒服。但黎明炕便要凉了，凉得像一块冰，需得起来穿了衣服再睡不可。

天亮起来，旅人便像亲人一样被招待了。你问那猪圈墙上，为什么画那么多白灰圈儿？他会告诉说，冬天狼多，夜里常来叼猪，但却最怕这白圈儿，夜里没有听到狼嚎吗？旅人说未听见，可能是睡得太死了。他就会又说，夜里出来解溲，常会遇见这东西的，它会装着妇人的哭声呢。旅人听得直吐舌头，说冬天在这里投宿真不是轻松事，主人便又说，夏天的夜里那才怕人呢，半夜里，床下有吱吱声，一揭褥子，下边便有一条彩花蛇的。旅人吓得噤了声，主人却说："没事，抓起来从窗口甩出去就是了。"接着嘿嘿一笑，好像随便得很。

如果雪还在下，如果前边的麻街岭路还没有修起，旅人们就要在这里多住几天了。那么，主人们就会领你夜里去放狐子药。天明去收药，或许，只能见到狐子的脚印，还有的是狐子竟将那用鸡皮包裹的烈性炸药轻轻用土埋了，但常常是会收获到被炸死的狐狸的。一起拿回来，将皮剥下，吃肉是没了问题，就是旅人看中了那狐皮，一阵讨价还价，生意也便做成了。

"你带有书吗？"

他们老是这么问。一旦知道你是带了书的人，就如何缠住你，要以狐皮换书，他们就会去叫来小弟、小妹、儿子、女儿，翻你的书捆。孩子们最喜爱高考复习资料书，一换到手，就拿到火炕边入迷地读了。

清早起来随便往每个人家里走去，就会发现那晚辈的人和他们的父老不同：老一辈人爱土地，小一辈人最恋书。小的全不穿大裆裤，不扎裹腿，不剃光头，都一身卡其，上衣口袋里插一支钢笔，早晚还要刷牙，一嘴的白沫。做父母的就要对旅人说："赶明日路通了，你们把这干净鬼也带去吧！"

说完，就做个谑笑，又说："刷刷就是了，那嘴里有屎吗？快去看你的书，只要好好学，我们养你一辈子也行，若做样子，就收拾了，帮我去卖些吃喝，一天也可赚四元五元哩！"

旅人已经和这里山民交上朋友了，什么话也就能说得来了。

"你们脚上的皮鞋走路不绊石头吗？"

"城里的路没有石头。"

"真好，半年都穿不烂哩。"

“能穿二三年的。你们也可以穿嘛。”

“怕脚带不动。赶明日到了县上，该买台收音机了。”

“你们口袋里真有钱哩。”

“有什么呀，只是手上活泛些了。”

说到这儿，他们就神秘起来，俯过身要问：“你们在城里，离政策近，说说，这政策不会变了吧？”

“变不了啦！”

“真的？”

“真的！”

他们就唠叨起来，说这黑龙口是商州最贫困的地方，过了麻街岭，沿川下去，那里才叫富呢，麦子秋里收得好，副业也多，赚钱的门路多哩。

“我们这穷地方，还要好好干几年，要不，你们城里人来，光笑话我们了。”

从山沟下来，路过冰冻的河，又会碰见那个捡粪的老汉了。谈开来，他说他是个孤老，在公路边修了四个厕所，专供旅人们用的。那粪池十天半月就满了，他便出售给各家，八分钱一担，光这一样收入，就够他花费了。老汉很乐观，和旅人谈得投机，见一媳妇抱了小孩过来，就把小孩撑在手上，让立楞楞，然后逗弄小孩的小牛牛，说：“小子，好好长！爷爷这辈子是完了，就看你们了，噢！”

他乐滋滋笑着，逗弄着，惬意得像喝了一罐子醇美的酒，眼里是几分感慨，几分得意，又几分羡慕和嫉妒。有好事的旅人忙用照相机摄了这镜头，说要给这照片题名“希望”。

麻街岭的路终于修通了。旅人们坐车要离开了，头都伸出车窗，还是一眼一眼往后看着这黑龙口。

黑龙口就是怪，一来就觉得有味，一走就再也不能忘记。司机却说：“要去商州，这才是一个门口儿，有趣的地方还在前边呢！”

龙驹寨

龙驹寨就是丹凤县城。整个商州在外面世界，知道的人是不多的，但能知道商州的，也便就知道龙驹寨了。丹江从秦岭东坡发源，冒出时是在一丛毛柳树下滴着点儿，流过商县三百里路，也不见成什么气候，只是到了龙驹寨，北边接纳了留仙坪过来的老君河，南边接纳了寺坪过来的大峪河，三水相汇，河面冲开，南山到北山距离七里八里，甚至十里，丹江便有了吼声。经过四方岭，南北二山又相对一收，水位骤然升高，形成有名的阳谷峡，乱石穿空，惊涛裂岸，冲起千堆雪，其风急水吼，使两边石壁四季不生草木。刚一转弯，陡然一个葫芦形的大坝子，东西二十三里之遥，南北十五里长短，龙驹寨就坐落在河的北岸，地势从低向高，缓缓上进，一直到了北边的凤冠山上。凤冠山更是奇特，没脉势蔓延，无山基相续，平坦地崛而矗起，长十里，宽半里，一道山峰，不分主次，锯齿般地裂开，远远望之宛若凤冠。山的东侧，便流出一水，从几十丈高的黑石崖上跌下，形成一道瀑布，潭深不可测，瀑布注下，作嘭嘭巨响，如鸣大鼓，这便是产乌骓马的地方。龙驹寨背靠奇山，足蹬异水，历代被称为宝地。据说早年一州官到了此地，惊呼长叹：此帝王风水也！但是，从远古到如今，这里却没有产生过帝王国君，也没有帝王国君在这里留下什么足迹。一帮阴阳师解释说：千年精光，万年神气，本是应出天之骄子，只是当项羽得了龙潭黑龙，化作乌骓马后，这凤冠山的赤凤刚刚冒出雄冠，便再没有出来，龙飞凤舞的年代从此也就消失了。

正如破落的家族再贫再穷但家风未倒一样，龙驹寨终未发迹，但毕竟仙气奇气犹在。清末以前的几千年里，这里的大码头威名于世。全商州的人大都是旱鸭子，在山上可以飞走如兽，但在水里，犹如一块石头，立即沉底。只有龙驹寨人，上山可以打猎，下河可以捕鱼。遗憾的是现在，山川活动，日走星移，春夏秋冬，寒暑交替，丹江水渐渐小起来，又加上商县沿河两岸，大沟小溪，修筑电站、水库，河水只有了往昔的三分之一。两岸人口增多，向河滩要田，河面也愈来愈窄，从此，龙驹寨再没有往来大船，只是南北岸头拴拉一道铁索，一叶渡舟，一位船公，攀扯铁索，舟便直线而去，直线而归，载两岸人走动。但是，龙驹寨人的口气从未减弱，凡是外地来客，第一是要介绍那南城边的平浪宫的。这宫是当年码头水工所建筑，高十五丈，木石结构，雕梁画栋，这是光荣历史的记载和见证，若是客人讥笑“过去的都过去了！”龙驹寨人就丢剥上衣，用指甲在胳膊上、胸膛上抓出几道印来，不是暗红，却显白色，以此显示是在水里泡成的水色，说：有种的，下河去交手？！外地客就畏而却步，拱手求饶了。

正是这块地方，是方圆几百里地政治、经济、文化、交通、贸易的中心点。龙驹寨人的山性、水性比别的地方高强。解放前的战争年代，这里成了红、白拉锯区。游击队司令巩德芳就是龙驹寨西二十里路的巩家湾人。巩司令的得力干将，游击队团长蔡兴运就是龙驹寨西十三里路的磨丈沟人。那时节，龙驹寨里没有安生日月，常常夜半三更，枪声就响，全城人胆大的蹲在屋顶看热闹，下边的人问：“哪儿出事了？”上边的人说：“北山的。”北山的，就是指巩蔡的人马，因为他们的根据地就是北五六十里外的留仙坪。“打得凶吗？”“保安部房着了！”话语未落，“嘎咕儿”一声，一颗流弹飞来，将房上脊兽打得粉碎，看热闹的就从屋檐掉下，再也不敢出门。也常常在第二天，那平浪宫大门上要么悬挂保安队什么长的头颅，要么是保安队捉缉巩蔡的布告，也常常从商县方向下来大批部队，围住全城，搜查“共匪”，鸡飞而狗咬。

这些“北山的”，几年里攻进龙驹寨好多次，但不久就又退出，直到一九四九年，一举拿下，全歼了保安队，龙驹寨彻底解放。接着行政区域化寨为县，也就从那时起，龙驹寨便开始慢慢被外界遗忘，只知道丹凤县城了。

在差不多三十年里，龙驹寨基本上没有变样。从丹江一上岸，便是县城；说是县城，其实一条街道而已。凤冠山东西两侧分别流下两条小河，东是东河，西是西河，县城的东关就是以东河为界，一条石拱桥，桥头一家酒店，进了酒店便算入了东关。西关也是以西河为界，一座石拱桥，桥后一座老爷庙，庙台下也便是西关口。整个街道，南

冬天的访问

北两排平房，相对平行，蔓延而去，北边的门对着南边的窗，南边人一口唾沫可以直接射进北边屋的中堂。街道并不端，呈出波浪形，从正空下看，两边高，接着低，中间却高，如平浮着一只舒展翅膀的飞鸟。若站在南山岭上，或是站在东四方岭上，街道的弯曲度一律由南趋向北，又像一只舒翅而北的飞鸟。街面没有铺一块砖，尽是斗大的、磨盘大的平面石头，有青碧色的、黄澄色的、瓦蓝色的、豆沙色的、白玉色的，长年月久，石板被脚踩出两边高中间低的洼势。每天早晨，人们去井台挑水，井台全在街南坡根下，不用辘轳，不用吊杆，水在凿出的一眼石窟里，用瓢舀着就是了。挑了水，颤颤悠悠从那一个一个小巷道上来，井水便星星点点洒在石板上，终日不干。到了街的中间，也就是平浪宫后门那里，丹江渡口北上的路，凤冠山南下的路，在这里十字相交，便是整个县城最繁华的地面。从早到晚，小商小贩的货摊不撤，各家各户的酒家、烟铺、面馆、旅社、商店门面不关。房屋在这里也最挤，一间房在此可卖七百元，东西两头的只能售四百，所以，这里窗多、门多，每一处墙头也没了空隙，全被挂满广告招牌："王记麻花""特效老鼠药""麻家竹器""五味烧鸡"。以致有一年地震，一家房子向东倾斜，不久，一溜北排四十五家房子全然东斜，但十多年不曾倒下。

县城各地，都是一四七、二五八、三六九日逢集，龙驹寨不分日月，不论早晚，总是人多。在这几百里方圆，这里就是北京城，就是大上海，山民们以进城为终生荣耀。每班城里来，这十字交叉口，就又如北京的王府井、上海的南京路，虽然不为买卖，只图开眼，在那里挤得一身臭汗，或者踏丢了鞋，或者被小偷摸了钱包，也是心情痛快。最是那些深山人，尤其喜欢进城，鸡叫头遍就起身，穿得新新的，背着木材、土豆、柿饼、木耳、核桃、药草、兽皮，在县城专门市场出售了，或者背着背笼，或者挎着空篮，或者把皮绳缠在腰里，扁担掮在肩上，在大大小小的商店进进出出，百货看过。"喂，喂"叫着售货员；售货员说："你在叫狗吗？"他们方学着城里人说句"同志！"却觉得拗口。再要"洋碱""洋盆""洋伞"，售货员再训："这儿没有外国货！"他们就脸红红的，出门却觉得高兴。然后沿街任步而走，玩猴的也看，吹糖人的也看，书店里也去，画店里也去，电影院前也看广告，法院门口也看布告，虽只字不识，但耳朵极灵，什么新闻都记在心里。然后就去那私人理发店里理个分头，油抹得重重的，黏成一片，左右分开。他们得意扬扬地下饭馆了，要一个砂锅豆腐，切一盘猪耳朵酱肉、三个蒸馍、一碗蛋汤，吃得满口流油，满头生汗。城里小生意人最欢迎这些顾客，一是可以赚得他们的，二是可以逗逗他们的痴憨；山里人满足了，城里人也满足了。

也是奇怪的事情，全商州最能跟上时代的，不是离西安省城最近的商县、洛南，往往却是龙驹寨。西安街头出现什么风气，龙驹寨很快也就出现什么风气；这就苦坏了四周八方的深山人。县城人穿起皮鞋，他们也要穿穿皮质的，便买了胶鞋，雨天穿，旱天也穿，常是里边出了汗泥，也不肯脱去，以致灌进冷水，抬脚动步，咕咕作响。后来，县城人又穿起空前绝后的凉鞋，他们就以布条仿制而成，常在山路上半天就穿烂了。他们慢慢恨起县城人变化无常，那卖山货的钱不能使他们跟上时代。但是，他们不知道龙驹寨人也有他们的苦恼：他们也在恨西安人一时一个样！比如才兴起窄裤管，一条裤子还未穿烂，又兴起宽裤管，像个布袋；才兴起波浪式的烫发，他们烫得满头卷毛，又买了电梳子，西安人却又热起日本型的了。

衣着时髦，热衷的当然是年轻人了。但是，最令全体龙驹寨人一天一天不满的是县城的城市建设。因为龙驹寨还没有一座二层楼，街道也没有用水泥铺，剧院没有，总租借丹凤中学礼堂公演。就是看电影，也是露天场地，一到阴雨天气，夜夜就简直无法活了。他们联合向上请求，县委、县政府也重视起来，先是水泥铺街面，栽路灯，再是沿凤冠山下的公路两边建新街，盖饭店大楼。龙驹寨街道的人总谋算有一天将他们的平房全部搬倒，都像大城市的人一样住三间一套的单元房，吃水有龙头，养花有凉台。但这一要求终未实现，他们归结于县上主事人不是龙驹寨人。这简直是一个不可思议的事，大凡解放以来，在这县城为领导的都是龙驹寨四周乡下人。于是，他们又得以结论：乡下人领导城里人；一旦作了领导的人，却后代皆不强不壮，不聪不明。比如，这个书记，那个县长、主任、局长，不是有傻儿痴

女，便是吃喝玩乐，浪荡无赖而不成正果。龙驹寨人便都去谋官，谋不上了，就达观而乐：“一人当官，三代风水尽矣！”

如今县城扩大了，商店增多了，人都时髦了，但也便哑巴吃黄连，有苦说不出。因为开支吃不消：往日一个鸡蛋五分钱，如今一角一只；往日木炭一元五十斤，如今一元二十斤还是青桐木烧的。再是菜贵，油贵，肉贵，除了存自行车一直是二分钱外，钱几乎花得如流水一般。深山人也一日一日刁猾起来，山货漫天要价，账算得极精，四舍五入，入的多，舍的少。更是修了丹江大桥，河南河北通途，渡舟取消，“关口、渡口，气死霸王”的时期过去了；要是往日夏秋发水，龙驹寨人赤条条背人过河，老太太有之，壮年婆娘有之，黄花少女也有之，背至中流，什么话也可说，什么地方也可摸，而且要多少钱，就能得到多少钱，如今闲在家里了。而且街道加宽，车辆增多，每天无数的手扶拖拉机涌来，噪音烦人，事故增多。再是每一家市民，每天家家有客，大舅二舅，三姨五姨，七姑八婆，还有拐弯抹角的外甥，老表，旧亲老故，凡是进城，就来家用饭，饭还管得了，烟酒茶糖一月一堆开支。先还大礼招待，慢慢有啥吃啥，到了后来，就只有一张热情的嘴和一条冰冷的板凳了。城乡人便从此而生分了。毕竟乡下人报复城里人容易，若要挑着山货过亲戚门，草帽一按，匆匆便过，又故意抬价，要动起手脚，又三五结伙。原先是城里人计算赚乡下人钱，现在是乡下人谋划赚城里人钱：辣面里掺谷皮，豆腐里搅苞谷面，萝卜不洗，白菜里冻冰……风气不好起来，先都自鸣得意，后来发觉自己在欺哄自己，待人不公平诚实的，就是县城人，乡下人抓住也打也骂，县城人抓住乡下人自然也打也骂。一些老年人也就自动当起义务宣传员，白日在市场纠察，夜里在四邻走访，一时这些老年人大受社会欢迎。老年人也乐得负责，只是都喜欢贪杯，常是一早一晚，几个人一起到酒馆去，站在柜台外，买得一两烧酒，一口倒在嘴里，顺门便走。久而久之，那口如同打酒列子，觉得少了，不行，觉得多了，滴点不沾。而这批老年人中，年事最高的，办事最认真的，口酒最标准的，是平浪宫后的刘来魁老汉。老汉是早年河上船公，高个头，白胡子，八十三岁那年，全县城为他修了一匾，县长亲自送到家里，至今高悬中堂之上。

白浪街

丹江流经竹林关，向东南而去，便进入了商南县境。一百十一里到徐家店，九十里到梳洗楼，五里到月亮湾，再一十八里拐出沿江第四个大湾川到荆紫关、浙川、内乡、均县、老河口。汪汪洋洋九百九十里水路，山高月小，水落石出。船只是不少的，都窄小窄小，又极少有桅杆竖立，偶尔有的，也从不见有帆扯起来。因为水流湍急，顺江而下，只需把舵，不用划桨，便半天一晌，“轻舟已过万重山”了。假若从龙驹寨到河南西峡，走的是旱路，处处古关驿站，至今那些地方旧名依故，仍是武关、大岭关、双石关、马家驿、林河驿等等。而老河口至龙驹寨，则水滩多甚，险峻而可名的竟达一百三十之处！江边石崖上，低头便见纤绳磨出的石渠和纤夫脚踩的石窝；虽然山根石皮上的一座座镇河神塔都差不多坍了半截，或只留有一堆砖石，那夕阳里仍依稀可见苍苔缀满了那石壁上的“远源长流”字样。一条江上，上有一座“平浪宫”在龙驹寨，下有一座“平浪宫”在荆紫关，一样的纯木结构，一样的雕梁画栋。破除迷信了，虽然再也看不到船船供养着小白蛇，进“平浪宫”去供香火，三磕六拜，但在弄潮人的心上，龙驹寨、荆紫关是最神圣的地方。那些上了年纪的船公，每每摸弄着五指分开的大脚，就夸说：“想当年，我和你爷从龙驹寨运苍术、五倍子、木耳、漆油到荆紫关，从荆紫关运火纸、黄表、白糖、苏木到龙驹寨，那是什么情景！你到过龙驹寨吗？到过荆紫关吗？荆紫关到了商州的边缘，可是繁华地面呢！”

荆紫关确是商州的边缘，确是繁华的地面。似乎这一切全是为商州天造地设的，一闪进关，江面十分开阔，黄昏中平川地里虽不大见孤烟直长的景象，落日在长河里却是异常的圆。初来乍到，认识论为之改变：商州有这么大平地！但江东荆紫关，关内关外住满河南人，江西村村相连，管道纵横，却是河南、湖北口音，唯有到了山根下一条叫白浪的小河南岸街上，才略略听到一些秦腔呢。

这街叫白浪街，小极小极的。这头看不到那头，走过去，似乎并不感觉这是条街道，只是两排屋合对面开门，门一律装板门罢了。这里最崇尚的颜色是黑白：门窗用土漆刷黑，凝重、锃亮，俨然如铁门钢窗，家里的一切家什，大到柜子、箱子，小到罐子、盆子，土漆使其光明如镜，到了正午，你一人在家，家里四面八方都是你。日子富裕的，墙壁要用白灰搪抹，即使再贫再寒，那屋脊一定是白灰抹的，这是江边人对小白蛇（白龙）信奉的象征。每每太阳升起空间一片迷离之时，远远看那山根，村舍不甚清楚，那错错落落的屋脊就明显出对等的白直线段。烧柴不足是这里致命的弱点，节柴灶就风云全街，每一家一进门就是一个砖砌的双锅灶，粗大的烟囱，如“人”字立在灶上，灶门是黑，烟囱是白。黑白在这里和谐统一，黑白使这里显示亮色。即使白浪河，其实并无波浪，更非白色，只是人们对这一条浅浅的满河黑色碎石的沙河的理想而已。

街面十分单薄，两排房子，北边的沿河堤筑起，南边的房后就一片田地，一直到山根。数来数去，组成这街的是四十二间房子，一分为二，北二十一间，南二十一间，北边的斜着而上，南边的斜着而下。街道三步宽，中间却要流一道溪水，一半有石条棚，一半没有棚，清清亮亮，无声无息，夜里也听不到响动，只是一道星月。街里九棵柳树，弯腰扭身，一副媚态。风一吹，万千柔枝，一会打在北边木板门上，一会刷在南边方格窗上，东西南北风向，在街上是无法以树判断的。九棵柳中，位置最中的，身腰最弯的，年龄最古老而空了心的是一棵垂柳。典型的粗和细的结合体，桩如桶，枝如发。树下就仄卧着一块无规无则之怪石。既伤于观赏，又碍于街面，但谁也不能去动它，那简直是这条街的街徽。重大的集会，这石上是主席台，重要的布告，这石上的树身是张贴栏，就是民事纠纷，起咒发誓，也只能站在石前。

就是这条白浪街，陕西、河南、湖北三省在这里相交，三省交结，界牌就是这一块仄石。小小的仄石竟如泰山一样举足轻重，神圣不可侵犯。以这怪石东西直线上下，南边的是湖北地面，以这怪石南北直线上下，北边的街上是陕西，下是河南。因为街道不直，所以街西头一家，三间上屋属湖北，院子却属陕西。据说解放以前，地界清楚，人居杂乱，湖北人住在陕西地上，年年给陕西纳粮，陕西人住在河南地上，年年给河南纳粮。如今人随地走，那世世代代杂居的人就只得改其籍贯了。但若查起籍贯，陕西的为白浪大队，河南的为白浪大队，湖北的也为白浪大队，大凡找白浪某某之人，一定需要强调某某省名方可。

一条街上分为三省，三省人是三省人的容貌，三省人是三省人的语言，三省人是三省人的商店。如此不到半里路的街面，商店三座，座座都是楼房。人有竞争的秉性，所以各显其能，各表其功。先是陕西商店推倒土屋，一砖到顶修起十多间一座商厅；后就是河南弃旧翻新堆起两层木石结构楼房，再就是湖北人，一下子发奋起四层水泥建筑。货物也一家胜筹一家，比来比去，各有长短，陕西的棉纺织品最为赢，湖北以百货齐全取胜，河南挖空心思，则常常以供应短缺品压倒一切。地势造成了竞争的局面，竞争促进了地势的繁荣，就是这弹丸之地，成了这偌大的平川地带最热闹的地方。每天这里人打着漩涡，四十二户人家，家家都做生意，门窗全然打开，办有饭店、旅店、酒店、肉店、烟店。那些附近的生意人也就担筐背篓，也来摆摊，天不明就来占却地点，天黑严才收摊而回，有的则以石围圈，或夜不归宿，披被守地。别处买不到的东西，到这里可以买，别处见不到的东西，到这里可以见。“小香港”的名声就不胫而走了。

三省人在这里混居，他们都是炎黄的子孙，都是共产党的领导，但是，每一省都不愿意丢失自己的省风省俗，顽强地表现各自的特点。他们有他们不同于别人的长处，他们也有他们不同于别人的短处。

湖北人在这里人数最多。“天有九头鸟，地有湖北佬”，他们待人和气，处事机灵。所开的饭店餐具干净，桌椅整洁，即使家境再穷，那男人卫生帽一定是雪白雪白，那女人的头上一定是丝纹不乱。若是有客稍稍在门口向里一张望，就热情出迎，介绍饭菜，帮拿行李，你不得不进去吃喝，似乎你不是来给他“送”钱的，倒是来享他的福的。在一张八仙桌前坐下，先喝茶，再吸烟，问起这白浪街的历史，他一边叮叮咣咣刀随案板响，一边说了三朝，道了五代。又问起这街上人家，他会说了东头李家是几口男几口女，讲了西头刘家有几只鸡

几头猪；忍不住又自夸这里男人义气，女人好看。或许一声呐喊，对门的窗子里就探出一个俊脸儿，说是其姐在县上剧团，其妹的照片在县照相馆橱窗里放大了尺二，说这姑娘好不，应声好，就说这姑娘从不刷牙，牙比玉白，长年下田，腰身细软。要问起这儿特产，那更是天花乱坠，说这里的火纸，吃水烟一吹就着；说这里的瓷盘从汉口运来，光洁如玻璃片，结实得落地不碎，就是碎了，碎片儿刮汗毛比刀子还利；说这里的老鼠药特有功效，小老鼠吃了顺地倒，大老鼠吃了跳三跳，末了还是顺地倒。说的时候就拿出货来，当场推销。一顿饭毕，客饱肚满载而去，桌面上就留下七元八元的，主人一边端着残茶出来顺门泼了，一边低头还在说：照看不好，包涵包涵。他们的生意竟扩张起来，丹江对岸的荆紫关码头街上有他们的“租地”，虽然仍是小摊生意，天才的演说使他们大获暴利，似乎他们的大力丸，轻可以治痒，重可以防癌，人吃了有牛的力气，牛吃了有猪的肥膘。似乎那代售的避孕片，只要合在水里，人喝了不再多生，狗喝了不再下崽，浇麦麦不结穗，浇树树不开花。一张嘴使他们财源茂盛，财源茂盛使他们的嘴从不受亏，常常三个指头高擎饭碗，将面条高挑过鼻，沿街吸吸溜溜地吃。他们是三省之中最富有的公民。

河南人则以能干闻名，他们勤苦而不恋家，强悍却又狡慧。靠山吃山，靠水吃水，大人小孩没有不会水性的。每三日五日，结伙成群，背了七八个汽车内胎逆江而上，在五十里、六十里的地方去买柴买油桐籽。柴是一分钱二斤，油桐籽是四角钱一斤。收齐了，就在江边啃了干粮，喝了生水，憋足力气吹圆内胎，便扎柴排顺江漂下。一整天里，柴排上就是他们的家，丈夫坐在排头，妻子坐在排尾，孩子坐在中间。夏天里江水暴溢，大浪滔滔，那柴排可接连三个、四个，一家几口全只穿短裤，一身紫铜色的颜色，在阳光下闪亮，柴排忽上忽下，好一个气派！到了春天，江水平缓，过姚家湾、梁家湾、马家堡、界牌滩，看两岸静峰峭峭，赏山峰林木森森，江心的浪花雪白，崖下的深潭黝黑。遇见浅滩，就跳下水去连推带拉，排下湍流，又手忙脚乱，偶尔排撞在礁石上，将孩子弹落水中，父母并不惊慌，排依然在走，孩子眨眼间冒出水来，又跳上排。到了最平稳之处，清风徐来，水波不兴，一家人就仰躺排上，看天上水纹一样的云，看地下云纹一样的水，醒悟云和水是一个东西，只是一个有鸟一个有鱼而区别天和地了。每到一湾，湾里都有人家，江边有洗衣的女人，免不了评头论足，唱起野蛮而优美的歌子，惹得江边女子掷石大骂，他们倒乐得快活，从怀里掏出酒来，大声猜拳，有喝到六成七成，自觉高级干部的轿车也未必柴排平稳，自觉天上神仙也未必他们自在。每到一个大湾的渡口，那里总停有渡船，无人过渡，船公在那里翻衣捉虱，就喊一声："别让一个溜掉！"满江笑声。月到江心，柴排靠岸，连夜去荆紫关拍卖了，柴是一斤二分，油桐籽五角一斤；三天辛苦，挣得一大把票子，酒也有了，肉也有了，过一个时期"吃饱了，喝涨了"的福豪日子。一等家里又空了，就又逆江进山。他们的口福永远不能受损，他们的力气也是永远使用不竭。精打细算与他们无缘，钱来得快去得快，大起大落的性格使他们的生活大喜大悲。

陕西人，固有的风格使他们永远处于一种中不溜的地位。勤劳是他们的本分，保守是他们的性格。拙于口才，做生意总是亏本，出远门不习惯，只有小打小闹。对于河南、湖北人的大吃大喝，他们并不馋眼，看见河南、湖北人的大苦大累反倒相讥。他们是真正的安分农民，长年在土坷垃里劳作。土地包产到户后，地里的活一旦做完，油盐酱醋的零花钱来源就靠打些麻绳了。走进每一家，门道里都安有拧绳车子，婆娘们盘脚而坐，一手摇车把，一手加草，一抖一抖的，车轮转得是一个虚的圆团，车轴杆的单股草绳就发疯似的肿大。再就是男子们在院子里开始合绳：十股八股单绳拉直，两边一起上劲，长绳就抖得眼花缭乱，白天里，日光在上边跳，夜晚里，月光在上边碎，然后四股合一条，长如蛇一样扔满了一地。一条绳交给国家收购站，钱是赚不了几分，但他们个个身宽体胖，又年高寿长。河南、湖北人请教养身之道，回答是：不研究行情，夜里睡得香，心便宽；不心重赚钱，茶饭不好，却吃得及时，便自然体胖。河南、湖北人自然看不上这养身之道，但却极愿意与陕西人相处，因为他们极其厚道，街前街后的树多是他们栽植，道路多是他们修铺，他们注意文化，晚辈里多有高中毕业生，能画中堂上的老虎，能写门框上的对联，清夜月下，

悠悠有吹箫弹琴的，又是陕西人氏。“宁叫人亏我，不叫我亏人”，因而多少年来，公安人员的摩托车始终未在陕西人家的门前停过。

三省人如此不同，但却和谐地统一在这条街上。地域的限制，使他们不可能分裂仇恨，他们各自保持着本省的尊严，但团结友爱却是他们共同的追求。街中的一条溪水，利用起来，在街东头修起闸门，水分三股，三股水打起三个水轮，一是湖北人用来带动压面机，一是河南人用来带动轧花机，一是陕西人用来带动磨面机。每到夏天傍晚，当街那棵垂柳下就安起一张小桌打扑克，一张桌坐了三省，代表各是两人，轮换交替，围着观看的却是三省的老老少少，当然有输有赢，友谊第一，比赛第二。月月有节，正月十五、二月初二、五月端午、八月中秋，再是腊月初八，大年三十，陕西商店给所有人供应鸡蛋，湖北商店给所有人供应白糖，河南就又是粉条，又是烟酒。票证在这里无用，后门在这里失去环境。即使在“文化大革命”中，各省枪声炮声一片，这条街上风平浪静：陕西境内一乱，陕西人就跑到湖北境内，湖北境内一乱，湖北人就跑到河南境内。他们各是各的避风港，各是各的保护人。各家妇女，最拿手的是各省的烹调，但又能做得两省的饭菜。孩子们地道的是本省语言，却又能精通两省的方言土语。任何一家盖房子，所有人都来“送菜”，送菜者，并不仅仅送菜，有肉的拿肉，有酒的提酒，来者对于主人都是帮工，主人对于帮工都待如至客；一间新房便将三省人扭和在一起了。一家姑娘出嫁，三省人来送“汤”，一家儿子结婚，新娘子三省沿家磕头作拜。街中有一家陕西人，姓荆，六十三岁，长身长脸，女儿八个，八个女儿三个嫁河南，三个嫁湖北，两个留陕西，人称“三省总督”。老荆五十八岁开始过寿日，寿日时女儿、女婿都来，一家人南腔北调语音不同，酸辣咸甜口味有别，一家热闹，三省快乐。

一条白浪街，成为三省边街，三省的省长他们没有见过，三县的县长也从未到过这里，但他们各自不仅熟知本省，更熟知别省。街上有三份报纸，流传阅读，一家报上登了不正之风的罪恶，秦人骂“瞎髁”，楚人骂“操蛋”，豫人骂“狗球”；一家报上刊了振兴新闻，秦人说“燎”，楚人叫“美”，豫人喊“中”。山高皇帝远，报纸却使他们离政策近。只是可惜他们很少有戏看，陕西人首先搭起戏班子，湖北人也参加，河南人也参加，演秦腔，演豫剧，演汉调。条件差，一把二胡演过《血泪仇》，广告色涂脸演过《梁秋燕》，以豆腐包披肩演过《智取威虎山》，越闹越大，《于无声处》的现代戏也演，《春草闯堂》的古典戏也演。那戏台就在白浪河边，看的人山人海。一时间，演员成了这里头面人物，每每过年，这里兴送对联，大家联合给演员家送对联，送的人庄重，被送的人更珍贵，对联就一直保存一年，完好无缺。那戏台两边的对联，字字斗般大小，先是以红纸贴成，后就以红漆直接在门框上书写，一边是："丹江有船三日过五县"，一边是"白浪无波一石踏三省"，横额是"天时地利人和"。

六棵树

回了一趟老家，发现村子里又少了几种树。我们村在商丹川道是有名的树园子，大约有四十多种树。自从炸药轰开了这个小盆地西边的牛背梁和东边的烽火台，一条一级公路穿过，再接着一条铁路穿过，又接着修起了一条高速公路，我们村子的地盘就不断地被占用。拆了的老院子还可以重盖，而毁去的树，尤其是那些唯一树种的，便再也没有。这如同当年我离开村子时的那些上辈人和那些农具，三十多年里就都消绝了。在巷道口我碰到了一群孩子，我不知道这都是谁家的子孙，问：知道你爷的名字吗？一半回答是知道的，一半回答不知道。再问：知道你姥爷的名字吗？几乎都回答不上来。咳，乡下人最讲究的是传承香火，可孩子们却连爷或姥爷的名字都不知道了。他们已不晓得村子里的四十多种树只剩下了二十多种，再也见不上枸树、槲树、棠棣、栎、桧、柞和银杏木、白皮松了，更没见过纺线车、鞋耙子、捞兜、牛笼嘴、曳绳、禊枷、檐簸子。记得小时候我问过父亲，老虎是什么，熊是什么，黄羊和狐狸是什么，父亲就说不上来，一脸的尴尬和茫然。我害怕以后的孩子会不会只知道了村里的动物只是老鼠苍蝇和蚊子，村里的树木只是杨树柳树和榆树？所以，就有了想记录那些在三十年间消绝的花草树木、飞禽走兽、农耕用具的欲望。

现在，我先要记的是六棵树。

皂角树。我们的村子分涧上涧下，这棵皂角树就长在涧沿上。树不是很大，似乎老长不大，斜着往涧外，那细碎的叶子时常就落在涧根的泉里。这眼泉用石板箍成三个池子，最高处的池子是饮水，稍低的池子淘米洗菜，下边的池子洗衣服。我小时候喜欢在泉水边玩，娘在那里洗衣服，倒上些草木灰，揉搓一阵子了，抡着棒槌啪啪地捶打。我先是趴在饮水池边看池底的小虾游来游去，然后仰头看皂角树上的皂角。秋天的皂角还是绿的，若摘下来最容易捣烂了去衣服上的垢痂，我就恨我的胳膊短，拿了石子往上掷，企图能打中一个下来。但打不中，皂角树下卧着的狗就一阵咬，秃子便端个碗蹴在门口了。

皂角树属于秃子家的，秃子把皂角树看得很紧。那年月，村人很少有用肥皂的，皂角可以卖钱，五分钱一斤。秃子先是在树根堆了一捆野枣棘，不让人爬上去，但野枣棘很快被谁放火烧了。秃子又在树身上抹屎，臭味在泉边都能闻见，村人一片骂声，秃子才把屎擦了。他在夹皂角的时候，好多人远远站着看，盼望他立脚不稳，从涧上摔下去。他家的狗就是从涧上摔下去过，摔成了跛子，而且从此成了亮鞍。亮鞍非常难看，后腿间吊着那个东西。大家都说秃子也是个亮鞍，所以他已经三十四五了，就是没人给他提亲。

秃子四十一岁上，去深山换苞谷。我们那儿产米，二三月就拿了米去深山换苞谷，一斤米能换三斤苞谷。秃子就认识了那里一个寡妇。寡妇有一个娃，寡妇带着娃就来到了他家。那寡妇后来给人说：他哄了我，说顿顿吃米饭哩，一年到头却喝米角儿粥！

但秃子从此头上一年四季都戴个帽子，村里传出，那寡妇晚上睡觉都不允他卸下帽子。邻居还听到了，寡妇在高潮时就喊：卫东，卫东！村人问过寡妇的儿子：卫东是谁？儿子说是他爹，他爹打猎时火枪炸了，把他爹炸死了。大家就嘲笑秃子，夜夜替卫东干活哩。秃子说：替谁干都行，只要我在干着。

村人先是都不承认寡妇是秃子的媳妇，可那女人大方，摘皂角时看见谁就给谁几个皂角。常常有人在泉里洗衣服，她不言语，站在涧上就扔下两个皂角。秃子为此和女人吵，但女人有了威信，大家叫她的时候，开始说：喂，秃子的媳妇！

秃子的媳妇却害病死了，害的什么病谁也不知道，而秃子常常要

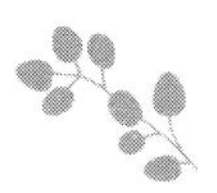

到坟上去哭。有一年夏天我回去，晚上一伙人拿了席在麦场上睡，已经是半夜了，听见村后的坡根有哭声，我说：谁哭呢？大家说：秃子又想媳妇了。

又过了两年，我再一次回去，发觉皂角树没了，问村人，村人说：砍了。二婶告诉我，秃子死了媳妇后，和媳妇的那个儿子合不来，儿子出外再没有音讯，秃子一下子衰老了，五十多岁的人看上去有七十岁。他不戴帽子了，头上的疤红得像烧过的柿子，一天夜里就吊死在皂角树上，皂角落得泉边到处都是。这皂角树在涧上，村人来打水或洗衣服就容易想起秃子吊死的样子，便把皂角树砍了。

药树。药树在法性寺的土崖上，寺殿的大梁上写着清康熙初年重建，药树最少在这里长了三百年。我记事起，法性寺里就没有和尚，是小学校，铃声是敲那口铁铸的钟，每每钟声悠长，我就感觉是从药树上发出来的。药树特别粗，从土崖上斜着往空中长，树皮一片一片像鳞甲，村人称作龙树。那时候我们那儿还没有发现煤，柴火紧张，大一点儿的孩子常常爬上树去扳干枯了的枝条，我爬不上去，但夜里一起风，第二天早晨我就往树下跑，希望树上的那个鸟巢能掉下来，鸟巢是可以做几顿饭的。

药树几乎是我们村的象征，人要问：你是哪儿的？我们说：棣花的。问：棣花哪个村？我们说：药树底下的。

我在寺里读了六年书，每天早晨上操完校长训话，我抬头就看到药树。记得一次校长训话突然提到了药树，说早年陕南游击队在这一带活动，有个共产党员受伤后在寺里养伤住了三年，新中国成立后当了三年专员，因为寺里风水好，有这棵龙树。校长鼓励我们好好学习，将来也成龙变凤。母亲对我希望很大，大年初一早上总是让我去药树下烧香磕头，她说：你要给我考大学！

但是，我连初中还没读完，“文革”就开始了，辍学务农，那时我十四岁。

我回到村里，法性寺小学也没了师生，驻扎了当地很大的一个造反派的指挥部。有了这个指挥部，我们从此没有安宁过，经常是县城过来的另一个造反派的人来攻打，双方就在盆地东边的烽火台上打了几仗。好像是这个造反派的人赢了，结果势力越来越大。忽然有一天，一声爆炸，以为又武斗了，母亲赶紧关了院门，不让我们出去，巷道里有人喊：不是武斗，是炸药树了！等村人赶到寺后的土崖上，药树果然根部被炸药炸开，树干倒下去压塌了学校的后院墙。原来造反派每日有上百人在那里起灶做饭，没有了柴火，就炸了药树。

村里人都傻了眼，但村里人没办法。到了晚上，传出消息，说造反派砍了药树的枝条，而药树身太粗砍不动也锯不开，正在树上掏洞再用炸药炸。队长就和几位老者在寺里和指挥部的人交涉，希望不要炸树身，结果每家出一百斤柴火把树身保全下来。

树身太大，无法运出寺，就用土掩埋在土崖下，但树的断茬口不停地往出流水，流暗红色的水，把掩埋的土都浸湿了，二爷说那是血水。

村人背地里都在起毒咒：炸药树要报应的！果不其然，三个月后，烽火台又武斗了一场，这个造反派的人死了三个，两个就是在药树下点炸药包的人。而“文革”结束后，清理阶级队伍，两个造反派的武斗总指挥都被枪毙了。

我离开村子的那年，村人把药树挖出来，解成了板，这些板做了桥板就架设在村前的丹江上。

楸树。高达二十米，叶子呈三角形，叶边有锯齿，花冠白色。楸树的木质并不坚实，有点儿像杨树。这棵树在刘新来家的屋后，但树却属于李书富家。刘新来家和李书富家是隔壁，但李书富家地势高，刘新来家地势低，屋后的阳沟里老是湿津津的，很少有人去过。楸树占的地方窄狭，就顺着涧根往高里长，枝叶高过了涧畔。刘家人丁不旺，几辈单传，到了刘新来手里，他在外地工作，老婆和儿子在家，儿子就患了心脏病，一年四季嘴唇发青。阴阳先生说楸树吸了刘家精气，刘新来要求李书富能把楸树伐了，李书富不同意，刘新来说给你二百元钱把树伐了，李书富还是不同意。

刘新来的老婆带了儿子去了刘新来的单位，一去三年没有回来。

那时候我和弟弟提了笼子拾柴火，就钻进刘家屋后砍涧壁上的荆棘，也砍过楸树根。楸树根像蛇一样爬在涧壁上，砍一截下来，根就冒白水，很快颜色发黑，稠得像胶。我们趴在院门缝往里看，院子里蒿草没了台阶，堂屋的门框上结个大蜘蛛网，如同挂了个筛子。

李书富在秋后打核桃的时候从树上掉下来，把脊梁跌断了，卧床了三年，临死前给老伴说：用楸树解板给我做棺材。他儿子在西安打工，探病回来就伐倒了楸树。伐楸树费了劲，是一截一截锯断用绳吊着抬出来，解成了板。李书富一死，儿子却没有用楸树板给他爹做棺材，只是将家里一个老式板柜锯了腿，将爹装进去埋了。埋了爹，儿子又进城打工了。李书富的老伴还留在家里，对人说：儿子在城里找了个对象，这些木板留着做结婚家具呀。我也要进城呀，但我必须给他爹过了百天，百天里这些木板也就干了。

百天过后，李书富的儿子果然回来接走了老娘，也拉走了楸木板。而一天，刘新来家的堂屋倒塌了。

香椿。村里原来有许多椿树，我家茅坑边就有一棵，但都是臭椿，香椿只有一棵。这一棵长在莲叶池边的独院里，院里住着泥水匠，泥水匠常年在外揽活，他老婆年龄小得多，嫩面俊俏。每年春天，大家从墙外经过，就拿眼盯着香椿的叶子发生。

男人们都说香椿好，前院的三婶就骂：不是香椿好，是人家的老婆好！于是她大肆攻击那老婆，说人家走路水上漂是因为泥水匠挣了钱给买了一双白胶底鞋，说人家奶大是衣服里塞了棉花，而且不会生男娃，不会生男娃算什么好女人？

三婶有一个嗜好，爱吃芫荽。她在院子里种了案板大片芫荽，每一顿饭，她掐几片芫荽叶子切碎了搅在饭碗里。我们总闻不惯芫荽的怪气味，还是说香椿好，香椿炒鸡蛋是世上最好的吃食。

社教的时候，村里重新划阶级成分。泥水匠原来的成分是中农，但村人说泥水匠的爹在新中国成立前卖掉了十亩地，他是逮住要解放的风声才卖的地，他应该是漏划的地主，结果泥水匠家就定为地主成分。是地主成分就得抄家，抄家的那天村人几乎都去搬东西，五根子板柜抬到村饲养室给牛装了饲料，八仙桌成了生产队办公室的会议桌。那些盆盆罐罐都被砸了，院子里的花草被踏了。三婶用镰割断了那爬满院墙的紫藤萝，又去割那棵香椿，割不动，拿斧头砍，就把香椿树砍倒了。

从此村里只有臭椿。臭椿老生一种椿虫，逮住了，手上留一股臭味，像狐臭一样难闻。

苦楝树。苦楝树能长得非常高大，但枝叶稀疏，秋天里就结一种果，指头蛋儿大，果把儿很老，一兜一兜地在风里摇曳，一直到腊月天还不脱落。

先前村里有过三棵苦楝树。一棵在村口的戏楼旁，戏楼倒塌的时候这树莫名其妙也死了。另一棵在涧上的一块场地上，村长的儿子要盖新院子，村长通融了乡政府，这场地就批给了村长的儿子做庄宅地。而且场地要盖新院子，就得伐了苦楝树，这棵苦楝树产权属于集体，又以最便宜的价处理给了村长的儿子。这事村人意见很大，但也只能背后说说而已，人家用这棵苦楝树做了担子，新房上梁的时候大家又都去帮忙，拿了礼，燃放鞭炮。

最后的一棵苦楝树在村西头，树下是大青石碾盘。碾盘和石磨称作青龙白虎，村西头地势高，对着南头山岭的一个沟口，碾盘安在那儿是老祖先按风水设计的。碾盘旁边是雷家的院子，住着一个孤寡老人。我写完《怀念狼》那本书后回去过一次，见到那老汉，他给我讲了他爷爷的事。他小时候和他娘睡在上屋，上屋的窗外就是苦楝树和碾盘，夏天里他爷爷就睡在碾盘上。那时狼多，常到村里来吃鸡叼猪，有一夜他听见爷爷在碾盘上说话，掀窗看时，一只狼就卧在碾盘下。狼尾巴很大，直身坐着，用前爪不断地逗弄他爷爷，他爷爷说：你走，你走，我一身干骨头。狼后来起身就走了。我觉得这个细节很好，遗憾《怀念狼》没用上。

这棵苦楝树是最大的一棵苦楝树，因为在碾盘旁可以遮风挡雨，谁也没想过砍伐它。小时候我们在碾盘上玩抓石子，苦楝蛋儿就时不时掉下来，嘣，一颗掉下来，在碾盘上跳几跳，嘣，又掉下来一颗。述君和我们玩时一输，他力气大，就用脚踹苦楝树，苦楝蛋儿便下冰

雹一样落下来。

苦楝蛋儿很苦，是一味药，邻村的郎中每年要来捡几次。后来苦楝树被人用斧头砍了一次，留下个疤，谁也不知道是谁砍的。不久姓王那家的小女儿突然死了，村里传言那小女儿还不到结婚年龄却怀了孕，她听别人说喝苦楝蛋儿熬出的水可以堕胎，结果把命丢了。于是大家就怀疑是姓王的来砍了树。

一级公路经过我们村北边，高速公路经过的是村前的水田，但高速公路要修一条连接一级公路的辅道，正好经过村西头，孤寡老人的院子就拆了，碾盘早废弃了多年，当然苦楝树也就伐了。老院子给补贴了二万元，碾盘一分钱也没赔，苦楝树赔了三千元，村人家家有份，每户分到一百元。

这次回去，我见到了那个郎中，他已经是老郎中了，再来捡苦楝蛋时没有了苦楝树，他给我扬扬手，苦笑着，却一句话都没有说。

痒痒树。这棵痒痒树是我们村独有的一棵痒痒树，也可以说是我们那儿方圆十里内独有的树。树在永娃家的院子里，是他爷爷年轻时去山阳县，从那儿带回来移栽的。树几十年长得有茶缸粗，树梢平过屋檐儿。树身上也是脱皮，像药树一样，但颜色始终灰白。因为这棵树和别的树不一样，村人凡是到永娃家来，都要用手搔一搔树根，看树梢颤颤巍巍地晃动。

树和人在一起时间长了，不是树影响了人，就是人影响了树。五魁家的院墙塌了一面，他没钱买砖补修，就栽了一排铁匠蛋树。这种树浑身长刺，但一般长刺都是软刺，他性情暴戾，铁匠蛋树长的刺就非常硬，人不能钻进去，猫儿狗儿也钻不进去。痒痒树长在永娃家的院子里，永娃的脾气也变了，竟然见人害羞，而且胆小。当一级公路改造时，原来老路从村后坡根经过，改造后却要向南移，占几十亩耕地，村人就去施工地闹事，永娃也参加了。但那次闹事被公安局来人强行压服，事后又要追究闹事人责任，别人还都没什么，永娃就吓得生病了，病后从此身上生了牛皮癣。他再没穿过短裤短袖，据说每天晚上让老婆用筷子给他刮身子，刮下屑皮就一大把。村人都说这病是痒痒树栽在院子里的缘故，他也成了痒痒树。他的儿子要砍痒痒树，他不同意，说，既然我是人肉痒痒树，你把树一砍，我不也就死了。他儿子也就不敢砍了。

前三年的春上，西安城里来了人，在村里寻着买树，听说了永娃家院子里有痒痒树，就来看了要买。永娃还是不舍得，那伙人就买了村里十二棵柴槐树，三棵桂花树。永娃的儿子后来打听了这是西安一个买树公司，他们专门在乡下买树，然后再卖给城里的房地产开发商，移栽到一些豪华别墅里，从中牟利。永娃的儿子就寻着那伙人，同意卖痒痒树，说好价钱是一千元，几经讨价还价，最后以五百元成交，但条件是必须由永娃的儿子来挖，方圆带一米的土挖出。永娃的儿子那天将永娃哄说去了他舅家，然后挖树卖了，等永娃回来，院子里一个大深坑，没树了，永娃气得昏了过去。

永娃是那年腊八节去世的。

去年，永娃的儿媳妇患了胆结石来西安做手术，那儿子来看我，我问那棵痒痒树卖给了哪家公司，他说是神绿公司，树又卖给一个尚德别墅区，他爹去世前非要叫他去看看那棵树，他去看了，但树没栽活。

2007 年 6 月 23 日

一块土地

这话是把我吓了一跳，但我绝不会认为他的话是对的，我只是担心这十八亩地很快就要被铲草掘土，建起高楼了，那野鸡还能生存多少日子呢?

这是XX给我说的，他说，那块地并不大，总共十八亩二分五，他们习惯于说是十八亩地。

十八亩地很平整，但北头窄，南头稍宽些，西边有一条水渠，水渠一拐，朝别的地方去了，拐弯处长了棵梧桐树。十八亩地里冬天种麦夏天种苞谷，庄稼长得好不好，他那时太小，只有两岁吧，并不理会，他只关心着那棵梧桐树上会不会来凤凰。梧桐树是沙白村里最粗的树，树冠特别大，也特别圆，风一吹，就软和了，咕涌咕涌地动。大人们都说，梧桐树上招凤凰，但他从来没见过凤凰，来的全是黑羽毛鸟，一落进去就不见了。

那时候，他的太爷还在，太爷鼻子以下都是胡子，没有嘴。他记得有一阵子太爷总是去十八亩地，从地北头走到地南头，再从地南头走到地北头，来回地走。太爷在地里走着就背了手，腿好像没了膝盖，直戳戳往前迈一步，再迈一步，像是不会走路似的。从渠沿上走过的人说：阿爷，你咋天天都量地哩?

太爷说：我有么!

那人说：那原本就是你的么。

太爷瞪了一眼。

太爷为什么要瞪人家，他不知道原因，后来是爷告诉了他，爷的爷初来乍到沙白村时，还是一片狼牙刺滩，一家人起早贪黑硬是挖掉了狼牙刺，搬走了石头，才修出来了十八亩地。但在太爷三十岁的那一年，房子着了大火，把什么都烧成了灰，十八亩地就卖给了村里的马家，太爷还从此给人家吆马车。

太爷在用步子丈量着十八亩地，村子里正叮叮咣咣地敲锣鼓。锣鼓差不多都敲过十天半月了，还是敲，那是一套新置的响器，敲起来他总以为要敲烂了，可就是敲不烂。

锣鼓敲到谁家，谁家就拿一条红被面来挂彩，快到他家时，太婆舍不得把红被面拔出来，记得太爷站在上房台阶上吃水烟，太爷每天丈量一遍十八亩地回来都要吃水烟，说：你呀你呀，新社会了么！

他那时候不晓得什么是社会，社会又怎么是新的了。

太爷说：土地改革了呀！

太爷在十八亩地里种了麦子，麦子长势很好，风一来，麦地里就漩了涡，风好像有双大脚，一直在那里跳舞。可是，麦子刚刚泛黄，眼看着都要搭镰了，太爷却死了。

太爷他没福。

沙白村的坟地都是在村东那个堆料浆石的高岗子上的，只有太爷的坟埋在梧桐树下。太爷临死前给太婆交代，这十八亩地是极力要求分回来，宁愿一人孤孤单单，一定要埋在十八亩地里。太婆和太爷一辈子意见不合，平日一个说要这样，另一个偏要那样，太婆说：啊，这一回听你的。就把太爷埋在了梧桐树下。

村里的人说，太婆真不该把太爷埋在十八亩地里的，可能太爷知道太婆不顺听他的话，故意反说的，太爷哪里会舍得让坟占用十八亩地呢？他们就提起太爷的往事，说马家不仅在沙白村的，在西安城里仍还有一个骡马店，太爷就每日从渭河码头上到城里的钟楼下，又从城里的钟楼下到渭河码头上吆马车拉客。冬季的夜里吆完最后一趟马车，钟楼下就有老妓女等太爷，太爷便给她买两碗热馄饨，她可以整夜把太爷的一双脚抱在怀里暖热。这老妓女后来就是他的太婆。但这

话爷不让后辈人说，他爹不说，他也不说。

其实，太爷的事他记得并不多，记得深刻的还是他爷。爷对十八亩地更是上心，种麦，种苞谷，也种豌豆和芝麻，地塄砌得又细又直，地里的土疙瘩都揸得碎碎的，更不能有一棵杂草。沙白村人在很长时间里流传着一个笑话，说爷有一次进城，沙白村离城有十里路，爷感觉要大便呀，就往回赶，须要把便屙在十八亩地里，但终究没憋住，半路上屙了，却还屙在荷叶上提回来倒在地里。这笑话或许是编的，但他亲眼看过爷在吃土，那是一个秋后，十八亩地犁过种麦，麦苗还没有出来，爷领着他在地里走，爷一直鼻孔张大地吸。他说爷你吸啥呢？爷说你没有闻到土气香吗？他闻不出来，爷就从地上捏了一把土，捏着捏着，竟把一小撮塞在嘴里嚼起来了，吓了他一跳。

他说：爷，爷，你吃土哩？

爷说：吃哩。

他说：爷是蚯蚓。

爷哧哧地笑了，说：蚯蚓？啊，蚯蚓，爷是蚯蚓。

后来，爷就当了村长。当了村长，就走方字步，而且每次出门，都要披一件衣服，冬天里披的是棉袄，夏天里披的是褂子，在村道里走，人人见了都问候。爷怎样经管着村子，他不甚清楚，但在爷当村长的几年里，沙白村一下子成了远近闻名的先进村。

有一年夏天，有个风水先生来到村里，看了沙白村地形，认为沙白村并没什么出奇处呀，就见到爷，怀疑村长的祖坟是不是好穴位，爷带着他就去了十八亩地。才走到水渠拐弯那儿，爷却让风水先生等一等，风水先生问为啥？爷说：一群孩子在地南头偷吃豌豆哩，咱突然去了会吓着他们。风水先生哦了一声，不再去看穴位，说：我明白了，全明白了。

是过了两年吧，村里又是敲锣打鼓，叮叮咣，叮叮咣，他还是操心着锣鼓要敲烂了，可锣鼓就是敲不烂。爷当然也是参加了锣鼓队，但敲完锣鼓回来，婆在问爷：咋又敲锣鼓哩？

爷说：社会又变呀。

婆经过土改，以为又要分地，说：村里不是地都分完了吗？

爷说：要收地呀。

这就是成立了人民公社，沙白村各家各户的土地都收了，十八亩地也收了，所有的土地都归于集体。

村子里架起了高音喇叭，喇叭是个大嘴，整天在说着人民公社好。但是爷不久就病了，爷发病先是眼睛黄，后来浑身黄，黄得像土，再就是肚子泄，汤米不进。沙白村成了人民公社的一个生产队，生产队选队长，选的还是爷，爷已经领不了社员们去拔界石，扒地堰，平整大面积耕地了。侧睡了一个月，到了初秋，爷突然精神好些，要家里人搀着去十八亩地，家里人搀着他到梧桐树下，爷说：哦，芝麻开花了。头一歪，咽了气。

爷死后没有埋在十八亩地里，因为十八亩地已经不属于他家的地了，爷埋在了村东堆料浆石的高岗子上。太爷的坟堆也平了，清明节去祭奠，只在梧桐树下烧烧纸。

十八亩地里再不可能还种豌豆和芝麻了，那是村里最好的三块地之一，秋季全种了苞谷。苞谷秆上结了棒子，像牛的癓角，他总感觉十八亩地里是摆了牛阵，牛随时都会呼啸着跑出来。

那些年里，吃粮吃菜连同烧锅的柴禾都由生产队按工分的多少来分的，人开始肚子吃不饱饭，猪也瘦得长一身的红毛。沙白村的人几乎都成了贼，想着法儿偷地里的庄稼，他也就钻到十八亩地里捋套种在苞谷里的黄豆叶子。捋黄豆叶子时连黄豆荚一块捋，拿回家猪吃叶子，人煮了豆荚吃。他是先后去捋过三次，第四次让队长发现了，队长夺了笼筐，当场就用脚踏扁了。

他说：这十八亩地原本是我家……

队长说：你说啥？你再说?!

队长扇了他一个耳光，他就没敢再说。

他回到家要把挨打的事说给爹的，爹却正把那套锣鼓往他家的土楼上放，他以为又要敲锣鼓了，爹告诉他这套锣鼓一直在常三爷家，常三爷年纪大了，常三爷的儿子老谋着要把锣当烂铜烂铁卖了去买黑市粮呀，常三爷就让爹存到他家的。

这锣鼓从此就放在他家的土楼上，再也没有敲过。有一年村里有

个叫朱能的人来他家借小米，他家没有秤，也没升子，朱能说你家不是放着锣吗，给我量上一锣。他爹从土楼上取锣，锣里竟然有一窝新生的老鼠，用锣量了一锣小米，朱能却是把那一锣小米做了干饭，一顿吃了。

朱能坏了村子的名誉，周围生产队的人都在嘲笑，说沙白村的人是饿死鬼托生的。

在他七岁的那年，娘得了一种病，就是腰越来越弯，好像她背上老压着大沙袋似的，眼睛再也看不到天了。爹把他寄养在了城里的姑家，就在那里上学。村里的事自那以后他便知道得少了，只晓得爹在后来像太爷年轻时一样，吆起了马车。但爹吆马车不是去拉客，爹是到城里拉粪。每个星期六，爹都要来姑家的那个大杂院收粪水，辕杆上就吊一个麻袋，里边装着红薯，或者是白菜和葱，放到姑家了，便在厕所里淘粪，然后一桶一桶提出去倒在马车上的木罐里。那匹老马很乖，站着一动不动，无论头是朝东还是朝西，尾巴老是朝下。掏完了粪，爹是不在姑家吃饭的，带着他回沙白村过星期天，他便坐在辕杆上。

他是每个星期六都坐粪车的，一直坐到了中学毕业。

这期间发生了多少事啊，比如，他娘死了，他爹摔断过腿，头发一根一根全白了，他又上了大学，大学毕业又在一家报社上班。

就在他再一次回到沙白村，要把工作辞退准备经商的想法说给爹，他记得清清楚楚，那一天他家的院子里涌了好多人。这些人在从土楼上往下取锣鼓，鼓是皮松了，重新拉紧钉好，而锣也锈了几处，敲起来还是震耳欲聋。他那时真笨，以为他们要闹社火，还纳闷着沙白村从来就没有闹过社火呀。

院子人说：征地啦，征地啦！

他说：土地又改革呀？

院子人说：你还是城里人哩，你不知道征地?!

他当然知道征地，好多城中村都征地盖楼房了，可他哪里能想到，沙白村距城这么远的，怎么就征到了这里的地！

沙白村的锣鼓叮叮咣咣敲动着，沙白村里真是被征了地，不仅是征了耕地，连村子都被征了。因为沙白村西边的三个村子原是唐代的皇家公园旧址，现在要恢复重建，周围十几个村子都得搬迁。

那个晚上，沙白村人都在高兴，这地一征，社会又变了么，他们终于不再是农民了，以后子子孙孙永远不是农民了，而且每家还领到了一大笔补贴费，就筹划着该怎么使用这些钱了：去大商场租个柜台吧，从广州上海进货，做服装生意，却又担心如果货卖不出去怎么办。最可靠的还是到街上去摆地摊吧，或者推个三轮车去卖早点。他爹却在屋里喝闷酒，喝了半瓶子，喝得一脸的汗都是油。

爹问：你爹真的也不是农民了？

他说：没地了，当然不是农民了。

爹却说咱到十八亩地去。

他能理解爹的心情，以前分了地，又收了地，地还在沙白村，天天都能看到，现在却要离开沙白村，十八亩地说不定做什么用场，就再也没有了呀。他陪爹去了十八亩地，那一夜月亮很亮，爹又像太爷一样，反背了手，腿也没了膝盖，直直地一步一步从地北头走到地南头，从地南头走到地北头。走了七八个来回，爹的腿一软就跪在地上磕头。他不知道爹是给十八亩地磕头哩，还是给埋在十八亩地里的太爷磕头。

爹离开了沙白村，搬住到了城西南角新建的小区，把家里的什么都带去了，包括那一套锣鼓。但爹过不惯高层楼的生活，说老觉得楼在摇，晚上睡不踏实。

他不能陪爹呀，先还是十天半月去看望一次，后来三四个月也难得去，因为他的公司经营外贸生意，生意又非常好，而且在积累了一定资金后，他也开始进入房地产市场。

城市发展确实很快，像潮水一样向四边漫延着扩张着，那个唐代的皇家公园在三年内就恢复重建了，果然成了西安最现代也最美丽的地方，原先 20 万一亩征去的土地，地价开始成了 400 万一亩，纷纷建造了别墅，别墅已卖到两万元一平方米。还未开发的那些地方，政府都用围墙圈着，过一段时间，拍卖一块；再过一段时间，再拍卖一块。

当然，每次拍卖会他都去参加的，每次参加了都铩羽而归，因为

价钱实在是太高了。但当又一次召开拍卖会，拍卖的是沙白村那一片面积，他竭力竞争，他的实力不可能拿下整个沙白村，却终于得到了那十八亩地的开发权。他把这消息告诉了爹，爹雇了一辆二轮把那一套锣鼓拉到了十八亩地里，和他公司的员工整整敲了三天三夜，叮叮咣咣，这一回鼓敲得散了架，锣真的就烂了。

他说，这十八亩地他要得到，就是倾公司的所有力量，一定要得到，得不到他就得疯了。他确实有些孤注一掷，甚至是变态了，他在给他的员工讲道理，他说十八亩地，是他看到的也是经过的，收了，分了，又收到，又分了，这就是社会在变化。社会的每一次变化就是土地的每一次改革，这土地永远还是十八亩呀，它改革着，却演绎了几代人的命运啊！

XX说完了他的故事，我让他带我去十八亩地看看，十八亩地果然还被围墙围着，地很平，没有庄稼，长着密密麻麻一人多高的蒿草。水渠已经没有了，那棵梧桐树还在。那真是少见的一棵树呀，树干粗得两个人才能抱住，树冠又大又圆。突然，地的南头嘎喇喇一声，飞起了一只鸟，这鸟的尾巴很长，也很好奇，我们立即认出那是野鸡，就撵了过去。野鸡还在草上闪了几下，后来再寻就不见了。

怎么会有野鸡？野鸡是能飞的，但它飞不高也飞不远，围墙之外都是楼房，它是从哪儿来的？我们都疑惑了。

我说：是不是沙白村原来就有野鸡？

他说：这不可能，我从来没在村里见过野鸡。

我想，那就是这十八亩被围起来后，地上自生了蒿草也自生了野鸡。因为只有一个水塘，水塘里从没放过鱼苗，过那么几年水塘里自然不就有鱼在游动吗？

XX却突然地说：这是不是我太爷的魂？！

他这话是把我吓了一跳，但我绝不会认为他的话是对的，我只是担心这十八亩地很快就要被铲草掘土，建起高楼了，那野鸡还能生存多少日子呢？

又是一年过去了，我再没见到XX，也没有听到关于他的消息，有一天路过了那十八亩地，十八亩地的围墙换了，换成了又高又厚的砖墙，全涂着红色，围墙里并不是建筑工地，梧桐树还在，蒿草还一人多高。而围墙西头紧锁着两扇铁门，门口又挂着一个牌子，写着：一块土地。

进山东

第一回进山东，春正发生，出潼关沿着黄河古道走，同车里坐着几个和尚——和尚使我们与古代亲近——恍惚里，春秋战国的风云依然演义，我这是去了鲁国之境了。鲁国的土地果然肥沃，人物果然礼仪，狼虎的秦人能被接纳吗？深沉的胡琴从那一簇蓝瓦黄墙的村庄里传来，音韵绵长，和那一条并不知名的河，在暮色苍茫里蜿蜒而来又蜿蜒而去，弥漫着，如麦田上浓得化也化不开的雾气，我听见了在泗水岸上，有了“逝者如斯夫”的声音，从孔子一直说到了现在。

我的祖先，那个秦嬴政，在他的生前是曾经焚书坑儒过的，但居山高为秦城，秦城已坏，凿池深为秦坑，自坑其国，江海可以涸竭，乾坤可以倾侧，唯斯文用之不息，如今，他的后人如我者，却千里迢迢来拜孔子了。其实，秦嬴政在统一天下后也是来过鲁国旧地，他在泰山上祀天，封禅是帝王们的举动，我来山东，除了拜孔，当然也得去登泰山，只是祈求上天给我以艺术上的想象和力量。接待我的济宁市的朋友，说：哈，你终于来了！我是来了，孔门弟子三千，我算不算三千零一呢？我没有给伟大的先师带一束干肉，当年的苏轼可以唱“执瓢从之，忽焉在后”，我带来的唯是一颗头颅，在孔子的墓前叩一个重响。

一出潼关，地倾东南，风沙于后，黄河在前，是有了这么广大的平原才使黄河远去，还是有了黄河才有了这平原？哐啷哐啷的车轮整整响了一夜，天明看车外，圆天之下是铅色的低云，方地之上是深绿的麦田，哪里有紫白色的桐花哪里就有村庄，粗糙的土坯院墙，砖雕的门楼，脚步沉缓的有着黑红颜色而褶纹深刻的后脖的农民，和那叫声依然如豹的走狗——山东的风光竟与陕西关中如此相似！这种惊奇使我必然思想，为什么山东能产生孔子呢？那年去新疆，爱上了吃新疆的馕，怀里揣着一块在沙漠上走了一天，遇见一条河水了，蹲下来洗脸，“日”地将馕抛向河的上游，开始洗脸，洗毕时馕已顺水而至，捡起泡软了的馕就水而吃，那时我歌颂过这种食品，正是吃这种食品产生了包括穆罕默德在内的多少伟人！而山东也是吃大饼的，葱卷大饼，就也产生了孔子这样的圣人吗？古书上也讲，泰山在中原独高，所以生孔子。圣人或许是吃简单的粗糙的食品而出的，但孔子的一部《论语》能治天下，儒家的文化何以又能在这里产生呢，望着这大的平原，我醒悟到平原是黄天厚土，它深沉博大，它平坦辽阔，它正规，它也保守而滞板，儒文化是大平原的产物，大平原只能产生于儒文化。那么，老庄的哲学呢，就产生于山地和沼泽吧。

在曲阜，我已经无法觅寻到孔子当年真正生活过的环境，如今以孔庙孔府孔林组合的这个城市，看到的是历朝历代皇帝营造起来的孔家的赫然大势。一个文人，身后能达到如此的豪华气派，在整个地球上怕再也没有第二个了。这是文人的骄傲。但看看孔子的身世，他的生前恓恓惶惶的形状，又让我们文人感到了一份心酸。司马迁是这样的，曹雪芹也是这样，文人都是与富贵无缘，都是生前得不到公正的。在济宁，意外地得知，李白竟也是在济宁住过了二十余年啊！遥想在四川参观杜甫草堂，听那里人在说，流离失所的杜甫到成都去拜会他的一位已经做了大官的昔日朋友，门子却怎么也不传禀，好不容易见着了朋友，朋友正宴请上司，只是冷冷地让他先去客栈里住下好了。杜甫蒙受羞辱，就出城到郊外，仰躺在田埂上对天浩叹。尊诗圣的是因为需要诗圣，做诗圣的只能贫困潦倒。我是多么崇拜英雄豪杰呀，但英雄豪杰辈出的时代斯文是扫地的。孔庙里，我并不感兴趣那些大大小小的皇帝为孔子树立的石碑，独对那面藏书墙钟情，孔老夫子当周之衰则否，属鲁之乱则晦，及秦之暴则废，遇汉之王则兴，乾坤不

可以久否，日月不可以久晦，文籍不可以久废啊！

当我立于藏书墙下留影拍照时，我吟诵的是米芾的赞词：“孔子孔子，大哉孔子！孔子以前，既无孔子；孔子之后，更无孔子。孔子孔子，大哉孔子！”出得孔府，回首看府门上的对联，一边有富贵二字，将富字写成“冨”，一边有文章二字，将章字写成“章”。据说“冨”字没一点，意在富贵不可封顶，“章”字出头，意在文章可以通天。唏，这只是孔门后代的得意。衍圣公也是一代一代的，这如现在一些文化名人的纪念馆，遗孀或子女大都能当个纪念馆长一样的。做人是不是伟大的人，生前姑且不论，死后能福及子孙后代和国人的就是伟大的人。孔子是这样，秦嬴政是这样，毛泽东也是这样，看着繁荣富裕的曲阜，我就想到了秦兵马俑所在地临潼的热闹。

在孔庙里我睁大眼睛察看圣迹图，中国最早的这组石刻连环画，孔子的相貌并不俊美，头凹脸阔，豁牙露鼻。因父亲与一个年龄相差数十岁的女子结婚，他被称为野合所生，身世的不合俗理和相貌的丑陋，以及生存困窘，造就了千古素王。而秦嬴政呢，竟也是野合所得。有意思的是秦嬴政做了始皇，焚书坑儒，却也能到泰山封禅，他到了这里，不知对孔子做何感想？他登泰山而天降大雨，想没想到过因泰山而有了孔子，也可以说因了孔子而有了泰山，在泰山上他能祀天而求得以武功得天下又以武功能守天下吗？

我在泰山上觅寻我的祖先遇雨而避的山崖和古松，遗憾地没有找到这个景点。听导游的人解说，我的祖先毕竟还是登上了山顶，在那里燃起熊熊大火与天接通，天给了他什么昭示，后人恐怕不可得知，而事实是秦亡后就在泰山之下孔庙孔府孔林如皇宫一样矗起而千万年里香火不绝。孔子就是五岳独尊的泰山吗？泰山就是永远的孔子吗？登泰山者，人多如蚁，而几多人真正配得上登泰山呢？我站在北拱石下向北面的峰头上看，我许下了我的宏愿，如果我有了完成宿命的能力和机会，我就要在那个峰头上造一个大庙的。我抚摸着北拱石，我以为这块石头是高贵的，坚强的，是一个阳具，是一个拳头，是一个冲天的惊叹号。

杜甫讲：登泰山而一览众山小。周围的山确实是小的，小的不仅仅是周围的山，也小的是天下。我这时是懂得了当年孔子登山时的心境，也知道了他之所以惶惶如丧家之犬一样到处游说的那一份自信的。

我带回了一块石头，泰山上的石头。过去的皇帝自以为他们是天之骄子，一旦登基了就来泰山封禅的，但有的定都地远，他们可以来泰山祀天，也可以在自家门前筑一个土丘作为泰山来祀，而我只带回一块石头——泰山石是敢当的——泰山就永远属于我，给我拔地通天的信仰了。

进山东的时候，我是带了一批《土门》要参加签名售书活动的，在济宁城里搞了一场，书店的人又动员我能再到曲阜搞一次，我断然拒绝了。孔子门前怎能卖书呢？我带的是《土门》，我要上泰山登天门，奠地了还要祀天啊！我站在山顶的一截石阶上往天边看去，据说孔子当年就站在这儿，能看到苏州城门洞口的人物，可我什么也看不见，我是没有孔子的好眼力，但孔子教育了我放开了眼量，我需要一副好的眼力去看花开花落，看云聚云散，看透尘世的一切。

怀着拜孔子、登泰山的愿望进山东，额外地在济宁参观了武氏祠的汉画像石，多么惊天动地的艺术！数百块的石刻中，令我惊异的是最多的画像竟是孔子见老子图。中国最伟大的会见，历史的瞬间凝固在天地间动人的一幕，年轻的孔子恭敬地站在那里，大袖筒中伸出两只雁头，这是他要送给老子的见面礼。孔子身后是颜回等二十人，四人手捧简册，而子路头有雄鸡，可能是子路生性喜辩爱斗的吧。这次会见，两人具体说了些什么，史料没有详载，民间也甚不传说，而礼仪之邦的芸芸众生却津津乐道，于此不疲，以至于这么多的石刻图案。老子在西，孔子在东，孔子能如此地去见老子，但孔子生前为什么竟不去秦呢？这个问题我站在泰山顶上还在追问自己，仍是究竟不出，孔子说登泰山而赋，我要赋什么呢？我要赋的就只有这一腔疑惑和惆怅了。

1997 年 5 月 10 日夜记

通渭人家

通渭是甘肃的一个县。我去的时候正是五月，途经关中平原，到处是麦浪滚滚，成批成批的麦客蝗虫一般从东往西撵场子，他们背着铺盖，拿着镰刀，拥聚在车站、镇街的屋檐下和地头，与雇主谈条件，讲价钱，争吵，咒骂，甚或就大打出手。环境的污杂，交通的混乱，让人急迫而烦躁，却也感到收获的紧张和兴奋。一进入陇东高原，渐渐就清寂了，尤其过了会宁，车沿着苦丁河在千万个峁塬沟岭间弯来拐去，路上没有麦客，田里也没有麦子，甚至连一点绿的颜色都没有，看来，这个地区又是一个大旱年，颗粒无收了。太阳还是红堂堂地照着，风也像刚从火炉里喷出来，透过车窗玻璃，满世界里摇曳的是丝丝缕缕的白雾，搞不清是太阳下注的光线，还是从地上蒸腾的气焰，一切都变形了，开始是山，是路，是路边卷了叶子的树，再后是蹴在路边崖塄上发痴的人和人正看着不远处铁道上疾驶而过的火车。火车一吼长笛，然后是轰然的哐哐声。司机说：你听你听，火车都在说，甘肃——穷，穷，穷，穷……

我就是这样到了通渭。

通渭缺水，这在我来之前就听说的，来到通渭，其严重的缺水程度令我瞠目结舌。我住的宾馆里没有水，服务员关照了，提了一桶水放在房间供我洗脸和冲马桶，而别的住客则跑下楼去上旱厕。小小的县城正改造着一条老街，干燥的浮土像面粉一样，脚踩下去噗噗地就钻一鞋壳。小巷里一群人拥挤着在一个水龙头下接水，似乎是有人插队，引起众怒，铝盆被踢出来咣啷啷在路道上滚。一间私人诊所里，一老头趴在桌沿上接受肌肉注射，擦了一个棉球，又擦一个棉球。大夫训道：五个棉球都擦不净?！老头说：河里没水了嘛。城外河里是没水了，衣服洗不成，擦澡也不能。一只鸭子从已是一片糨糊的滩上往过走，看见了盆子大的一个水潭，潭里还聚着一团蝌蚪，中间的尾巴在极快地摆动，四边的却越摆越慢，最后就不动了，鸭子伸脖子去啄，泥粘得跌倒，白鸭子变成了黄鸭子。城里城外溜达了一圈，我踅近街房屋檐下的货摊上买矿泉水喝。摊边卧着的一条狗吐了舌头呼哧呼哧不停地喘，摊主骂道：你呼哧得烦不烦！然后就望着天问我那一疙瘩云能不能落下雨来？天上是有一疙瘩乌云，但飘着飘着，还没有飘过街的上空就散了。

我懦懦地回宾馆去，后悔着不该接受朋友的邀请，在这个时候来到了通渭，但是，我又一次驻脚在那个丁字路口了，因为斜对面的院门里，一个老太太正在为一个姑娘用线绞拔额上的汗毛，我知道这是在“开脸”，出嫁前必须做的工作。在这么热的天气里，她即将要做新娘了吗？姑娘开罢了脸，就站在那里梳头，那是多么长的一头黑发呀，她立在那里无法梳，便站在了凳子上，梳着梳着，一扭头，望见了我正在看她，赶忙过来把院门关了。院门的门环在晃荡着，安装门环的包铁突出饱圆，使我联想到了女人成熟的双乳。“往这儿看！”一个声音在说，我脸唰地红起来，扭过脖子，才发现这声音并不是在说我。一个剃着光头的男人脖子上架了小儿就在我前面走。光头是一边走一边让小儿认街两边店铺门上的字，认得一个了，小儿用指头就在光头顶上写，写了一个又一个。大人问怎么不写了？小儿说：后边有人看着我哩。我是笑着，一直跟他们走过了西街。

这天晚上，我见到了通渭县的县长，他的后脖是酱红颜色，有着几道褶纹，脖子伸长了，褶纹就成白的。县长是天黑才从乡下检查蓄水灌溉工程回来，听说我来了就又赶到宾馆。我们一见如故，自然就聊起今年的旱情，聊起通渭的状况，他几乎一直在说通渭的好话，比如通渭人的生存史就是抗旱的历史，为了保住一瓢水，他们可以花万

千力气，而一旦有了一瓢水，却又能干出万千的事来。比如，干旱和交通的不便使通渭成为整个甘肃最贫困的县，但通渭的民风却质朴淳厚，使你能想到陶潜的《桃花源记》。

“是吗？”我有些不以为然地冲着他笑，“孟子可是说过：衣食足，知礼仪。”

“孟子是不知道通渭的！”

“我也是到过许多农村，如果哪个地方民风淳厚，那个地方往往是和愚昧落后连在一起的……”“可通渭恰恰是甘肃文化普及程度最高的县！”县长几乎有些生气了，他说明日他还要去乡下的，让我跟着他去亲眼看看，就不会说这样的话了。

我真的跟着县长去乡下了，转了一天，又转了一天。在走过的沟沟岔岔里，没有一块不是梯田的，且都是外高内低，挖着蓄水的塘，进入大的小的村庄，场畔有引水渠，巷道里有引水渠，分别通往人家门口的水窖。可以想象，天上如果下雨，雨水是不能浪费的、全然会流进地里和窖里。农民的一生，最大的业绩是在自己手里盖一院房子，而盖房子很重要的一项工程就是修水窖，于是便产生了窖工的职业。小的水窖可以盛几十立方水，大的则容量达到数千立方，能管待一村的人与畜的全年饮用。一户人家富裕不富裕，不仅看其家里有着多少大缸装着苞谷和麦子，有多少羊和农具衣物，还要看蓄有多少水。当然，他们的生活是非常简单的，待客最豪华的仪式是杀鸡，有公鸡杀公鸡，没公鸡就杀还在下蛋的母鸡，然后烙油饼。但是，无论什么人到了门口，首先会问道：你喝了没？不管你回答是渴着或是不渴，主人已经在为你熬茶了。通渭不产茶叶，窖水也不甘甜，虽然熬茶的火盆和茶具极其精致，熬出的茶都是黑红色，糊状的，能吊出线，而且就那么半杯。这种茶立即能止渴和提起神来，既节约了水又维系了人与人之间的亲情。

我出身于乡下，这几十年里也不知走过了多少村庄，但我从未见过像通渭人的农舍收拾得这么整洁，他们的房子有砖墙瓦顶的，更多的还是泥抹的土屋，但农具放的是地方，柴草放的是地方，连楔在墙上的木橛也似乎经过了精心的设计。厨房里大都有三个瓮按程序地沉淀着水，所有的碗碟涮洗干净了，碗口朝下错落地垒起来，灶火口也扫得干干净净。越是缺水，越是喜欢着花草树木，广大的山上即便无能力植被，自家的院子里却一定要种几棵树，栽几朵花，天天省着水去浇，一枝一叶精心得像照看自己的儿女。我经过一个卧在半山窝的小村庄时，一抬头，一堵土院墙内高高地长着一株牡丹，虽不是花开的季节，枝叶隆起却如一个笸篮那么大。山沟人家能栽牡丹，牡丹竟长得这般高大，我惊得大呼小叫，说：这家肯定生养了漂亮女人！敲门进去，果然女主人长得明眸皓齿，正翻来覆去在一些盆里倒换着水。我不明白这是干啥，她笑着说穷折腾哩，指着这个盆里是洗过脸洗过手的水，那个盆里是涮过锅净过碗的水，这么过滤着，把清亮的水喂牲口和洗衣服，洗过衣服了再浇牡丹的。水要这么合理利用，使我感慨不已，对着县长说：瞧呀，鞋都摆得这么整齐！台阶上是有着七八双鞋，差不多都破得有了补丁，却大小分开摆成一溜儿。女主人倒有些不好意思了，说：图个心里干净嘛！

正是心里干净，通渭人处处表现着他们精神的高贵。你可以顿顿吃野菜喝稀汤，但家里不能没有一张饭桌；你可以出门了穿的衣裳破旧，但不能不洗不浆；你可以一个大字不识，但中堂上不能不挂字画。有好几次饭时我经过村庄的巷道，两边门口蹲着吃饭的老老少少全站起来招呼，我当然是要吃那么一个蒸熟的洋芋的，蘸着盐巴和他们说几句天气和收成，总能听到说谁家的门风好，出了孝子。我先是不解这话的意思，后来才弄清他们把能考上大学的孩子称作孝子，是说一个孩子若能考上大学就为父母省去好多熬煎；若是这孩子考不上学，父母就遭罪了。重视教育这在中国许多贫困地区是共同的特点，往往最贫穷的地方升学率最高，这可以看作是人们把极力摆脱贫困的希望放在了升学上。通渭也是这样，它的高考升学率一直在甘肃是名列前茅，但通渭除了重视教育外，已经扩而大之到尊重文字，以至于对书法的收藏发展到了一种难以想象的疯狂地步。在过去，各地都有焚纸炉，除了官府衙门焚化作废的公文档案外，民间有专门捡拾废纸的人，捡了废纸就集中焚烧，许多村镇还贴有“敬惜字纸”的警示标语，以为不珍惜字与纸的，便会沦为文盲，即使已经是文人学子也将退化学

识。现在全县九万户人家，不敢说百分之百家里收藏书法作品，却可以肯定百分之九十五的人家墙上挂有中堂和条幅。我到过一些家境富裕的农民家，正房里、厦屋里每面墙上都悬挂了装裱得极好的书法作品，也去过那些日子苦焦的人家，什么家当都没有，墙上仍挂着字。仔细看了，有些是明清时一些国内大家的作品，相当有价值，而更多的则是通渭县现当代书家所写。县长说，通渭人爱字成风，写字也成风，仅现在成为全国书法家协会会员的人数，通渭是全省第一，而成为省书协会员的人数，在省内各县中通渭又是第一。书法有市场，书法家就多，书法家多，装饰店就多，小小县城里就有十多家，而且生意都好。我在一个只有十几户人家的小山村里，见到了其中三家挂有于右任和左宗棠的字，而一家的主人并不认字，墙上的对联竟是“玉楼宴罢醉和春，千杯饮后娇伺夜”。在另一家，一幅巨大的中堂，几乎占了半面墙壁，而且纸张发黄变脆，烟熏火燎得字已经模糊不清。我问这是谁的作品，主人说不知道，他爷爷在世时就挂在老宅里，他父亲手里重新裱糊过一次，待他重盖了新屋，又拿来挂的。我仔细地辨了落款是“靖仁”，去讨教村中老者，问靖仁是谁，老者说：靖仁呀，是前沟栓子他爷么，老汉活着的时候是小学的教书先生！把一个小学教师的字几代人挂在墙上，这令我吃惊。县长说，通渭有许多大的收藏家，收藏的东西那确实是不得了的宝贝，而一般人家贴挂字是不讲究什么名家不名家的，但一定得要求写字人的德行和长相，德行不高的人家写得再好，那不能挂在正堂，长相丑恶者也只能挂在偏屋，因为正堂的字前常年要摆香火的。

从乡下回到县城，许多人已经知道我来通渭了，便缠着要我为他们写字，可我怎么也想不到，来的有县上领导也有摆杂货摊的小贩，连宾馆看守院门的老头也三番五次地来。我越写来的人越多，邀我来的朋友见我不得安宁，就宣布谁再让写字就得掏钱，便真的有人拿了钱来买，也有人揣一个瓷碗，提一个陶罐，说是文物来换字，还有掏不出钱的，给我说好话，说得甚至要下跪，不给一个两个字就抱住门框不走。我已经写烦了，再不敢待在宾馆，去朋友家玩到半夜回来，房间门口还是站着五六个人。我说我不写字了，他们说他们坚决不向我索字，只是想看看我怎么写字。

在西安城里，书画的市场是很大的，书画却往往作为了贿品，去办升迁、调动、打官司或者贷款，我的情况就是如此，我也曾戏谑自己的字画推波助澜了腐败现象。但是在通渭，字画更多的是普通老百姓自己收藏，他们的喜爱成了风俗，甚至是一种教化和信仰。

在一个村里，县长领我去见一位老者，说老者虽不是村长，但威望很高。六月的天是晒丝绸的，村人没有丝绸，晒的却是字画，这位老者院子里晒的字画最多，惹得好多人都去看，他家老少出来脸面犹如盆子大。我对老者说，你在村里能主持公道，是不是因为藏字画最多？他说：连字画都没有，谁还听你说话呀？县长就来劲了，叫嚷着他也为村人写几幅字，立即笔墨纸砚就摆开了。县长的字写得还真好，他写的是“一等人忠臣孝子，两件事读书耕田”，写毕了，问道：怎么样？我说：好！他说：是字好还是内容好？我说字好内容好通渭好，在别的地方，维系社会或许靠法律和金钱，而通渭崇尚的是耕读道德。县长就让我也写写，讲明是不能收钱的，我提笔写了几张，写得高兴了，竟写了我曾在华山上见到的吉祥联：太华顶上玉井莲，花开十丈藕如船。

这天下午，一场雨就哗哗地降临了。村人欢乐得如过年节，我却躺在一面土炕上睡着了，醒来，县长还在旁边鼾声如雷。

几天后，我离开了通渭，临走时县长拉着我，一边搓着我胳膊上晒得脱下的皮屑，一边说：你来的不是好季节，又拉着你到处跑，让你受热受渴了。我告诉他：我来通渭正是时候！我还要来通渭，带上我那些文朋书友，他们厌恶着城市的颓废和堕落，却又不得不置身于城市里那些充满铜臭与权柄操作的艺术事业中而浮躁痛苦着，我要让他们都来一回通渭！

条子沟

镇街往西北走五里地，就是条子沟。沟长三十里，有四个村子。每个村子都是一个姓，多的二十五六家，少的只有三户。

沟口一个石狮子，脑袋是身子的一半，眼睛是脑袋的一半，斑驳得毛发都不清了，躺在烂草里，天旱时把它立起来，天就下雨。

镇街上的人从来看不起条子沟的人，因为沟里没有水田，也种不成棉花，他们三六九日来赶集，背一篓柴火，或掮一根木头，出卖了，便在镇街的饭馆里吃一碗炒米。那些女人家，用水把头发抹得光光的，出沟时在破衣裳上套一件新衣裳，进沟时又把新衣裳脱了。但条子沟的坡坡坎坎上都能种几窝豆子，栽几棵苞谷，稀饭里煮的土豆不切，一碗里能有几个土豆，再就是有树，不愁烧柴，盖房子也不用花钱买椽。

镇街上的人从来缺吃的，也更缺烧的，于是就只能去条子沟砍柴。我小时候也和大人们三天五天里进沟一次，十五里内，两边的坡梁上全没了树，光秃秃的，连树根都被刨完了。后来，十五里外有了护林员，胳膊上戴一个红袖筒，手里提着铐子和木棒，个个面目狰狞，砍柴就要走到沟脑，翻过庚岭去外县的林子里。但进沟脑翻庚岭太远，我们仍是在沟里偷着砍，沟里的人家看守不住村后的林子，甚至连房前屋后的树也看守不住。经常闹出沟里的人收缴了砍柴人的斧头和背篓，或是抓住砍柴人了，把胳膊腿打伤，脱了鞋扔到坡底去；也有打人者来赶集，被砍柴者认出，压在地上殴打，重的有断了肋骨，轻的在地上爬着找牙，从此再不敢到镇街。

沟里人想了各种办法咒镇街人，用红漆和白灰水在石崖上画镇街人，都是人身子长着狼头，但几十年都没见过狼了，狼头画得像狗头。

他们守不住集体的那些山林，就把房前屋后属于自家的那些树看得紧。沟里的风俗是人一生下来就要在住户周围栽一棵树，松木的桐木的杨木的，人长树也长，等到人死了，这棵树就做棺材。所以，他们要保护树，便在树上贴了符，还要在树下围一圈狼牙棘，还要想法让老鸦在树上搓窝。谁要敢去砍，近不了树身，就是近去砍了，老鸦一叫，他们就扑出来拼命。但即便这样，房前屋后仍还有树也被砍掉了。

我和几个人就砍过姓许的那家的树。

姓许的村子就三户，两户在上边的河畔，一户在下边靠坡根。我们一共五个人，我和年纪最大的老叔到门前和屋主说话，另外三个人就到屋后去，要砍那三棵红椿树。老叔拿了一口袋十二斤米，口气和善地问换不换苞谷。屋主寒毛肌瘦，穿了件露着棉絮的袄，腰里系了根草绳。老叔说：米是好米，没一颗烂的，一斤换二斤苞谷。屋主说：苞谷也是好苞谷，耐煮，煮出来的糊汤黏，一斤米只能换一斤四两苞谷。老叔说：一斤六两。屋主说：一斤四两。我知道老叔故意在谈不拢，好让屋后砍树的人多些时间。我希望砍树的人千万不要用斧头，那样有响声，只能用锯，还是一边锯一边把尿尿到锯缝里。我心里发急，却装着没事的样子在门前转，看屋主养的猪肥不肥，看猪圈旁的那棵柿树梢上竟然还有一颗软柿，已经烂成半个，便拿脚蹬蹬树，想着能掉下来就掉到我嘴里。屋主说：不要蹬，那是给老鸦留的，它已经吃过一半了。我坐在磨盘上。沟里人家的门口都有一个石磨的，但许家的石磨上还凿着云纹。就猜想：这是为了推着省力，还是要让日子过得轻松些？

日子能轻松吗？！

讨价还价终于有了结果，一斤米换一斤半苞谷。但是，屋主却看中了老叔身上的棉袄，说如果能把那棉袄给他，他可以给三十斤苞谷。

老叔的棉袄原本是黑粗布的，穿得褪了色，成了灰的，老叔当下脱了棉袄给他，只剩下件单衫子。

当二个人在屋后放倒了二棵红椿树，并已经掮到村前的河湾崖角下，他们给我们发咕咕的鸟叫声，我和老叔就背了苞谷袋子离开了。屋主说：不喝水啦？我们说：不喝啦。屋主说：布谷鸟叫，现在咋还有布谷鸟？我们说：噢噢，那是野扑鸽声么。

过了五天，我们又进沟砍柴，思谋着今日去哪儿砍呀，路过姓许的村子，那个屋主人瘦了一圈，拿着一把砍刀，站在门前的石头上，他一见有人进沟砍柴的就骂，骂谁砍了他家的树。他当然怀疑了老叔，认定是和老叔一伙的人砍的，就要寻老叔。我吓得把帽子拉下来盖住脸，匆匆走过。而老叔这次没来，他穿了单衫子冻感冒了，躺在炕上五天没起来了。

条子沟的树连偷带抢地被砍着，坡梁就一年比一年往深处秃去。过了五年，姓许的那个村子已彻底秃了，三户人家仅剩下房前屋后的一些树。到了四月初一个晚上，发生了地震，镇街死了三个人，倒了七八间房子，第二天早上传来消息，条子沟走山了。走山就是山动了。过后，我们去了沟里，几乎是从进沟五里起，两边的坡梁不是泥石流就是坍塌，竟然一直到了许姓村子那儿。我们砍树的那户，房子全被埋没，屋主和他老娘，还有瘫子老婆和一个小女儿都死了。村里河畔的那两户人家，还有离许村八里外十二里外的张村和薛村的人都来帮着处理后事，猪圈牛棚鸡舍埋了没有再挖，从房子的土石中挖出的四具尸体，用苇卷着停放在那里，而大家在砍他家周围的树，全砍了，把大树解了根做棺材。

还是那个老叔，他把做完棺材还剩下的树全买了回来，盖了两间厦子房，还做了个小方桌、四把椅子和一个火盆架。

老叔总是显摆他得了个大便宜，喜欢请人去他新房里吃瓜子，我去了一次，不知怎么竟感觉到那些木头就是树的尸体，便走出来。老叔说：你咋不吃瓜子呢？我说：我看看屹岬岭上的云，天是不是要下雨呀？屹岬岭在镇街的西南，那里有通往山外的公路。公路在岭上盘来绕去，觉得我与外边的世界似乎若即若离。

果然一年后，我考学离开了镇街，去了遥远的城市。从那以后，我就很少再回镇街，即便回来了，都是看望父母，祭奠祖坟，也没想到要去一下条子沟。再后来，农村改革，日子温饱，见到老叔还背了个背篓，以为他又要去砍柴，他说他去集市上买新麦种去，又说：世事真怪，现在有吃的啦，咋就也不缺烧的了?！再后来，城市也改革了，农村人又都往城市打工，镇街也开始变样，原先的人字架硬四椽的房子拆了，盖成水泥预制板的二层楼。再后来，父母相继过世，我回去安葬老人，镇街上遇到老叔，他坐在轮椅上，中风不语，见了我手胡乱地摇。再后来……我差不多二十年没回去了，只说故乡和我没关系了，今年镇街却来了人，说他们想把镇街打造成旅游景点，邀我回去参加一个论证会。我回去了，镇街是在扩张，有老房子，也有水泥楼，还有了几处仿古的建筑。我待了几天，得知我所熟悉的那些人，多半都死了，少半还活着的，不是瘫在炕上，就是滞呆了，成天坐在门墩上，你问他一句，他也能回答一句，你不问了，就再不吭声。但他们的后代都来看我，我不认识他们，就以相貌上辨别这是谁的儿子谁的孙子，其中有一个我对不上号，一问，姓许，哪里的许，条子沟的，说起那次走山，他说听他爹说过，绝了户的是他的三爷家。我一下子脑子里又是条子沟当年的事，问起现在沟里的情况，他告诉说二十多年了，镇街人不再进沟了，沟里的人有的去省城县城打工，混得好或者不好，但都没再回来，他家也是从沟里搬到了镇街的。沟里四个村，三个村已经没人，只剩下沟脑一个村，村里也就剩下三四户人家了。我说：能陪我进一次沟吗？他说：这让我给你准备准备。

他准备的是一个木棍，一盒清凉油，几片蛇药，还有一顶纱网帽。

第二天太阳高照，云层叠絮，和几个孩子一进沟，我就觉得沟里的河水大了。当年路从这边崖根往那边崖根去，河里都支有列石，现在水没了膝盖，蹚过去，木棍还真起了作用。两边坡梁上全都是树，树不是多么粗，但密密实实的绿，还是软的，风一吹就就蠕蠕地动，便显得沟比先前窄狭了许多。往里继续深入，路越来越难走，树枝斜着横着过来，得不停地用棍子拨打，或者低头弯腰才能钻过去，就有各种蚊虫，往头上脸上来叮，清凉油也就派上了用场。走了有十里吧，

开始有了池，而且是先经过一个小池，又经过了一个大池，后来又经过一个小池，那都是当年走山时坍塌下的土石堵成的。池面平静，能看见自己的毛发，水面上刚有了落叶，便见一种白头红尾的鸟衔了飞去，姓许的孩子说那是净水鸟。净水鸟我小时候没听说过，但我在池水里看见了昂嗤鱼，丢一颗石子过去，这鱼就自己叫自己名字，一时还彼起此伏。沿着池边再往里去。时不时就有蛇爬在路上，孩子们就走到我的前边，不停地用木棍打着草丛。一只野鸡嘎嘎地飞起来，又落在不远处的树丫上，姓许的孩子用弹弓打，打了三次没打中，却惊动了一个蜂巢。我还未戴上纱网帽，蜂已到头上，大家全趴在地上不敢动，蜂又飞走了，我额头上却被叮起了一个包。亏得我还记得治蜂蜇的办法，忙把鼻涕抹上去，一会儿就不怎么疼痛了。

姓许的孩子说：本来想给你做一顿爆炒野鸡肉的，去沟脑了，看他们有没有獾肉。

我说：沟里还有獾了？

他说：啥野物都有。

我不禁感叹，当年镇街上人都进沟，现在人不来了，野物倒来了。

几乎是走了六七个小时，我们才到了沟脑薛村。村子模样还在，却到处残墙断壁，进了一个巷道，不是这个房子的山墙坍了一角，就是那个房子的檐只剩下光椽，挂着蛛网。地面上原本都铺着石头，石头缝里竟长出了一人高的榆树苗和扫帚菜。先去了一家，门锁着，之前的梯田塄下，一个妇女在放牛。这妇女我似乎见过，也似乎没见过，她放着三头牛。我说：你是谁家的？回答：德胜家的。问：德胜呢？回答：走啦。问：走啦，去县城打工了？回答：死啦，前年在县城给人盖房，让电打死啦。我没有敢再问，看着她把牛往一个院子里赶，也跟了去，这院子很大，厦子房全倒了，还能在废墟里看到一个灶台和一个瓮，而上房四间，门窗还好，却成了牛圈。问：这是你家？回答：是薛天宝的，人家在城里落脚了，把这房子撂了。到第二家去，是老两口，才从镇街抬了个电视机回来，还没来得及开门，都累得坐在那里喘气。我说：还有电呀？老头说：有。我说：咋买这么大的电视机呀？老头说：天一黑没人说话么。他开了门让我们进去坐，我们没进去，去了另一家，这是个跛子，正鼻涕眼泪地哭，吓得我们忙问出了什么事了，这一问，他倒更伤心了，哭声像老牛一样。

问他是不是哭老婆了，他说不是，是不是哭儿了，他说不是，是不是有病了，他还说不是，而他咋哭成了这样？他说熊把他的蜂蜜吃了。果然院子角有一个蜂箱，已经破成几片子。

不就是一箱蜂蜜么！

我恨哩。

恨熊哩？

我恨人哩，这条子沟咋就没人了呢？我是养了一群鸡呀，黄鼠狼子今日叼一只明日叼一只，就全叼完了。前年来了射狗子，把牛的肠子掏了。今秋里，苞谷刚棒子上挂缨，成群的野猪一夜间全给糟蹋了。这没法住了么，活不成了么！

跛子又哭了，拿拳头子打他的头。

我不知道说什么好。

返回来，又到了沟口，想起当年的那个石狮子，我和孩子们寻了半天，没有寻到。

走三边

往陕北远行，三千里路，云升云降，月圆月缺，旅途是辛苦的。过了金锁关，山便显得愈小，羊便见得更多，风头一日比似一日强硬，一日比似一日的思亲情绪全然涌上心头了。当黄昏里，一个人独独地走在沟壑梁上，东来西往的风扯锯般地吹，当月在中天，只身儿卧在小店床上，听柴扉外蛐蛐儿忽鸣忽噤，便要翻那本边塞古诗，以为知音，是体会得最深最深的了。但我仍继续北上；三边，这是个多么逗人情思的神秘的地方啊。我知道，愈是好地方，愈是不容易去得，愈是去的人少了，愈值得去一趟呢。

穿过延安，车进入榆林地区，两天里，在沟底里钻，七拐八拐的，光看见那黄天冷漠，黄山发呆，车像是一只小爬虫儿，似乎永远也不可能钻出这黄的颜色。第三天，偶尔看见山上有了树，是绿的，或者是黄的，或者是红的，高高地衬在云天，像天地间突然涌出了一轮太阳，像战地上蓦地打起了一发信号弹，猜想水土异样，三边该是到了？但车又走了半天，还不肯停。杨树倒是多起来，陕南的杨树长在河边，这里的杨树却高高在上，这便称奇。九月天里，树叶全都泛黄，黄得又不纯，透了红的，属黄红，透了绿的，属黄绿，天生的颜色，天工的浓淡，这又是奇了。且那山的伏度明显大起来，沟却深极深极，三两步的宽窄，一直二十丈三十丈地下去，底里就是一指宽的水条子，亮亮的。路边偶尔就有人家了，独户一院，三户一簇，前墙单薄，山墙单薄，顶上微斜，不砖不瓦，用泥抹了，活脱脱一个个放大的火柴匣子呢。路过的土壁，用镢头一下下挖成，表面再凿成鱼鳞状的纹，人字形的纹，全然发黑，纹里生苔，千年万年而不倒了。有村子就有饭店，除了羊肉还是羊肉，常瞧见有人捧着一个熟煮的羊头，啃得嘴上是油，脸上是油。老头子的，披了羊皮袄袄，摇摇晃晃，提一副羊肠子，沿沟畔下到河边去洗，三四丈长的下水玩意儿在胳膊上像框线一样打着结。五只六只的肥狗竟无聊得围了车子撒欢，汪汪叫，四山一片空音。

三边还没到吗？山头变得更小了，也更矮了，末了就缓缓平伏了，像瘫了软了下去。几天几夜的山的压抑，使人几乎缩小了许多，猛一出山，车在路上快得蹦跶，人在车上也乐得蹦跶，但很快风大起来，沾身就起一层鸡皮疙瘩。这是个什么地方呢，这么开阔，天看不到边，地看不到沿，一满黄沙；这儿，那儿，起落着无数的小洼小包，可以说是哗啦铺下的一张大毯，并未实确，似乎往包上踩踩，包就下去，洼就起来了。草很少，树更没有，天和地是一个颜色，并行向前延伸着是两张黏合的胶布，车的行驶才将它们分开。路端端的，却软得厉害，风一过，就窜一条尘烟，远远看去，如燃起了一条长长的导火索。只是风沙旋转着往车上打，关了车窗，仍听见沙石在玻璃上叮叮咣咣价响。

到了定边，天已擦黑儿，城外三里，便进了绿的世界，要不是赶驴人提醒，谁能想到这不是树林子而是县城呢？于是得知，在这三边，有一丛树，便有一户人家，有一片树，便是一个村庄，有一座树林，就该是镇子或者县城了：原来天和地平行，树和人同长，这便是三边的特点了。林子里的路，已铺了柏油，无风无沙，落叶满地，在路边的沙窝子里积着堆儿，扫柴人一抓一把，动作犹如舞蹈。两边渐渐有了屋舍，虽也是火柴匣子的形状，但毕竟清洁可爱，门窗直对屋顶，更为讲究，格棂漆蓝，贴纸黄、红、绿、白，上有窗花，飞禽走兽，花鸟虫鱼，千姿百态；窗子是房子的眼，透眼一看，主人的家境，主人的心境便楚楚了然了。街道出奇的宽，家家院落大能做球场，这使善于拥挤的大城市的人如何不能想象，假设有盲人来到这里，用不着

探路棍儿，也不会撞了壁的。从街面往每一条巷道望去，青瓦瓦一色，再一留神，才发现全县城每一块地面，沙土全不裸露，一律被青砖铺了．正是这些有根系之树，这些有重量之砖，才在沙原上镇守住了这个县城吗？街上路灯已亮，人走动得极多，几天来很少见到人影，原来人都集中到这儿了吧。男人差不多都戴了卫生帽，脸是黑的，帽是白的，黑白反衬；女人却全束着长发，瘦脸光洁，发是黑的，脸是白的，也是黑白反衬。似乎这里一切都十分安逸、平静，外地人一来，立即就被所有人发觉了，她们全要妩媚而大胆地瞅着，在灯影下指指点点地议论，你刚一注意，便噤了口舌，才一掉头，就又戛然大笑。茫茫边塞，漠漠沙原，竟有这么个城，城里有城墙，有门洞，有钟楼，有鼓楼，城里的人又水色，又风雅，爽而不野，媚而不俗，一时使外人如进了天上仙地，温柔之乡，竟忘了去投宿，也不卸行囊，便沿街乐而漫游了。

走到十字街心，人头攒拥，路塞而不能前行，原来一家戏院正散了戏，问声："什么戏?"答曰："秦腔。"一句秦腔，倍感亲切，一时大梦初醒，才知这里并非异地，走来走去，还在陕西。我有一癖性，大凡到了一地，总喜欢听听本地戏文，因为地方戏剧最易于表现当地风土人情。但听听别的戏文，仅仅是了解罢了；秦腔却使我立即缩短了陌地陌人的距离。便当街立着，与他人攀谈，三边人竟男音雄而有韵，女音秀而有骨，三言两语，熟若知己。说话间，见无数只狗沿街窜钻，吓得不敢走动，旁有解释说：这里家家养狗，体肥性凶，但一般却不伤人；晚上主人看戏，狗尾随而来，故街上到处可见了。

我先到西南郊的白于山区去，河流下切的河槽上，陡崖上，砂岩露出，这便是整个三边出石头的地方了。除此以外，到处是黄土、黄土，除了黄土还是黄土。站在沟壑处，便见山峰连续，站在坡上，却原来一切都被洪水切裂了，一眼望去，浑圆的丘峰，混混的、沌沌的，重叠交错。千沟万壑又显得支离破碎，分割成一小块一小块的地面，这便是有了涧、川、塬、梁、峁、岔、坪、台吗？正是这残存的塬、台、梁上，高粱火红，糜子金黄。此时正逢收获，可惜这里不比关中平原，庄稼茂密如森林，农民而是跑着收割，收一把，夹在肘下，跑一垄，肘下夹一捆，广种薄收，偌大一块地，末了在地中只堆起五堆六堆，这便是好年景了呢。再往南走，那山更有了特点，多是土山戴沙，其气脉从沙迹而来，势颇平缓，亦有负石而出的，其势则峻急了。但那石头已不是坚硬的青色，而是赭褐，脚踢便松散，像未烧熟的砖坯。那人家就沿沟而居，陶室穴处，或在石崖、河底凿出石板架屋代瓦。衣裤穿那羊皮，烧柴山上砍蒿，饮水却到崖畔上去，那里是一个一个小窟，小如灯盏一般，水自盏出，渊渊声如鼓，水虽不大，聚潭清澈可见底，味甘纯如露，最宜于烹茶，冬饮能暖肚，夏喝而祛暑。更有趣的是山壁上多有打儿窝：窝小小的。高高在上，立崖下往上丢石，石进之求子辄应。我在那里住了一夜，主人十分好客，做了荞面疙墩，熬了羊肉腥汤，彻夜一家老少盘脚坐炕，喝酒儿，唱曲儿。天明要走，特去那打儿窝丢石，可连丢五次未中，主人倒很难堪，不住替我安慰，我虽求儿不至，但以此而乐，已是十二分的满足了。告别主人回返，行至十里，正是腹饥口渴，忽听哪儿有唢呐，声声远韵。循声寻去，沟洼有了人家娶亲，新人正拜堂，院中十二支唢呐吹天吹地。见我路过，一哇声喊着，邀到上席，说是省城客人，正好添喜，于是主人敬酒，新郎敬酒，新娘敬酒，每敬必三杯，杯杯底干。

走了丘壑地，又上牧草滩。这里比不得前日的难辛，一马平川，便租得自行车，终日走乡串村落得自在。早上，草原出日，比海上日出更为可观，直奔红日驶去，偶一侧头，便见蜿蜒长城，长城那边沙丘连绵，免不了感叹：难得一道长城，昔日挡敌寇，今日拒风沙。间或还会遇见一些河流的，但都可怜见的，流程短，又愈流愈小，末了就积水于穴洼，不涸者为湖，涸了的为坑。车上稍走个神儿，就骑进草里，车倒了，人也倒了，软软地不疼。站起来，草没了膝盖，远远看着有了羊群，白云似的飘，却忽然不见了，等着风起，草木倒伏，那羊群又复出现。羊是百十头，头羊领着，时而散开，时而集中。我觉得好玩，便去捉那长角头羊耍玩，只说羊是世上最温顺的动物，没想竟发怒起来，直向我牴。牧童叫要就地睡倒，我照办了，那头羊倒以为我已死，便昂首得意而去。问牧童：这里的羊这么凶恶？他冲我一笑，只是领我又走了一段，遇见另一群羊，一声吆喝，两群羊就肃

然对阵，头羊出场，怒目而视，良久，几乎同时各自后退十多米远，猛地冲去，嘭，两头相撞，角也折了，皮也破了，仍争斗不已。我不禁胆战心惊，庆幸刚才装死，要不哪是羊的对手呢？这么得了教训，再遇见羊，不敢妄动，但有一日，又看见好大两群羊在那里啃草，却无论不见牧羊人。正要呼叫，远远飘来嘻嘻笑声，左右看时，前边的一丛沙柳，无风而摇得厉害，便见有了两个人影，一个蓝衣，一个红衣，相依相偎。我知道这是一对恋人了，爱情最忌外人，就悄然退走，走出二里地，终忍不住回头一望，那少男少女已经分开，各站在白云似的羊群中，招手对笑，接着就对唱起来了：

> 大红果果剥皮皮，
> 人家都说我和你；
> 其实咱们没有那回事，
> 好人担了个赖名誉。

道是无情却有情；爱情是这么热烈，又是这么纯朴。遥想那大城市中的公园，一张石凳紧坐三对恋人，话不敢高说，笑不敢放纵，那情，那景，如何有这里的浪漫情趣呢？我一时激动，使劲蹬动车子，骑到了莽草中的一个平坝子上，坝子上草是浅了，但绿却来得嫩，花也开得艳，实在是一个天然的大足球场，又想起大城市为了办足球场，移土填面，松地植草，原来是那么的可怜而可笑了。越想越乐，车如奔马，似乎觉得自行车前轮如日，后轮如月，威威乎，当当乎，该是世上见识最广，气派最大的人物了。

但是，乐极生悲，天近黄昏，竟迷了方向，又一时风声大作，草木皆伏，我大声呼喊，嘴一张，风便灌满，喊声连自己也听不到。惊恐之际，蓦地远处有了灯光，落魂失魄地赶去，果然有了人家。进去讨了吃喝，一打问，这里竟是盐场。盐场？我反复问了几句，主人讲，这里的盐场可大了，年产几十万吨，况且类似这么大的盐场，三边共有十多处；他们这一带人，人人会捞盐，每年二三月开捞，至八九月止，如今捞盐时令已过，他们就放牧，或是采甘草。说着，就送我一捆甘草，其茎粗，其根长，为我从未见过。嚼之，甜赛甘蔗。其中有一种叫铁心甘草的，全株竟是朱红，折之，质坚如木，也还有一种叫“大郎头”的，直径甚至达一寸五，一株便一斤三两。这一夜真可谓乐极生悲，又否极泰来，虽然未能去看看那盐场，但得了甘草，又得了知识，美哉乐哉。天明要走，主人又杀了羔羊，这羔羊十四五斤，浑身雪白，顺着将毛儿用手一撮，四指不见头，吹吹，其毛根根九道曲弯。这就是中外有名的“二毛皮”了，此等皮毛，以往只听说过，至今见到，爱不释手，实想买得一张，又难为开口，但却开了口福，羔羊肉鲜美异常，大海碗的羊肉泡馍馍，一连吃过三碗，生日忘了，命儿忘了，心想神仙日子，也莫过如此了。

在定边待了几日，就新结识了几位伙伴，他们视我如兄弟，主动提出做我的向导，要往北边沙漠里去走走。“一定要去看看，那又是另一个世界呢！”兴趣撩拨，就三人越过了长城，徒步北行。沙地上，行走委实更艰难了，太阳暴热，阳光反射在地上，白花花的，直刺得眼睛发疼。脚下越来越沉，正应了走一步退半步之说，立时浑身就汗水淋淋。沙丘皆是东西坐向，带状排列，望之如海中浪涛，其波峰波谷，起起伏伏，似有了节奏。每一沙碛，低者三米，高者八米十米不限，沙细如面，掬之便从指缝流漏。沙丘过去，又是成片的盐碱地，树木是不长的，只可怜巴巴生些盐蒿。一棵蒿守住一抔土，渐渐便成了一个小包，均匀得像种的菜蔬。再往后却又是沙丘，但已经植了树：沙柳，红柳，小叶杨，沙枣。生态竟是这么平衡：沙盖了盐碱，树又守住了流沙。

再往沙地深处去，已不知走了多少里，树林子便越发密了。叶子全金黄了，透过金黄色过去，便看见里边又是白亮亮的沙丘。谁知刚刚走了二十分钟，前边竟是一个不大不小的湖！伙伴们才哄地笑了，笑得诡谑，也笑得得意，便去捡柴舀水，做起野餐来。我兀自到湖边去看，湖水没源无口，我不知这沙地里水是从哪儿来的，又怎么没在沙中漏掉?！掬一口尝尝，甘甜清凉，立时肘下津津生风。静观水面，就有了唼唼鱼声，但湖水绿得沉重，终未看见那鱼的模样。倏忽又有了啾啾鸟鸣，才醒悟这一整天来，还未见过鸟影，原来沙地的鸟全快

活在水边树丛中了。突然，那鸟惊起，满天撒了黑点，瞬间无影无踪，才是四只五只鹞子飞来，黑色影子一般地四处出击。我不禁恨起这些鹞子了，怎么到什么地方，有良善，就必然要有了凶恶呢？！一个人再往湖后沙丘上爬去，那里有几株沙枣，枣子成熟，用脚一蹬树，枣子就哗哗落下，并不红的，有沙一样的颜色，吃之，没汁，质如栗子，嚼嚼方酸味隐隐显有了。大多的沙丘已经被固定，圆墩墩的，压了道道沙柳，那沙纹便像女人头上的发罩，均匀地网着。

三天过后，我们又信步走到一个镇落里，这个镇落显得很大，有回民，有汉民，分两片屋舍：一处汉民，建筑分散中但有联络；一处回民，建筑对仗里却见变化。伙伴讲，再往北去不远，还有蒙民哩。汉回见得多了，蒙民还未见过，我便想改日往北边去，夜里在镇中小学借宿，和一老教师说起蒙民，那老教师原来在那北边干过事，给我一个手抄本，上有关于蒙俗的描述，那上边记载多极，现在依稀记得这么一段：

> 三边地区蒙民，性刚强而心巧，专恃畜牧，羊只尚少，马牛最多。当地亦产盐，每三二人驱牛数鞍头，驮其盐，载布帐锅碗往来。昼意干糇，晚就道旁，有水草处卸鞍驮，撑帐支锅，取野薪自炊，其牛纵食原野，人披裘轮卧起，以犬护之，不花一钱。汉民亦有效之。

读此书，方知三边地域竟是这么广大，民族竟是这么亲善，在远离省城，更远离京都的边塞，保持了这般宝地，令人有多少感慨啊！但是，就在我们动身去蒙民居住的区域的时候，意外又得到消息：这个镇子在两日之后，便是汉、回、蒙一年一度的盛大交易会，便只好暂时取消北上计划，只好将把蒙区访问做成千般儿万般儿美好想象罢了。

交易会，其场面可谓热闹，有北京王府井的拥挤，却比王府井更气势；有上海南京路的嘈杂，却比南京路更疯野。那一排一摆小吃，荞面拉条，豆面揪片，黄米干饭，羊肉粉汤，酸、辣、汪、煎，五味俱全；那菜市上一筐一车，二尺长的白菜，淡黄的萝卜，乌紫的土豆，半人高的青葱，六色尽有；那农具市上的铜的挂铃，铁的镢，钢的锨，叮，咣，铿，锵，七音齐响。还有那骡马市上，千头万头高脚牲口，黄乎乎，黑压压偌大一片，蒙民在这里最为荣耀，骡马全头戴红缨，脖系铃铛，背披红毡，人声喧嚣，骡马鸣叫，气浪浮动得几里外便可听见。在羊肉市上，近乎一里长的木架上，羊肉整条挂着。更有买卖活羊的，卖主用两只腿夹住羊头，大声与买主议价。汉、回、蒙民都似乎极富有，买肉就买整条，买果就买整筐。末了就都拥进那菜馆酒馆，大块吃肉，大碗喝酒，直要闹到月上中天方散。在酒馆里，几句攀谈，我们便成了极熟的人，兴致高涨，开怀大饮，他们竟有几个人当下醉了。第二天坐车要离开，车已开动，有几个蒙民却拦住了车头，要我下来，我不知何事，倒吓了一跳。他们竟是从怀中掏出一瓶“西凤”，他们不服，特赶来要我喝。我哈哈一笑，感其豪爽，当喝下两口，他们叫好，称我“朋友”，几番握手，互留地址，方放车通行。

半个月匆匆过去了，临走前两天，正好是阴历八月十五，夜里在长城根下一个村子吃了月饼、香梨，喝了花茶、葡萄酒，看了一阵房东大娘剪的窗花，兴致还未尽，便同房东小儿子一起登长城望高。月光下，沙海泛亮，草原迷离，高高低低的长城，从脚下一头伸向天的东头，一头伸向天的西头，这伟大的建筑，从远古的时候，一坐落在这里，沙再没有埋住，风再没有刮走，它给了沙漠之骨，沙漠也给了它的雄壮。如今烽火台没有了狼烟传递，但每一座台下，都住了人家，牛羊互往，亲戚走动；生着，在这沙漠上添着活气；死了，隆起沙堆，又生起一堆绿色。一道长城，是连接千家万户的一条线，流动着不屈不挠的生命和新型的人与人关系的情感。玩到天明，晨曦里看见天地相接的地方，柳树林子长得好茂，那树都是桩杆粗壮，一人多高，就截了顶，聚出密密的嫩枝，枝形呈圆，叶子全红了，像无数偌大的灯笼高高举着，似乎这天之光明，完全是这些灯笼照耀的。树林子前面，端端一柱白烟长上来了，走近去，是放蜂人燃的。这里还能放蜂，犹如春天里一个童话！相坐攀谈，放蜂人来自江南，年年都来，来数月方去。他说，外人以为三边无色无香，其实那是错了。“你瞧，绿的

沙柳，红的盐蒿，粉的牛儿草，白的盐，黄的沙，这三边的土地是最有五颜六色，是最有香有甜的。”尝尝那蜜，果然上品，荔枝蜜没有它香醇，槐花蜜没有它味长。

告辞了放蜂人，突然之间，几天来混混沌沌的思想，沉淀的沉淀了，清亮的清亮了，一时觉得有角度来做我的文章了。往回边走边构思，眼光偏又盯住了一片一片不知名的荆棘，开着丸子一般大的白绒花团，顺枝而上的，如挂纸钱串；就地而生的，又如围起的花环。哦，我明白了，这类花的开放，是对三边荒凉的送葬吗？是对三边的富有和美丽的礼赞吗？天黑回到村子，房东已为我准备好了送别酒菜，菜饱酒足，席上拉起了二胡。二胡的清韵，又勾起了我思亲的幽情，仰望天上明月，不知今夜亲人们如何思念着我，可他们哪会知道今夕我在这里是这么欢乐啊！一时情起，书下一信，告诉说：明日我又要继续往北而去，只盼望什么时候了，我要和我的亲人，更多的朋友能一块儿再走走三边，那该又是何等美事呢。

作于1982年10月23日三边——西安

陈炉

从铜川往东南去，有一脉山，其实并不可称作山的，没有树，也没有明石，是渭北的黄土塬的沟壑。沟底极深极深，终年却不见流水；弯弯曲曲地往深处去，沿途的塄壁上都凿有窑洞，上载危崖，下临深谷，窑门口吊着印花布帘，洞前丈余见方的场地上，有小儿敲着瓷盆儿嬉闹着。走到十余里，沟道宽起来，壑势平缓，这儿一洼，那儿一塄，是极不规矩的凹凸，长短不一的瓷管儿竖在那里，青烟就端端冒出来，而且有了鸡啼。这便是一个村了；屋舍院落看不见，人家都住在塄下：凿洞而入，迎门盘炕，将烟囱开在塄上的什么地方。再往深走，沟壑却慢慢束了，愈束愈窄，愈窄愈深，末了，一个山嘴，全然挡了去路。路面上不再是黄的虚土，有了碎瓷片儿，一闪一亮的。正疑惑间，"晃晃晃"地，山嘴那边闪出一头毛驴来，有妇人赶着，驴驮上一边是瓷盆，一边是瓷碗；打问道路，她用鞭往弯后一指，笑笑地，一路悠然去了。挥步儿转过山弯，眼前豁然一亮，神奇般地出现一个偌大天地，这便是到了陈炉了。

陈炉，渭北的瓷城，一个很有特色的富极美极的地方。

早年的山头上，曾有过一座窑神庙的，相传每年正月二十日，奠太上老祖，香火十分昌盛。如今庙宇已经倒塌，荒草里还残留着几块断碑，黄土垢蒙，青苔复掩，费力擦洗，上边了了笔文，隐约可辨，曰："周至八年，重修几次"。北宋末年，金兵入侵中原，铜川黄堡镇

“十里窑场”皆毁，窑业落脚此地。瓷以缸、盆、碗、罐、盘，釉色以黑，以白，因就“原料之便”，数百年“延传不衰”。陈炉的陶瓷究竟名气多大，销路多广，至今谁也说不甚清，只是这里遍地坩土，原是狭窄的沟壑，硬挖掘烧去，阔出了宽二里，长五里的盆地来呢；年年月月，日日夜夜，挑子、毛驴、拉车、汽车，运着瓷器出山而去，瓷器养活了陈炉的人，也养活了一沟上下的人；走遍陕北陕南，八百里秦川，家家都有着陈炉的货了。

陈炉人是富裕的，从盆地口看去，三面山坡，一台一台，尽是窑洞；拾级而上，一直摆至山顶，渭北的人家，大凡住得分散，窑洞依地势而建，一家一处，从没有陈炉这般集中，而且，窑洞皆是土凿，门面不加修饰。这里却家家砖砌洞门，一律的耐火红砖，白灰搪抹，一层一层的，使黄土山坡有了几分生动。走近沟中，挨山根往上看去，那白色的门面就不见了，是一面一面墙壁，全是瓮儿砌的，盆儿砌的，碗儿砌的，自不说那厨房、院墙，便是那厕所，也是外瓷儿，经风，耐雨，又不易倒，每每太阳一照，满山满谷一片光亮，莹莹的是水晶世界呢。

走进村去，一层窑洞，原来竟是一条自然的巷道，虽是只有半边，出奇也正是这半边：上面人家门前的场地，便是下面人家的窑顶，层层叠起来，可谓人上有人，巷上有巷。墙壁是瓷的，台阶是瓷的，水沟是瓷的，连地面也是瓷片儿竖着一页一页铺成的。站在这里，一声呐喊，响声里便有了瓷的律音，空清而韵长，使人油然想起古罗马的城堡，或是古战场情景，试想如果导演一部武打的电影，那斗打起来，是极为精彩而有趣的。这么一条巷一条巷到山顶，便没了窑洞，两排屋舍，相对而列，形成一条正儿八经的街道来。过山风却硬，早晚街头风响着哨子，人不能久站。

但是，每逢二、六日子集会，这街上就人车拥挤，远近百二十里的人，用毛驴驮了粮食、油、盐、酱、醋，穿的，用的，一揽杂物什品，从四面塬上，八方沟岔赶来。陈炉人，也早早在街两边摆了盘儿，碗儿，坛儿，罐儿，集旺开来，叫嚷声，手拍瓷器声，高声讨价声，毛驴嘶叫声，乱哄哄地直要闹到天昏。但是，外地更多人，差不多在街上交易一通了，就分头走进每条巷去，每家人家去。立即，这面坡上的人，喊着和那面坡上的人对话，买卖人检查瓷器优劣，全是用手击敲响声，坡上坡下，这儿响几声当当当，那儿响几声叮叮叮，彼此不绝。一场交易好妥了，买主们就将拴在窑口的毛驴拉过来，卸下一袋两袋粮食，装上盆盆碗碗，然后，蹲下来吸烟，但从不讨水喝，这里山高缺水，若要讨一口水，主人心里不悦，又觉不忍，常常就送给一只碗去，说："啊，没茶叶啦，有茶叶的话，我去沟下给咱担些水上来泡茶喝呀!"

山沟下的二里路边，确实还有一口泉呢，鸡窝大个池子，周围长着蝎子草、白蒿，清凌凌聚起那么一掬，每掬一次，只能舀出半桶水来，于是乎，整个陈炉的人就都挑了水桶来排队，常常就在那儿打闹起来。如今，水的问题解决了，政府从外地抽了水来，但这里依样没有浪费水的习惯：吃饭极少吃菜，一顿饭，两个馒头，一碟辣子也便算了；洗脸水总是刚刚盖住盆底，依墙侧着，一家人，老的洗了，少的洗，脸洗湿了，水也便完了。

这地方水这么缺贵，山坡上那挂着的一片一片地，种下五升，收获一斗，亏得弄这瓷器，他们自称是捏泥搬坯。翻开每户的家谱，爷是捏泥的，儿也是捏泥的，生下孙子还是捏泥的。旧社会，夏秋二季，在地里忙活，一把庄稼打上场了，就合伙开窑，三家的，五家的，匠工，旋工，佐工，有艺的出艺，无艺的卖力。外地嫁来的媳妇，过门三天，就要去学捏泥，生儿生女，四岁五岁便给传艺。常常是牙牙幼童去作坊给大人送饭，老子在旁吃完一碗，儿子就已做碗十几个。一窑货烧成了，人熏得漆胶墨染般似的，就拿着去街上买粮食。粮价时涨时落，运气好的，换来一担几斗，粮价提了，总得几斗几升。若到年馑了，瓷就卖不出去，他们狠着心，宁可整车整车往沟里倒着次一等的瓷品，不去降价出售。末了，瓷器愈不值钱，窑就封了。

陈炉人永远记着那糟心的日子。

如今，陈炉的小窑，再也看不到，沟底的坪场上，一排一摆的大窑，是一个规模不小的工厂。家家老少成了工人了，吃到国家的标准粉了。但这里的工人，却一样农民的打扮，他们不习惯炒菜，吃饭不

习惯坐桌子。车间里，儿子在那里揉泥，泥是黑色的，细腻的，揉面式地揉好了，交给老子。老子那么年纪，扳了电闸，皮带带动一扇石磨，哗哗地飞转，泥堆上去，双手往上拥，往上拥，捏个窝儿，手趁泥，泥趁手，泥管儿眨眼长上来，手便伸进去，泥要长即长，欲圆便圆，立即便是 V 形的盘儿碗儿，O 形的罐儿盆儿，S 形的瓶儿壶儿，似乎已不是在下苦了，是在表演魔术哩。媳妇呢，在一旁旋着泥坯，孙子来回穿插地搬运。他们大声说话，东家长，西家短，唱着“社火”曲儿，儿子唱不对了，媳妇羞笑一通，这当儿，孙子和爷爷就逗着花嘴，胡乱骂趣。下班了，家家在窑前坐地，一边喝着茶，一边听那对面坡沟里倒瓷片的响声，那一块瓷片儿，一个音符，倒下去，丁丁零零，当当锵锵，满沟如鸣佩环，律清韵远。

陈炉真是个好地方，名气一天天大起来，游客也一天天多起来，规模也便越发扩大，工艺也便越发提高。他们已经不满足了粗瓷，又恢复发展着青瓷。那真是上品物件，其色温温如也，其声铿铿如也，上有刻花，饰为植物、动物、人物、自然形态和几何纹样，图案生动，刀刻流畅，欧瓷虽长于艳丽，景瓷虽长于细致，但却不可相匹比呢。

辛酉年初春，我们一行四人在陈炉待了一天，记下此文。临行，依依不舍，购得一只插花玉瓶，一套青瓷牡丹花碗。从此玉瓶置在案头，春插桃花，冬插红梅，夜来灯下作文，暗香浮动；沏一碗清茶，汁液儿青淡，茶底儿牡丹款款，香醇味长，顿时心清神明，文章也自觉有了风韵。

1983 年

四月三十日游青城后山

那里峰峦错综，沟壑复杂，一早进去，愈进愈深，到了下午不知了出路。迷糊着转过竹坡，忽然看见了一座古寺，山面逼仄，一和尚在那里读书，旁边的木牌子写有“天亮开门，天黑关门”，顿时心生喜欢。

在寺里烧过香了，沿寺前的小路往右走，涉过小溪，前面就是一个深坳。坳里尽是高大的楠木，也有樟和漆，树干光洁，没有苔藓和藤蔓纠缠，像无数的柱子栽在那里。走进去，人全然都绿了，脚底没有声响，仰头看树，树都直端端往上长，看不到顶，高高的空中枝叶联合，如盖了青云，阳光就从青云间下来，一道一道的白。

林子的中间，有人在卖菜，一间草房，一张竹桌。或许是大半天没有游客到来，买菜人立在房前，数着落在竹桌上的七只鸟，又来了一只，是八只鸟。

我说：满山就这里的树木大呀！他说：这坳子深么。我说：哪棵最高呢？他说：都争着太阳长的，差不多吧。

去搂了一棵树，羡慕着树安静地长在这里，太阳是树的宗教，才长得这么粗这么高。

在一棵树下，让一片光罩着，有细雨就下起来，雨并未湿衣，却身上脚下一层褐色的颗粒，捡起来，竟然是米粒大的花蕾。卖菜人说：那是漆树落花。我就站住不动，让花雨淋着。

2008年5月3日追记

干雨松

商县城南六十里，山中藏有一寺，已经荒废了。夏末我们偶尔路过那里，前去看看，寺前石级三处断裂，衰草沿石隙而长，荒芜埋没入膝。葱籽大的黑蚊，无声附身，先不着意，后痛痒跳起，看腿上脚上手上已凸起桃核大的红包。四面墙全部倒塌，碎砖乱石，狼藉不堪，苔藓便布局其上，黑中显碧，灰中透红。殿堂左窗被挖去，右窗仅存三根檩条，有网织如席，中卧指蛋大一饱满黑蛛，一触网就沿丝迅走。嘎喇喇一阵惊叫，三只土灰色扑鸽从木梁上飞出，鸽粪落地已三寸有余，却不污臭，踢之如响沙。

殿侧一古松，身扭弯如绳索，作努力挣扎之形状。两人合抱，余一柞二指，主干却仅高三尺，便向右屈拱，枝横出蔓延，擦瓦檐而行，如手掌反撑，呈偌大扇面，匍匐院中竟达六十平方米的面积。人跃之便可摸，双手攀吊作秋千晃荡，树则纹丝不动。坐在树下望松针密布，其色深者碧碧，浅者青青，了了划天均匀，阳光从中激射，红绿光影相衬分外妖娆。我们一行四人，无不咋舌惊奇，立在树下拍照，有议论松的年代，见近旁泥土之中有一残碑，但可惜字迹脱落，揩擦了半日竟一字未见。

向导说：“怪了，寺庙荒成这样，这松倒如此新鲜？”

我说：“世人都知‘走了和尚走不了庙’，但烂了寺庙烂不了松，却只有咱们四人知道了。松，香火盛时不自矜，香客绝时不自弃，这是松的可贵啊！”

说话间，山雨骤至，寺庙里雨漏如注，全避于松下，滴水不湿。遂一时劣性儿兴起，用小刀刻字在树身曰：干雨松。松树却懒懒作抖，似有感动之情。

1983 年

游寺耳记

甲子岁深秋，吾搭车往洛南寺耳，但见山回路转，湾湾有奇崖，崖头必长怪树，皆绿叶自身，横空繁衍，似龙腾跃。奇崖怪树之下，则居有人家，屋山墙高耸，檐面陡峭，有秀目皓齿妙龄女子出入。逆清流上数十里，两岸青峰相挤，电杆平撑，似要随时作缝合状。再深入，梢林莽莽，野菊花开花落，云雾忽聚忽散，樵夫伐木，叮叮声如天降，遥闻寒暄，不知何语，但一团嗡嗡，此谷静之缘故也。到寺耳镇，几簇屋舍，一条石板小街，店家门皆反向而开，入室安桌置椅，后门则为前庭，沿高阶而下。偌大院子，一畦鲜菜，篱笆上生满木耳，吾落座喝酒，杯未接唇则醉也。饭毕，付钱一元四角，主人惊讶，言只能收二角。吾曰：清静值一角，山明值一角，水秀值一角，空气新鲜值八角，余下一角，买得吾之高兴也。

红狐

X，你是不曾知道的，当我借居在这间屋子的时候，我是多么的荒芜。书在地上摆着，锅碗也在地上摆着。窗子临南，我不喜欢阳光进来，日光总是要分割空间，那显示出的活的东西如小毛虫一样让人不自在。我愿意在一个窑洞里，或者最好是地下室里喘气。墙上没有挂任何字画，自得生硬，一只蜘蛛在那里结网，结到一半蜘蛛就不见了。我原本希望网成一个好看的顶棚，而灰尘却又把网罩住，网线就很粗了，沉沉地要坠下来。现在，我仰躺在床上，只觉得这荒芜得好，我的四肢越长越长，到了末梢就分叉，是生出的根须，全身的毛和头发拔节似的疯长，长成荒草。

宽哥说，这屋子真是一座荒园。

我说，那就要生出狐狸精的。

十多年来，我读《聊斋》，夜半三更的时候，总祈盼举头一看，其实是已经感觉到了，窗的玻璃上有一张很俏的脸，仅仅是一张脸，在向我妩媚。我看她，她也看我，我招之，她便含笑，倏忽就树叶般地飘进来。——这样祈盼着，并没有狐狸进来，我猜想那时我的火气太重，屋子里太整洁，太有规矩。于是清早起来，恹恹地发困，便生疑心窗外的那一株垂柳是一个灵魂在站着。她站着成了一株柳的。

如今的冬夜，从月下归来，闻见了谁家的梅。入我的荒园里，并没有随我而入的另一双鞋，影子也没有了。我坐在炉子边烧茶，听着水响

和空间里别的什么声音，独自喝了一杯又一杯。忽地想起李太白的诗：

两人对酌山花开，
一杯一杯复一杯。
我醉欲眠卿且去，
明朝有意抱琴来。

冬夜里没有山花开，新窗外有三棵槐，叶子都落了，枝丫在颤起铜的韵。我也没喝酒，亦不想睡，想着真有狐狸的吧。

狐狸并也没有。

但也就在明日，却有人抱了琴来。抱琴人是个矮个儿男人，就是宽哥，说，我知道你寂寞。这是一架古琴，钟子期与俞伯牙相识的那一种古琴，弹“高山”“流水”的那一种古琴。

宽哥也是寂寞的人——其实谁都寂寞，狼虎寂寞，猪也寂寞。——因为精神寂寞，他学了五年琴。他把琴送于我，我却不懂得琴谱，他明明知道我不懂得琴谱，他竟要送琴的。

琴就安置在我唯一的桌子上，琴成了荒园里最豪华的物件，我觉得一下子富有。那个捡来的啤酒木箱盖做成的茶几，如果上边放着烂碟破碗，就是贫穷的表现，而放着的是数百元的茶具，这便成一种风格，现在又有了古琴，静坐在茶几边的我静得如一块石头，斜睨了那古琴，一切都高雅了。

三日过去，五日过去，《聊斋》的书已不再读，茶是越来越讲究了档次，含品中记起一位才女叫眉的曾与我论过茶，说民间流行一种以对茶之态度如对性的态度的算卦辞，而世上最能品茶的是山中的和尚，和尚对性已经戒了，但那一种欲转化了对茶的体味。我那一日还笑她胡诌，而这日记起，很觉有趣。可我虽有五台山买来的木鱼，却怎么能把自己敲出个和尚来呢？仄了头瞧桌上的琴默默一笑，这一笑就凝固了一段历史，因为那一瞬间我发觉琴在桌上是一个平平坦坦地睡着的美人。

山里的人夏日送礼，送一个竹皮编的有曲线的圆筒，太热的人夜里可以搂着睡眠取凉，称作是凉美人的。这琴在那里体态悠闲，像个美人，我终于明白宽哥的意思了。X，那时我真有一份冲动，竟敢放肆，轻轻地走近去，分明感觉到她已经睡着了，鼾声幽微，态势美妙，但我又不敢了惊动，想她要醒过来，或者起身而站，一定是十分的苗条的。那琴头处下垂的一绺棉絮，真是她的头发，不自觉地竟伸手去梳理，编出一条长长的辫子，这么好身材的，应该是有一条长辫的。

这一个夜里，夜很凉，梦里全是琴的影子，半醒半寐之际，倏忽听得有妙音，如风过竹，如云飞渡，似诉似说。我蓦地翻床坐起，竟不知身在何处？没月光的夜消失了房子的墙，以为坐在了临水的沙岸，或者就完全在水里。好长的时间清醒过来，拉开灯绳，四堵墙显出白的空间，琴还在桌上躺着。但我立即认定妙音是来自琴的，这瞒不过我的，是琴在自鸣了！

X啊，有琴自鸣，这你听说过吗？三年前咱们去植竹，你说过的，竹的魂是地之灵声，植下竹就是植下了音乐，那么，这琴竟能自鸣，又该是怎样一个有灵的魂呢？

从此每日进屋，就要先坐于琴旁。人在屋外，想有琴在家，坐于琴身了，似守亲爱的人安睡，默默地等待着醒来，由是又捧了《聊斋》来读，终信了这是一份天意。有闲书上讲，女人是一架琴，就看男人怎么调拨，好的男人弹出的是美乐，孬的男人弹出的是噪音。这样的琴，不知道造于哪块灵土上的灵木，制于何年何月的韶光月下，谁曾经拥有过它，又辗转了多少春秋和人序，可它，终于等待到了来我的屋中，要为我蓄满清音，为我解消寂寞，要与我共同创造人间的一段传奇！这样的尤物今生今世既然与我有缘，我该给它起个好名儿来的。

我真的耗费了许多心思，叫它“等待”似乎太硬，叫“欲语”，又觉无力，“半生缘”又偏俗了，“一段不了”，还嫌玄虚。住到这屋子里，我是因了兼职一个教授职名赚的，门框上我曾写了“半闲半忙做文章，似通不通上课堂”，我这样的人过这样的日子，起怎样的名字给她呢？我坐在她的身旁，目注了她对她说话，我说我的童年，说我的青年和中年，说我的丑陋我的苦难，说我感谢她的话。我是看过报上的报道，说有一人种了一棵南瓜，他每日对南瓜说话如说话于他的孩子，这南瓜就长成背篓般大。还有一人患了心脏病，整日对心脏说

感谢的话，委托的话，心脏病竟也无药而治了。我这般也对待我的琴，我感觉琴是听见了，也听懂了。一次不自觉地去触动了几下弦索，它竟应发出极美的音乐来。我当时是惊呆了，因为我从来不识琴谱，连简谱也不识的，怎么就能有如此一段美乐呢？我疑问过宽哥，宽哥说，你再弹触时不妨打开录音机，我过后听听。我这么做了，宽哥就用简谱记下来，说果然好，你是个天才的作曲家。

我不是作曲家，我没有天才，天才是琴自身的，宽哥将数次的录音整理了，成一首乐曲在许多场合演奏，甚至还拿去发表，要署我的名。我声明这不是我作的曲，应该署琴的名。这次我得讨问琴，求它自报姓名。琴没有告诉我，却在灯光下，使我终于看见乌黑的琴身暗处，透出二处 绺的红来，黑与红相配得那么和谐和高贵，竟是我以前未注意到的。连着三日，都是在灯光下，发觉了红越来越多，几乎从整个黑里都能看出那下边的一层红来。

这一夜，我梦里觉得我在我的头发里发现了一颗痣，在手心里发现了一条纹，觉得桌上伏着一只艳红的狐。

于是，翌日的清晨，我叫我的琴为“红狐”。

“红狐”虽然依旧在桌上平伏着，但我仍要买了家具到这屋里，我买的是一张特大的床，一个极软的沙发，红狐如果从桌上站起，它的天性里该是爱静卧的。狐之友猜测应是鹤与鹿的。我又搜寻了鹤鹿的画贴在琴后的墙上。

我是这么想，X，狐是世上最灵性最美丽最有感应的尤物，原来是我的荒园里她早已来了！有诗讲好雨知时节，随风潜入夜，那她是从远的山里林里，或者从蒲氏的《聊斋》里，在那一个雨夜里来的，想宽哥送琴的那个夜，也正好有雨，当时我并不知，天明瞧见屋外的一蓬紫薇湿淋淋的。

X，这就是我要告诉你的事，一件大事，真的一件了不得的大事。也就是我有了红狐琴，我的荒园里再不荒了，我开始过得极平静而又富有，这你应该为我祝福和羡慕吧。

1993 年 11 月 20 日于病房

荒野地

这原本是庄稼地，却生长了一片荒草。荒草一人余高，繁荣得蓬勃健美。月夜下没有风，亦不到潮露水的时分，草的枝叶及成熟的穗实萧萧而立，但一种声息在响，似乎是草籽在裂壳坠落，似乎是昆虫在咬噬，静伫良久，跳动的是体内的心一颗。扮演着的是《聊斋》里的人物，时间更进入亘古的洪荒，遥遥地听见了神对命运的招引。

月亮在天上明亮着一轮，看得清其中的一抹黑影，真疑心是荒野地的投影，而地上三尺之外便一片迷蒙。夜是保密的，于是产生迟到的爱情。躲过那远远的如炮楼一般的守护庄稼的庵架，一只饥渴的手握住了一只饥渴的手，一瞬间十指被胶合，同时感受到了热，却冷得簌簌而抖。

一溜黑地过趟，松软如过草滩，又分明是脚上穿了宽松的鞋。可怜的农人种下了这一溜洋芋，四周的荒草却终使它们未能健长，挖掘过的地上没有收获到拳大的洋芋，肥沃的土地上明日的清晨却能看到两行交织的脚印。

已经是草地的中央了，失却的则是东南西北的方向。境界幽幽。心身在启示着坐下来，恰好有两块石头，等待这石头是多少个年月，石头也差不多等待得发凉了。天地之间，塞涌的是这荒草，人也是荒草的一棵，再有一棵。说话的是眼睛，说尽着唐诗宋词的篇章。头顶上的月亮丰丰满满。需要有点风，风果然而至，草把月划成了有条纹

老家人

的物件，且在晃动不已。不知名的昆虫在呻吟着，散发着那特有的气味。待到死过去几次又活过来几次，一切安静了，望月亮又如深下去的一眼井水，来分辨那里面的身影了。

佛殿一样的地方，得到的是心身的和谐，方明白那一溜松软的黑地是通往而来的甬道，铺着毡毯。

生长庄稼的土地却长满了这么多荒草，这是失职的农人的过错吗？但荒草同样在结饱满的果子，这便是土地的功能。失职的农人或许要咒诅的，而娇弱无能的庄稼没有荒草这么并不需要节令、耕作、肥料而顽强健壮啊！

因为草、人归复了原来的形态，这个月下夜晚是这么苍茫壮阔。

生之苦难与悲愤，造就着无尽的残缺与遗憾，超越了便是幽默的角色，再不寄希望于梦境和来世，就这么在荒野地中坐下，坐下如两块石头。或许坐上百年上千年，或许很短的一刻，但已够了。

走出了荒野地，另一处草浅的地方，仍发现了曾是长过瓜果的，是南瓜或是西瓜，肯定的也是未收获到要收获的东西，瓜田早废了，瓜叶腐败为泥，而绳一样纵横的瓜蔓却还发白地将也为泥地印缀在地上。踏着这白绳的空格走，像是游戏。突然就会想起月亮上的那一株桂树，还有那一位勇敢的却砍不断树身的吴刚。

而毕竟有这么一块荒野地。

1988 年 10 月 11 日

秦腔

山川不同，便风俗区别，风俗区别，便戏剧存异。普天之下人不同貌，剧不同腔；京、豫、晋、越、黄梅、二黄、四川高腔，几十种品类。或问：历史最悠久者，文武最正经者，是非最汹汹者？曰：秦腔也。正如长处和短处一样突出便见其风格，对待秦腔，爱者便爱得要死，恶者便恶得要命。外地人——尤其是自夸于长江流域的纤秀之士——最害怕秦腔的震撼。评论说得婉转的是：唱得有劲；说得直率的是：大喊大叫。于是，便有柔弱的女子，常在戏台下以绒堵耳，又或在平日教训某人：你要不怎么怎么样，今晚让你去看秦腔！秦腔成了惩罚的代名词。所以，别的剧种可以各省走动，唯秦腔则如秦人一样，死不离窝。严重的乡土观念，也使其离不了窝。可能还在西北几个地方变腔走调的有些市场，却绝对冲不出往南而去的潼关呢。

但是，几百年来，秦腔却没有被淘汰，被沉沦，这使多少人在大惑而不得其解。其解是有的，就在陕西这块土地上。如果是一个南方人，坐车轰轰隆隆往北走，渡过黄河，进入西岸，八百里秦川大地，原来竟是：一抹黄褐的平原；辽阔的地平线上，一处一处用木椽夹打成一尺多宽墙的土屋，粗笨而庄重；冲天而起的白杨、苦楝、紫槐，枝干粗壮如桶，叶却小似铜钱，迎风正反翻覆。你立即就会明白了：这里的地理构造竟与秦腔的旋律惟妙惟肖的一统！再去接触一下秦人吧，活脱脱的一群秦始皇兵马俑的复出：高个，浓眉，眼和眼间隔略

远，手和脚一样粗大，上身又稍稍见长于下身。当他们背着沉重的三角形状的犁铧，赶着山包一样团块组合式的秦川公牛，端着脑袋般大小的耀州瓷碗，蹲在立的卧的石碌子碌碡上吃着牛肉泡馍，你不禁又要改变起世界观了：啊，这是块多么空旷而实在的土地，在这块土地挖爬滚打的人群是多么“二愣”的民众！那晚霞烧起的黄昏里，落日在地平线上欲去不去的痛苦的妊娠，五里一村，十里一镇，高音喇叭里传播的秦腔互相交织，冲撞，这秦腔原来是秦川的天籁、地籁、人籁的共鸣啊！于此，你不渐渐感觉到了南方戏剧的秀而无骨吗？不深深地懂得秦腔为什么形成和存在而占却时间、空间的位置吗？

八百里秦川，以西安为界，咸阳、兴平、武功、周至、凤翔、长武，岐山、宝鸡，两个专区几十个县为西府；三原、泾阳、高陵、户县、合阳、大荔、韩城、白水，一个专区十几个县为东府。秦腔，就源于西府。在西府，民性敦厚，说话多用去声，一律咬字沉重，对话如吵架一样，哭丧又一呼三叹，呼喊远人更是特殊：前声拖十二分地长，末了方极快地道出内容。声韵的发展，使会远道喊人的人都从此有了唱秦腔的天才。老一辈的能唱，小一辈的能唱，男的能唱，女的能唱；唱秦腔成了做人最体面的事，任何一个乡下男女，只有唱秦腔，才有出人头地的可能。大凡有出息的，是个人才的，哪一个何曾未登过台，起码不能吼一阵秦腔呢?!

农民是世上最劳苦的人，尤其是在这块平原上，生时落草在黄土炕上，死了被埋在黄土堆下；秦腔是他们大苦中的大乐，当老牛木犁疙瘩绳，在田野已经累得筋疲力尽，立在犁沟里大喊大叫来一段秦腔，那心胸肺腑，关关节节的困乏便一尽儿涤荡净了。秦腔与他们，要和“西凤”白酒、长线辣子、大叶卷烟、牛肉泡馍一样成为生命的五大要素。若与那些年长的农民聊起来，他们想象的伟大的共产主义生活，首先便是这五大要素。他们有的是吃不完的粮食，他们缺的是高超的艺术享受，他们教育自己的子女，不会是那些文豪们讲的，幼年不是祖母讲着动人的迷离的童话，而是一字一板传授着秦腔。他们大都不识字，但却出奇地能一本一本整套背诵出剧本，虽然那常常是之乎者也的字眼从那一圈胡子的嘴里吐出来十分别扭。有了秦腔，生活便有了乐趣，高兴了，唱“快板”，高兴得是被烈性炸药爆炸了一样，要把整个身心粉碎在天空！痛苦了，唱“慢板”，揪心裂肠的唱腔却表现了多么有情有味的美来，美给了别人享受，美也熨平了自己心中愁苦的皱纹。当他们在收获时节的土场上，在月挂中天的庄院里，大吼大叫唱起来的时候，那种难以想象的狂喜、激动、雄壮，与那些献身于诗歌的文人，与那些有吃有穿却总感空虚的都市人相比，常说的什么伟大而痛苦的爱情是多么渺小、有限和虚弱啊！

我曾经在西府走动了两个秋冬，所到之处，村村都有戏班，人人都会清唱。在黎明或者黄昏的时分，一个人独独地到田野里去，远远看着天幕下一个一个山包一样隆起的十三个朝代帝王的陵墓，细细辨认着田埂上，荒草中那一截一截汉唐时期石碑上的残字，高高的土屋上的窗口里就飘出一阵冗长的二胡声，几声雄壮的秦腔叫板，我就痴呆了，感觉到那村口的土尘里，一头叫驴的打滚是那么有力；猛然发现了自己心胸中一股强硬的气魄随同着胳膊上的肌肉疙瘩一起产生了。

每到农闲的夜里，村里就常听到几声锣响：戏班排演开始了。演员们都集合起来，到那古寺庙里去。吹、拉、弹、奏、翻、打、念、唱，提袍甩袖，吹胡瞪眼，古寺庙成了古今真乐府，天地大梨园。导演是老一辈演员，享有绝对权威，演员是一家几口，夫妻同台，父子同台，公公儿媳也同台。按秦川的风俗：父和子不能不有其序，爷和孙却可以无道，弟与哥嫂可以嬉闹无常，兄与弟媳则无正事不能多言。但是，一到台上，秦腔面前人人平等，兄可以拜弟媳为帅为将，子可以将老父绳绑索捆。寺庙里有窗无扇，屋梁上蛛丝结网；夏天蚊虫飞来，成团成团在头上旋转，熏蚊草就墙角燃起，一声唱腔一声咳嗽。冬天里四面透风，柳木疙瘩火当中架起，一出场一脸正经，一下场凑近火堆，热了前怀，凉了后背。排演到什么时候，什么时候都有观众，有抱着二尺长的烟袋的老者，有凳子高、桌子高趴满窗台的孩子。庙里一个跟斗未翻起，窗外就哇的一声叫倒好，演员出来骂一声：谁不说好的滚蛋！他们抓住窗台死不滚去，倒要连声讨好：翻得好！翻得好！更有殷勤的，跑回来偷拿了红薯、土豆，在火堆里煨熟给演员做夜餐，赚得进屋里有一个安全位置。排演到三更鸡叫，月儿偏西，演

员们散了，孩子们还围了火堆弯腰踢腿，学那一招一式。

一出戏排成了，一人传出，全村振奋，扳着指头盼那上演日期。一年十二个月，正月元宵日，二月龙抬头，三月三，四月四，五月初五过端午，六月六日晒丝绸，七月过半，八月中秋，九月初九，十月一日，再是那腊月五豆，腊八，二十三……月月有节，三月一会，那戏必是上演的。戏台是全村人的共同的事业，宁肯少吃少穿也要筹资集款，买上好的木石，请高强的工匠来修筑。村子富不富，就比这戏台阔不阔。一演出，半下午人就扛凳子去占位了，未等戏开，台下坐的、站的人头攒拥，台两边阶上立的、卧的是一群顽童。那锣鼓就叮叮咣咣地闹台，似乎整个世界要天翻地覆了。各类小吃趁机摆开，一个食摊上一盏马灯，花生、瓜子、糖果、烟卷、油茶、麻花、烧鸡、煎饼，长一声短一声叫卖不绝。锣鼓还在一声儿敲打，大幕只是不拉，演员偶尔从幕边往下望望，下边就喊：开演呀，场子都满了！幕布放下，只说就要出场了，却又叮叮咣咣不停。台下就乱了，后边的喊前边的坐下，前边的喊后边的为什么不说最前边的立着；场外的大声叫着亲朋子女名字，问有坐处没有，场内的锐声回应快进来；有要吃煎饼的喊熟人去买一个，熟人买了站在场外一扬手，“日”的一声隔人头甩去，不偏不倚目标正好；左边的喊左边的踩了他的脚，右边的叫右边的挤了他的腰，一个说：狗年快完了，你还叫啥哩？一个说：猪年还没到，你便拱开了！言语伤人，动了手脚；外边的趁机而入，一时四边向里挤，里边向外扛。人的旋涡涌起，如四月的麦田起风，根儿不动，头身一会儿倒西，一会儿倒东，喊声、骂声、哭声一片。有拼命挤将出来的，一出来方觉世界偌大，身体胖肿，但差不多却光了脚，乱了头发。大幕又一挑，站出戏班头儿，大声叫喊要维持秩序，立即就跳出一个两个所谓“二杆子”人物来。这类人物多是头脑简单、四肢发达，却十二分忠诚于秦腔，此时便拿了树条儿，哪里人挤，哪里打去，如凶神恶煞一般。人人恨骂这些人，人人又都盼有这些人，叫他们是秦腔宪兵，宪兵者越发忠于职责，虽然彻夜不得看戏，但大家一夜满足了，他们也就满足了一夜。

终于台上锣鼓停了，大幕拉开，角色出场。但不管男的女的，出来偏不面对观众，一律背身掩面，女的就碎步后移，水上漂一样，台下就叫：瞧那腰身，那肩头，一身的戏哟！是男的就摇那帽翎，一会双摇，一会单摇，一边上下飞闪，一边纹丝不动，台下便叫：绝了，绝了！等到那角色儿猛一转身，头一高扬，一声高叫，声如炸雷豁啷啷直从人们头顶碾过，全场一个冷战，从头到脚，每一个手指尖儿，每一根头发梢儿都麻酥酥的了。如果是演《救裴生》，那慧娘站在台中往下蹲，慢慢地，慢慢地，慧娘蹲下去，全场人头也矮下去了半尺，等那慧娘往起站，慢慢地，慢慢地，慧娘站起来了，全场人的脖子也全拉长了起来。他们不喜欢看生戏，最欢迎看熟戏，那一腔一调都晓得，哪个演员唱得好，就摇头晃脑跟着唱，哪个演员走了调，台下就有人要纠正。说穿了，看秦腔不为求新鲜，他们只图过过瘾。

在这样的地方，这样的环境，这样的气氛，面对着这样的观众，秦腔是最逞能的，它的艺术的享受，是和拥挤而存在，是有力气而获得的。如果是冬天，那风在刮着，像刀子一样；如果是夏天，人窝里热得如蒸笼一般，但只要不是大雪、冰雹、暴雨，台下的人是不肯撤场的。最可贵的是那些老一辈的秦腔迷，他们没有力气挤在台下，也没有好眼力看清演员，却一溜一排地蹲在戏台两侧的墙根，吸着草烟，慢慢将唱腔品赏。一声叫板，便可以使他们坠入艺术之宫，“听了秦腔，肉酒不香”，他们是体会得最深。那些大一点的，脾性野一点的孩子，却占领了戏场周围所有的高空，杨树上、柳树上、槐树上，一个枝杈一个人。他们常常乐而忘了险境，双手鼓掌时竟从树杈上掉下来；掉下来自不会损伤，因为树下是无数的人头，只是招致一顿臭骂罢了。更有一些爬在了场边的麦秸垛上，夏天四面来风，好不凉快；冬日就扒个草洞，将身子缩进去，露一个脑袋。也正是有闲阶级享受不了秦腔吧，他们常就瞌睡了；一觉醒来，月在西天，戏毕人散，只好苦笑一声悄然没声儿地溜下来回家敲门去了。

当然，一次秦腔演出，是一次演员亮相，也是一次演员受村人评论的考场。每每角色一出场，台下就一片啧啧喳喳：这是谁的儿子，谁的女子，谁家的媳妇，娘家何处？于是乎，谁有出息，谁没能耐，一下子就有了定论。有好多外村的人来提亲说媒，总是就在这个时候

进行。据说有一媒人将一女子引到台下，相亲台上一个男演员，事先夸口这男的如何俊样，如何能干，但戏演了过半，那男的还未出场，后来终于出来，是个国民党的伪兵，还持枪未走到中台，扮游击队长的演员挥枪一指，“叭”的一声，那伪兵就倒地而死，爬着钻进了后幕。那女子当下哼了一声，闭了嘴，一场亲事自然了了。这是喜中之悲一例。据说还有一例，一个老头在脖子上架了孙孙去看戏，孙孙吵着要回家，老头好说好劝只是不忍半场而去，便破费买了半斤花生。他眼相着台上，手在下边剥花生，然后一颗一颗扬手喂到孙孙嘴里，但喂着喂着，竟将一颗塞进孙孙鼻孔，吐不出，咽不下，口鼻出血，连夜送到医院动手术，花去了七十元钱。但是，以秦腔引喜的事却不计其数。每个村里，总会有那么个老汉，夜里看戏，第二天必是头一个起床往戏台下跑，戏台下一片石头、砖头，一堆堆瓜子皮、糖果纸、烟屁股，他掀掀这块石头，踢踢那堆尘土，少不了要捡到一角两角甚至三元四元钱币来，或者一只鞋，或者一条手帕。这是村里刁钻人干的营生，而馋嘴的孩子们有的则夜里趁各家锁门之机，去地里摘那香瓜来吃，去谁家院里将桃杏装在背心兜里回来分红。自然少不了有那些青春妙龄的少男少女，则往往在台下混乱之中眼送秋波，或者就悄悄退出，相依相偎到黑黑的渠畔树林子里去了……

秦腔在这块土地上，有着神圣的不可动摇的基础。凡是到这些村庄去下乡，到这些人家去做客，他们最高级的接待是陪着看一场秦腔；实在不逢年过节，他们就会要合家唱一会乱弹，你只能点头说好，不能耻笑，甚至不能有一点不入神的表示。他们一生最崇敬的只有两种人，一是国家领导人，一是当地的秦腔名角。即使在任何地方，这些名角没有在场，只要发现了名角的父母，去商店买油是不必排队的，进饭馆吃饭是会有座位的，就是在半路上挡车，只要喊一声：我是某某的什么，司机也便要嘎地停车。但是，谁要侮辱一下秦腔，他们要争死争活地和你论理，以致大打出手，永远使你记住教训。每每村里过红白丧喜之事，那必是要包一台秦腔的，生儿以秦腔迎接，送葬以秦腔致哀；似乎这个人生的世界，就是秦腔的舞台。人只要在舞台上，生、旦、净、丑，才各显了真性，恶的夸张其丑，善的凸现其美，善使他们获得了美的教育，恶的也使丑化作了美的艺术。

广漠旷远的八百里秦川，只有这秦腔。也只能有这秦腔。八百里秦川的劳作农民，只有也只能有这秦腔使他们喜怒哀乐。秦人自古是大苦大乐之民众，他们的家乡交响乐除了大喊大叫的秦腔还能有别的吗？

1983年5月2日草于五味村

说棣花

棣花是十六个自然村。

白家垭的白亮傍晚坐在厦子屋门槛上吃饭，正低头在碗里捞豆儿，啪的一下，院子里有了一条鱼，鱼在地上蹦跶。白亮以为谁从河里钓了鱼给他扔进来，就说：谁呀?!没有回应，开了院门出来看，一个人背身走到巷口了，夕阳照着，看不清那是谁，但那人似乎脚不着地，好像在水上漂，又好像是被什么抬着，转过巷头那棵柳树就不见了。

白亮想是不是三海，他给三海家垒过院墙，三海一直感激他，钓了鱼就送了他一条？但三海害病睡倒一个月了，哪里能去钓鱼？是白路的二儿子水皮？水皮整天去钓鱼哩，钓了鱼就拿到公路上卖给过往的司机，咋能平白无故地给他一条呢?!

白亮回到院子再看鱼，鱼身上没有鳞片，有一小片云，如一撮棉花，知道了鱼是从天上掉下来的。

天上有银河，银河里还真有水、水里有鱼？或者，是鹳从棣花河叼了鱼飞过院子，不小心松了口，把鱼掉了下来？

白亮觉得是好事，还往天上看了许久，会不会也能掉下馅饼。但天上没有馅饼，起了悠悠风，风把一片杨树叶子吹了来，贴在他脸上，盖了一只眼。他把鱼捡回屋炖了。

第二天，白亮到河里担水。河边的浅水里一只猫和一条鱼搏斗，鱼可能是游到了浅水滩上，猫就去叼，鱼摆着尾打水花，猫几次都跌坐在水里。白亮放下桶去撵猫，却发现那鱼身上长了毛和翅膀，正疑惑，鱼游进深水里不见了。

鱼怎么长毛和翅膀呢？

白亮更看见了奇怪的事，几乎就在那条鱼游进深水后，突然在河上游的百米远，一群鱼从水里跃出来，竟然就飞到空中，而同时空中又有一群鸟飞下来一只一只入了水。然后，轮番从天上到河里，从河里到天上，一会儿是鱼，一会儿是鸟，循环往复。

从此以后，白亮行为做事和人不一样。比如，和邻居为庄基红过脸，邻居骂他是吃草长大的，他说，是呀，吃草长大的。村里人事后说，你咋能让他那样骂你？他说就是吃草长大的呀，菜不是草吗，米和面还不是草籽磨的？他走路也不像以前的姿势了，胳膊前后甩得很厉害，像是狗刨式的，在河里游泳。别人笑他，他说：你以为空气不是水？

贾塬村的五福练气功，练了三年，就练成了。他让一些妇女闭眼站着，然后在五步之外发功，问：有凉飕飕的风吗？妇女说：啊，啊，是凉飕飕的。棣花人都知道了五福有气功，让五福用气功治病。五福治病不治头痛脑热，他觉得那不是病，喝碗姜汤捂捂汗就好了，他只治癌症。棣花患癌症的人多，没钱去省城医院动手术，而五福发功治病不收费的，说：给我传个名就行。

五福治病很讲究地点，一般都在村后的崖底，崖底有一棵百年老柏，他趴在树上要采一会儿气，再叫病人坐了，开始推开手掌，要把一股子气发出去。一九九八年七月十四日，他正发功，天上起了风，风是狂风，一下子把他吹起，啪地甩到半崖壁上。风过去了，他从崖壁上掉下来，人已经成了肉泥饼子。

东街有个二郎庙，庙前就是魁星楼，庙和楼中间的场子很大，棣花人习惯叫那是庙场子。拴劳住在庙场子后边，人丑，家又贫，但他有一个好被单子。整个夏天，拴劳都不在家里睡，嫌家里热，又有蚊子，天黑就披着被单子去庙场子了。他在庙场子扫一块净地，盖着被

单睡下了，第二天一早，却总是从魁星楼上下来。魁星楼很高，攀着楼墙的砖窝可以上到第三层，上面风畅快。村里人都说拴劳半夜里披着被单就飞上楼了，传得神乎其神，但问拴劳，拴劳只是笑，没承认，也没否定过。

后来，拴劳去西安讨好生活了，走时就带着被单子，一走三年再没回来。不知怎么，村里都在议论，说拴劳在西安以偷窃为生，能飞檐走壁，因为他有被单子。

到了二〇〇三年，到处闹“非典”，棣花十六个自然村组织了防护队，严防死守不准从西安来的人进村。拴劳偏偏就回来了，防护队一声喊地撵他，撵到棣花西头的砭崖上，砭崖下就是河。有人说：不敢再撵了，再撵就掉到河里了。又有人却说：没事，他能披被单子飞天哩。防护队举着棍棒还往前撵，拴劳就从砭崖上跳下去了。

拴劳跳下去是死了还是活着，反正从此再没回来过，也没有他的消息。

冬季里，砭崖上出现了许多蝙蝠，有人说是不是拴劳变成了蝙蝠，因为蝙蝠的翅膀张开来像是披着一块小被单子。立即有人反对这种联想：怎么可能呢，蝙蝠的被单是黑的，拴劳的被单是白的。

巩家涧村的上槽在给自行车充气的时候受了启发，就整天练着用手抓空气。抓一把，就扔出去砸旁边的狗，但狗总是没反应。这一天他又在练习，听到巷口有人叫他，上槽上槽，叫得生紧。抬头看时巷口起了烟，灰腾腾的，先是一股冲过来，到跟前了却是一只狗。再是一疙瘩烟已经到头顶上了，拿了笤帚便打，竟然打着了，掉下来一只扑鸽。扑鸽在地上扑腾了一阵，又飞走了。后来有两团烟互相交融纠结地过来，他想着：这是啥？定睛盯着，两团烟是他大他妈，背着两篓子红薯，惊得他张嘴叫不出声了。

他大说：十声八声喊不应你？到地里背红薯去！

上槽瓷着眼看着他大他妈，还用手扇了一下，他大他妈不是烟呀，烟一扇就散的。

他大说：你咋啦？

上槽说：哦，我眼睛雾很。

他大说：年轻轻的雾啥眼？

上槽要放下笤帚，笤帚突然软起来，一溜烟从指头缝里飘了去。而且看巷口外的路上，烟雾更浓，烟里有乱七八糟的人声。平日在夜里，夜即便黑得像漆，他坐在院门口，村道里一有脚步声，他也就知道这是谁来了。现在他听出说话的有二爷，有来喜伯和他老婆，有春草、蝉婶子。但他能听见声音就是看不到人，人都是一片子烟，或浓或淡，是絮状也是条状。

上槽就跟着那片烟走，一会儿看见他们有人形了，一会儿又都是烟。

上槽最后是从巷口走到巷外的土路上，一直到了河滩地，背了那里挖出来的一篓红薯。往回走时，却不知道了怎么回去，因为他发现村子的那个方向并没有了村子，所有的房子、树，连同土路，除了烟，都不见了。立了好久，那烟像蘑菇一样隆起，在空中酝酿翻腾，忽然扑塌下去，渐渐地又变成房子、树，还有直直的一条土路，土路上蹦跶着蚂蚱。

上槽把他看到的情景告诉给村人，村人全是一个口气，说你眼睛有毛病了。上槽就觉得自己眼睛肯定有毛病了，不出半年，眼睛便瞎了。

中街村刘家的儿子名字没起好，叫刘榆。榆树总是拗着长，这刘榆也三十年了一直和他大拗劲。他大说，今日太阳出来了，把被子拿出来晒晒，他却去给鸡垒窝。他大说：今年自留地里栽些辣苗吧，他偏种了土豆。

他大活到五十六岁时得了鼓症，临死时想把自己坟修在村后的牛头坡上，棣花的坟地都在牛头坡上，只是花销大，他说：我死了，别铺张浪费，就埋到河滩的自家地吧。刘榆想，几十年了和大都拗着，这一次得听大一次。他大死后，果然就把大埋在河滩自家地里。第三年，河里发大水，冲了河滩地，刘榆他大的坟也冲没了。

河里原来产一种白条鱼，发大水后新生了昂哧鱼，之所以是昂哧鱼，这鱼自呼其名，昂哧昂哧叫，像是叹气。

野猫洼村出了个懒人，叫宽心，一辈子没结婚。他死的时候，眼睛都闭上了，嘴还张着，来照料他的邻居就看见一股白气从嘴里出来，一溜一溜地从窗格中飘去了。撵出来看，白气没有散，飘到那棵椿树顶上了，成了一片云，扇子大的一片，往西再飘。

云飘到西街村，好像停了一下，像思考的样子。阳光将云的影子投在老田家的屋顶上，但很快又走了，经过了后塬村，又经过了巩家湾，最后在崖底村葛火镰家的院子上空不动了。

葛火镰家养着一头公猪，公猪专门给棣花所有的母猪配种的，这一天正好骆驼项村的陆星星拉了母猪来配，云的影子就罩在母猪身上，白猪变成了黑猪。陆星星往天上一看，一片云像个手帕掉下来，他还下意识地躲了一下身子，似乎那云要砸着他。但云没砸着他，而且什么也没有了，他就把母猪牵回了家。

母猪后来生崽，往常母猪一生一窝崽，这回只生了一个崽。这崽样子还可爱，就是不好好长，已经半年了，又瘦又小，与猫常在一处玩。陆星星说：你是猪呀你不长?！它还是不长，到了年底，仅仅四五十斤，还生了一身红绒毛。

第二天早上，棣花流行猪瘟，死了八头猪，其中就有这头猪。猪死时，陆星星也发现有一股白气从猪嘴里溜出来，往空里飘了。在空里成了一片云，这云片更小，只有手掌大。

云飘过北源村上空，起了一阵小风，云就往南飘，又飘回野猫洼村。野猫洼村的芦苇园也飘芦絮，云和芦絮搅在一起，分不清是一疙瘩芦絮还是云，末了，一只蜂落在丁香树的花瓣上，芦絮就挂在树枝上，而云却没了。

丁香花谢后生了籽，籽落在地上的土缝里，来年生出一棵小丁香树。这小树长了两年还是个苗子，放牛的时候，牛把苗子连根拔出来嚼了。苗子一拔出来，是又有一丝白气飘了，但在空中始终没变成云，铜钱大的一团白气。白气移过了院墙，院墙外的水渠沟里有许多蚊子，后来就多了一只蚊子。

这蚊子能飞了，有一夜飞到打麦场上，那里睡了乘凉的人，蚊子专叮人腿，啪地挨了一掌，就掌死了，再没有云，连一点儿白气都没有。

雷家坡村其实没有姓雷的，是两大族姓，一个姓雨，一个姓田。姓田的都腿短脖子粗，姓雨的高个窄脸，但姓田的男人多，姓雨的女人多，姓田的就控制着村子。

棣花北五十里地的洛南县有煤窑，早年姓田的一个男子在那里当矿工，后来承包了一个煤窑，逐渐做大，成了有钱的老板，便把村里姓田的男人都带去挖煤，姓田的人家就过上了好日子。姓雨的人家还穷着，女人们就只好到棣花的保姆培训班上报名，她们长得好看，性情也柔顺，培训完后西安的保姆中介公司挑去了七八个，全送去了一些高级领导干部的家里。

二〇〇〇年春节，挖煤的回来了，都有钱，先集体在县上住了一晚宾馆才回村，而那些保姆没有回来。姓雨的说挖煤的在县宾馆住了一夜，吃肉喝酒，还招了妓女，离开后，妓女尿了三天黑水。

春节一过，姓田的男人又去了煤窑，正月二十四那天，井下瓦斯爆炸，没有一个活着出来。而就在这天，七八个保姆回到村里，她们给村里人说，都曾经跟着主人去过广州或北京，坐的飞机，飞机上有厕所，拉屎尿尿就漏在空中，在空中什么都没有了。

每年四月初八棣花的庙会上要耍社火，中街村准备两台芯子，一台是走兽和地狱，一台是飞禽和天堂。正做着，有人担心这是暗喻雷家坡村，会惹是非，后来就取消了。

药树梁村在棣花的西北角，除了独独一棵大药树外，坡上枣树很多，枣树每一年都有被雷击的。被雷击过的枣木有灵性，县城关镇的阴阳先生曾来寻找雷击枣木做法器，而药树梁村的人出来口袋里也都有枣木刻成的小棒槌，说能避邪护身。

在三年前夏天，有良在坡上放牛，天上又响炸雷，有良赶着牛就下坡，雷这回没击枣树，把有良击了，但没有击死，脊背上有了一片文字。说是文字，又不是文字，棣花小学的老师也认不得，那是十八

个像字的字，分三行，发红，像被手抓出的，却不疼不痒。

有良在当年的秋末瘫了，手脚收缩，做不了活，吃饭行走也不行了，整天得坐在家里的藤椅上，让端吃送喝。但有良知道啥时刮风下雨，有一天太阳红红的，他说一会儿有冰雹哩，谁也不信，但一锅旱烟没吃完，冰雹就噼里啪啦下来了。

还有一回，已在半夜里，有良叫醒家人，说天上掉石头呀，快到院里去。家人知道他说话应，都起来到院子，一直坐到天亮，没有什么石头，才要回屋时，突然天空一团火光，咚的一声，有东西砸在屋顶。过了一会儿进去看了，屋地上果然有一块石头，升子大，把屋顶砸了个洞，地上也一个坑。

西街村的韩十三梦多，一入睡就做梦，醒来又能记得梦的事。他三岁时梦到的都是他成了个老头，胡子又白又长，常拿了一把木剑到一个高墙上去舞。他把梦说给旁人，人都笑他：高墙上能舞剑？但觉得他每天都做梦，梦醒又给人说梦，很好玩的，见了便问：碎仔，又做啥梦了？韩十三就说他在一个地方走，路很长很宽，两边都是房子，房子特别高，一层一层全是玻璃，路上有车，车多得像河水，一个穿白衣裳的人像神婆子一样指手画脚。村人有走过西安的，觉得这像是西安，就又问：那是街道，街上还有啥？韩十三说：路边都是树，树上长星星。

往后，随着年龄增长，韩十三的梦越来越离奇，但全是城里的事。他在小学时，就梦见自己在一家饭店里炒菜，戴很高很高的帽子，他不炒土豆丝，也不炒豆芽，炒的尽是一些长得怪模怪样的鱼和虾。到了中学时，他梦见自己拿着八磅锤、锯，还有刷墙的磙子，他在给人家刷墙时，那女主人送给他了一件制服，但也骂过他。

这样的梦做了三年，中学毕业后没有考上大学，就一直在村里劳动，还当过村会计，又烧过砖瓦窑，娶妻生子。梦还在做，梦到了城里，才知道早先梦到了人在高墙上舞剑，那墙是城墙，从城墙上能看见不远处的钟楼，钟楼的顶金光闪闪。那时，村里人有去西安打工的，他问：西安有个钟楼吗？回答说有，又问：城墙上能开车吗？回答说能。韩十三就决定也去西安打工。

到了西安，西安的一切和他曾经的梦境一样，他甚至对那里已十分熟悉，还去了他当厨师的酒店，酒店门口是有两个石狮子，右边的一个石狮子眼睛上涂着红。但是，韩十三初到西安，没有技术也没有资金，他只好去捡破烂。捡破烂第一天就赚了三十元，这让他非常高兴，想着一天赚三十元，十天就是三百元，一个月九百元呀！第二天，他起得很早上街了，却被一辆运渣土的卡车撞倒，而司机逃逸，一个小时后才被人发现往医院送，半路上把气断了。这一年他三十岁。墓前立了个碑子，上面刻了生于一九八〇年，逝于二〇一〇年。但不久，刻字变了，是生于一九八〇年，逝于二〇四〇年。村人不知这刻字怎么就变了？

棣花乡政府设在中街村，是一个大院子，新修的高院墙，新换的大铁门，但门卫还是那个旧老汉。老汉姓夜，从年轻起人叫他不叫老夜，嫌谐音是老爷，就叫他老黑。

老黑从一九五八年就在这里当门卫，那时乡政府是公社，今年老黑八十岁，眼不花，耳不聋，身体特别好，乡政府还雇他当门卫。棣花的人其实寿命都不长，差不多每个人家都有着遗憾，比如有些人，日子恓惶了几十年，终于孩子大了，又给孩子娶了媳妇，再是扒了旧屋，盖了一院子新房，家里粮食充足，吃喝不愁，说：这下没事了，该享清福呀！可常常是没事了才二年，最多五年，这人就死了。但老黑活到八十岁，还精神成这样，很多人便请教他的健康长寿秘诀。老黑说，他是每个大年三十儿晚上，包完饺子了，就制订生活计划的。他的生活计划已经制订到一百二十岁，每一岁里要干什么，怎么去干，都一一详细列出。中街药铺的跛子老王看过老黑一百岁那年的计划，过后给人说，老黑这一年的计划是五月份给孙子的孙子结婚，结婚用房得新盖，他要资助三千元。再是把院子里的井重新淘一下，安个电水泵。再再是，那一年应该是乡政府要换届，要来新的乡长了，这是陪过的第四十五位乡政府领导，他力争陪过七十位。

乡政府院子西墙外有一棵老楸树，这树不是乡政府的，是刘反正

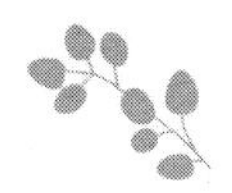

家的。棣花再没有这么大的树了，黄昏的时候，中街村的人喜欢在树下说闲话，当然说到这树活得久，说老黑也活得久，有一个叫宽喜的人，就也学着老黑订计划，计划他也要活过一百岁。

宽喜只活了六十二岁就死了。

而中街村还有一个人，叫牛绳，牛绳的日子艰难，整天说啥时死呀，死了就不泼烦了。他来问老黑：宽喜也心劲大着要长寿，咋就死了，你这计划是不是不中用？老黑说：宽喜是县上干部，退休没了事，阎王爷哪会让没事干的人还活在世上？订计划是订着做不完的事哩，不是为了活而活的。宽喜想活他活不了，你想死也死不了，因为你上有老下有少，你任务没完成哩你咋死？

这话说过半年，有一天夜里，老黑在院门口坐着，听见楸树咯吱咯吱响，好像在说：唉，走呀，我走呀。

第二天，刘反正得了脑溢血死了，他儿子伐了楸树给他大做了棺材。

乡政府大院门口从此没了那棵树，而老黑还在，新一任的乡长才来了七天，老黑每晚要给新乡长说着一段棣花的历史。

2010 年 7 月 7 日写

黄土高原

沟是不深的，也不会有着水流；缓缓地涌上来了，缓缓地又伏了下去：群山像无数偌大的蒙古包，呆呆地在排列。八月天里，秋收过了种麦，每一座山都被犁过了，犁沟随着山势往上旋转，愈旋愈小，愈旋愈圆。天上是指纹形的云，地上是指纹形的田，它们平行着，中间是一轮太阳；光芒把任何地方也照得见了，一切都亮亮堂堂。缓缓地向那圆底走去，心就重重地往下沉；山洼里便有了人家。并没有几棵树的，窑门开着，是一个半圆形的窟窿，它正好是山形的缩小，似乎从这里进去，山的内部世界就都在里边。山便再不是圆圈的叠合了，无数的抛物线突然间地凝固，天的弧线囊括了山的弧线，山的弧线囊括了门窗的弧线。一地都是那么寂静了，驴没有叫，狗是三个、四个地躺在窑背，太阳独独地在空中照着。

路如绳一般地缠起来了：山垭上，热热闹闹的人群曾走去赶过庙会。路却永远不能踏出一条大道来，凌乱的一堆细绳突然地扔了过来，立即就分散开去，在洼底的草皮地上纵纵横横了。这似乎是一张巨大的网，由山垭哗地撒落下去，从此就老想要打捞起什么了。但是，草皮地里能有什么呢？树木是没有的，花朵是没有的，除了荆棘、蒿草，几乎连一块石头也不易见到。人走在上边，脚用不着高抬，身用不着深弯，双手直棍一般地相反叉在背后，千次万次地看那羊群漫过，粪蛋儿如急雨落下，嘭嘭地飞溅着黑点儿。起风了，每一条路上都在冒

着土的尘烟，簌簌地，一时如燃起了无数的导火索，竟使人很有了几分骇怕呢。一座山和一座山，一个村和一个村，就是这么被无数的网罩起来了。走到任何地方，每一块都被开垦着，每处被开垦的坡下，都会突然地住着人家，几十里内，甚至几百里内，谁不会知道那条沟里住着哪户人家呢？一听口音，就攀谈开来，说不定又是转弯抹角的亲戚。他们一生在这个地方，就一刻也不愿离开这个地方，有的一辈子也没有去过县城，甚至连一条山沟也不曾走了出去；他们用自己的脚踏出了这无数的网，他们却永远走不出这无数的网。但是，他们最乐趣的是在二三月，山沟里的山鸡成群在崖畔晒日头，几十人集合起来，分站在两个山头，大声叫喊，山鸡子从这边山上飞到那边山上，又从那边山上飞到这边山上，人们的呐喊，使它们不能安宁，它们没有鹰的翅膀可以飞过更多的山沟，三四个来回，就立即在空中方向不定地旋转，猛地石子一样垂直跌下，气绝而死了。

土是沙质的，奇怪的是靠崖凿一个洞去，竟百年千年不会倒坍，或许筑一堵墙吧，用不着去苫瓦，东来的雨打，西去的风吹，那墙再也不会垮掉，反倒生出一层厚厚的绿苔，春天里发绿，绿嫩得可爱，夏天里发黑，黑得浓郁，秋天里生出茸绒，冬天里却都消失了，印出梅花一般的白斑。日月东西，四季交替，它们在希冀着什么，这么更换着苔衣?！默默的信念全然塑造成那枣树了，河滩上，沟畔里，在窗前的石磙子碾盘前，在山与山弧形的接壤处，突然间就发现它了。它似乎长得毫无目的，太随便了，太缓慢了，春天里开一层淡淡的花，秋天里就挂一身红果。这是最懂得了贫困，才表现着极大的丰富吗？是因为最懂得了干旱，那糖汁一样的水分才凝固在枝头吗？

冬天里，逢个好日头，吃早饭的时候，村里人就都跄蹴在窗前石碾盘上，呼呼噜噜吃饭了。饭是荞麦面，汤是羊肉汤，海碗端起来，颤悠悠的，比脑袋还要大呢。半尺长的线线辣椒，就夹在二拇指中，如山东人夹大葱一样，蘸了盐，一口一截，鼻尖上，嘴唇上，汗就骨骨碌碌地流下来了。他们蹲着，竭力把一切都往里收，身子几乎要成一个球形了，随时便要弹跳而起，爆炸开去。但随之，就都沉默了，一言不发，像一疙瘩一疙瘩苔石，和那碾盘上的石磙子一样，凝重而粗笨了。窗内，窗眼里有一束阳光在浮射，婆姨们正磨着黄豆，磨的上扇压着磨的下扇，两块凿着花纹的石头顿挫着，黄豆成了白浆在浸流。整个冬天，婆姨们要待在窑里干这种工作，如果这磨盘是生活的时钟，这婆姨的左胳膊和右胳膊，就该是搅动白天和黑夜的时针和分针了。

山峁下的小路上，一月半月里，就会起了唢呐声的。唢呐的声音使这里的人们精神最激动，他们会立即放下一切活计，站在那里张望。唢呐队悠悠地上来了，是一支小小的迎亲队，前边四支唢呐，吹鼓手全是粗壮汉子，眼球凸鼓，腮帮满圆，三尺长的唢呐吹天吹地，满山沟沟都是一种带韵的吼声了。农人不会作诗，但他们都有唢呐，红白喜事，哭哭笑笑，唢呐扩大了他们的嘴。后边，是一头肥嘟嘟的毛驴，耸着耳朵，喷着响鼻，额头上，脖子上，红红绿绿系满彩绸。套杆后就是一辆架子车，车头坐着一位新娘，花一样娟美，小白菜一样鲜嫩，她盯着车下的土路，脸上似笑，又未笑，欲哭，却未哭；失去知觉了一般的麻麻木木。但人们最喜欢看这一张脸了，这一张脸，使整个高原以此明亮起来。后边的那辆车，是两个花枝招展的陪娘坐着，咧着嘴憨笑，狼狼狈狈地紧抱着陪箱，陪被，枕头，镜子。再后边便是骑着毛驴的新郎，一脸的得意，抬胳膊动腿地常要忘形。每过一个村庄，认识的，不认识的，都要在怀里兜了枣儿祝贺。吃一颗枣儿，道一声谢谢，道一声谢谢，说一番吉祥，唢呐就越发热闹，声浪似乎要把人们全部抛上天空，轰然粉碎了去呢。

最逗人情思的是那村头小店：几乎每一个村庄，路畔里就有了那么一家人，老汉是肉肉的模样，婆姨是瘦瘦的精干，人到老年，弯腰驼背的，却出养个万般水灵的女儿来。女儿一天天长大，使整个村庄自豪，也使这个村庄从此不能安宁。父母懂得人生的美好，也懂得女儿的价值，他们开起店来，果然生意兴隆。就有了那么个后生，他到远远的黄河东岸去驮铁锅去了，一去三天三夜，这女子老听见驴子哇儿哇儿地响，站在窗前的枣树下，往东看得脖子都硬了。她恨死了后生，恨得揉面，捏了他的小面人儿，捏了便揉，揉了又捏。就在她去后洼洼拔萝卜的时候，那后生却赶回来，坐在窑里吃饭，说一声：

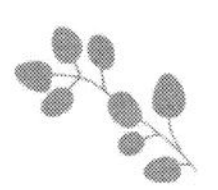

“这面怎么没味？”回道：“我们胳膊没劲，巧巧不在。”“啊达去了？”人家不理睬，他便脸通红，末了出了门，一步三回头。老人家送客送到窑背背，女子正赶回藏在山峁峁，瞧见爹娘在，想下去说句话，又怕老人嫌，待在那里，灰不沓沓。只待得爹娘转脚回去了，一阵风从峁上卷下来：“等一等！”踉踉跄跄跑近了，羞羞答答，扭扭捏捏，却从怀里掏出个青杏儿来。

可怜这地面老是干旱，半年半年不曾落下一滴雨。但是，一落雨就没完没了，沟也满了，河也满了。住在几圪塄洼里的人家，一下雨人人都在关心着门前那条公路了。公路是新开的，路一开，外面的人就都来过，大卡车也有，小卧车也有，国家干部来家说一席漂亮的京腔，录一段他们的歌谣，他们会轻狂地把什么好东西都翻出来让人家吃。客人走过，窑背上的皮鞋印就不许被扫了去，娃娃们却从此学得要刷牙，要剪发……如今雨地里路垮了，全村人心都揪起来，一个人背了镢头去修，全村人都跟了去干。小卧车嘟嘟地开过来，停在那边，他们急得骂天骂地骂自己，眼泪都要掉下来。公家的事看得重，他们的力气瞧得轻。路修通了，车开过了，车一响，哗地人们都向两边靠，脸是笑笑的，十二分的虔诚和得宠，肥大的狗汪汪地叫着要去撵，几个人拉住绳儿不敢丢手。

走遍了十八县，一样的地形，一样的颜色，见屋有人让歇，遇饭有人让吃。饭是除了羊肉、荞面，就是黄澄澄的小米；小米稀做米汤，稠做干饭，吃罢饭，坐下来，大人小孩立即就熟了。女人都白脸子，细腰身，穿窄窄的小袄；蓄长长的辫，多情多意，给你纯净的笑，男的却边塞将士一般的强悍，大块吃肉，大碗喝酒，上了酒席，又有人醉倒方止。但是，广漠的团块状的高原，花朵在山洼里悄悄地开了，悄悄地败了，只是在地下土中肿着块茎；牛一般的力气呢，也硬是在一把老镢头下慢慢地消耗了，只是加厚着活土层的尺寸。春到夏，秋到冬，或许有过五彩斑斓，但黄却在这里统一，人愈走完他的一生，愈归复于黄土的颜色。每到初春里，大批大批的城里画家都来写生了，站在山洼随便一望，四面的山峁上，弧线的起伏处，犁地的人和牛就衬在天幕。顺路走近去，或许正在用力，牛向前倾着，人向前倾着，角度似乎要和土地平行了，无形的力变成了有形的套绳了。深深的犁沟，像绳索一般，一圈一圈地往紧里套，他们似乎要冲出这个愈来愈小的圈，但留给他们活动的地方愈来愈小，末了，就停驻在山峁顶上。他们该休息了。只有小儿们，停止了在地边玩耍，一步步爬过来，扑进娘的怀里，眨着眼，吃着奶……

1982 年 9 月写于延川县

关中论

秦始皇兵马俑发掘以后，天下哗然，荒荒西北高原，区区弹丸临潼，参观者将田埂踏出小路，小路扩为大道，大道纵横，网轮而散射；黑白棕黄各色种类之人民莫不叹其工艺美，英法德日各等言语之首相莫不慑其始皇威。忽有一日，有参观者锐声叫道："兵俑多像关中人相貌啊!"众人顿时大悟，出来看关中人民，果然酷似：大个，前额饱满，眉骨隆起，鼻阔近于嘴，腰长过于腿；不禁拍手叫绝。此论一传十，十传百，绘画者便有了"描关中人容，临始皇兵俑"之说。关中人对此结论，并不反感，更觉荣光，一时开店建馆，成立学术学会，创办艺文报刊，皆改"陕西"为"秦"，一字竟重有千金之势。

其实陕西，并不能全部称秦，古有秦川之称，是指从东部潼关始，沿黄河之东南岸，逆渭河而西行，经渭南地区华阴、华县、大荔、合阳、韩城、白水等十三个县，又咸阳地区高陵、三原、泾阳、周至、户县、兴平等十二个县，到宝鸡地区武功、扶风、岐山、凤翔、眉县、千阳等十一个县。这是一个八百里的黄土积壅平坦富饶的狭长谷地。自盘古以来，这里便是养人的黄土，日月经天，往来升降，穷万物之哲理，长河行地，洪纤巨细，尽万物之情态。故华岳崛地而起，当惊世界殊；故渭河三十年河东，三十年河西，横野漫流；故白杨最多，枝叶紧凑，直而不弯；故大蒜生紫皮，辣椒吊长线，非四川能比。故黄牛大如骆驼，毛驴叫声赛雷。万事万物得受于地面辽阔之粗犷，人为万物之首，必须形成向外扩张之民性。走遍八百里，所见村庄，皆黄土版筑，墙高檐宽，房与房并不对称，横七竖八一任自然，但家家门前一丈二丈出路，路和路交叉，白杨高耸，黑榆遮荫，远远望去，蹲卧黄天之下，黄土之上，鸡鸣狗咬，驴嘶马叫，人却急急行走，永无安闲，每每于清晨雾漫之时，或近黄昏夕阳腐蚀之期，有父呼儿的，有女喊娘的，必是一声“喂”音，长达数分钟，而结尾之处才极快吐出呼喊内容，彼起此伏，十里八里有呼有应。

世间有“吃五谷长大”之理，关中人却除了五谷，生命里则不能没有酒的维持。山西汾酒虽美，但他们嫌太甜，四川老窖虽香，但他们嫌太绵，贵州茅台虽醇，但劲头太后，他们最嗜好的是“西凤”。西凤酒产自凤翔柳林镇，味辣性烈，外地人一杯便可红脸，二杯就要头疼，三杯下肚，天旋地转醉为烂泥，名副其实“三碗不过冈”啊。但关中人从乡到镇，从镇到城，农民、工人、职工、干部，大凡红事、白事、聚朋、会友，所办酒席上必备西凤，无西凤者不为宴。喝将起来，七人八人，十人二十人，又三杯巡过，再打贯官，酒令五花八门，动作痛快豪爽。善饮者男人有之，女人亦有之，而且女人不喝便罢，喝则不可收拾，常在酒席之中杀出，横扫满座。以酒论英雄，不管地位、身份、性别、长幼，尽显天性。更有平日，有的能吃菜喝酒，有的无菜而喝，有的喜静坐独饮，有的爱聚众合饮，有的可一盅一盅悠悠来，有的则大碗仰脖而尽。善饮者却绝非酒鬼，他们不疯不痴，所到之处，不尚重礼，宾主无间，坐列有序，直率为约，简素为具，行立坐卧，忘形适意，那醉烂如泥而笑骂，那为酒吵闹之无赖，此皆饮中下流，一向为酒场上不足挂齿之徒也。

关中人能饮，关中人更能吃，八百里地面，县县都有传统小吃。这里生产小麦，米不见多，人也视米不能饱肚。每儿省城开会，饭桌上吃白花花米饭，见狼吞虎咽者，必是南方籍人；而一边吃米饭一边啃馒头的，十个有十个是关中人氏。一样的面粉，吃法百样，仅烙吃的有礼泉的石饼，以大油、鸡蛋合拌，摊饼在锅里炒焦的泾河石子之上，饼酥、干、脆、爨，而白净色不能变；有耀县油旋，面擀薄如纸，敷之油辣、葱花卷团压扁，食之油而不腻，脆而不散，又觉层层叠叠，

工艺叹为观止；有乾县锅盔，那竟是一拃多厚，形如磨盘，硬如石板，用牛耳刀方可切下。若论起面食，更是千奇百怪，渭南的是𰻞𰻞面，以醮辣醋水吃之；有长安的粘面，以拌大油、蒜泥搅匀吃之；有岐山吊面，以韧、薄、光、煎、稀、汪为特色；有兴平涎水面，数十人捞面回汤而出名；兼之武功扯面，三原削面，大荔拉面，其形不同，味不同，各领风骚。但是，关中人最喜吃的，也最能吃的，却是牛羊肉泡馍。将牛羊煮熟，切成碎块，在炒勺匀匀炒过，加汤放料，汤是骨汤，色清而存味，料是生姜、大茴、辣椒、葱花，量重而味浓，再将烤饼掰成碎末倒入，滚成糊状，放香油香菜，盛粗瓷海碗。其整套做工，该粗即粗，该细即细，以土为洋，以奇反正，以丑为美。吃起来，碗比头大，馍比碗高，蹲在凳子上，直吃得咂声一片，汗流满面。南方人初见此食，大为惊骇，一是惊其野蛮，二是骇下肚难克，但吃之则香美绝妙。此饭是关中“国饭”，入秦不吃牛羊肉泡馍，犹如进京不吃北京烤鸭一样，将为人耻笑，终生遗憾。

有了吃，有了喝，经济基础一经保证，必然要产生上层建筑，于是，相对而论就要提到秦腔了。关中人讲究实在，言语也多用去声，行走也多有响动，即便理想也不非非袅袅。在他们眼中，所谓的上流阶层，所谓的幸福生活，甚至理解共产主义，也是喝西凤，吃泡馍，听秦腔。秦腔生净丑旦，行当齐全，悲喜正闹，内容应变，它为中华第一大剧种，早于川剧，源以豫剧，甚至汉调京腔还是从其演变而成。走遍关中，县县都有秦剧团，村村都有自乐班，仅西安城内秦腔团竟达十几个。历代名流辈出，流派繁多，对台之戏常演。每逢古历正月十五，二月二，三月清明，四月过会，五月端午，六月六，七月十五，中秋八月，登高九月，十月 ，十 月二，腊月五豆腊八二十三，村村镇镇锣鼓齐鸣，粉墨登场。巴西足球大赛可以使一城轰动，关中一场精彩秦腔，却可以使十几里村庄路断人稀。相传生角任哲中在西安城演《周仁回府》，曾使南大街交通堵塞了几个小时。相传名旦郭明霞其母去车站乘车误点，大叫：“我是郭明霞的娘！”火车司机竟将车停下候她。相传一秦腔迷行将死去之时，还要叫人抬床铺去戏院，看到中途会神差鬼使般翻身起坐。秦腔最宜演雄壮之剧，故大净尤受欢迎，唱到得意之处，满口喷腔，不辨字音，便满场掌如雷鸣。外地人评论秦腔是“吵架”，据说有一领导训斥部下，叫道：“再要如此，让你去看一场秦腔！”将秦腔与惩罚等同划一。“挣破賸”确实是秦腔的特点，因为一个血气方刚的壮汉，怎么能想象得到让他咿咿呀呀唱那软绵绵的细腔柔调呢？

总之，喝西风，吃泡馍，唱秦腔，这便是关中人的形象。八百里的秦川形成了独特的风尚习俗，风尚习俗又影响到在这块土地上生养将息的人民。于是乎，这是一块产生英雄和建立英雄业绩的土地，从古以来，十三个封建王朝在此建都，历史上最强盛的周、秦、汉、唐，将这里的武威推到了一个极致。这是一个伟大的历史，这也是关中人种的伟大贡献。至今在世界上，一提起关中，谁的脑海中不浮现出一个雄壮的画面：东有潼关，西有大散关，南有武关，北有金锁关，威威乎白天红日，荡荡乎渭水长行，朔风劲吹，大道扬尘，古都长安城池完整，广漠平原皇陵排列，断石残碑记历代名胜斜埋于田埂，秦砖汉瓦散见于农舍村头常搜常有。关中大地真是中华历代兴邦立业之境，关中百姓真是中华民族刚强威武之种。

但是，天下之事是一兴一衰，唐才子王维也曾有诗：“行到水穷处，坐看云起时。”关中正是如此。自周秦汉唐以后，这里便每况愈下，一座庄严的保存完整的世界独一无二的古城长安，便渐渐失落了它的风采，结果，封建王朝就东迁北移，从此留给这里的是一群天龙地凤的陵墓，和一种民众强悍的遗风。历史发展到了今天，伟大的中华人民共和国成立了三十多年，这块土地上进行了一场翻天覆地的革命，一批批关中儿女走到了历史的潮头，他们成为功勋昭著的将军，成了名垂青史的英雄。但是，不能不看到这块土地毕竟却落后了中华别的地面，长期以来，伟大的“长安”竟成了“保守”的代名词。曾几何时，人口拥挤的四川发达了，水旱相侵的河南发达了，长高粱大豆的辽宁发达了，贫困不堪的安徽发达了，而关中，在政治上、经济上、文化上，则虽未落入龙尾，但绝无出人头地，不上不下不左不右稳稳妥妥可可怜怜守一个中流。究其原因，当然可以列举无数，但也正如一只雄鹰被关在笼里，日夜向往云天，但一旦放其出笼，长期的

有吃有喝的舒适的笼中生活，则使它翱翔的翅翼变软了，不能高飞了。关中辉煌的历史，使这块土地得以炫耀，关中先祖的勤劳、勇敢、威武，争胜使这块土地富饶丰盛，富饶丰盛的土地却使它的子孙们滋长了一种惰性，惰性的滋长反过来又冲击着古老的风俗。一旦这种风俗彻底改变，这将是多么令人伤心可怕啊！

现在，中华在振兴，陕西在振兴，关中在振兴，振兴之风愈吹愈烈，这是国之所望，人心所向。中华振兴，当在西北；西北振兴，当在陕西；陕西振兴，当在关中。为了振兴，政党在整风，国策在调整，机构在改革，上上下下，多少人杰，万众匹夫都在热血沸腾。对于关中这块土地，改变和恢复传统的健康可行的民俗却有着其独特的意义。试看今日的关中，年老的和年轻的已经明显的有了不同，对于西凤烈酒，年轻的慢慢趋向于甜酒和啤酒。早期关中人鄙甜酒为淡水，讥啤酒为恶水，笑那是城市中有钱有闲的红男绿女们的饮料，现在却恶其西凤太暴，一味去品甜酒啤酒之温和。那牛羊肉泡馍，则视之为不上雅座之食品，而热衷去吃七碟子八碗的凸底盘儿炒菜，什么糖醋丸子，什么甜米羹饭，什么拔丝甜果，推说泡馍胃不好接受而以南方口味为荣。至于秦腔，更是农村观众多于县镇，县镇观众多于城区，一进戏院，台上的是满脸皱纹，台下的是皱纹满脸。此不仅是吃、喝、听、唱，而风俗渐变严重渗透整个社会肌体，退化着关中人种气质：女的都时兴浓妆艳抹；男的也蓄长发，窄腰身，垫高鞋底；生活节奏松散缓慢；工作效率人浮于事；市面商店多出售鱼虫花鸟；作家、诗人也尽写矫揉造作甜腻浮华之章。当然，历史在推进，社会在发展，风尚习俗也要依其变化，若泥古不化，墨守旧章，那是“九斤老太”之可笑。但若弃之健康可用之风俗，一味洋化、软化、柔化、媚化、甜化，此不能不引起重视啊！日本人是好强不屈的，正因为好强不屈，才得以使日本发展成当今世界经济大国。清政府软弱无力，施行阿Q精神，因而导致不能自立而受洋人欺凌。不是听说许多干部对其工作不前不后，而美其名曰“这样少犯错误”吗？不是清清楚楚看出在关中上下领导机构中为什么陕北陕南人多于关中人氏？不是已经出现关中人贫穷在家，出外干大事的人愈来愈少，而少出政治、经济、军事、文艺之人才吗？一位诗人曾到关中，参观了昭陵六骏之后，感叹道："古关中人崇尚骏马，志在千里，威在海内，今关中人却喜黄牛，忍辱负重，厮守农舍，来回田头啊！"诗人的话有诗的夸张，但诗人的忧虑却不能不让关中的干群三思。所以说，人愈富，富易惰，要振兴关中，民性风俗要振兴啊！现今日天下，陕西要赶上，关中要大变，有中央领导，有政策保证，关中之地要大大补精滋神，这强筋健骨的五倍子中药，就是民俗风情。关中重振了雄威，必会人才辈出，万业俱兴，而以此强盛之业绩将在历史上再一次宣告这是一块力量的土地，这块土地上的领导将是胸怀大略的英杰，这块土地上的民众将是威武雄壮的龙的传人。

草于 1993 年 12 月 14 日

丑石

我常常遗憾我家门前的那块丑石呢：它黑黝黝地卧在那里，牛似的模样；谁也不知道是什么时候留在这里的，谁也不去理会它。只是麦收时节，门前摊了麦子，奶奶总是要说：这块丑石，多碍地面哟，多时把它搬走吧。

于是，伯父家盖房，想以它垒山墙，但苦于它极不规则，没棱角儿，也没平面儿；用錾破开吧，又懒得花那么大气力，因为河滩并不甚远，随便去掮一块回来，哪一块也比它强。房盖起来，压铺台阶，伯父也没有看上它。有一年，来了一个石匠，为我家洗一台石磨，奶奶又说：用这块丑石吧，省得从远处搬动。石匠看了看，摇着头，嫌它石质太细，也不采用。

它不像汉白玉那样的细腻，可以凿下刻字雕花；也不像大青石那样的光滑，可以供来浣纱捶布。它静静地卧在那里，院边的槐荫没有庇覆它，花儿也不再在它身边生长。荒草便繁衍出来，枝蔓上下，慢慢地，竟锈上了绿苔、黑斑。我们这些做孩子的，也讨厌起它来，曾合伙要搬它走，但力气又不足；虽时时咒骂它、嫌弃它，也无可奈何，只好任它留在那里去了。

稍稍能安慰我们的，是在那石上有一个不大不小的坑凹儿，雨天就盛满了水。常常雨过三天了，地上已经干燥，那石凹里水儿还有，鸡儿便去那里喝饮。每每到了十五的夜晚，我们盼那满月出来，就爬到其上，翘望天边；奶奶总是要骂的，害怕我们摔下来。果然那一次就摔了下来，磕破了我的膝盖呢。

人都骂它是丑石，它真是丑得不能再丑的丑石了。

终有一日，村子里来了一个天文学家。他在我家门前路过，突然发现了这块石头，眼光立即就拉直了。他再没有走去，就住了下来；以后又来了好些人，说这是一块陨石，从天上落下来已经有二三百年了，是一件了不起的东西。不久便来了车，小心翼翼地将它运走了。

这使我们都很惊奇！这又怪又丑的石头，原来是天上的呢！它补过天，在天上发过热、闪过光，我们的先祖或许仰望过它，它给了他们光明，向往，憧憬；而它落下来了，在污土里、荒草里，一躺就是几百年了?!

奶奶说："真看不出！它那么不一般，却怎么连墙也垒不成，台阶也垒不成呢?"

"它是太丑了。"天文学家说。

"真的，是太丑了。"

"可这正是它的美!"天文学家说，"它是以丑为美的。"

"以丑为美?"

"是的，丑到极处，便是美到极处。正因为它不是一般的顽石，当然不能去做墙、做台阶，不能去雕刻，捶布。它不是做这些小玩意儿的，所以常常就遭到一般世俗的讥讽。"

奶奶脸红了，我也脸红了。

我感到自己的可耻，也感到了丑石的伟大；我甚至怨恨它这么多年竟会默默地忍受着这一切?而我又立即深深地感到它那种不屈于误解、寂寞的生存的伟大。

1980 年

月迹

我们这些孩子，什么都觉得新鲜，常常又什么都觉得不满足；中秋的夜里，我们在院子里盼着月亮，好久却不见出来，便坐回中堂里，放了竹窗帘儿闷着，缠奶奶说故事。奶奶是会说故事的，说了一个，还要再说一个……奶奶突然说："月亮进来了！"我们看时，那竹窗帘儿里，果然有了月亮，款款地，悄没声儿地溜进来，出现在窗前的穿衣镜上了：原来月亮是长了腿的，爬着那竹帘格儿，先是一个白道儿，再是半圆，渐渐那爬得高了，穿衣镜上的圆便满盈了。我们都高兴起来，又都屏气儿不出，生怕那是个尘影儿变的，会一口气吹跑呢。月亮还在竹帘儿上爬，那满圆却慢慢儿又亏了，缺了；末了，便全没了踪迹，只留下一个空镜，一个失望。奶奶说："它走了，它是多多的；你们快出去寻月吧。"

我们就都跑出门去，它果然就在院子里，但再也不是那么一个满满的圆了，尽院子的白光，是玉玉的，银银的，灯光也没有这般儿亮的。院子的中央处，是那棵粗粗的桂树，疏疏的枝，疏疏的叶，桂花还没有开，却有了累累的骨朵儿了。我们都走近去，不知道那个满圆儿去哪儿了，却疑心这骨朵儿是繁星儿变的；抬头看着天空，星儿似乎就比平日少了许多。月亮正在头顶，明显大多了，也圆多了，清清晰晰看见里边有了什么东西。

"奶奶，那月上是什么呢？"我问。

“是树，孩子。”奶奶说。

“什么树呢?”

“桂树。”

我们都面面相觑了，倏忽间，哪儿好像有了一种气息，就在我们身后袅袅，到了头发梢儿上，添了一种淡淡的痒痒的感觉；似乎我们已在了月里，那月桂分明就是我们身后的这一棵了。

奶奶瞧着我们，就笑了：

“傻孩子，那里边已经有人了呢。”

“谁?”我们都吃惊了。

“嫦娥。”奶奶说。

“嫦娥是谁?”

“一个女子。”

哦，一个女子。我想。月亮里，地该是银铺的，墙该是玉砌的：那么好个地方，配住的一定是十分漂亮的女子了。“有三妹漂亮吗?”“和三妹一样漂亮的。”三妹就乐了：“啊啊，月亮是属于我的了!”三妹是我们中最漂亮的，我们都羡慕起来，看着她的狂样儿，心里却有了一股儿的嫉妒。我们便争执了起来，每个人都说月亮是属于自己的。奶奶从屋里端了一壶甜酒出来，给我们每人倒了一小杯儿，说：

“孩子们，你们瞧瞧你们的酒杯，你们都有一个月亮哩!”

我们都看着那杯酒，果真里边就浮起一个小小的月亮的满圆。捧着，一动不动的，手刚一动，它便酥酥地颤，使人可怜儿的样子。大家都喝下肚去，月亮就在每一个人的心里了。

奶奶说：

“月亮是每个人的，它并没有走，你们再去找吧。”

我们越发觉得奇了，便在院里找起来。妙极了，它真没有走去，我们很快就在葡萄叶儿上，磁花盆儿上，爷爷的锨刃儿上发现了。我们来了兴趣，竟寻出了院门。

院门外，便是一条小河。河水细细的，却漫着一大片的净沙；全没白日那么的粗糙，灿灿地闪着银光，柔柔和和地像水面了。我们从沙滩上跑过去，弟弟刚站到河的上湾，就大呼小叫了：

“月亮在这儿！”

妹妹几乎同时在下湾喊道：

“月亮在这儿！”

我两处去看了，两处的水里都有月亮，沿着河沿跑，而且哪一处的水里都有月亮了。我们都看起天上，我突然又在弟弟妹妹的眼睛里看见了小小的月亮。我想，我的眼睛里也一定是会有的。噢，月亮竟是这么多的：只要你愿意，它就有了哩。

我们就坐在沙滩上，掬着沙儿，瞧那光辉，我说：

“你们说，月亮是个什么呢？”

“月亮是我所要的。”弟弟说。

“月亮是个好。”妹妹说。

我同意他们的话，正像奶奶说的那样：它是属于我们的，每个人的。我们就又仰起头来看那天上的月亮，月亮白光光的，在天空上。我突然觉得，我们有了月亮，那无边无际的天空也是我们的了：那月亮不是我们按在天空上的印章吗？

大家都觉得满足了，身子也来了困意，就坐在沙滩上，相依相偎地甜甜地睡了一会儿。

1981 年

风雨

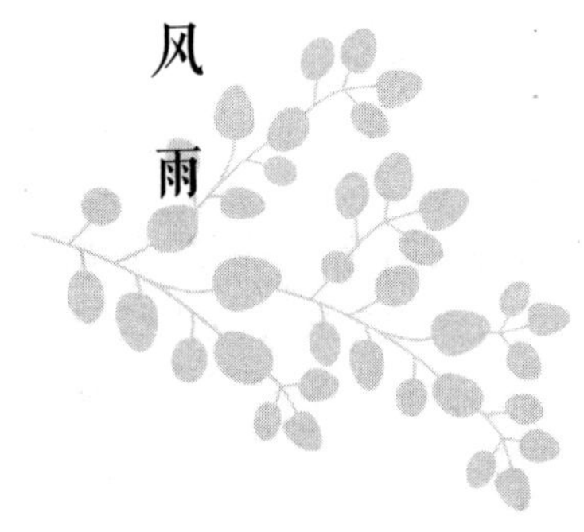

树林子像一块面团了，四面都在鼓，鼓了就陷，陷了再鼓；接着就向一边倒，漫地而行的；忽地又腾上来了，飘忽不能固定；猛地又扑向另一边去，再也扯不断，忽大忽小，忽聚忽散；已经完全没有方向了。然后一切都在旋，树林子往一处挤，绿似乎被拉长了许多，往上扭，往上扭，落叶冲起一个偌大的蘑菇长在了空中。哗的一声，乱了满天黑点，绿全然又压扁开来，清清楚楚看见了里边的房舍、墙头。

垂柳全乱了线条，当抛举在空中的时候，却出奇地显出清楚，刹那间僵直了，随即就扑撒下来，乱得像麻团一般。杨叶千万次地变着模样：叶背翻过来，是一片灰白；又扭转过来，绿深得黑青。那片芦苇便全然倒伏了，一截断茎斜插在泥里，响着破裂的颤声。

一头断了牵绳的羊从栅栏里跑出来，四蹄在撑着，忽地撞在一棵树上，又直撑了四蹄滑行，末了还是跌倒在一个粪堆旁，失去了白的颜色。一个穿红衫子的女孩冲出门去牵羊，又立即要返回，却不可能了，在院子里旋转，锐声叫唤，离台阶只有二步远，长时间走不上去。

槐树上的葡萄蔓再也攀附不住了，才松了一下屈蜷的手脚，一下子像一条死蛇，哗哗啦啦脱落下来，软成一堆。无数的苍蝇都集中在屋檐下的电线上了，一只挨着一只，再不飞动，也不嗡叫，黑乎乎的，电线愈来愈粗，下坠成弯弯的弧形。

一个鸟窠从高高的树端掉下来，在地上滚了几滚，散了。几只鸟

尖叫着飞来要守住，却飞不下来，向右一飘，向左一斜，翅膀猛地一颤，羽毛翻成一团乱花，旋了一个转儿，倏忽在空中停止了，瞬间石子般掉在地上，连声响儿也没有。

窄窄的巷道里，一张废纸，一会儿贴在东墙上，一会儿贴在西墙上，突然冲出墙头，立即不见了。有一只精湿的猫拼命地跑来，一跃身，竟跳上了房檐，它也吃惊了；几片瓦落下来，像树叶一样斜着飘，却突然就垂直落下，碎成一堆。

池塘里绒被一样厚厚的浮萍，凸起来了，再凸起来，猛地撩起一角，刷地揭开了一片；水一下子聚起来，长时间地凝固成一个锥形；啪地摔下来，砸出一个坑，浮萍冲上了四边塘岸，几条鱼儿在岸上的草窝里蹦跳。

最北边的那间小屋里，木架在吱吱地响着。门被关住了，窗被关住了，油灯还是点不着。土炕的席上，老头在使劲捶着腰腿，孩子们却全趴在门缝，惊喜地叠着纸船，一只一只放出去……

1982 年秋写于宝鸡

落叶

窗外，有一棵法桐，样子并不大的，春天的日子里，它长满了叶子。枝根的，绿得深，枝梢的，绿得浅；虽然对列相间而生，一片和一片不相同，姿态也各有别。没风的时候，显得很丰满，娇嫩而端庄的模样。一早一晚的斜风里，叶子就活动起来，天幕的衬托下，看得见那叶背上了了的绿的脉络，像无数的彩蝴蝶落在那里，翩翩起舞，又像一位少妇，丰姿绰约的，作一个妩媚媚的笑。

我常常坐在窗里看它，感到温柔和美好。我甚至十分忌妒那住在枝间的鸟夫妻，它们停在叶下欢唱，是它们给法桐带来了绿的欢乐呢，还是绿的欢乐使它们产生了歌声的清妙？

法桐的欢乐，一直要延长一个夏天。我总想那鼓满着憧憬的叶子，一定要长大如蒲扇的，但到了深秋，叶子并不再长，反要一片一片落去。法桐就消瘦起来，寒碜起来，变得赤裸裸的，唯有些嶙嶙的骨。而且亦都僵硬，不再柔软婀娜，用手一折，就一截一截地断了下来。

我觉得这很残酷，特意要去树下拣一片落叶，保留起来，以作往昔的回忆。想：可怜的法桐，是谁给了你生命，让你这般长在土地上？既然给了你这一身的绿的欢乐，为什么偏偏又要一片一片收去呢?!

来年的春上，法桐又长满了叶子，依然是浅绿的好，深绿的也好。我将历年收留的落叶拿出来，和这新叶比较，叶的轮廓是一样的。喔，叶子，你们认识吗，知道这一片是那一片的代替吗？或许就从一个叶

柄眼里长上来，凋落的曾经那么悠悠地欢乐过，欢乐的也将要寂寂地凋落去。

然而，它们并不悲伤，欢乐时须尽欢乐；如此而已，法桐竟一年大出一年，长过了窗台，与屋檐齐平了！

我忽然醒悟了，觉得我往日的哀叹大可不必，而且有十分的幼稚呢。原来法桐的生长，不仅是绿的生命的运动，还是一道哲学的命题在验证：欢乐到来，欢乐又归去，这正是天地间欢乐的内容；世间万物，正是寻求着这个内容，而各自完成着它的存在。

我于是很敬仰起法桐来，祝福于它：它年年凋落旧叶，而以此渴望着来年的新生，它才没有停滞，没有老化，而目标在天地空间里长成材了。

1981 年 8 月 16 日作于静虚村

风筝

——孩提纪事

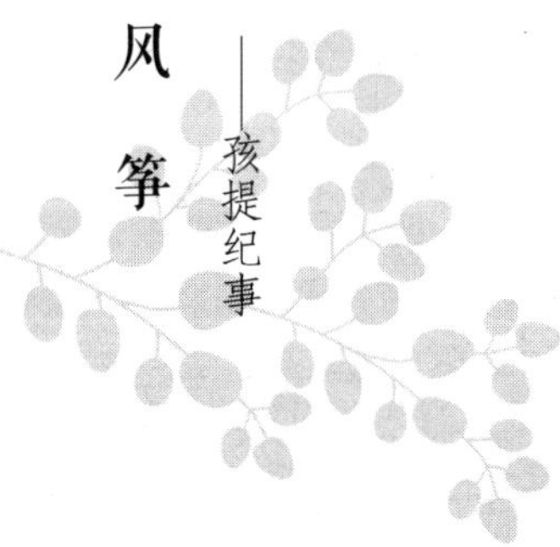

初春，天还森冷森冷的，大人们都干着他们的事了；我们这些孩子，积了一个冬天烦闷，就寻思着我们的快乐，去做风筝了。

在芦塘里找到了几根细苇，偷偷地再撕了作业本儿，我们便做起来了。做一个蝴蝶样儿的吧，做一个白鹤样儿的吧；我们精心地做着，把春天的憧憬和希望，都做进去；然而，做起来了，却是个什么样儿都不是的样子了。但我们依然快活，便叫它是“幸福鸟”，还把我们的名字都写在了上边。

终于拣下个晴日子，我们便把它放起来：一个人先用手托着，一个人就牵了线儿，站在远远的地方；说声“放”，那线儿便一紧一松，眼见得凌空起去，渐渐树梢高了；牵线人立即跑起来，极快极快地。风筝愈飞得高了，悠悠然，在高空处翩翩着，我们都快活了，大叫着，在田野拼命地追，奔跑。

满村的人差不多都看见了，说：

“哈，放得这么高！叫什么名呀？”

“‘幸福鸟’！”

“幸福鸟？啊，多幸福的鸟！”

“那是我们的呢！”

我们大声地宣告，跑得更欢了，似乎是一群麝，为自己的香气而发狂了呢。

玩过了一个早晨，又玩过了一个中午，到下午，我们还是歇不下来，放着风筝在田野里奔跑。风筝越飞越高，目标似乎就在那朵云彩上，忽然有了一阵小风，线儿“嘣”地断了。看那风筝，在空中抖动了一下，随即便更快地飞去了。我们都大惊失色起来，千呼万唤地，但那风筝只是飞去，愈远愈高，愈高愈小，倏忽间，便没了踪影。没有太阳的冷昏的天上，只留下一个漠漠的空白。

我们都哭起来了，向着大人们诉苦，他们却说：“飞就飞了，哭什么呀！”

我们却不甘心，又在田野里寻找起来：或许它是从天上掉下来了，掉在一块麦田的垄沟里呢？还是在一棵杨树的枝梢，在一道水渠的泥里呢？可是，我们差不多寻了半个下午了，还是没个踪影。我正歪着身子瘫在那里怄气，一抬头，看见远远的河边有一座小小的房子，房下的水面上半沉半浮着一个巨大的木轮，不停地转着，将水扬起来，半圈儿水的白光。

“那里找过了吗？”

那里是我们村的水磨坊。从我们记事的时候，那里有这座小房，那里就有个看管磨坊的女人。据说，她原是城里人，是个“右派”，下放到这里来的；如今房子依然老样，水轮天天转动，她却是很老很老的了。我们平日从不去那里玩耍，只是家里米面吃完了，父母说：“该去磨些粮食了”，我们才会想起这么个小房子，想起这个小房子里的老女人。

“没去过的，说不定‘幸福鸟’落在那里呢。”大家说。

我们向那房子走去，这房子果然很小，很矮；屋檐下，墙壁上，到处挂着面粉的白絮儿，似乎这里永远是冬天呢。有一家人正在那里磨面，粉面儿迷蒙，雷一样的石磨声使人耳聋。我们推开东边那个小门，这是那老女人的住处：一个偌大的土炕，炕上一堆儿各色布头；一盆旺火在脚底烧着，暖融融的；窗台上一盆什么花草儿，出奇地竟开了三朵四朵白花。“婶婶！”我们叫着。没人回答，却分明地听见了屋后什么地方，有嚓嚓的声音。我们走出来，转到屋后，那老女人正弯身站在河边的一个水洼里，努力地用石头砸着洼里的冰。冰是青青的，裂开无数的白缝。她开始用手去扳冰块，嘴里吸溜吸溜着；一抬头看见了我们，说："这洼水冰严了，一条鱼儿冻住了！"

我们果然看见那大冰块里，有一条小鱼，被直直地封在里边，像是块玻璃雕刻的鱼纹工艺品。我们动手去扳，老女人却千叮咛万叮咛着小心；一直到我们把鱼放进河水里，才笑了。

"那鱼还能活吗？"我们说。

"或许能活呢，孩子；河水是热的，冰块会融化的。"

"鱼儿游来的时候，它是一洼水吧，或许它正快活地游过时忽然就被冻住了呢！"

噢，我们可怜可悲起这小鱼儿了：为什么要到这洼水里游呢？这可恶的水，为什么就要变成冰呢？！

"婶婶，你见着我们的'幸福鸟'了吗？"我们终于问她。

"幸福鸟？"

"是的，我们的风筝。"

"啊，多好的名字！是到我这儿来了吗？"她说，显得很高兴。

"是的，你一定看见了。"

她却摊摊手，说是没有："是不是在这房上呢？"我们急急找起来，可是没有。又在河边找了，也没有。我们都心凉下来，待在那里，互相看着，差不多又要哭了。

"'幸福鸟'呢？我们的'幸福鸟'呢？"

难道一个冬天的烦闷还要继续下去吗？辛辛苦苦地忙活了几天几夜，我们的乐趣就这么快地结束了吗？

我们终于哭起来了。

"不要哭，孩子！哭什么呢？你们瞧，那冰冻的鱼儿已经到了深水里，很快就会游起来呢。"老女人一直站在河边，风吹着她的头发，头发上落着厚厚的面粉，灰蒙蒙的，像落上了霜的茅草。

"可我们的'幸福鸟'呢？"

她那么笑笑地走过来，拍着我们的头，说："它是飞走了，就让它飞走吧。"

大人们总是这么说……我们再不理她了，只是哭着，想着："幸

福鸟”该在哪儿呢？那几根细苇，我们去折它的时候，是踏着塘里的薄冰去的，是那么晶莹，那么有趣，可骤然间在脚下铮铮地裂开了，险些掉进水去……可是，“幸福鸟”，却倏忽间飞去了。

“回屋去吧，孩子们，屋里有火呢。”老女人说。我们都没有动；她拉，谁也不去。“你不懂！”我们说，“‘幸福鸟’飞走了，我们是多么伤心，你知道它给了我们多少快乐！它为什么给了我们快乐，又要把快乐收去呢？”

老女人冷丁站在那里，不再言语了，似乎也像那冰冻了的鱼儿一样，只是冻住她的不是水，而是身后的灰色的天幕。

她突然说：“唉，孩子，我怎么不理解你们呢？你们是不幸的；不幸的人谁不是最懂得、最爱慕快乐的啊！”

老女人的话，使我们都吃惊了：她原来是理解我们的，她是不同于那些大人们的呢。“孩子，不要难过，快进屋去吧。”我们进屋去了，就坐在火盆边儿，将冻得红红的手凑近去烤着。

“婶婶，‘幸福鸟’是走了，可它去哪儿了呢？”

“地上找不着，那就在天上吧。”

“天上什么地方？”

“什么地方它都可以去。”

“那，天是什么呢？”

“天是白的；那是它该去的地方。”

“白的？！那它不寂寞吗？”

“白的地方都不寂寞。”她说，“你瞧见那水轮下的水了吗？它是白的，因为流着叫着，它才白哩。石磨因为呼呼噜噜地响着转着，磨出的面粉才是白的哩。还有，瞧见那盆花了吗？它是开着的、放着的，它也才白了呢。”

我们都觉得神奇了，似乎是听明白了，又似乎听得不明白；但心里稍稍有些慰藉了：啊，“幸福鸟”在天上，天上那么白，它是不会寂寞的，那真是它该去的地方。

我们看着老女人一头一身的面粉，突然说道：“你也是白的呢。”

“是吗？”她笑了。

“可你……你就一个人吗？就总是一个人在这小屋里吗？你不寂寞吗？”

“我这里有水声，有石磨声，有鱼，有花，有你们来；你们说呢？”

“你也是不寂寞的！”

“你们这些乖孩子哟！”

她于是从炕角的口袋里抓出大把的黄豆来，在火盆里爆了，分给我们，我们吃得很香，一直待到天快要黑了，才想到要回家去。

田野上，风还在溜溜地吹，几棵柿树，叶子早落了，裸露着一树的黑枝，像是无数伸抓什么的手。这柿树，也在索要着失去的什么吗？

回头看看那水磨坊，老女人还站在那里看着我们，我们突然都这么想：

今天夜里，“幸福鸟”是住在哪一朵云上呢？那里是不寂寞的，是快乐的，它应该飞去啊！

它飞去了，带着我们的名字，我们在那个白的天上，一定也是快乐的了。

可是，我们都盼望“幸福鸟”有一天能再飞回来，让我们在它上面再写上这水磨坊老女人的名字呢。

作于1981年1月25日午

一棵小桃树

我常常想要给我的小桃树写点文章，但却终没有写出一个字来。是我太爱怜它吗？是我爱怜得无所谓了吗？我也不知道是什么怪缘故，只是常常自个儿忏悔，自个儿安慰，说：我是该给它写点什么了呢。

今天的黄昏，雨下得这般儿地大，使我也有些吃惊了。早晨起来，就淅淅沥沥的，我还高兴地说：春雨贵如油；今年来得这么早！一边让雨淋湿我的头发，一边吟些杜甫的“随风潜入夜，润物细无声”，甚至还想去田野悠然地踏青呢。那雨却下得大了，全不是春的温柔，一直下了一个整天。我深深闭了柴门，临窗坐下，看我的小桃树儿在风雨里哆嗦。纤纤的生灵儿，枝条已经慌乱，桃花一片片地落了，大半陷在泥里，三点两点地在黄水里打着旋儿。啊，它已经老了许多呢，瘦了许多呢，昨日楚楚的容颜全然褪尽了。可怜它年纪太小了，可怜它才开了第一次花儿！我再也不忍看了，我千般儿万般儿地无可奈何。唉，往日多么傲慢的我，多么矜持的我，原来也是个孱头儿。

那是好多年前的秋天了，我们还是孩子。奶奶从集市上回来，带给我们一人一颗桃子，她说：都吃下去吧，这是一颗“仙桃”；含着桃核儿做一个梦，谁梦见桃花开了，就会幸福一生呢。我们都认真起来，全含了桃核爬上床去。我却无论如何不能安睡，想这甜甜的梦是做不成了，又不甘心不做，就爬起来，将桃核儿埋在院子角落的土里，想让它在那蓄着我的梦。

秋天过去了，又过了一个冬天，孩子自有孩子的快活，我竟将它忘却了。一个春天的早晨，奶奶打扫院子，突然发现角落的地方，拱出一个嫩绿儿，便叫道：这是什么呀？我才恍然记起了是它：它竟从土里长出来了！它长得很委屈，是弯了头，紧抱着身子的。第二天才舒开身来，瘦瘦儿的，黄黄儿的，似乎一碰，便立即会断了去。大家都笑话它，奶奶也说：这种桃树是没出息的，多好的种子，长出来，却都是野的，结些毛果子，须得嫁接才成。我却不大相信，执着地偏要它将来开花结果哩。因为它长的太不是地方，谁也不再理会，惹人费神的倒是那些盆景儿了。爷爷是喜欢服侍花的，在我们的屋里、院里、门道里，摆满了各种各样的花草。春天花事一盛，远近的人都来赞赏，爷爷便每天一早喊我们从屋里一盆一盆端出来，一晚又一盆一盆端进去；却从来不想到我的小桃树，它却默默地长上来了。

它长得很慢，一个春天，才长上二尺来高，样子也极猥琐。但我却十分的高兴了：它是我的，它是我的梦种儿长的。我想我的姐姐弟弟，他们那含着桃核做下的梦，或许已经早忘却了，但我的桃树却使我每天能看见它。我说，我的梦是绿色的，将来开了花，我会幸福呢。

也就在这年里，我到城里上学去了。走出了山，来到城里，我才知道我的渺小：山外的天地这般儿大，城里的好景这般儿多。我从此也有了血气方刚的魂魄，学习呀，奋斗呀，一毕业就走上了社会，要轰轰烈烈地干一番我的事业了；那家乡的土院，那土院里的小桃树儿便再没有去思想了。

但是，我慢慢发现我的幼稚、我的天真了，人世原来有人世的大书，我却连第一行文字还读不懂呢。我渐渐地大了，脾性儿也一天一天地坏了，常常一个人坐着发呆，心境似乎是垂垂暮老了。这时候，奶奶也去世了，真是祸不单行。我连夜从城里回到老家去，家里人等我不及，奶奶已经下葬了。看着满屋的混乱，想着奶奶往日的容颜，不觉眼泪流了下来，对着灵堂哭了一场。天黑的时候，在窗下坐着，一抬头，却看见我的小桃树了：它竟然还在长着，弯弯的身子，努力撑着的枝条，已经有院墙高了。这些年来，它是怎样长上来的呢？爷爷的花事早不弄了，一垒一垒的花盆堆在墙根，它却长着！弟弟说：

那桃树被猪拱折过一次，要不早就开了花了。他们曾嫌长的不是地方，又不好看，想砍掉它，奶奶却不同意，常常护着给它浇水。啊，小桃树儿，我怎么将你遗在这里，而身漂异乡，又潦潦忘却了呢？看着桃树，想起没能再见一面的奶奶，我深深懊丧对不起我的奶奶，对不起我的小桃树了。

如今，它开了花了，虽然长得弱小，骨朵儿也不见繁，一夜之间，花竟全开了呢。我曾去看过终南山下的夹竹桃花，也去领略过马嵬坡前的水蜜桃花，那花儿开得火灼灼的，可我的小桃树儿，一颗“仙桃”的种子，却开得太白了、太淡了，那瓣片儿单薄得似纸做的，没有肉的感觉，没有粉的感觉，像是患了重病的少女，苍白白的脸儿，偏又苦涩涩地笑着。我忍不住几分忧伤，泪珠儿又要下来了。

花幸好并没有立即谢去，就那么一树，孤孤地开在墙角。我每每看着它，却发现从未有一只蜜蜂去恋过它，一只蝴蝶去飞过它。可怜的小桃树儿！

我不禁有些颤抖了：这花莫不就是我当年要做的梦的精灵儿吗？！

雨却这么大地下着，花瓣儿纷纷零落去。我只说有了这场春雨，花儿会开得更艳，香味会蓄得更浓，谁知它却这么命薄，受不得这么大的福分，受不得这么多的洗礼，片片付给风了，雨了！我心里喊着我的奶奶。

雨还在下着，我的小桃树千百次地俯下身去，又千百次地挣扎起来，一树的桃花，一片，一片，湿得深重，像一只天鹅，眼睁睁地羽毛剥脱，变得赤裸的了，黑枯的了。然而，就在那俯地的刹那，我突然看见那树儿的顶端，高高的一枝儿上，竟还保留着一个欲绽的花苞，嫩黄的，嫩红的，在风中摇着，抖着满身的雨水，几次要掉下来了，但却没有掉下去，像风浪里航道上的指示灯，闪着时隐时现的嫩黄的光，嫩红的光。

我心里稍稍有些了安慰。啊，小桃树啊！我该怎么感激你，你到底还有一朵花呢，明日一早，你会开吗？你开的是灼灼的吗？香香的吗？我亲爱的，你那花是会开得美的，而且会孕出一个桃儿来的；我还叫你是我的梦的精灵儿，对吗？

1981 年 3 月 14 日

编者后记

在高校任教多年，讲的又是当代文学，课间就常有学生围拢过来问："老师，您怎么看待贾平凹先生的创作？"也许因为身份特殊，这个问题被无数届学生反复追问。每遇至此，我脑子里闪现的首先是父亲那长长的寿眉，以及每次他用手拉直了，让你看又长了一点点的形象。然后是他书桌旁大大小小、前前后后围拢着他的佛像，我总疑心他每日静心凝神在佛前写出的每一个字，就是燃起的一炷香，每部作品都是与神的一次对话。这显然是站在女儿和崇拜者的角度来看他。要回答刚才的问题，还是认真研读作品吧。

先从散文开始。这部选本侧重的就是他一贯强调的古典文脉和现代意识的融汇。我们尝试从生活、艺术、情感等各个方面入手进行梳理。目的是选出一批真正脍炙人口的文章，总体性地展现他散文创作的面貌，力图在当代作家谱系中突显他不同于其他作家的个人特点。而能够接续古典文脉的精神和意趣，并在新的时代氛围中开出新的境界，应该是他的特点之一，也是我们编选的基本"标准"。

当然他是不喜欢自己的作品被打散、分类、割裂开的。我们只能以每个单元大致的主题把它区分一下，然后尽量按照时间来排序。其实做的就是庖丁解牛的工作，但希望借此呈现他的散文的总体面貌，以及文章背后个人的精神、人格及其文化依凭。

比如说第一个单元，我们就是以作家的生命原点为核心，向外辐

射。第二个单元，是以1993至1994年他为《家庭》杂志所写的谈人生百态的12篇文章，以及与此有关的写世界杯的文章，均一并纳入，以期呈现他作品中现实关怀的一面，这也是那一时期小说创作之外体现他人生状态的表达。第三个单元，是以《卧虎说》为发端，以《〈美文〉发刊词》为旗帜，以近年来4部长篇小说后记为进一步的实践，阐述的是他的文学观念。从这个单元可以看出，贾平凹不光是一位作家，还是一位有见地的文学理论家。他其实以各种途径的实践来印证如何在中国传统文化的土壤里开出现代精神之花。第四个单元所收文章展现的是他的书画观，但也内在地关联着他的文学观。他将自己多余的才情倾泻在书、画上，同时书画创作又反过来影响着他的文学创作。这是他区别于当代大部分作家的一个重要方面。第五个单元，谈人物，也是谈艺录。第六个单元，这部分文章有谈天说地的、说收藏的、谈个人感悟的，有点杂谈性质，不像其他单元有一个相对较明确的主题。但也印证了他所说"散文到了极处，往往文体不纯而类如杂说"的特点。但是在编这部散文之初做整体的考虑时，就是希望从不同侧面总体性地呈现贾平凹作品与中国传统文脉和中国智慧的多层次关联。第七个单元，借用李敬泽老师提出的"非虚构写作"的观念来看，从1983年的《商州初录》开始，他就从西安的角度回望商州，又站在商州的角度观察、认知着中国。此后的小说创作，莫不如是。第八个单元，也是最后一个单元。是按照出版社的要求，把目前中小学课本中选录的文章添加进来，以争取更广泛的读者。

贾平凹曾说过，写文章就是个人体证天人宇宙、社会人生的法门。这种体证自然包含着多个层面，比如思想、美学、文学、艺术等。这些不同的方面最后又总体性体现出像他这样体量庞大的作家对这个世界的体悟。因此从这个角度来说的话，其实每一单元侧重点虽然不同，但最后又构成一个有机的整体。也就是作为一个深受中国传统文化影响或者说有心接续中国古典文脉的作家，他生活在我们这个时代，而他所承续的中国古典思想怎样体现出他对我们当下世界方方面面的体会和理解。这也是我编这部散文集的初衷。当然，这部散文集不可能全部收录他各个时期的优秀作品，我们只能管中窥豹。最后感谢穆涛老师和杨辉、马佳娜夫妇在编选过程中给予的支持。责任编辑刘兰青女士也做了很多细致的工作，在此一并致谢。

贾浅浅

2017 年 8 月 29 日